Борис Леонидович Пастернак

Доктор Живаго

·

의사 지바고 1

창비세계문학

96

●

의사 지바고 1

●

보리스 빠스쩨르나끄

최종술 옮김

창비

차례

•

제1부 5시 급행열차
7

제2부 다른 세계에서 온 소녀
39

제3부 스벤찌쯔끼 집의 크리스마스 파티
107

제4부 무르익은 불가피성
153

제5부 옛것과의 결별
213

제6부 모스끄바의 숙영지
269

제7부 여로
337

발간사
408

일러두기

1. 이 책은 Борис Леонидович Пастернак, *Доктор Живаго* (Москва: Художественная литература 1990)를 번역 저본으로 삼았다.
2. 각주에서 원문의 주는 '(원주)'로 표시했다. 그밖의 주는 옮긴이의 것이다.
3. 외국어는 가급적 현지 발음에 준하여 표기하되, 일부 우리말로 굳어진 것은 관용을 따랐다.
4. 이 책에 인용된 성경 구절은 공동번역성서(대한성서공회 1977; 1999)를 따랐다.

제1부

·

5시 급행열차

1

걷고 또 걸으며 「영원한 기억」[1]을 노래하고 있었다. 행렬이 멈추면 발이, 말이, 바람의 숨결이 추도의 노래를 이어받아 부르는 것 같았다.

행인들이 장례 행렬에 길을 터주며 화환 개수를 세어보고는 성호를 그었다. 호기심 많은 사람들은 행렬에 끼어들어 물었다. "누구 장례예요?" 대답이 돌아왔다. "지바고요." "그럼 그렇지. 이제 알겠네요." "아니, 그분이 아니라 부인입니다." "마찬가지지요. 명복을 빕니다. 성대한 장례네요."

짧은 마지막 몇순간이 돌이킬 수 없이 스쳐갔다. "이 세상과, 그

---

1 러시아정교회 장례에서 출관 직전과 교회에서 묘지로 가는 행렬 중에 부르는 추도의 노래.

안에 가득한 것이 모두 야훼의 것, 이 땅과 그 위에 사는 것이 모두 야훼의 것이다."[2] 사제가 마리야 니꼴라예브나의 주검 위에 십자 모양으로 한줌 흙을 뿌렸다. 「의인의 영」[3]을 노래하고 나자 미친 듯이 서두르기 시작했다. 관 뚜껑을 덮고 못을 박아 관을 내렸다. 네자루 삽으로 흙덩이를 떠서 서둘러 무덤을 메우기 시작했다. 북소리를 내며 쏟아지던 흙비가 그치자 무덤 위에 봉분이 솟았다. 열살 난 사내아이가 그 위에 올라섰다.

큰 장례가 끝날 무렵 으레 찾아오는 멍한 무감각 상태에 이르러서야 비로소 사람들은 아이가 어머니의 무덤 위에서 말을 하고 싶어 한다는 느낌을 받을 수 있었다.

아이가 고개를 들더니 황량한 가을 벌판과 수도원의 둥근 지붕들을 멍한 눈길로 훑었다. 들창코인 얼굴이 일그러졌고 목이 길게 늘어났다. 새끼 늑대가 그런 몸짓으로 고개를 쳐들었다면 막 울부짖으려 하는 게 분명했을 것이다. 아이는 얼굴을 두 손에 묻고 목멘 울음을 터뜨렸다. 아이를 향해 날아온 구름이 차가운 비의 축축한 채찍으로 두 손과 얼굴을 한바탕 후려갈겼다. 꼭 끼는 좁은 소매에 주름이 잡힌 검은 옷을 입은 사람이 무덤으로 다가갔다. 고인의 남동생이자 울고 있는 아이의 외삼촌인 니꼴라이 니꼴라예비치 베제냐삔으로, 스스로 원해서 성직을 떠난 사제였다. 그는 다가가서 아이를 데리고 묘지를 떠났다.

---

2 시편 24:1. 이 말과 함께 장례를 마무리하는 의식으로 고인에게 십자 모양으로 흙을 뿌린다.
3 관을 닫고 무덤으로 내릴 때 마지막으로 부르는 추도의 노래.

2

    그들은 한 수도원이 옛 친분으로 외삼촌에게 내준 방에서 하룻밤을 묵었다. '보호의 성모 축일'[4] 전날 밤이었다. 다음 날 아이는 외삼촌과 함께 남쪽 멀리 볼가강 유역의 어느 현(縣)에 있는 도시로 떠나야 했다. 거기서 니꼴라이 신부는 진보적인 성향의 지역신문을 발행하는 한 출판사에서 일하고 있었다. 기차표는 사두었고 짐도 수도사의 작은 방에 꾸려두었다. 역이 이웃해 있어 증기기관차들이 선로를 바꾸며 주고받는 애처로운 기적 소리가 멀리서 바람에 실려왔다.

    저녁 무렵에 기온이 뚝 떨어졌다. 지면 높이에 달린 창문 두개는 누런 아카시아 덤불로 둘러싸인 초라한 텃밭 한 귀퉁이와 큰길의 얼어붙은 물웅덩이들과 낮에 마리야 니꼴라예브나를 묻은 묘지 끝을 향해 나 있었다. 텃밭은 물결 진 양배추 몇이랑 외에는 텅 비어 있었다. 양배추가 추위에 시퍼렜고, 잎이 진 아카시아 덤불은 획획 바람이 일 때마다 귀신 들린 사람처럼 길길이 날뛰다가 길바닥에 드러눕곤 했다.

    한밤중에 유라[5]는 창문 두드리는 소리에 잠을 깼다. 캄캄한 수도

---

4 하늘과 땅을 중재해 인류를 보호하는 존재인 성모를 기리는 러시아정교회의 축일. 10월 14일(구력 10월 1일, 소비에뜨혁명 직후 1918년에 도입된 신력보다 13일 늦다)로, 러시아 절기에서 첫눈이 내려 대지를 덮는 시기에 해당한다. 10세기 콘스탄티노플에서 성 안드레이 유로지비가 인류에 대한 보호의 표시로 베일을 펼친 성모의 환영을 체험한 데서 유래해 '베일의 성모 축일'이라고도 한다. 주인공 유리의 부칭(父稱) 안드레예비치는 그를 성 안드레이 유로지비와 연관 지우며 소설을 관류하는 주제 '백치주의'와 관련된다.
5 유리의 애칭.

사의 방이 여기저기 일렁이는 하얀빛에 물들어 초자연적인 느낌이 들었다. 유라는 루바시까[6]만 입은 채 창으로 달려가서 차가운 유리에 얼굴을 바싹 갖다댔다.

창밖에는 길도, 묘지도, 텃밭도 없었다. 눈보라가 마당을 휩쓸고 있었고 눈을 머금은 대기는 뿌옇게 흐렸다. 유라를 발견한 폭풍이 자기가 얼마나 무시무시한 존재인지 깨달아 아이에게 불러일으킨 인상을 즐기고 있는 것만 같았다. 쌩쌩 휘몰아치는 눈보라가 윙윙 대며 온갖 수단을 동원해 유라의 주의를 끌려고 애썼다. 끝없는 더미를 이룬 하얀 천이 돌고 또 돌며 하늘에서 떨어져내렸다. 수의가 대지를 휘감고 있었다. 세상은 온통 눈보라뿐이었다. 아무것도 적수가 되지 못했다.

창턱에서 내려온 유라는 옷을 입고 바깥으로 뛰쳐나가서 무언가를 해야만 할 것 같은 충동을 느꼈다. 그는 두려웠다. 수도원의 양배추가 파묻혀 뽑지 못하게 되지나 않을까, 들판에 계신 어머니가 눈더미에 파묻혀 무력해져 아무 저항도 못하고 땅속으로 더 깊이 가라앉아서 더 멀리 그를 떠나가지나 않을까.

상황은 다시 눈물로 끝을 맺었다. 잠을 깬 외삼촌이 그리스도 이야기로 아이를 달래고는 하품을 하며 창으로 다가가서 생각에 잠겼다. 그들은 옷을 입기 시작했다. 날이 밝는 중이었다.

---

6 남성용 블라우스풍 상의.

3

어머니가 살아 있었을 때, 유라는 아버지가 오래전에 그들을 버리고 시베리아와 외국의 여러 도시를 전전하며 술에 절어 방탕하게 살고 있다는 것을 몰랐다. 아버지가 오래전에 어마어마한 집안 재산을 물 쓰듯 하여 다 날려버렸다는 것도 몰랐다. 유라는 아버지가 뻬쩨르부르그나 아니면 어느 큰 장이 서는 곳에 가 있다는 말을 늘 들었다. 다른 어디보다 아버지가 자주 가 있던 곳은 이르비쯔까야 장터[7]였다.

어머니는 항상 병을 달고 살았다. 그러다 폐결핵이 발견되자 어머니는 남프랑스와 북이딸리아로 병을 치료하러 다니기 시작했다. 유라는 두번 어머니를 따라갔었다. 그렇게 영문 모를 일이 끊이지 않는 가운데 유라의 유년의 삶은 어수선하게 흘러갔다. 그는 다른 사람 손에 자주 맡겨졌고 그 사람은 줄곧 바뀌었다. 유라는 그런 변화에 길들여졌고 터무니없는 일이 끊임없이 벌어지는 상황 속에서 아버지의 부재를 놀랍게 여기지 않았다.

유라가 어린아이였을 때만 해도 온갖 다양한 것에 아직 그의 성이 붙어 있었다. 지바고 공장과 지바고 은행에다 지바고 건물들이 있었다. 넥타이를 매고 지바고 타이핀을 꽂는 방식이 있었고 심지어 럼 바바[8] 비슷한, 지바고라는 이름의 둥근 모양 달콤한 파이도 있었다. 한때는 모스끄바에서 마부에게 "지바고 댁으로!"라고 외치면 그것은 마치 "지구 반대편으로!"라고 외치는 것과 다를 게 없었다. 그러면 마부는 당신을 썰매에 태우고 환상의 왕국으로 데려

---

[7] 이르비뜨는 우랄의 도시. 혁명 전 러시아의 가장 큰 무역 중심지 중 하나다.
[8] 럼주를 부어 먹는 작은 케이크.

갔다. 고요한 정원이 당신을 에워쌌다. 까마귀들이 서리를 흩뿌리며 축 처진 전나무 가지들 위에 앉았다. 나뭇가지 부러지는 소리처럼 깍깍대며 까마귀 울음소리가 울려퍼졌다. 숲속 빈터 너머 새로지은 건물들에서 순종 개들이 뛰쳐나와 길을 가로질러 달렸다. 저 멀리 불빛이 나타났다. 저녁이 내려앉고 있었다.

별안간 그 모든 것이 날아가버렸다. 가난이 그들을 덮쳤다.

4

1903년 여름 어느날, 유라는 외삼촌과 둘이서 따란따스⁹를 타고 들판 길로 두쁠랸까에 가고 있었다. 두쁠랸까는 견사 방적공장 공장주이자 통 큰 예술 후원자인 꼴로그리보프의 소유지로, 유용한 지식의 대중화에 앞장선 교육자 이반 이바노비치 보스꼬보이니꼬프가 그곳에 살고 있어 찾아가는 길이었다.

'까잔 성모의 날'¹⁰로 수확이 한창이었다. 하지만 점심때여서인지 아니면 축일이어서 그런지 들판에는 사람 하나 없었다. 베다 말아서 절반만 민 죄수의 뒤통수 같은 밭이 태양에 불타고 있었다. 새들이 들판 위를 맴돌았다. 바람 한점 없었다. 밀은 이삭을 축 늘어뜨린 채 차렷 자세로 도열해 있거나 길에서 멀리 떨어진 곳에 낟가리로 무더기무더기 솟아 있었다. 낟가리는 오랫동안 찬찬히 보

---

9 지붕이 있는 여행용 대형 사륜마차.
10 1579년 러시아의 도시 까잔에 나타난 성모 환영의 축일로 구력 7월 8일. 까잔의 성모 이콘은 러시아정교회에서 가장 숭앙되는 이콘의 하나로 많은 기적의 신화와 결부되어 있다.

고 있으면 움직이는 사람 모습 같은 것이 마치 토지 측량사가 지평선 끝에서 오가며 무언가를 적고 있는 듯했다.

"그런데 이 밭들은," 니꼴라이 니꼴라예비치가 빠벨에게 물었다. 출판사에서 잡부 겸 수위로 일하는 빠벨은 구부정한 자세로 다리를 척 포개고 마부석에 비스듬히 앉아 있었는데, 자기는 진짜 마부가 아니며 말을 모는 것은 자기 천직이 아니라는 표시였다. "이것들은 지주의 밭인가, 농민의 밭인가?"

"이건 주인네 밭이고," 빠벨이 대답하며 담배를 물었다. "저기 저게," 불을 붙여 한모금 쭉 빨고는 길게 뜸을 들이더니 채찍 손잡이 끝으로 다른 쪽을 가리켰다. "저게 우리들 것이지요. 어허, 이놈들아, 자냐?" 그는 기관사가 압력계를 힐끔거리듯이 계속 미심쩍게 지켜보던 말들의 꼬리와 엉덩이에다 대고 연신 고함을 질렀다.

하지만 말들은 세상 여느 말과 다름없이 마차를 끌고 있었다. 즉 끌채를 멘 말은 타고난 천성이 능청스럽지 않아서 정직하게 달리는 반면 곁마는 모르는 사람에게는 구제 불능의 게으름뱅이로 보였는데, 백조처럼 목을 구부리고는 제 뜀박질에 딸랑대는 방울 소리에 맞춰 토끼뜀을 뛰며 춤출 줄밖에 모르는 것 같았다.

니꼴라이 니꼴라예비치는 보스꼬보이니꼬프가 토지 문제에 관해 쓴 책의 교정쇄를 가져가는 길이었다. 검열의 탄압이 가중되자 출판사가 재검토를 요청해서였다.

"군내의 민심이 흉흉하네." 니꼴라이 니꼴라예비치가 말했다. "빤꼬프 읍에서는 상인이 칼에 맞아 죽었고 젬스뜨보[11]의 종마장이 불탔네. 자넨 이 문제에 대해 어떻게 생각하나? 자네 마을에서는

----

11 지방자치의회.

뭐라고들 해?"

하지만 빠벨은 심지어 농업에 대한 보스꼬보이니꼬프의 열정을 억누르려 하는 검열관보다도 사태를 더 암울하게 보고 있었다.

"뭐라고들 하긴요? 농민들을 너무 풀어줬어요. 못쓰게 됐다고들 합니다. 우리 같은 사람들한테 가당키나 한가요? 농부들을 자유롭게 풀어줬다간 하느님께 맹세코 서로 목을 조르려고 난리를 칠 겁니다. 어이, 자냐?"

삼촌과 조카는 두쁠랸까에 두번째 가는 길이었다. 유라는 길을 기억하고 있다고 생각했다. 그래서 매번 숲의 가느다란 띠가 드넓게 펼쳐지는 들판을 앞뒤로 에워쌀 때마다 그 장소를 아는 것 같았다. 거기서부터 길이 오른쪽으로 꺾이고 10베르스따[12]에 이르는 꼴로그리보프 소유지의 전경이, 그러니까 저 멀리서 반짝이는 강과 강 너머로 뻗어가는 철길의 전경이 길이 꺾이는 지점에서 시야에 들어왔다가 이내 사라질 것이었다. 하지만 유라는 번번이 속았다. 연이어 들판이 나타났다가는 다시, 또다시 숲이 들판을 에워쌌다. 잇따르는 광활한 풍경이 영혼에 드넓은 울림을 자아냈다. 유라는 미래를 꿈꾸고 생각하고 싶어졌다.

니꼴라이 니꼴라예비치는 훗날 그의 이름을 떨치게 한 책을 아직 단 한권도 쓰지 않은 상태였다. 하지만 그의 사상은 이미 틀을 갖추었다. 그는 자신의 때가 가까웠음을 모르고 있었다.

이 사람은 당대 문학의 대표자들과 대학교수들, 혁명의 철학자들 사이에 곧 모습을 드러낼 것이었다. 그는 그들의 모든 주제를 사유 대상으로 삼고 있었지만 용어 외에는 그들과 아무런 공통점

---

[12] 1베르스따는 1.067킬로미터.

이 없었다. 그들은 모두 떼 지어 이런저런 도그마에 붙들린 채 말과 외양에 만족했지만, 니꼴라이 신부는 똘스또이주의와 혁명을 거쳐 줄곧 앞으로 나아가는 사제였다. 그는 탁월한 동시에 실제적인 사상을 갈망했다. 사상이 펼쳐지는 가운데 가식 없이 분명한 길이 제시되어야 했다. 세상에 있는 무언가를 더 나은 것으로 바꾸어놓을, 그리고 어린아이나 무식쟁이도 번갯불의 번쩍임이나 천지를 뒤흔드는 천둥의 자취처럼 알아챌 만한 사상이어야 했다. 그는 새로운 무언가를 갈구했다.

유라는 외삼촌과 있는 것이 좋았다. 그는 엄마를 닮았다. 엄마처럼 외삼촌은 관습에 어긋나는 어떤 것에도 편견이 없는 자유로운 사람이었다. 그도 엄마처럼 살아 있는 모든 존재를 동등하다고 느끼는 귀족적인 감정의 소유자였다. 엄마가 그랬듯이 외삼촌도 모든 것을 첫눈에 이해했고, 머리에 떠오른 첫 순간 그대로의 의미와 생기로 가득한 생각을 표현할 줄 알았다.

유라는 외삼촌이 두쁠랸까로 데려가주어 기뻤다. 그곳은 무척 아름다웠고, 그림 같은 그곳 풍경 또한 자연을 사랑해서 자주 유라를 데리고 산책하곤 했던 엄마를 떠올리게 했다. 게다가 유라는 니까 두도로프를 다시 만나게 될 것이 즐거웠다. 니까는 보스꼬보이니꼬프의 집에 사는 김나지움[13] 학생이었다. 그는 유라보다 두살 남짓 위라서 유라를 얕잡아보는 모양이었고, 악수를 하며 손을 아래로 힘껏 잡아당기는 바람에 유라는 머리칼이 이마 위로 흘러내려 얼굴의 반을 가릴 정도로 머리를 숙여야 했다.

---

13 대학 입학 전의 중등교육 과정.

5

"빈곤 문제[14]의 생명신경[15]은," 니꼴라이 니꼴라예비치가 수정된 원고를 읽었다.

"내 생각에는 '핵심'이라고 하는 게 낫겠습니다." 이반 이바노비치가 말하며 교정쇄에 필요한 수정을 가했다.

그들은 어두컴컴한 유리 테라스 안에서 일하고 있었다. 아무렇게나 뒹굴고 있는 물뿌리개와 원예 도구들이 눈에 띄었다. 비옷이 부서진 의자 등받이에 내던져져 있었고, 한쪽 구석에는 진흙이 말라붙은 긴 장화가 바닥에 닿도록 목이 꺾여 세워져 있었다.

"한편, 사망과 출생 통계가 보여주는 바는," 니꼴라이 니꼴라예비치가 불러주었다.

"'조사 연도의'를 집어넣어야겠네요." 이반 이바노비치가 말하고는 적었다.

테라스로 가벼운 바람이 새어 들어왔다. 교정쇄 낱장 위에는 날아가지 않도록 화강암 조각이 놓여 있었다.

다 끝마치자 니꼴라이 니꼴라예비치는 집으로 돌아갈 채비를 서둘렀다.

"폭풍이 다가오네요. 떠나야겠습니다."

"그런 소리 마세요. 놔드리지 않을 겁니다. 이제 차 한잔합시다."

"저녁까지 시내에 꼭 돌아가야 합니다."

[14] 19세기 후반부터 유럽 경제학의 주도적 주제의 하나가 된 노동자의 빈곤 문제를 말한다.
[15] 신체의 가장 큰 단일 신경인 좌골신경.

"뭐래도 소용없어요. 안 들으렵니다."

앞마당에서 끓고 있는 사모바르[16]의 숯내가 흘러들어 담배와 헬리오뜨로프[17] 냄새를 지웠다. 별채에서 이리로 까이마끄[18]와 산딸기와 바뜨루시까[19]를 날라다주었다. 느닷없이 빠벨이 강에 목욕하러 가는 길에 말들도 목욕시키려고 끌고 갔다는 기별이 왔다. 니꼴라이 니꼴라예비치는 하는 수 없이 뜻을 굽혔다.

"차가 준비되는 동안 절벽의 벤치에 좀 앉아 있다 옵시다." 이반 이바노비치가 제안했다.

이반 이바노비치는 친분 덕에 부호인 꼴로그리보프의 집에서 관리인이 쓰는 별채의 방 두개를 차지하고 있었다. 조그마한 앞마당이 있는 그 작은 집은 음침하게 방치된 정원 구역에 자리 잡고 있었다. 나무가 우거진 반원형 진입로가 나 있었는데 풀이 수북했다. 이제 그 오래된 길로는 사람이 다니지 않고 마른 쓰레기 폐기장으로 쓰이는 골짜기로 흙과 건축폐기물을 나를 뿐이었다. 억만장자이자 혁명에 동조하는 진보적 시각을 가진 인물 꼴로그리보프 자신은 지금 아내와 함께 외국에 머물고 있었고, 영지에는 그의 딸 나쟈와 리빠만 살고 있었다. 여자 가정교사와 하인 몇이 딸려 있었다.

무성히 자란 검은 까마귀밥나무의 산울타리가 관리인의 작은 뜰을 연못과 잔디밭과 주인의 저택이 있는 정원 전체와 나눠주었

---

16 러시아 전래의 주전자. 구리, 은, 주석 따위로 만들며 중앙에 상하로 통하는 관이 있어 그 속에 숯불을 넣어 물을 끓인다.
17 연보라색 꽃이 피고 향기가 좋은 정원 식물.
18 우유의 지방을 농축해 만드는 진한 크림.
19 속에 치즈를 채워넣은 달콤한 페이스트리.

다. 이반 이바노비치와 니꼴라이 니꼴라예비치는 그 울타리 밖으로 돌아서 갔다. 그들이 걸음을 옮기자 까마귀밥나무를 뒤덮고 있던 참새들이 그들 앞에서 일정한 간격으로 일정하게 작은 무리를 지어 날아올랐다. 고르게 지저귀는 소리가 까마귀밥나무에 가득해 마치 이반 이바노비치와 니꼴라이 니꼴라예비치 앞에서 물이 관을 타고 울타리를 따라 흐르는 것 같았다.

그들은 온실과 정원사의 집과 용도를 짐작 못할 석조 폐허 곁을 지나갔다. 그들의 대화는 학문과 문학에 나타난 새로운 젊은 세력에 관한 것으로 접어들었다.

"재능 있는 사람들이 눈에 띄긴 합니다." 니꼴라이 니꼴라예비치가 말했다. "하지만 지금은 각종 그룹이며 협회가 온통 유행이죠. 무리 짓기는 다 재능 없는 사람들의 도피처예요. 솔로비요프[20]를 따르든, 칸트에 충실하든, 맑스에 매달리든 말이죠. 혼자인 사람들만이 진리를 찾습니다. 그들은 진리에 대한 사랑이 부족한 모든 사람과 연을 끊죠. 매달릴 만한 가치가 있는 게 이 세상에 얼마나 될까요? 그런 건 아주 적어요. 나는 불멸에 충실해야 한다고 생각합니다. 불멸은 생명의 다른 이름, 좀더 강렬한 이름이지요. 불멸에 대한 충실함을 지켜나가야 해요. 그리스도를 따라야 합니다! 아, 이런 딱한 양반, 얼굴을 찌푸리는군요. 역시 아무것도 이해하지 못하시네요."

"으음, 예." 이반 이바노비치가 소 울음소리를 냈다. 그는 호리호리한 체격에 금발의 미꾸라지 같은 사내로, 링컨 시대의[21] 미국 남

---

20 Vladimir Solov'yov(1853~1900). 러시아 종교철학과 상징주의 문학에 큰 영향을 끼친 철학자, 시인, 정론가.

21 링컨의 이름은 미국 혁명의 상징으로, 혁명에 동조적인 보스꼬보이니꼬프의 시

자를 연상시키는 간사해 보이는 턱수염을 기르고 있었다.(그는 수시로 턱수염을 한움큼 쥐어 끝을 입술로 씹곤 했다.) "나는 물론 입을 다물겠습니다. 아실 테지만 나는 그런 것들을 전혀 달리 보고 있어요. 아, 그건 그렇고, 어떻게 성직에서 물러나게 됐나요? 그 얘기나 들읍시다. 진작부터 물어보고 싶었습니다. 필시 위협당했겠죠. 파문된 거지요? 그렇죠?"

"왜 말머리를 돌리세요? 하지만 뭐 좋습니다. 파문됐냐고요? 아니요. 요즘은 파문하지 않습니다. 불미스러운 일들이 있었고 그 영향이 남아 있는 거죠. 이를테면, 오랫동안 관직에 나갈 수 없는 것 따위 말입니다. 나는 두 수도[22]로 들어가는 것이 금지되어 있어요. 그렇지만 뭐 다 시시콜콜한 이야기입니다. 대화 주제로 돌아가시죠. 그리스도에게 충실해야 한다고 말씀드렸습니다. 이제 그 이유를 설명하지요. 당신은 모르고 있습니다. 무신론자일지라도, 즉 신이 존재하는지, 존재한다면 무엇을 위해서인지 모를지라도 인간이 자연이 아니라 역사 속에서 살고 있다는 것, 오늘날 이해하기로 역사는 그리스도에 의해 정초되었다는 것, 복음이 역사의 기초라는 것을 알 수 있다는 걸 말입니다. 역사란 무엇입니까? 점차 죽음의 실마리를 찾아 미래에 죽음을 극복하려는 여러 세기에 걸친 노력이지요. 이를 위해 수학의 무한대와 전자기파가 발견되고, 이를 위해 교향곡이 작곡되는 겁니다. 어떤 정신적 고양이 없이는 이 방향으로 나아가는 것이 불가능합니다. 이런 발견들을 위해서는 정신적 무장이 요구되거든요. 정신적 무장의 기초가 복음서에 담겨 있지요. 바로 이런 것들입니다. 우선 이웃에 대한 사랑, 인간의 가슴

───────

각을 암시하는 비유다.

22 모스끄바와 뻬쩨르부르그를 말한다.

을 가득 채우며 분출과 고갈을 요구하는 생명력의 최고 형태이죠. 그다음에는 오늘날의 인간을 이루는 주요 요소들, 그것 없이는 현대인을 생각할 수 없는 핵심 성분들입니다. 바로 자유로운 개성이라는 관념과 희생으로서의 삶이라는 관념이죠. 이런 생각이 여전히 아주 새로운 것이라는 걸 염두에 두세요. 이런 의미에서 고대인들에게는 역사가 없었습니다. 그들에게 있었던 것은 무릇 압제자가 얼마나 무능한 존재인지 의심하지 않았던, 천연두로 얼굴이 얽은 잔인한 칼리굴라[23]들이 저지른 피 튀기는 추악한 짓들이지요. 고대인들은 청동 기념비와 대리석 기둥의 생명 없는 영원성을 자랑했을 따름입니다. 오직 그리스도 이후의 세기와 세대만이 자유롭게 숨을 쉬었죠. 그리스도 이후에야 후세 속의 삶이 시작되었고, 인간은 담장 아래 길거리가 아니라 자신의 역사 속에서 죽음을 맞이하게 되었습니다. 죽음의 극복에 바친 노력의 절정에서, 이 주제에 바쳐진 인간으로 죽어가는 겁니다. 아이고, 그야말로 공연히 땀만 뺐네. 이건 뭐 완전히 벽에다 대고 말하는 꼴이네요!"

"친구여, 그건 형이상학이에요. 의사들이 나한테 금지했지요, 내 위가 그걸 소화하지 못한다고."

"그래요, 그만둡시다. 신의 가호를 바랄밖에요. 당신은 행운아요! 정말 훌륭한 경치네요. 보고 또 봐도 싫증이 안 나겠어요! 당신은 못 느끼고 살고 있을 테지만 말입니다."

....

23 Caligula(12~41). 로마제국의 3대 황제 가이우스 카이사르 아우구스투스 게르마니쿠스의 별명. 처음에는 선정을 펼쳤으나 중병을 앓고 난 후 저지른 극도의 포악과 병적인 방탕, 자기신격화 등의 기행으로 악명 높다. 칼리굴라의 이름은 19세기 후반 정치 팸플릿에 자주 등장하며, 천연두에 대한 언급은 스딸린의 얽은 얼굴에 대한 암시일 수 있다.

강을 바라보자니 눈이 아플 지경이었다. 강은 철판처럼 굽이치며 햇살에 반짝였다. 갑자기 수면에 주름이 잡혔다. 말과 달구지와 아낙네와 농부 들을 태운 육중한 나룻배가 이쪽 강기슭에서 저쪽 강기슭으로 떠났다.

"생각해보세요, 이제 겨우 5시가 조금 지났을 뿐이에요." 이반 이바노비치가 말했다. "봐요, 시즈란에서 오는 급행입니다. 5시 몇 분에 이곳을 지나가지요."

평원 저 멀리 오른쪽에서 왼쪽으로 깔끔한 청황색 기차가 달려가고 있었다. 멀리 있어서 아주 작아 보였다. 돌연 기차가 멈춰 선 것이 눈에 띄었다. 증기기관차 위로 흰 증기가 뭉게뭉게 피어올랐다. 얼마 후 기차의 경적 소리가 들려왔다.

"이상하네." 보스꼬보이니꼬프가 말했다. "뭔가 잘못된 거야. 저기 늪지대에서 기차가 멈춰 설 이유가 없는데. 무슨 일이 난 거예요. 차 마시러 갑시다."

6

뜰에도 집 안에도 니까의 모습이 보이지 않았다. 유라는 니까가 어른들하고 같이 있는 것이 따분한데다 자기는 아직 어려서 상대가 되지 않는 탓에 그들을 피해 숨은 것이라 짐작했다. 외삼촌이 이반 이바노비치와 함께 테라스로 일하러 가버려서 유라는 하릴없이 집 주위를 서성거려야 했다.

이곳은 경이롭도록 아름다웠다! 세가지 음색을 지닌 꾀꼬리의 맑은 노랫소리가 순간순간 들려왔고, 울음 사이로 피리에서 뽑아낸 듯 촉촉한 소리가 사방 가득 남김없이 스며들었다. 길을 잃고 대기 속에 고인 꽃향기는 열기에 꼼짝 못하고 꽃밭에 붙박여 있었다. 그 광경은 얼마나 앙띠브와 보르디게라를[24] 생각나게 했는지! 유라는 계속해서 오른쪽 왼쪽으로 방향을 바꾸었다. 엄마 목소리의 환영이 환청이 되어 풀밭 위에 드리웠다. 연이은 새 울음소리의 선율 속에서, 벌들의 윙윙대는 날갯짓 소리 속에서 엄마의 목소리가 유라에게 울려왔다. 그는 부르르 몸을 떨었다. 어머니가 큰 소리로 자신을 어딘가로 부르는 것만 같은 느낌이 계속 들었다.

유라는 골짜기로 다가가 아래로 내려가기 시작했다. 골짜기 위쪽에 드문드문 자리 잡은 깨끗한 숲을 지나 골짜기 아래 울창한 오리나무 숲으로 들어갔다.

거기는 축축한 어둠이 도사리고 있었다. 바람에 쓰러진 나무들과 짐승의 썩은 고기가 나뒹굴었다. 꽃이 별로 없었고, 마디가 진 속새 줄기는 성서 속 삽화에 나오는 이집트풍 장식의 막대나 지팡이를 닮아 있었다.

유라는 자꾸만 더 슬퍼졌다. 울고 싶었다. 그는 무릎을 꿇고 눈물을 쏟았다.

'하느님의 천사, 나의 거룩한 수호자여,' 유라는 기도했다. '나의 정신을 굳게 진리의 길에 세우시고, 엄마가 걱정하지 않게 난 여기서 잘 있다고 엄마에게 전해주세요. 무덤 너머의 삶이 있다면, 주여, 성자들과 의인들의 얼굴이 별처럼 빛나는 천국으로 엄마를 인도해주세요. 엄마는 그토록 좋은 사람이었으니 죄인일 수 없어요. 주여, 엄마를 불쌍히 여기셔서 고통받지 않게 해주세요. 엄마!' 가

---

24 차례로 남프랑스의 지중해 항구도시, 프랑스 국경에서 가까운 북이딸리아의 도시. 모두 휴양지로 유명하다.

슴이 미어지는 그리움 속에서 유라는 새로 성자가 된 여인을 부르듯 하늘을 향해 엄마를 불렀고, 그러다 문득 견디지 못하고 땅에 쓰러져 의식을 잃었다.

유라가 오래 의식을 잃고 누워 있었던 것은 아니었다. 정신을 차리자 외삼촌이 위쪽에서 부르는 소리가 들렸다. 그는 대답하고 올라가기 시작했다. 갑자기 마리야 니꼴라예브나가 가르쳐준 대로 행방불명이 된 아버지를 위해 기도하지 않은 것이 떠올랐다.

하지만 유라는 실신 뒤의 기분이 하도 좋아서 그 가벼운 기분과 결별하고 싶지 않았고 그 기분을 잃어버릴까 두려웠다. 아버지를 위한 기도는 어떻든 다음번에 해도 나쁠 건 없을 것이라고도 생각했다.

'좀 기다리시라지 뭐. 좀 참아주시라고 말이야' 하고 생각한 모양이었다. 유라는 아버지를 전혀 기억하지 못했다.

7

열차의 이등칸 객실에는 김나지움 2학년생인 미샤 고르돈이 오렌부르그 출신의 변호사 아버지 고르돈과 함께 타고 있었다. 미샤는 사색에 잠긴 듯한 얼굴에 커다란 검은 눈을 가진 열한살 소년이었다. 아버지는 모스끄바로 전근 가는 길이었고 아들은 모스끄바의 김나지움으로 전학 가는 중이었다. 어머니와 누이들은 한참 전에 모스끄바에 가서 분주히 살림살이를 정돈하고 있었다.

소년과 아버지는 사흘째 열차를 타고 있었다.

석회처럼 햇빛에 하얗게 바랜 러시아가, 들판과 초원, 도시와 촌락이 뜨거운 먼지구름에 휩싸여 차창을 스치며 날아가고 있었다. 짐마차 행렬이 길마다 길게 늘어서서는 덜커덩거리며 길을 벗어나 건널목으로 접어들었다. 맹렬하게 달려가는 열차에서 보면 마차들이 움직이지 않고 서 있고 말들도 한자리에서 다리를 들어올렸다 내렸다 하는 것 같았다.

열차가 큰 역에 정차하면 승객들은 정신없이 간이식당으로 내달렸다. 지는 해가 역 뜰에 서 있는 나무들 뒤에서 그들의 다리를 비추며 열차 바퀴 아래로 빛을 던졌다.

세상의 모든 움직임은 개별적으로는 냉정하게 계산된 것이지만 총괄적으로는 그것들을 통합하는 삶의 전체 흐름에 분별없이 취해 있다. 사람들은 제 근심 걱정의 작용에 이끌려 움직이며 분주히 일해왔다. 그러나 지고한 궁극의 평안의 감정이 그 기제의 주요 조절기가 아니라면 그것은 작동하지 않을 것이다. 모든 인간 존재가 서로 연관되어 있다는 느낌이, 한 존재에서 다른 존재로의 존재 이전에 대한 확신이, 일어나는 모든 일이 죽은 자들이 묻힌 땅에서뿐만 아니라 또한 다른 어떤 곳에서도, 그러니까 어떤 사람들은 신의 왕국이라 부르고 다른 사람들은 역사라 부르며 또 어떤 사람들은 또 다른 무언가로 일컫는 곳에서도 이루어진다는 데서 오는 행복의 감정이 그런 평안을 주어왔다.

이 소년의 경우는 그러한 원칙에서 쓰라리고 힘겨운 예외였다. 근심의 감정이 그의 궁극적인 동력으로 남아 있어서 태연한 감정은 그를 가볍게도, 고결하게도 해주지 않았다. 그는 유전인 이 자질을 자각하고 있었고, 병적일 정도로 세심한 주의를 기울여 내면에서 그 징후들을 포착했다. 이 자질이 그를 슬프게 했다. 떠나지 않는 근심이 그를 비참하게 만들었다.

자각을 갖게 된 이래로 그는 손발 생김새가 같고 공통의 언어와 풍습을 가지고 있는데도 어떻게 남들과 같지 않은 사람이 있고, 또 한 소수의 사람들만 좋아하고 다수의 사람들은 좋아하지 않는 그런 사람이 있을 수 있는지 놀라움을 금치 못했다. 남들만 못하면 고쳐서 더 나아지려고 노력하면 되는데 그럴 수 없는 상황이란 것을 이해할 수 없었다. 유대인이라는 것은 무엇을 의미하는 것일까? 이 민족은 무엇 때문에 존재하는가? 비애 이외에는 아무것도 가져다주지 않는 이 무방비의 도전은 무엇으로 보상받거나 정당화되는 것일까?

아버지에게 대답을 구하면 아버지는 그의 생각의 출발점이 터무니없으며 그런 식으로 판단해서는 안 된다고 말하곤 했다. 그러면서도 심오한 의미로 미샤의 마음을 사로잡고 그가 그 확실성 앞에 말없이 수긍하게 될 해답은 아무것도 제시하지 못했다.

그리하여 미샤는 점차, 아버지와 어머니를 제외하고 감당하지 못할 문제를 일으킨 어른들에 대한 멸시로 가득 차게 되었다. 그는 자신이 어른이 되면 이 모든 문제를 풀 것이라고 확신했다.

바로 지금만 해도 그랬다. 그 미치광이가 플랫폼으로 뛰쳐나갔을 때 아버지가 그를 뒤쫓아 나간 행동이 잘못되었다고 말할 사람은 아무도 없었을 것이다. 그 미치광이가 그리고리 오시뽀비치를 힘껏 밀친 다음 객실 문을 확 열어젖히고 마치 잠수할 때 스프링보드에서 물밑으로 뛰어들듯이 머리를 아래로 하고 전속력으로 달리는 급행열차에서 철둑으로 몸을 던졌을 때 기차를 멈출 필요가 없었다고는 어느 누구도 감히 말하지 못했을 것이다.

그러나 브레이크의 손잡이를 돌린 사람이 다른 누구도 아닌 그리고리 오시뽀비치였기 때문에, 기차가 그토록 납득할 수 없이 오래 서 있게 된 것이 그들 탓으로 보이게 되었다.

지체하게 된 원인을 정확히 아는 사람은 아무도 없었다. 어떤 사람들은 기차가 갑자기 멈추는 바람에 에어브레이크가 망가졌다고 했고, 다른 사람들은 열차가 가파른 오르막에 정차해서 가속도가 붙지 않으면 기관차가 열차를 끌 수 없다고 말하기도 했다. 자살한 사람이 저명인사이기 때문에 함께 열차를 타고 가던 그의 변호사가 조서 작성을 위해 가장 가까운 꼴로그리봅까 역에서 입회인들을 불러오라고 요구했다는 또다른 견해도 나왔다. 바로 그래서 기관사의 조수가 전신주에 기어올랐고 궤도 점검차가 이미 오고 있을 것이라고 했다.

객실 안은 화장수로 지우려 애썼음에도 화장실 악취가 약간 풍겼고 더러운 기름종이로 싼, 살짝 상한 닭구이 냄새도 났다. 객실에서는 뻬쩨르부르그에서 온 머리가 희끗한 귀부인들이 전처럼 얼굴에 분을 바르고 손수건으로 손바닥을 닦으며 꽥꽥거리는 굵은 목소리로 이야기를 나누고 있었다. 누구 하나 예외 없이 증기기관차의 그을음과 기름진 화장품으로 범벅이 되어 강렬한 집시 여인으로 변해 있었다. 그들이 양어깨 끝을 망토로 감싸고 비좁은 통로를 새로운 교태의 원천으로 삼아 고르돈의 객실 옆을 지나갔을 때, 미샤는 그들이 이렇게 투덜대는 것 같다고, 아니면 그들의 오므린 입술로 판단컨대 이렇게 투덜대는 것이 틀림없다고 생각했다. '아유, 참 생각해보세요, 우리가 얼마나 민감한 사람들인지! 우리는 특별한 사람들이에요! 우린 인쩰리들이라고요! 우린 참을 수가 없어요!'

자살자의 시체는 철둑 근처 풀 위에 누워 있었다. 가위표로 얼굴을 지우듯이 박살 난 사람의 이마와 눈을 가로지른 핏줄기가 예리한 자국으로 검게 말라붙어 있었다. 그의 피가 아닌 것 같았다. 그에게서 흘러나온 피가 아니라 외부에서 달라붙은 부가물, 고약이나 튀어올라 마른 진흙, 아니면 젖은 자작나무 잎처럼 보였다.

호기심에, 또 동정심에 삼삼오오 시체 주위로 모여드는 사람들 무리가 계속해서 바뀌었다. 죽은 사람의 친구이자 객실 동행이던 통통하고 거만한 변호사가 무표정한 얼굴로 침울하게 시체 위에 서 있었다. 땀에 흠뻑 젖은 루바시까를 입은 순혈 동물이었다. 그는 더위에 지쳐 부드러운 모자로 부채질을 해댔다. 양어깨를 으쓱할 뿐 돌아보지도 않고 꼬치꼬치 캐묻는 모든 질문에 퉁명스럽게 웅얼거리며 답했다. "알코올의존자예요. 그래, 이해가 안 됩니까? 아주 전형적인 알코올성 정신착란의 결과란 말이오."

모직 원피스를 입고 레이스 스카프를 두른 깡마른 여자가 두세 번 시체 곁으로 다가갔다. 두 기관사의 어머니인 과부 노파 찌베르지나로, 두 며느리와 함께 직원용 무료승차권으로 삼등칸에 타고 여행 중이었다. 머릿수건을 낮춰 쓴 조용한 여인 둘이 묵묵히 그녀를 뒤따랐다. 수녀원장의 뒤를 따르는 수녀들 같았다. 그들 무리가 존경심을 불러일으켰다. 사람들이 길을 비켜주었다.

찌베르지나의 남편은 어느 열차 사고 현장에서 산 채로 타 죽었다. 그녀는 사람들 틈으로 시체가 보일 만하게 몇발짝 떨어진 곳에서 걸음을 멈추고 비교라도 하듯 한숨을 쉬었다. '모두가 다 제 운명을 타고난 거야.' 그녀는 마치 이렇게 말하는 듯했다. '다 신의 뜻에 따라간다지만, 이것 봐, 갑자기 충동에 사로잡혔잖아. 잘 살던 사람이 미쳐 죽어버리다니.'

열차 승객들이 모두 시체 주위에 들렀다가 객실로 돌아갔다. 혹시 짐을 도둑맞지나 않을까 염려할 뿐이었다.

승객들은 노반으로 뛰어내려 다리를 풀고 꽃을 꺾고 가볍게 뜀

박질을 하기도 했다. 기차가 멈춰 선 덕분에 모두에게 주변 지역이 이제 막 생겨난 것만 같은 느낌이 들었다. 여기저기 구릉이 널린 늪지대의 초원, 넓은 강, 건너편 높은 강둑에 서 있는 예쁜 집과 교회도 이런 불상사가 일어나지 않았다면 이 세상에 없었을 것 같았다.

또한 태양마저 그 지방에 딸린 것처럼 보였는데, 석양처럼 수줍게 선로가의 장면을 비추는 것이 마치 인근에서 풀을 뜯던 소떼 가운데 암소 한마리가 노반으로 다가와 사람들을 바라보듯 용기가 없어 주저하며 다가온 것 같았다.

미샤는 일어난 모든 일에 충격을 받았고 처음에는 불쌍하고 놀라서 울었다. 긴 여정 동안 자살자는 여러번 그들의 객실로 찾아와 앉아서 미샤의 아버지와 몇시간씩 이야기를 나누었다. 그는 그들의 세계가 지닌 도덕적 고결함과 평온과 사려 깊음에 마음이 한결 가벼워진다고 말하며 어음과 증여 증서, 파산, 위조와 관련된 여러 법률적 세부 사항과 사소한 문제들에 대해 그리고리 오시뽀비치에게 물었다.

"아, 그래요?" 그는 고르돈의 설명에 놀라곤 했다. "당신은 법규를 좀더 자비롭게 다루시는군요. 내 변호사는 다른 견해를 갖고 있어요. 그는 이 일들을 훨씬 더 비관적으로 봅니다."

불안에 시달리는 이 사람이 진정될 때마다 번번이 그의 변호사이자 객실 동행이 일등칸에서 그를 데리러 와서는 샴페인을 마시러 가자며 식당차로 끌고 갔다. 세상 그 무엇에도 놀라지 않고 지금 시체를 굽어보며 서 있는, 미끈하게 면도하고 옷을 말쑥하게 차려입은 그 무례하고 통통한 변호사였다. 그의 의뢰인의 지속적인 흥분 상태가 뭔가 그에게 이익이 되었다는 인상을 떨칠 수 없었다.

아버지는 죽은 사람이 유명한 부호이자 호인이지만, 이미 절반은 심신상실 상태에 있던 난봉꾼이라고 말했다. 그는 미샤가 자리를 같이하고 있는데도 개의치 않고 미샤와 동갑인 자기 아들과 고인이 된 아내에 대해 이야기했고, 그러고 나서는 또한 자기가 저버린 두번째 가족 이야기로 옮겨갔다. 그 대목에서 그는 무언가 새로운 것을 떠올리고 공포에 하얗게 질려 정신을 못 차리고 횡설수설하기 시작했다.

그는 미샤에게 아마 그를 향한 것이 아니라 그에게 투영되었을 납득하기 어려운 애정을 드러냈다. 끊임없이 미샤에게 무언가를 선물했고, 그러느라 아주 큰 역에 닿으면 책이 진열되어 있고 장난감과 그 지방 특산품을 파는 일등칸 대합실에 갔다 오곤 했다.

그는 줄곧 술을 마셔댔고, 석달째 잠을 이루지 못한다면서 잠시라도 맨정신일 때는 정상적인 사람은 상상도 할 수 없는 고통에 시달린다고 하소연했다.

죽기 직전에 그는 그들의 객실로 뛰어들어 그리고리 오시뽀비치의 손을 덥석 쥐고는 무슨 말을 하려다 말고 승강대로 뛰쳐나가 기차에서 몸을 던졌다.

미샤는 나무 상자에 든 그리 많지 않은 우랄의 광물 세트를 살펴보고 있었다. 고인의 마지막 선물이었다. 갑자기 주위의 모든 것이 움직이기 시작했다. 궤도 점검차가 다른 선로로 열차를 향해 다가왔다. 모표가 붙은 모자를 쓴 조사관과 의사, 순경 두명이 거기에서 뛰어내렸다. 사무적인 싸늘한 목소리들이 들려왔다. 이것저것 묻고 무엇인가를 적었다. 차장들과 순경들이 줄곧 모래에 엎어지고 미끄러지고 하면서 허둥지둥 시체를 철둑 위로 끌어올렸다. 어느 농군 아낙이 울부짖기 시작했다. 사람들에게 객실로 돌아가라는 요청이 있었고 기적 소리가 울렸다. 기차가 움직이기 시작했다.

8

'성유聖油 녀석이 또 왔네!' 니까는 심통 사납게 생각하며 방 안을 이리저리 뛰어다녔다. 손님들의 목소리가 가까워졌다. 퇴로를 차단당했다. 침실에는 침대가 두개 있었다. 보스꼬보이니꼬프와 그의 침대였다. 잠시 생각하다가 니까는 자기 침대 밑으로 기어 들어갔다.

다른 방에서 그를 찾아 큰 소리로 불러대고 그가 없어진 것에 놀라는 소리가 들렸다. 이윽고 그들이 침실로 들어왔다.

"하는 수 없구나." 베제냐뻰이 말했다. "유라야, 가서 놀아라. 나중에 친구를 찾으면 같이 놀기로 하고."

한동안 그들은 뻬쩨르부르그와 모스끄바에서 일어난 대학생들의 소요에 대해 이야기했고, 그 바람에 니까는 이십분가량을 어리석고 수치스러운 잠복 상태에 붙들려 있어야 했다. 마침내 그들이 테라스로 나갔다. 니까는 살며시 창문을 열고 폴짝 뛰어넘어 정원으로 사라졌다.

그는 오늘 기분이 별로였고 간밤에도 잠을 이루지 못했다. 그는 열네살인데도 어린아이인 것에 진절머리가 났다. 밤새 자지 못하고 새벽녘에 별채에서 나왔다. 해가 떠오르고 있었고, 이슬에 젖어 구불구불 길게 굽이치는 나무들의 그림자가 정원의 땅을 덮었다. 그림자는 검은색이 아니라 물에 젖은 펠트 같은 어두운 잿빛이었다. 정신을 몽롱하게 하는 아침의 향기는 바로 소녀의 손가락을 닮은 길쭉한 빛줄기들을 머금은, 땅 위의 이 촉촉이 젖은 그림자에서 뿜어져나오는 것 같았다.

갑자기 풀 위 이슬방울 같은 수은의 가는 은빛 줄기가 몇발짝 떨어진 곳에서 흘렀다. 그 줄기는 흐르고 또 흘러도 땅속으로 흡수되지 않았다. 그러다 뜻밖에 급작스럽게 한옆으로 쏜살같이 움직이더니 사라져버렸다. 풀뱀이었다. 니까는 흠칫 몸을 떨었다.

그는 이상한 소년이었다. 흥분하면 큰 소리로 혼잣말을 하곤 했고, 어머니를 본받아 고상한 주제와 역설을 좋아했다.

'이 세상은 참 좋다!' 그는 생각했다. '하지만 왜 늘 이토록 고통스러운가? 신은 물론 있다. 하지만 신이 존재한다면 그는, 바로 나다. 자, 내가 저것에게 명하노라.' 그가 밑동에서 우듬지까지 온통 떨고 있는 사시나무를 바라보며 생각했다(번뜩이는 젖은 사시나무 잎은 양철을 잘라 만든 것 같았다). '자, 내가 저것에게 명하노니,' 속삭인 것이 아니었다. 그는 광포한 힘의 과잉 상태 속에서 자신의 온 존재로, 온 육체와 피로 소망하며 상상했다. '꼼짝하지 마라!' 그러자 나무는 공손하게도 그 즉시 움직이지 않고 얼어붙었다. 니까는 기쁨에 웃음을 터뜨리고서 수영하러 강으로 쏜살같이 내달렸다.[25]

테러리스트인 그의 아버지 제멘찌 두도로프는 교수형을 선고받았다가 황제의 사면으로 감형되어 징역을 살고 있었다. 그루지야[26]의 에리스또프 공작 가문의 딸인 그의 어머니는 변덕스러운 기질의 아직 젊은 미인으로 늘 무언가에, 폭동, 반역자, 극단적 이론, 유

---

25 '인간이 곧 신이다'라는 니까 두도로프의 생각은 부모의 혁명가적 세계관을 되풀이한다. '풀뱀'과 '사시나무'는 성서적 형상으로 부정적인 의미를 지닌다. 풀뱀은 에덴동산의 유혹인 뱀을 연상시키며, 사시나무는 유다가 목을 매어 자살했다고 알려져 러시아 민간신앙에서 부정한 나무로 여겨진다.
26 조지아의 옛 이름.

명 배우, 불행한 실패자 등에 열중해 있었다.

그녀는 니까를 무척 사랑해서 인노껜찌라는 그의 이름에서 이노체끄나 노첸까 같은 상상할 수 없으리만치 다정하고 바보 같은 애칭을 한무더기 지어주었고, 그를 자기 친척들에게 보여주려고 찌플리스[27]로 데려갔었다. 거기에서 그가 무엇보다 놀랐던 것은 그들이 묵은 집 마당에 서 있던, 손가락을 펼친 듯 사방으로 가지를 뻗은 나무였다. 괴상하게 생긴 거대한 열대식물의 일종인 그 나무는 코끼리 귀를 닮은 잎사귀로 작열하는 남녘의 하늘로부터 마당을 지켜주었다. 니까는 그 나무가 동물이 아니라 식물이라는 생각에 좀처럼 익숙해질 수 없었다.

소년에게 아버지의 무서운 성을 따르게 하는 것은 위험했다. 이반 이바노비치는 니나 갈락찌오노브나의 동의를 얻어 니까가 어머니의 성을 쓰도록 황제에게 청원할 작정이었다.

침대 밑에 누워 세상사 돌아가는 꼴에 분개하면서 니까는 특히 그 점에 대해 생각했다. 도대체 보스꼬보이니꼬프라는 사람은 누군데 이토록 깊이 간섭하려 드는 거야? 어디 두고 보자고!

그리고 나챠! 아무리 열다섯살이라고 해도 그렇게 젠체하며 그를 어린애 대하듯 이야기할 권리가 있는 거야? 자, 그는 그애에게 본때를 보여줄 테다! "나는 그애가 미워." 그는 몇번이나 혼잣말로 되풀이했다. "죽이고 말 거야! 배 타자고 꾀어서 물에 빠뜨려버릴 거야."

엄마도 그래, 잘났다. 말할 것도 없이 엄마는 떠날 때 그와 보스꼬보이니꼬프를 속였다. 그녀는 깝까스 어디에도 없다. 사실은 가

<hr>

27 조지아의 수도 뜨빌리시의 옛 이름.

장 가까운 환승역에서 북쪽으로 방향을 돌렸고, 태연히 뻬쩨르부르그에서 대학생들과 함께 경찰을 저격하고 있는 것이다. 그런데 그는 이 어리석은 구덩이 속에서 산 채로 썩어야 한다니. 하지만 그는 그들 모두보다 선수를 칠 것이다. 나쨔를 물에 빠뜨려 죽인 다음 김나지움을 때려치우고 반란을 일으키러 시베리아에 있는 아버지한테로 도망칠 것이다.

연못가는 온통 수련으로 덮여 있었다. 보트가 건조하게 서걱거리는 소리를 내며 수련 덤불을 갈랐다. 세모꼴로 잘라낸 구멍에서 수박 즙이 새어나오듯 수련 덤불의 갈라진 틈으로 연못 물이 스며나왔다.

소년과 소녀는 수련을 꺾기 시작했다. 고무처럼 질겨서 좀처럼 꺾이지 않는 줄기 하나를 둘이서 같이 잡았다. 줄기가 그들을 밀착시켰다. 아이들은 머리를 맞부딪쳤다. 보트가 장대 갈고리로 당긴 듯 기슭으로 끌려갔다. 줄기들이 마구 얽히며 짧아졌다. 핏줄이 비치는 노른자같이 선명한 꽃술을 가진 하얀 꽃들이 물밑으로 사라졌다가 물을 흘리면서 떠올랐다.

나쨔와 니까는 점점 더 보트를 기울여 가라앉은 뱃전에 거의 나란히 엎드린 채 계속해서 꽃을 꺾었다.

"학교에 질려버렸어." 니까가 말했다. "이제 인생을 시작할 때야. 세상에 나가 밥벌이를 할 때가 된 거야."

"마침 너한테 이차방정식을 설명해달라고 부탁할 참이었는데. 난 대수가 약해서 하마터면 재시험을 볼 뻔했지 뭐야."

니까는 이 말 속에 뭔가 가시가 들어 있는 것 같은 느낌을 받았다. 그래, 물론 그녀는 그가 아직 얼마나 어린지를 상기시키면서 그의 콧대를 팍 꺾어놓으려 한 소리였다. 이차방정식이라니! 그들은 아직 대수 냄새도 맡지 못한 터였다.

그는 상처 입은 것을 내색하지 않고 짐짓 무심하게 물었는데, 그즉시 그게 얼마나 어리석은 짓인지 깨달았다.

"너는 크면 누구랑 결혼할 거야?"

"오, 그건 아직 먼 훗날의 일이잖아. 아마 난 누구와도 결혼하지 않을 거야. 아직 생각해보지 않았어."

"내가 거기 엄청 관심이 있다고 생각하진 말아줘."

"그럼 왜 묻는데?"

"넌 바보야."

그들은 말다툼을 시작했다. 니까는 자신이 아침에 여자에게 혐오감을 느꼈다는 것이 떠올랐다. 그는 나쟈에게 계속 건방진 말을 지껄이면 물에 빠뜨려버리겠다고 으름장을 놓았다.

"어디 해봐." 나쟈가 말했다.

그가 그녀의 몸통을 거머잡았다. 그들 사이에 실랑이가 벌어졌다. 그들은 균형을 잃고 물속으로 곤두박질쳤다.

둘 다 수영할 줄 알았지만 수련에 손발이 걸린데다 바닥에 발이 닿지 않았다. 마침내 그들은 끈적거리는 진흙을 힘겹게 헤치고 기슭으로 나왔다. 신발과 호주머니에서 시냇물처럼 물이 흘러내렸다. 니까가 유달리 지쳤다.

만약 이 일이 아주 최근에, 그러니까 올봄쯤에만 일어났더라도 이런 경우에, 이렇게 힘들게 헤엄쳐 나온 다음에 그들은 물에 빠진 생쥐 꼴로 함께 앉아서 떠들거나 욕을 퍼붓고 깔깔댔을 것이다.

하지만 지금 그들은 말이 없었다. 방금 저지른 어리석은 행동에 압도되어 숨도 겨우 쉴 정도였다. 나쟈는 잔뜩 부아가 나서 묵묵히 분을 삭이고 있었고, 니까는 온몸이 아팠다. 몽둥이로 팔다리를 흠

썬 두들겨맞고 갈비뼈가 짓눌려 으스러진 것 같았다.

마침내 나쟈가 어른처럼 입을 열었다. "미친놈!" 니까 역시 어른 같은 말투로 말했다. "미안해."

그들은 물지게에 매달린 두 물통처럼 젖은 자국을 뒤에 남기며 집을 향해 올라가기 시작했다. 길은 뱀이 우글거리는 먼지투성이 오르막을 따라 나 있었다. 아침에 니까가 풀뱀을 보았던 데서 멀지 않은 곳이었다.

니까는 밤중에 마법에 걸린 것같이 흥분되었던 상태와 동이 터 오던 새벽, 그리고 그가 제멋대로 자연을 굴복시켰던 아침의 전능함을 떠올렸다. 이제 자연에 무슨 명령을 내린다? 그는 생각했다. 가장 바라는 게 무얼까? 그는 자신이 언젠가 다시 한번 나쟈와 함께 연못에 빠지기를 무엇보다도 바라는 것 같았고, 그 일이 언젠가 일어날지 아닐지를 알기 위해서라면 당장이라도 많은 것을 바칠 것 같았다.

제2부

·

다른 세계에서 온 소녀

1

    일본과의 전쟁[1]은 아직 끝나지 않았다. 예기치 않게 다른 사건들이 전쟁을 가려버렸다. 혁명의 물결이 러시아 전역을 휩쓸고 있었고 새 물결이 일 때마다 더 높고 더 유례없는 것이 되었다.

    그 무렵, 고인이 된 벨기에인 기술자의 아내로 러시아에 귀화한 프랑스인 아말리야 까를로브나 기샤르가 아들 로지온과 딸 라리사, 두 아이를 데리고 우랄에서 모스끄바로 왔다. 아들은 사관학교에 보내고 딸은 여자 김나지움에 입학시켰는데, 마침 나쟈 꼴로그리보바가 다니는 학교의 같은 학급이었다.

    마담 기샤르는 남편이 남긴 저축채권을 가지고 있었는데, 전에

---

1 러일전쟁(1904~05)을 말한다.

는 가격이 오르다가 이제 떨어지기 시작했다. 재산이 녹아 없어지는 것을 막기 위해, 또 팔짱만 끼고 앉아 있을 수 없기도 해서 마담 기샤르는 조그마한 사업체를 인수했다. 개선문[2] 근처에 있는 레비쯔까야 양장점을 옛 상호 사용권과 예전 단골, 양재사와 수습공 전원과 함께 여자 재봉사의 상속인들한테서 사들인 것이다.

마담 기샤르에게 그렇게 하도록 조언한 것은 변호사 꼬마롭스끼였다. 그는 그녀 남편의 친구이자 그녀 자신이 의지하는 사람으로, 러시아 사업계를 자기 손바닥 보듯 아는 냉혹한 사업가였다. 마담 기샤르는 이사 문제로 그와 편지를 주고받았다. 역으로 마중 나온 꼬마롭스끼는 모스끄바 전역을 가로질러 오루제이니 거리에 있는 체르노고리야 호텔로 그들을 데려갔다. 그들을 위해 그곳에 가구 딸린 방을 임대해두었던 것이다. 로쟈를 사관학교에 보내라고 설득하고 라라가 다닐 김나지움을 추천한 사람도 그였다. 그는 또 소년과 마구잡이 농담을 하는가 하면 소녀를 얼굴이 빨개지도록 쳐다보곤 했다.

2

양장점에 붙어 있는 방 세개짜리 크지 않은 집으로 이사할 때까지 그들은 한달가량을 체르노고리야 호텔에서 지냈다.

그곳은 모스끄바에서 가장 끔찍한 구역이었다. 능글맞은 마부며 빈민굴이며 방탕에 내맡겨진 거리 전체가 '몰락한 피조물들'의 소

2 나뽈레옹전쟁(1812~13)의 승리를 기념해 1829~30년 모스끄바의 뜨베리 관문
(지금의 벨로루스끼 역 광장) 곁에 세웠던 조형물. '뜨베르스까야 문'이라고 한다.

굴이었다.

아이들은 지저분한 방과 빈대와 형편없는 가구에 놀라지 않았다. 아버지가 죽은 후 어머니는 가난해질까 끝없이 두려워하며 살았고, 로쟈와 라라는 그들이 파산 직전이라는 말을 듣는 데 익숙해졌다. 자신들이 길거리 아이들이 아니라는 것은 알았지만, 그들은 고아원에서 자란 아이들처럼 마음 깊숙이 부자들 앞에서 주눅 들어 있었다.

어머니가 그런 두려움의 생생한 예를 보여주었다. 아말리야 까를로브나는 서른다섯살가량의 풍만한 금발 여인으로, 그녀의 심장 발작은 어리석음의 발작으로 바뀌곤 했다. 그녀는 지독한 겁쟁이였고 남자를 죽도록 두려워했다. 바로 그 때문에, 겁에 질리고 망연자실한 나머지 줄곧 이 남자 저 남자의 품을 전전했다.

체르노고리야 호텔에서 그들은 23호실에 묵었다. 24호실에는 사람 좋은 첼리스트 띠시께비치가 호텔이 세워진 날부터 살고 있었다. 땀이 많고, 대머리에 가발을 쓴 그는 누군가를 설득할 때는 기도하듯이 두 손을 포개서 가슴에 꼭 붙였고, 사교계에서 연주할 때와 콘서트에 출연할 때는 고개를 뒤로 젖히고 영감에 차서 눈을 희번덕였다. 그는 거의 집에 없었고 꼬박 며칠씩 볼쇼이 극장이나 음악원에 가 있곤 했다. 이웃은 인사를 나누었다. 서로 친절을 베풀며 그들은 가까워졌다.

꼬마롭스끼가 찾아올 때 아이들이 있는 것이 가끔 아말리야 까를로브나를 곤란하게 해서, 띠시께비치는 그녀가 친구를 그의 집에서 맞을 수 있도록 나가면서 방 열쇠를 그녀에게 맡기기 시작했다. 마담 기샤르는 몇번인가 눈물 바람으로 자기 후원자로부터 지켜달라고 부탁하며 그의 방문을 두드렸을 정도로 이내 그의 헌신에 익숙해졌다.

3

집은 단층으로 뜨베르스까야 거리 모퉁이에서 멀지 않았다. 브레스뜨 철도[3]가 가까이 느껴졌다. 철도회사 보유 시설인 철도원 관사와 기관차 차고와 창고가 바로 곁에서 시작되었다.

모스끄바 화물역 직원의 조카로 영리한 소녀인 올랴 제미나의 집이 거기였다.

그녀는 능력 있는 수습공이었다. 옛 주인이 그녀를 눈여겨보았었고, 지금 새 주인도 그녀를 가까이 두려 했다. 올랴 제미나는 라라가 무척 마음에 들었다.

모든 것이 레비쯔까야 때와 다름없었다. 지친 여공들의 늘어진 발과 획획 날아다니는 손 밑에서 재봉틀이 미친 듯이 돌아갔다. 누군가는 탁자 앞에 앉아 긴 실을 꿴 바늘을 쥔 손을 옆으로 쭉 빼면서 조용히 바느질을 했다. 바닥에는 자투리 천이 흩어져 있었다. 재봉틀 돌아가는 소리와 카나리아 끼릴 모제스또비치가 창문 아치에 매달린 새장 안에서 음조를 바꿔가며 지저귀는 소리를 이겨내려면 큰 소리로 말을 주고받아야 했다. 카나리아에게 붙은 별명의 비밀은 옛 주인이 무덤 속으로 가지고 가버렸다.

응접실에는 그림 같은 무리를 이룬 부인들이 잡지들이 놓인 탁자를 둘러싸고 있었다. 그들은 서거나 앉거나 그림에서 본 대로 탁

---

3 지금의 벨로루스까야 철도.

자에 비스듬히 팔꿈치를 괸 자세로 모델들을 살펴보며 스타일에 대해 상의했다. 지배인 자리에 있는 다른 탁자에는 아말리야 까를 로브나의 조수인 파이나 실란찌예브나 페찌소바가 붙어 앉아 있었 다. 그녀는 주임 재단사 출신으로 뼈만 앙상한 여자였고, 축 처진 볼의 오목 파인 곳에 사마귀가 나 있었다.

그녀는 누런 잇새에 상아로 만든 궐련 파이프를 물고 흰자위가 누런 눈을 찡그린 채 입과 코로 노란 연기 줄기를 뻐끔뻐끔 내뿜으며 몰려든 고객들의 치수와 영수증 번호와 주소와 요청 사항 등을 수첩에 적었다.

양장점에서 아말리야 까를로브나는 경험 없는 신참내기였다. 완전한 의미에서 자신을 주인이라 느끼지도 않았다. 그러나 일꾼들은 정직했고 페찌소바는 믿을 만했다. 그럼에도 불구하고 불안한 시절이었다. 아말리야 까를로브나는 앞날에 대해 생각하는 것이 두려웠다. 절망이 엄습하곤 했다. 아무것도 손에 잡히지 않았다.

꼬마롭스끼가 그들을 자주 찾아왔다. 빅또르 이뽈리또비치는 양장점 전체를 가로질러 그들의 주거 공간으로 향했는데, 그렇게 지나가면서 옷을 갈아입던 멋 내기 좋아하는 부인들을 놀래주었다. 부인들은 그가 나타나면 칸막이 뒤로 숨어서 그의 스스럼없는 농담을 장난스레 받아치곤 했다. 그럴 때면 여공들은 못마땅해서 빈정대는 투로 그의 뒤에다 대고 수군거렸다. "오셨구먼." "주인의 남자." "아말까를 홀렸어." "물소." "바람둥이."

더 큰 증오의 대상은 그의 불도그 잭이었다. 그는 이따금 잭을 목줄에 채워 데리고 왔는데, 그 녀석이 너무도 맹렬하게 끌고 가는 바람에 꼬마롭스끼는 보조를 맞추지 못해 고꾸라지듯 내달리며 안내견 뒤를 따라가는 맹인처럼 두 팔을 뻗고 개 뒤를 따라갔다.

한번은 봄에 잭이 라라의 다리에 달려들어 스타킹을 찢은 적이 있었다.

"내가 저 더러운 악마를 죽여줄게." 올랴 제미나가 라라의 귀에 대고 쉰 목소리로 천진하게 속삭였다.

"그래, 정말 못된 개야. 하지만 바보야, 도대체 무슨 수로 그럴 건데?"

"좀 조용히 해, 소리치지 말고. 내가 가르쳐주지. 부활절에 쓰는 돌로 만든 달걀 있지? 네 엄마 장롱 위에 있는 것 말이야."

"응, 그래. 대리석으로 된 것도 있고 수정으로 만든 것도 있지."

"그래, 바로 그거! 고개 좀 숙여봐, 귀띔해줄게. 그걸 가져와서 돼지기름에 적시는 거야. 돼지기름이 들러붙겠지. 그럼 저 빌어먹을 놈의 수캐가 꿀꺽 삼키는 거지. 그걸로 끝장이야. 저 작은 악마는 숨이 막혀 죽을 거야. 사지를 위로 쭉 뻗겠지! 꼼짝 못해!"

라라가 웃음을 터뜨리며 부러움에 잠겨 생각했다. 이 소녀는 곤궁하게 살며 노동을 한다. 가난한 집 아이들은 일찍 철이 드는 법이다. 그런데 참 놀랍지 않은가. 그녀의 내면에는 아직도 때 묻지 않은 천진함이 얼마나 많이 남아 있는가. 달걀, 잭, 어떻게 그런 생각을 다 했을까? '도대체 내 운명은 왜 이럴까?' 라라는 생각했다. '왜 나는 보는 것마다 이토록 마음이 아파올까?'

4

'실로 그 사람한테 엄마는, 사람들이 하는 말로…… 과연 그는 엄마의 바로 그…… 이건 더러운 말이야. 되풀이하고 싶지 않아. 그

런데 그런 상황이면서 그 사람은 왜 그런 눈빛으로 나를 쳐다보는 거야? 나는 바로 엄마의 딸이잖아.'

그녀는 열여섯살이 조금 지났지만 이미 성숙한 처녀였다. 열여덟살 또는 그 이상으로도 보였다. 그녀는 맑은 마음과 가벼운 성격의 소유자였다. 그녀는 아주 아름다웠다.

그녀와 로쟈는 삶에서 수고하지 않고는 아무것도 얻을 수 없다는 것을 깨닫고 있었다. 한가하고 생활이 여유로운 사람들과 달리 그들은 섣불리 얕은꾀를 부리거나 실제로는 아직 자기네와 관계없는 일을 이론적으로 탐색할 겨를이 없었다. 불필요한 것만이 더럽다. 라라는 세상에서 가장 순결한 존재였다.

오누이는 모든 것의 가치를 알았고 자신들이 이룬 것을 소중히 여겼다. 삶을 헤쳐나가기 위해서는 평판이 좋아야만 했다. 라라는 공부를 잘했는데, 지식에 대한 막연한 갈망 덕분이 아니었다. 학비를 면제받기 위해서는 훌륭한 학생이 되어야 했고 그러자면 공부를 잘해야 했던 것이다. 공부를 잘하는 것만큼이나 라라는 설거지를 거뜬히 잘했고, 가게 일을 잘 도왔으며, 엄마의 심부름을 잘 다녔다. 그녀의 몸놀림은 차분하고 물 흐르듯 유연했다. 눈에 띄지 않는 날렵한 몸짓, 키, 목소리, 잿빛 눈동자와 금발 머리, 그녀의 모든 것이 서로 조화를 이루었다.

7월 중순의 일요일이었다. 휴일 아침에는 좀더 오래 침대에서 느긋하게 보낼 수 있었다. 라라는 두 손을 머리 뒤에 깍지 끼고 반듯이 누워 있었다.

가게는 보통 때와 달리 정적이 감돌았다. 거리로 난 창은 활짝 열려 있었다. 멀리서 덜컹거리던 쁘롤렛까⁴가 자갈 포장도로에서 마차 선로⁵의 홈 속으로 들어가면서 거친 마찰음이 바퀴가 기름에 미끄러지듯 부드럽게 굴러가는 소리로 바뀌어 라라의 귓전을 울렸다. '좀더 자야 해.' 라라는 생각했다. 나직이 웅웅대는 도시의 소음이 자장가처럼 졸음을 불렀다.

지금 라라는 제 키와 침대에 누운 자세를 두개의 점, 왼쪽 어깻죽지와 오른쪽 엄지발가락으로 느끼고 있었다. 어깨와 발 이외의 나머지 모든 것이 대략 그녀 자신, 한 형체 속에 조화롭게 깃들어 생동하며 미래로 돌진하는 그녀의 영혼 혹은 본질이었다.

'자야 해'라고 생각하며 라라는 그 시각 까레뜨니 랴드[6]의 양지바른 쪽을 상상 속에 불러냈다. 깨끗이 쓴 바닥에 판매용 대형 마차가 늘어서 있는 마차 전시장, 마차 등의 컷글라스, 곰 박제, 유복한 삶. 거기서 조금 아래로 내려가면 ─ 라라는 마음속으로 그려보는 중이었다 ─ 즈나멘스까야 병영 연병장에서 펼쳐지는 용기병들의 훈련, 의기양양하게 원을 그리며 걷는 점잖은 말들, 달려가다 안장에 뛰어오르기, 평보 승마, 속보 승마, 전력질주. 그리고 아이와 함께 병영 담장 바깥에 줄지어 달라붙은 보모들과 유모들의 크게 벌어진 입. 또 더 아래쪽에는 ─ 라라는 생각했다 ─ 뻬뜨롭까, 뻬뜨롭스까야 거리들.

"맙소사, 라라! 어떻게 그런 생각이 난 거지요? 난 그저 내 아파트를 보여주고 싶을 뿐인데. 더구나 바로 곁이니 말이에요."

그날은 까레뜨니 랴드에 살고 있는 그의 지인 부부의 어린 딸 올가의 영명축일[7]이었다. 이날을 기회로 어른들은 춤과 샴페인으로

─────────────────

4 지붕이 없는 이인승 사륜마차.

5 전차가 생기기 전 선로를 따라 움직이던 마차의 궤도.

6 '마차 상점'이라는 뜻의 거리 명칭. 17~18세기 이 거리에 마차 제조업자들이 살았던 데에서 연유한다.

흥겨운 시간을 보냈다. 그는 엄마를 초대했지만 엄마는 응할 수 없었다. 몸이 편치 않았다. 엄마가 말했다. "라라를 데려가세요. 당신은 늘 내게 주의를 주시잖아요. '아말리야, 라라를 잘 지켜요.' 그러니 자, 이제 라라를 보살펴주세요." 그래서 그는 그녀를 보살폈다. 두말할 것도 없이! 하, 하, 하!

왈츠란 얼마나 미친 짓인가! 아무 생각도 없이 그저 빙글빙글 돌고 또 도는 일이다. 음악이 흐르는 동안 삶은 소설에서처럼 영원하다. 하지만 연주가 그치자마자 엄습하는 수치감. 찬물 세례를 받았거나 알몸이 드러난 것만 같다. 더욱이 벌써 다 컸다는 것을 보여주고픈 허영심 때문에 남들한테 그런 무례함을 허용한 것이다.

그녀는 그가 그토록 춤을 잘 추리라고는 전혀 예상치 못했다. 그의 손은 얼마나 노련한가! 그는 얼마나 당당하게 그녀의 허리를 끌어안는가! 그러나 그녀는 더이상 누구도 그렇게 자기에게 키스하게 두지 않을 것이다. 자기 입술을 그토록 오래 짓누르는 타인의 입술에 얼마나 많은 파렴치가 묻어 있을지 그녀는 결코 예상치 못했다.

이 어리석은 짓거리를 집어치워야 한다. 단번에, 영원히. 숙맥같이 굴어서는 안 된다. 교태를 부려선 안 된다. 부끄러워하며 눈을 내리깔아서는 안 된다. 그러다간 언젠가 몹쓸 꼴을 당할 것이다. 무시무시한 경계선이 한치 옆이다. 한걸음만 디디면 곧장 심연으로 떨어질 것이다. 춤 생각은 잊어야 한다. 춤은 모든 죄악의 온상이다. 단호하게 거절해야 한다. 춤을 배우지 못했다거나 다리가 부러졌다고 둘러대자.

----

7 이름이 같은 성자의 기일. '사도에 준하는 러시아 대공비 올가'의 기일은 구력 7월 11일이다.

5

가을에 모스끄바 철도망에서 소요가 일어났다. 모스끄바-까잔 철도가 파업에 들어갔고 모스끄바-브레스뜨 철도가 합류할 예정이었다. 파업 결정은 내려졌으나 철도위원회 내에서 파업 선언 날짜를 두고 합의를 보지 못하고 있었다.[8] 모든 철도 종사자가 파업에 대해 알고 있었다. 저절로 파업이 시작될 외적 구실이 필요할 뿐이었다.

10월 초의 춥고 흐린 아침이었다. 그날은 철도 직원들의 급료가 지급될 예정이었다. 경리과에서 한참 동안 통지가 없더니 이윽고 출근부와 급료 명세서와 벌금 징수를 위해 거둔 개인별 급료 장부를 한아름 든 소년이 사무실로 들어왔다. 지급이 시작되었다. 차장, 조차원, 철공과 그 수습공, 차고 바닥 청소부 들이 임금을 타기 위해 선 줄이 역, 작업장, 기관차 차고, 창고와 선로를 관리부의 목조 건물들과 가르는 끝없이 이어진 공터 지대를 따라 길게 늘어섰다.

짓밟힌 단풍나무 잎과 녹아서 진창이 된 눈, 기관차의 매연과 역 간이식당 지하실 화덕에서 구워 막 꺼내온 따뜻한 호밀 흑빵 냄새가 대기에 배어 있었다. 도시의 겨울이 시작되고 있었다. 열차가 당도하고 떠났다. 둘둘 말거나 펼친 신호기를 흔드는 데 따라 열차가 결합되거나 분리되었다. 경비원들의 경적 소리, 연결수의 호루라기 소리, 기관차의 낮은 기적 소리가 갖가지 음색으로 뒤엉켜 울렸다. 연기 기둥들이 끝없는 사다리가 되어 하늘로 솟구쳤다. 불을 지

8 전러시아 철도 노동자 파업은 구력 1905년 10월 6일에 모스끄바-까잔 철도에서 시작되었고, 모스끄바-브레스뜨 철도는 10월 8일에 파업에 돌입했다.

핀 기관차들이 나갈 채비를 하고 서서 펄펄 끓는 증기 구름으로 차가운 겨울 구름을 익히고 있었다.

철도 관구장인 철도 기사 푸플리긴과 역내 보선 감독인 빠벨 페라뽄또비치 안찌뽀프가 노반 가장자리를 따라 앞뒤로 오락가락했다. 안찌뽀프는 철로 덮개를 교체하라고 지급된 부품이 나쁜 것이라고 불평하며 정비소를 들볶는 중이었다. 강철의 장력이 부족했다. 레일은 굴절과 파손 시험을 통과하지 못했고, 안찌뽀프가 추측하기로 강추위에 파열될 것이 분명했다. 관리부는 빠벨 페라뽄또비치의 항의에 냉담한 태도를 취했다. 누군가가 자기 배를 불리고 있었다.

푸플리긴은 가장자리 장식이 있는 값비싼 모피 외투를 단추를 풀어 걸쳤고 외투 속에는 체비엇 양모로 지은 새 평상복을 입었다. 그는 옷깃의 선과 반듯한 바지 주름과 세련된 모양의 구두를 흡족한 표정으로 흘깃거리며 조심스럽게 철둑을 따라 걷고 있었다.

안찌뽀프의 말은 한쪽 귀로 날아들었다가 다른 쪽 귀로 날아 나갔다. 푸플리긴은 뭔가 자기 생각에 빠져 순간순간 회중시계를 꺼내 보며 어딘가로 서두르고 있었다.

"맞네, 맞아, 이 사람아." 그가 못 참겠다는 듯이 안찌뽀프의 말을 가로막았다. "그렇지만 그런 위험한 상황은 간선이나 교통량이 많은 직행 구간에서나 생기네. 한데 생각해보게, 자네 선로는 어떤가? 우엉과 쐐기풀이 무성한 인입선과 대피선이네. 만일의 경우라야 빈 화차가 들락거리거나 조차용 기관차를 바꾸는 게 고작 아닌가. 그런데도 그게 마음에 안 든다고! 자네 제정신이 아닌 거지! 지금 선로가 문제가 아니야. 그런 데는 목재 선로를 깔아도 되네."

푸플리긴은 시계를 보더니 뚜껑을 탁 닫고 멀리 대로가 철도에 가까워지는 지점을 응시하기 시작했다. 길모퉁이에 마차가 나타났다. 푸플리긴 자신의 마차였다. 아내가 그를 데리러 온 것이다. 마차가 거의 노반 가까이 멈추는 바람에 말들이 철로를 보고 놀랐다. 마부가 칭얼대는 어린아이를 대하는 보모 같은 날카로운 목소리로 줄곧 외쳐대며 말들을 제어했다. 마차 한쪽 구석에 예쁜 부인이 쿠션에 아무렇게나 기댄 채 앉아 있었다.

"그럼 여보게, 다음에 또 얘기하세." 철도 관구장이 말하고 손을 흔들었다. "지금 자네의 그 선로가 문제가 아니란 말이네. 더 중요한 일이 있어."

부부는 마차를 타고 떠났다.

6

서너시간쯤 지나 땅거미가 깔릴 무렵이었다. 선로 한옆의 벌판에서 그때까지 보이지 않던 두 형상이 땅 밑에서 자라난 것같이 모습을 드러내더니 뒤를 두리번거리며 재빨리 멀어졌다. 안찌뽀프와 찌베르진이었다.

"좀더 빨리 가세." 찌베르진이 말했다. "밀정들이 뒤를 밟을까봐 경계하는 게 아니야. 하지만 이제 이 미적대는 일이 끝나면 그놈들이 땅굴에서 기어나와 따라붙겠지. 나는 그 작자들 꼴을 참을 수가 없어. 이렇게 꾸물댈 거면 뭐 하러 법석을 떨어. 이럴 거면 위원회고 불장난이고 땅 밑으로 기어드는 짓 따위가 다 무슨 소용이냐고! 자네도 그래. 니꼴라옙스까야 철도의 그 머무적대는 짓거리를 지지하다니."

"우리 다리야가 장티푸스에 걸렸어요. 내가 병원에 데려가야 할 텐데. 병원에 데려가기 전까진 아무 생각도 머리에 들어오지 않아요."

"오늘 급료를 준다던데. 사무실에 들러야겠어. 봉급날만 아니면 맹세코 자네들한테 침을 뱉어주고 지체 없이 내가 이 난리를 끝장 내버렸을 거야."

"무슨 수로요?"

"간단하지. 보일러실로 내려가 경적을 울리면 잔치는 끝이야."

그들은 작별 인사를 하고 서로 다른 방향으로 가기 시작했다.

찌베르진은 선로를 따라 도시 쪽으로 걷다가 사무실에서 급료를 타가지고 오는 사람들과 마주쳤다. 아주 많았다. 찌베르진은 눈짐작으로 역내의 거의 모든 사람이 급료를 탄 것으로 판단했다.

날이 저물기 시작했다. 사무실 옆 공터에 일 없는 노동자들이 무리를 이루고 있었다. 사무실 불빛이 그들의 모습을 비추었다. 공터 입구에는 푸플리긴의 마차가 서 있었다. 푸플리긴 부인이 마치 아침부터 마차 밖으로 나오지 않은 것처럼 아까 같은 자세로 마차에 앉아 있었다. 그녀는 남편이 사무실에서 돈을 타오기를 기다리는 중이었다.

예기치 않게 축축한 진눈깨비가 내리기 시작했다. 마부가 마부석에서 기어 내려와 가죽 덮개를 치기 시작했다. 그가 마차 뒤쪽에 한 발을 딛고 빡빡한 버팀대를 잡아당기는 동안 푸플리긴 부인은 사무실 램프 불빛 속에서 반짝이는 유리구슬 같은 은빛의 물죽을 즐기고 있었다. 그녀는 눈 한번 깜박이지 않고 꿈꾸듯 몽롱한 시선

---

9 니꼴라옙스까야 철도와 빈답스까야(리즈스까야) 철도 노동자들이 가장 파업을 주저하다 구력 10월 10일에 동참했다.

을 무리 지은 노동자들 위로 던졌는데, 필요하다면 안개나 보슬비를 통과하듯 아무 해도 입지 않고 그들을 관통할 것 같은 시선이었다.

찌베르진은 얼핏 그 표정을 보았다. 불쾌했다. 그는 푸플리긴 부인을 못 본 척 지나쳤고, 사무실에서 그녀의 남편과 마주치지 않기 위해 나중에 급료를 타러 들르기로 했다. 계속 걸어 불빛이 덜 비치는 작업장 쪽으로 가자 기관차 차고로 들어가는 여러 갈래의 선로와 함께 전차대[10]가 거뭇하게 보였다.

"찌베르진! 꾸쁘리끄!" 어둠 속에서 여러 목소리가 소리쳐 그를 불렀다. 작은 무리의 사람들이 작업장 앞에 서 있었다. 안에서 누군가가 고함을 치고 있었고 아이 울음소리가 들려왔다. "끼쁘리얀 사벨리예비치, 저애 좀 구해줘요." 무리 중에서 어떤 여자가 말했다.

늙은 직공장 뾰뜨르 후돌레예프가 자기 희생양인 나이 어린 수습공 유숩까를 평소처럼 또 때리고 있었다.

후돌레예프가 늘 그렇게 수습공을 괴롭히고 술에 취해 주먹질을 해댔던 것은 아니다. 한때는 모스끄바 근교 공장지대 상인과 사제의 딸들이 늠름한 노동자였던 그를 선망의 눈길로 바라보기도 했다. 그는 당시 교구 학교[11]를 마친 찌베르진의 어머니를 쫓아다녔는데, 그녀는 그의 구애를 거절하고 그의 동료인 기관사 사벨리 니끼찌치 찌베르진과 결혼해버렸다.

사벨리 니끼찌치가 끔찍한 죽음을 당하고(그는 당시 세상을 떠들썩하게 했던 1888년의 열차 충돌사고로 불에 타 죽었다) 그녀가 홀몸으로 산 지 육년째 되던 해에 뾰뜨르 뻬뜨로비치 후돌레예프

---

10 기관차 방향 전환에 쓰이는 회전식 설비.
11 주로 러시아정교회 성직자의 딸들을 위한 여자 중등학교.

는 다시 구혼했지만 이번에도 마르파 가브릴로브나는 퇴짜를 놓았다. 그때부터 후돌레예프는 엉망진창인 현재의 삶이 세상 탓이라고 확신하여 그 앙갚음으로 술을 마시고 싸움질을 하게 되었다.

유숩까는 찌베르진이 사는 공동주택의 수위 기마제뜨진의 아들이었다. 찌베르진이 작업장에서 소년을 돌봐주었는데, 그것이 후돌레예프에게 아이에 대한 반감을 불러일으켰다.

"줄칼 쥐는 꼴 좀 봐라, 이 아시아 놈아." 후돌레예프가 유숩까의 머리카락을 움켜쥐고 목덜미를 때리면서 소리쳤다. "누가 그 따위로 주물을 깎아? 어디 물어보자, 내 일을 망쳐놓을 작정이지? 요 요망한 것, 요 사팔뜨기 회교도 놈아."

"아야, 안 그럴게요, 아저씨. 아야, 아야, 안 그래요, 안 그런다고요. 아, 아파요!"

"골백번도 더 말했어, 먼저 굴대를 조정하고 그다음에 완충기를 나사로 죄라고 말이야. 그런데도 안 들어. 이놈은 계속 제멋대로야. 하마터면 내 굴대를 부러뜨릴 뻔했잖아, 개자식 같으니."

"전 굴대를 건드리지 않았어요, 아저씨. 맹세코 제가 안 그랬어요."

"뭣 때문에 애를 못 잡아먹어서 안달이오?" 찌베르진이 사람들 틈을 비집고 나와서 물었다.

"내 개새끼 건드리는 거니까 딴 새끼는 꺼져." 후돌레예프가 쏘아붙였다.

"왜 어린애를 못살게 구느냐고 묻잖아요?"

"썩 꺼지라고 하잖아, 이 사회주의자 두목 놈아. 이놈은 죽여도 시원찮아. 이 망나니가 내 굴대를 망가뜨릴 뻔했단 말이다. 살아 있는 것만 해도 내 손에 입을 맞추고 고마워해야 할 판이야, 망할 놈의 사팔뜨기 같으니. 난 그저 이놈 귀나 잡아당기고 머리카락을 쥐었을 뿐이야."

"그럼 그만한 일로 그애 목이라도 쳐야 한단 말입니까, 후돌레이 아저씨? 부끄러운 줄 아셔야죠. 직공장님, 머리가 희끗하도록 살아도 분별이 없네요."

"꺼져, 꺼지란 말이다, 작살내기 전에. 날 가르치려 들어? 대갈통을 박살 내버릴까보다, 이 개 똥구멍 같은 자식! 이 인간 같지 않은 핏줄아, 너는 네 아비를 코앞에 두고도 침목 위에서 만들어진 놈이야. 난 네 어미가 얼마나 사내에게 미친 계집인지 알고 있다. 알고 말고, 발정 난 암고양이, 너덜너덜한 걸레 같으니!"

그다음 일이 벌어지기까지는 다 해서 채 일분도 걸리지 않았다. 두 사람은 무거운 공구와 쇳조각이 어지러이 널린 기계 받침대에서 첫번째로 손에 걸린 물건을 움켜잡았다. 바로 그 순간 사람들이 우르르 달려들어 떼어놓지 않았다면 그들은 서로를 죽이고 말았을 것이다. 후돌레예프와 찌베르진은 머리를 숙여 이마를 맞대다시피 하고 서 있었다. 눈에 핏발이 선 창백한 얼굴들이었다. 잔뜩 흥분한 탓에 한마디도 내뱉을 수 없었다. 사람들이 뒤에서 팔을 움켜잡고 그들을 단단히 붙들고 있었다. 순간순간 그들은 있는 힘껏 온몸을 비틀고 몸부림치며 자신들을 붙든 동료들에게서 벗어나려 애썼다. 옷의 호크와 단추가 떨어져나가고 재킷과 셔츠가 어깨에서 흘러내려 맨살이 드러났다. 그들 주위로 어수선한 소란이 그치지 않았다.

"끌! 저 사람한테서 끌 뺏어. 머리통 부수겠어.""자, 조용, 조용 좀 하세요, 뾰뜨르 아저씨. 팔을 비틀어버릴 거예요!""이 사람들을 계속 봐줘야 해? 따로 끌어내서 가둬놔야 일이 끝나겠어."

갑자기 찌베르진이 자기한테 엉켜 매달린 사람들을 초인적인 힘으로 홱 뿌리치더니 그들에게서 벗어나 한달음에 문가에 가서

섰다. 사람들은 그를 붙잡으러 달려가려다가 그의 정신상태가 좀 전과 전혀 다른 것을 보고 내버려두었다. 그는 밖으로 나와 문을 쾅 닫고는 뒤도 돌아보지 않고 성큼성큼 걸어갔다. 가을의 습기가, 밤이, 어둠이 그를 에워쌌다. "너는 그들을 도우려 애쓰는데 그들은 네 갈비뼈에 칼을 겨누는구나." 그가 중얼거렸다. 그는 자신이 어디로, 무슨 목적으로 가는지 알지 못했다.

살진 마나님이 멍청한 노동자들을 감히 그런 눈길로 바라보고, 이 체제의 제물인 저 고주망태는 자신과 비슷한 부류를 조롱하는 것에서 만족을 찾는 이 비열하고 거짓된 세상, 지금 그는 이 세상이 그 어느 때보다 더 증오스러웠다. 그는 빠르게 걸었다, 다급한 걸음이 지금 그가 열띤 머릿속에 그리는 모든 것이 합리적이고 조화로운 세상이 이루어질 때를 앞당길 수 있다는 듯이. 그는 최근 며칠 동안 그들이 기울인 노력, 철도 소요, 집회에서의 연설, 그리고 아직 실행에 옮기진 않았지만 취소된 것도 아닌 파업 결정 등이 모두 그들 앞에 놓인 위대한 길의 각 단계라는 것을 알고 있었다.

그러나 지금 흥분한 그는 숨도 쉬지 않고 단번에 이 모든 과정을 뛰어넘고 싶어 못 견딜 지경이었다. 그는 자신이 성큼성큼 어디로 걸어가는지 알지 못했지만, 다리는 그를 어디로 데려가는지 잘 알고 있었다.

찌베르진은 그와 안찌뽀프가 지하 토굴을 나온 뒤에 위원회가 바로 그날 저녁 파업에 돌입하기로 결정했으리라고는 한참 동안 짐작도 하지 못했다. 위원회 위원들은 그 자리에서 바로 누가 어디로 갈 것인지와 어디에서 누굴 제거할지 등을 자기들끼리 분담했다. 마치 찌베르진의 영혼 밑바닥에서 뿜어져나온 것처럼 기관차 정비고에서 터져나온 목쉰 듯한 신호음이 점차 맑아져 고르게 울려퍼졌을 때는 이미 기관차 차고와 화물역에서 나온 군중이 입구 신호기를 지나 시내 쪽으로 움직이고 있었다. 찌베르진의 호루라기 소리에 따라 일을 내던지고 보일러실에서 뛰쳐나온 새로운 군중이 그들과 합류했다.

찌베르진은 그날 밤 작업과 철도 운행을 멈추게 한 것이 자기 한 사람이었다고 여러 해 동안 생각했다. 훗날 파업 가담 혐의로만 재판을 받았을 뿐 파업 선동은 기소 항목에 들어 있지 않은 것을 안 다음에야 그런 착각에서 벗어났다.

사람들이 뛰쳐나오며 물었다. "어디로 가라는 호루라기야?" 어둠 속에서 대답이 들렸다. "귀머거리는 아닌가보네. 들리잖아, 경보야. 불이 났어." "불이 어디 났는데?" "어디든 불이 났으니까 경보가 울리는 거 아니겠어?"

쉴 새 없이 문이 여닫히며 새로운 사람들이 쏟아져나왔다. 다른 목소리들이 울렸다. "불은 무슨 놈의 불! 이런 촌놈! 멍청한 소리에 귀 기울이지 말아요! 이건 파업이라는 거야, 알겠어? 멍에를 벗어라, 굴레를 벗어던져라, 나는 더이상 종이 아니다. 여보게들, 집으로 가세."

사람들이 계속 불어났다. 철도가 파업에 돌입했다.

7

이틀 후 찌베르진은 제대로 자지 못하고 수염도 깎지 못한 얼굴로 꽁꽁 얼어서 집에 왔다. 전날 밤 철 이른 한파가 닥쳤는데 찌베르진은 가을옷을 입고 있었던 것이다. 수위 기마제뜨진이 문가에서 그를 맞았다.

"감사합니다, 찌베르진 나리." 그가 서툰 러시아어로 뜨덤뜨덤 말했다. "유수쁘가 화를 당할 걸 막아주셨다니, 늘 신께 기도하겠습니다."

"기마제뜨진 아저씨, 제정신이에요? 내가 무슨 아저씨 나리예요? 제발 집어치워요. 할 말이나 빨리 해요. 보다시피 추위가 장난 아니에요."

"춥긴요, 당신은 따뜻해요, 사벨리치. 어제 당신 어머니 마르파 가브릴로브나하고 모스끄바 화물역에서 창고 가득 장작을 실어왔어요. 다 자작나무예요. 좋은 나무죠. 잘 마른 장작이에요."

"고마워요, 기마제뜨진. 할 말이 더 있나본데 어서 말해요, 제발. 난 얼었단 말이에요."

"하고 싶은 말은요, 사벨리치, 집에서 묵지 말라는 겁니다. 숨어야 해요. 경비병이 묻고, 경찰도 와서 누가 왔다 가지 않느냐고 물어요. 나는 아무도 오지 않는다고 말하죠. 조수가 오고 기관차 승무원들이 오고 철도원들이 온다, 낯선 사람은 아무도, 아무도 없다고요!"

찌베르진은 독신이었다. 그가 어머니와 결혼한 남동생과 함께 살고 있는 공동주택은 이웃한 성삼위일체 교회의 부속 건물이었다. 이 집의 거주민 중에는 교구 성직자 몇명과 시내에서 청과물과 정육 노점을 하는 협동조합원이 둘 있었지만 대부분은 모스끄바-브레스뜨 철도의 하급 노동자들이었다.

집은 목조 회랑이 딸린 석조 건물이었다. 회랑이 포장되지 않은 지저분한 안마당을 사방에서 둘러싸고 있었다. 회랑 위로는 더럽고 미끄러운 나무 층계가 나 있었다. 계단에서 고양이 냄새와 시큼한 양배추 절임 냄새가 풍겼다. 층계참마다 변소와 맹꽁이자물쇠가 채워진 창고가 붙어 있었다.

찌베르진의 동생은 전쟁에 사병으로 징집되어 와팡커우[12] 근교에서 부상당했다. 그는 끄라스노야르스끄 병원에서 입원 치료 중이었는데, 그의 아내가 가서 그를 데려오려고 두 딸과 함께 떠났다. 대대로 철도 노동자인 찌베르진 집안사람들은 선뜻 길을 나섰고, 직원용 무료승차권으로 러시아 전역을 여행했다. 지금 집 안은 조용하고 텅 비어 있었다. 아들과 어머니만이 살고 있었다.

집은 2층에 있었다. 현관문 앞 회랑에는 물장수가 물을 날라다 채워주는 통이 놓여 있었다. 자기 집 층으로 올라온 끼쁘리얀 사벨리예비치는 물통 뚜껑이 한쪽으로 밀쳐져 있고 철제 컵이 얼음 잡힌 물 표면에 얼어붙은 것을 발견했다.

'누구겠어, 쁘로프지.' 찌베르진은 씩 웃으며 생각했다. '마셔도 마셔도 목이 말랐던 모양이지. 잔뜩 마신 걸 보니 어지간히 속이 탔나봐.'

쁘살롬시끄[13]인 쁘로프 아파나시예비치 소꼴로프는 잘생긴 용모에 아직은 젊은 편인 사내로 마르파 가브릴로브나의 먼 친척이었다.

끼쁘리얀 사벨리예비치는 얼어붙은 표면에서 컵을 떼어내고 물통 뚜껑을 바로 놓은 뒤에 초인종 손잡이를 당겼다. 집 안 냄새와 맛있는 증기의 구름이 다가와 그를 맞아주었다.

"불을 뜨겁게 땠네요, 엄마. 집이 따뜻해서 좋아요."

어머니가 그에게 달려들어 목을 껴안고 울음을 터뜨렸다. 그는

---

12 瓦房口鎭. 뤼순-선양 철도의 역. 구력 1904년 6월 1~2일 러일전쟁의 전투가 벌어져 러시아군이 패한 곳이다.

13 시편 낭송과 찬송을 관할하는 신부.

어머니의 머리를 쓰다듬으며 잠시 기다렸다가 한옆으로 부드럽게 밀어냈다.

"용감한 마음이 도시들을 점령하고 있어요, 엄마." 그가 조용히 말했다. "내 길은 모스끄바에서 바르샤바까지 곧장 이어져요."

"안다. 그래서 우는 거야. 네 상황이 좋지 않아. 꾸쁘린까, 어디 멀리 몸을 피하는 게 좋겠구나."

"엄마의 소중한 벗이자 친절한 목자인 뾰뜨르 뻬뜨로프 씨가 하마터면 제 머리를 박살 낼 뻔했답니다."

그는 어머니를 웃길 생각이었다. 어머니는 농담을 알아듣지 못하고 진지하게 대꾸했다.

"그 사람을 조롱하는 건 죄악이야, 꾸쁘린까. 그 사람을 불쌍히 여겨야 해. 정말 가엾은 사람이란다. 길 잃은 영혼이야."

"안찌쁘프 빠시까가 체포됐어요. 빠벨 페라뽄또비치요. 밤에 와서 다 뒤집어놨대요. 아침에 끌고 갔어요. 게다가 그의 아내 다리야는 장티푸스로 병원에 있어요. 실업학교에 다니는 어린 빠블루시까만 귀먹은 큰어머니와 함께 집에 있고요. 설상가상으로 집에서도 쫓겨나게 생겼대요. 그애를 우리 집에 데려와야 할 것 같아요. 쁘로프는 왜 들렀어요?"

"어떻게 알았니?"

"물통 뚜껑이 열렸고 컵이 들어 있던데요. 틀림없이 바닥 모르고 마셔대는 쁘로프가 물을 퍼마신 거라고 생각했죠."

"어쩌면 잘도 알아맞히네, 꾸쁘린까. 네 말이 맞다. 쁘로프야, 쁘로프, 쁘로프 아파나시예비치였어. 장작을 빌려달라고 뛰어왔길래 줬단다. 근데 나도 참 바보네, 장작이라니! 그이가 가져온 소식은 깨끗이 잊어버리고 말이야. 있잖니, 황제께서 모든 것을 새롭게 바꾸도록 하는 성명서에 서명하셨다는구나.[14] 누구도 모욕당하지 않고, 농부들에게 땅을 주고, 모든 사람이 귀족과 같다지 않니. 칙령은 서명을 했으니, 생각해보려무나, 선포할 일만 남은 거지. 종무원에서 기도문에 넣으려고 새로운 청원을 보냈다는데, 아니면 무슨 축하 기도라던가, 아무튼 잘 모르겠네. 쁘로부시까가 말해줬는데 내가 그만 잊어버렸지 뭐냐."

8

체포된 빠벨 페라쁜또비치와 병원에 입원한 다리야 필리모노브나의 아들 빠뚤랴 안찌뽀프는 찌베르진의 집에서 지내게 되었다. 그는 균형 잡힌 이목구비에 가운데 가르마를 탄 연갈색 머리의 말쑥한 소년이었다. 머리를 매끈하게 빗고 재킷과 실업학교 버클이 달린 혁대를 바로잡느라 쉴 틈이 없었다. 빠뚤랴는 유머 감각이 좋고 관찰력이 매우 뛰어나서 보고 들은 모든 것을 아주 흡사하게 흉내 내며 익살을 떨곤 했다.

10월 17일에 성명이 발표되자 이내 뜨베르스까야 문에서 깔루즈스까야 문에 이르는 대규모 시위가 계획되었다.[15] 시위 초기는 "유모가 일곱이면 아이가 눈이 없다"[16]라는 속담과 같은 꼴이었다. 계획에 관여했던 여러 혁명단체가 서로 못 잡아먹어 안달하더니 연달아 꽁무니를 빼고는, 그럼에도 불구하고 예정된 날 아침에 사

---

14 1905년 10월 17일 니꼴라이 2세가 서명한 '시민적 자유'에 관한 칙령을 말한다.
15 역사적 실제로 기록된 바 없는 문학적 허구다.
16 '사공이 많으면 배가 산으로 간다'와 같은 의미.

람들이 거리로 쏟아져나왔다는 것을 알고서야 부랴부랴 시위대에 자신들의 대표자를 파견했던 것이다.

끼쁘리얀 사벨리예비치의 반대와 만류에도 불구하고 마르파 가브릴로브나는 명랑하고 붙임성 좋은 빠뚤랴를 데리고 시위에 참가했다.

11월 초의 건조하고 추운 날이었다. 짙은 납빛 하늘이 고요한 가운데 가는 눈발이 하나둘 셀 수 있을 정도로 드문드문 흩날렸다. 눈은 땅에 떨어지기를 망설이는 듯 오래도록 맴돌다가 회색 솜털 먼지가 되어 길의 마차 바큇자국 속으로 숨어들었다.

군중이 거리를 따라 아래로 몰려가고 있었다. 그야말로 엄청난 무리였다. 얼굴, 얼굴, 또 얼굴, 솜 넣은 겨울 외투들과 양가죽 모자들, 노인들, 여자 고등전문학교 학생들과 아이들, 제복을 입은 철도 노동자들, 무릎 위까지 올라오는 장화를 신고 가죽 재킷을 입은 전차 차고와 전화국 노동자들, 김나지움 학생들과 대학생들.

한동안 사람들은 「바르샤뱐까」「너희는 제물이 되어 쓰러졌나니」「라마르세예즈」[17] 등의 노래를 불렀다. 행렬의 선두에서 뒷걸음질치며 손에 꼭 쥔 꾸반까[18]를 흔들어 노래를 지휘하던 사람이 갑자기 모자를 내려 쓰고 노래를 그쳤다. 그는 행렬 쪽으로 등을 돌리고 돌아서더니 앞으로 가서 나란히 걷고 있던 나머지 지도자들이 하는 말에 귀 기울이기 시작했다. 노랫소리가 흐트러지다가 몇

---

17 차례로 폴란드 시인이자 혁명가인 바츨라프 스베치츠키의 시에 곡을 붙인 폴란드와 러시아의 혁명가요, 안똔 아모소프의 시에 곡을 붙인 러시아 혁명운동의 유명한 장송행진곡 중 하나, 프랑스혁명 시기 프랑스공화국 찬가 등이다.
18 위가 평평하고 모피 테를 두른 챙 없는 가죽 모자. 북깝까스의 꾸반 지역 까자끄들이 쓰기 시작한 데서 유래한 이름이다.

었다. 얼어붙은 보도를 저벅거리며 걸어가는 헤아릴 수 없이 많은 군중의 발소리를 들을 수 있었다.

지지자들이 행렬의 주동자들에게 까자끄[19]들이 앞쪽에 숨어 시위대를 기다리고 있다고 알려주었다. 곧 있을 매복 공격에 대해 가까운 약국으로 전화를 걸어왔던 것이다.

"그렇다면 어쩐다?" 지도자들이 말했다. "중요한 것은 당황하지 말고 침착하게 대처하는 겁니다. 가다가 제일 먼저 마주치는 공공 건물을 즉각 점거해서 사람들에게 닥칠 위험을 알리고 한 사람씩 흩어집시다."

그들은 어디로 가는 것이 가장 좋을지 논란을 벌였다. 한 무리는 상업종사원협회 건물을, 다른 무리는 고등기술학교를, 또다른 무리는 외국무역통신원학교로 갈 것을 제안했다.[20]

그렇게 입씨름을 벌이는 동안 앞쪽에 어느 관영 건물 모퉁이가 나타났다. 그 건물 안에도 앞서 열거한 것들 못지않게 피난처로 적합한 교육기관이 자리 잡고 있었다.

행렬이 건물과 나란해졌다. 지도자들이 반원형 층계참으로 올라가 신호를 하자 행렬의 선두가 멈추었다. 여러 짝으로 된 입구의 접이문이 열렸고 행렬 전부가 학교 현관홀 안으로 쏟아져 들어가기 시작했다. 외투 뒤에 외투, 모자 뒤에 모자가 뒤따르며 학교의 중앙 계단을 올라갔다.

---

19 15세기 후반에서 16세기 전반에 걸쳐 러시아 중앙부에서 남방 변경 지대로 이주해 자치적인 군사 공동체를 형성한 농민 집단. 이후 정부 지원 아래 국경을 방비했으며, 18세기에 제정러시아의 비정규군으로 편성되어 20세기 초에는 11개 까자끄 군단이 각 지방 군관구에 소속되어 있었다.
20 지리적으로 분산된 지점들로, 우왕좌왕하는 시위 상황을 강조한다.

"강당으로, 강당으로 가세요!" 뒤쪽에서 외치는 산발적인 목소리가 들렸지만 군중은 계속해서 더 안쪽으로 몰려들어 여기저기 복도와 교실로 흩어졌다.

어쨌든 가까스로 강당으로 걸음을 되돌린 군중이 모두 의자에 자리를 잡고 앉자, 지도자들은 모인 사람들에게 몇번에 걸쳐 그들 앞에 놓인 덫에 대해 설명하려 시도했으나 누구도 그 말에 귀 기울이지 않았다. 그들은 행진을 멈추고 막힌 공간으로 옮겨온 것을 즉석 집회에 초대받은 것으로 이해했고, 곧바로 집회가 시작되기도 했다.

오랫동안 노래를 부르며 행진해온 사람들은 잠시 말없이 앉아 있는 자기들 대신 이제 다른 누군가가 목청껏 큰 소리로 외쳐주었으면 싶었다. 휴식이 주는 큰 만족감에 비하면 거의 모든 점에서 서로 의견의 일치를 보이는 연사들 간의 사소한 불일치 쯤은 아무것도 아니었다.

그래서 가장 서투른 연사가 가장 큰 성공을 거두었는데, 그는 자신에게 주목해야 한다며 청중을 피곤하게 하지 않았던 것이다. 그의 말 한마디 한마디에 찬성의 함성이 뒤따랐다. 누구도 찬성의 소음에 그의 말이 묻히는 것을 안타까워하지 않았다. 안달하며 그의 말에 동의하느라 바빴고, "치욕이다"라고 외쳐대며 저항의 전보문을 작성했다. 그러다가 갑자기 한결같은 그의 목소리에 싫증을 내며 일제히 일어서더니 연사에 대해서는 까맣게 잊고 모자에 모자가, 줄에 줄이 잇따르는 군중을 이루어 층계를 내려가 거리로 몰려나갔다. 행진이 계속되었다.

집회가 진행되는 동안 거리에는 눈이 내렸다. 포도가 하얗게 덮였다. 눈은 점점 더 거세게 퍼부었다.

용기병들이 급습한 첫 순간에 행렬의 뒷줄은 아무것도 알지 못했다. 갑자기 무리를 이루어 "만세" 하고 소리칠 때 같은 아우성이 앞에서부터 울려오며 커졌다. "사람 살려!" "살인자들!"이라는 외침과 다른 여러 고함 소리가 분간할 수 없이 뒤섞였다. 거의 동시에 그 소리의 물결을 타고 황급히 한쪽으로 비킨 군중 사이에 만들어진 비좁은 통로를 따라 말의 콧잔등과 갈기와 군도를 휘두르는 기병들이 소리 없이 맹렬하게 질주해왔다.

소대의 절반이 달려와 방향을 바꾸고 대열을 정비하더니 뒤쪽에서 행렬의 후미를 치고 들어왔다. 학살이 시작되었다.

몇분 후 거리는 거의 텅 비었다. 사람들은 골목으로 흩어져 달아났다. 눈발이 뜸해졌다. 목탄화같이 메마른 저녁이었다. 집들 너머 어딘가로 내려앉던 태양이 갑자기 모퉁이 주위로 거리에 있는 모든 붉은 것을 손가락으로 쿡쿡 찌르기 시작한 것 같았다. 용기병 모자의 붉은 윗부분, 길에 떨어진 붉은 깃발 조각, 불그스름한 실과점으로 눈 위에 길게 뻗은 핏자국.

머리가 깨진 한 사람이 신음하며 포도 가장자리를 따라 두 팔로 기어갔다. 아래쪽에서 기병 몇이 천천히 줄지어 오고 있었다. 군중을 쫓아 거리 끝까지 갔다가 돌아오는 길이었다. 스카프가 목덜미까지 벗겨진 마르파 가브릴로브나가 거의 그들의 발밑에 밟히다시피 이리 뛰고 저리 뛰며 제정신이 아닌 목소리로 온 거리를 향해 소리를 질러댔다. "빠샤! 빠뚤랴!"

그는 내내 그녀와 함께 걸었고 멋진 솜씨로 마지막 연사를 흉내내어 그녀를 즐겁게 해주었는데, 용기병들이 달려드는 소란 통에 갑자기 없어져버렸던 것이다.

난장판 속에서 마르파 가브릴로브나 자신도 등에 채찍을 한대

얻어맞았다. 비록 두껍게 솜을 넣은 슈슌[21] 덕분에 채찍질의 아픔은 느끼지 않았지만, 그녀는 감히 노파인 자기를 사람들 앞에서 대놓고 채찍질했다는 데 노발대발해 멀어져가는 기병들을 향해 욕설을 퍼붓고 주먹을 휘둘렀다.

마르파 가브릴로브나는 불안한 시선으로 포도 양쪽을 두리번거렸다. 다행히도 반대편 인도에 있는 아이가 퍼뜩 눈에 띄었다. 식민지 물건을 파는 가게와 석조 저택의 돌출부 사이 움푹 들어간 곳에 우연찮게 얼빠진 구경꾼들이 작은 무리를 이루고 있었다.

말을 탄 채 인도로 올라온 용기병 하나가 말의 엉덩이와 옆구리로 그들을 거기로 몰아넣은 것이었다. 그는 공포에 질린 사람들의 모습이 재미있어 출구를 막고 그들의 코앞에서 승마의 급회전과 뒷다리 회전 동작을 해 보이는가 하면, 말을 뒷걸음치게 하더니 서커스에서처럼 천천히 뒷다리로 서게도 했다. 그러다 문득 앞쪽에서 천천히 말을 달려 돌아오는 동료들의 모습이 보이자 그는 말에 박차를 가하더니 두세번 뛰어 그들의 대열에 합류했다.

구석에 몰려 있던 사람들이 흩어졌다. 무서워서 목소리를 내지 못하던 빠샤가 할머니에게 달려갔다.

그들은 집을 향해 걸었다. 마르파 가브릴로브나가 계속 으르렁거렸다.

"저주받을 살인자 놈들! 천벌을 받을 놈들! 황제께서 자유를 주셨다고 사람들이 기뻐하는 꼴을 못 참는 거야. 저놈들은 모든 걸 망가뜨리고 모든 말을 뒤집으려는 거야."

그녀는 용기병과 주위의 온 세상, 그리고 그 순간에는 자기 아들

---

21 옷자락이 짧은 부인용 전통 재킷.

에게조차 화가 났다. 그렇게 성마른 순간에는 지금 벌어지고 있는
모든 일이 그녀가 쓸모없는 헛똑똑이들이라고 부르던 얼빠진 꾸쁘
린까 패거리의 장난질로 여겨졌다.

"못된 독사 놈들! 그 떠버리들은 뭘 원하는 거야? 아무 생각이
없어! 그저 짖어대고 옥신각신하는 게 다야. 그리고 그 수다쟁이
녀석은, 옳지, 그래, 빠셴까, 해볼래? 응, 흉내 내봐. 아이고, 배꼽이
야, 우스워 죽겠네! 더할 것도 뺄 것도 없이 영락없어. 와글와글 와
글와글. 아이고, 성가신 쇠파리 같은 놈들!"

집에서 그녀는 말을 탄 더벅머리 주근깨 멍청이가 자기 등을 채
찍으로 때렸다고, 자기가 그런 짓을 당할 나이냐고 아들에게 비난
의 화살을 쏘았다.

"하느님 맙소사, 엄마, 왜 이러시는 거예요! 제가 진짜 까자끄 장
교나 헌병대장이라도 되는 것처럼."

9

창가에 선 니꼴라이 니꼴라예비치에게 달려가는 사람들의 모습
이 보였다. 그는 그들이 시위 현장에서 쫓겨가는 사람들이라는 것
을 알아차리고 혹시 흩어지는 사람들 틈에서 유라나 다른 누군가
가 보이지 않는지 한동안 주의 깊게 먼 곳을 살펴보았다. 하지만 아
는 얼굴은 눈에 띄지 않았다. 왼쪽 어깨에서 총알을 뺀 지 불과 얼
마 되지도 않았는데 다시 쓸데없는 곳을 어슬렁거리는 저 천방지
축 두도로프의 아들(니꼴라이 니꼴라예비치는 그의 이름을 잊었
다)이 재빨리 지나가는 것을 얼핏 본 듯한 느낌이 들었을 뿐이다.

니꼴라이 니꼴라예비치는 가을에 뻬쩨르부르그에서 이곳으로 왔다. 그는 모스끄바에 자기 집이 없었고 호텔에는 묵고 싶지 않았다. 그래서 먼 친척인 스벤찌쯔끼 부부의 집에 머물렀다. 그들은 위층 다락 모퉁이에 있는 서재를 그에게 내주었다.

아이가 없는 스벤찌쯔끼 부부에게는 너무 넓은 이 이층짜리 별채는 고인이 된 스벤찌쯔끼의 부모가 아득한 옛날부터 돌고루끼 공작에게서 임대해 써온 곳이었다. 세군데 마당과 정원 하나, 무질서하게 배치된 다양한 양식의 여러 건물이 있는 돌고루끼 가문의 소유지는 세개의 골목과 맞닿아 있었고, 옛날식으로 무치노이 고로도끄[22]로 불렸다.

창이 네개인데도 서재는 어두컴컴했다. 책, 서류, 양탄자, 판화 따위가 서재를 가득 채우고 있었다. 서재 밖에는 이 건물 모퉁이를 반원형으로 둘러싼 발코니가 달려 있었다. 발코니로 나가는 이중 유리문은 겨울을 맞아 굳게 닫혀 있었다.

서재의 창문 두개와 발코니의 유리문을 통해 길게 뻗은 골목이 보였다. 멀리 달려가 사라지는 썰매 길, 비뚤배뚤 자리 잡은 작은 집들, 비뚤배뚤한 담장들.

정원에서 서재로 연보랏빛 그림자가 드리웠다. 나무들이 방을 기웃거렸다. 가늘게 흘러내리다 식어서 굳은 라일락 빛깔 촛농을 닮은, 두꺼운 서리 옷을 입은 가지들을 마룻바닥에 누이고 싶은 것 같았다.

니꼴라이 니꼴라예비치는 골목 안을 내다보며 뻬쩨르부르그에서 보낸 지난겨울을 떠올리고 있었다. 가뽄과 고리끼와 비쩨를 찾

....
22 '밀가루 소도시'라는 뜻.

아갔던 일, 유행하는 현대 작가들이 떠올랐다.[23] 그는 그 아수라장을 피해 이곳으로, 옛 수도의 고요와 평온 속으로 자신이 구상한 책을 쓰기 위해 도망쳐왔던 것이다. 하지만 천만에! 프라이팬에서 불 속으로 뛰어든 격이었다. 여자 고등전문학교[24]와 종교철학회,[25] 적십자와 파업위원회 기금 조성을 위한 집회 등에서 날마다 각종 강연과 발표를 하느라 정신을 차릴 수가 없었다. 스위스로, 어느 외딴 숲속 마을로, 호수 위의 평화와 정적 속으로, 하늘과 산으로, 모든 소리에 메아리치며 주의를 끄는 낭랑한 대기 속으로 숨어들어야 할 판이었다.

니꼴라이 니꼴라예비치는 창가에서 돌아섰다. 누구든 찾아가거나 아니면 그저 목적 없이 거리로 나가보고 싶어졌다. 하지만 그 순간 똘스또이주의자인 비볼로치노프가 볼일이 있어 찾아오기로 했다는 것이 떠올랐다. 외출은 불가능했다. 방 안을 서성이던 그의 생각이 조카에게 미쳤다.

볼가 강변의 한적한 시골에서 뻬쩨르부르그로 옮겨올 때 니꼴라이 니꼴라예비치는 유라를 모스끄바로 데려왔다. 모스끄바에는 베제냐뻰, 오스뜨로미슬렌스끼, 셀랴빈, 미하엘리스, 스벤찌쯔끼,

23 성직자였던 게오르기 가뽄이 주도해 1905년 1월 9일 뻬쩨르부르그에서 벌어진 평화로운 노동자 시위가 군대의 발포로 인해 유혈 사태로 번진 '피의 일요일' 사건의 정황을 암시한다. 시위 직전 자유주의 인쩰리겐찌야 대표단이 내각 수반 세르게이 비쩨를 찾아가 임박한 시위행진의 평화로운 성격에 대해 예고했다. 막심 고리끼는 상징주의 작가 메레시꼽스끼 부부의 문학 살롱이 적극적인 역할을 해 결성된 이 대표단의 일원이었다.
24 역사가 블라지미르 게리예가 주도해 1872년 모스끄바에 설립된 여성을 위한 대학 교육과정. 1905년 시위 당시 학생들이 동맹휴학을 결의하고 적극적으로 시위에 참여해 임시 폐쇄 조치를 당한다.
25 20세기 초 러시아 종교 부흥과 철학의 발전을 이끈 종교사상가와 철학자 모임.

그로메꼬 등의 친척이 있었다. 처음에 유라는 주책없는 떠버리 노인, 친척들은 간단히 페지까라고 부르는 오스뜨로미슬렌스끼의 집에 묵었다. 페지까는 수양딸 모쨔와 비밀리에 동거 중이었고 그래서 자신을 토대를 뒤흔드는 자, 이념의 투사로 여겼다. 그는 주어진 신뢰를 저버렸고, 심지어 유라의 양육비로 배정된 돈을 제멋대로 써버리기까지 해서 손버릇이 나쁜 사람임이 밝혀졌다. 유라는 그로메꼬 교수 가족에게로 거처를 옮겨 이날까지 그 집에서 지내고 있었다.

그로메꼬의 집에서 유라는 부러울 정도로 호의적인 분위기에 둘러싸여 있었다.

'그 집에서 아이들은 일종의 삼총사가 됐어.' 니꼴라이 니꼴라예비치는 생각했다. '유라, 김나지움 동급생인 유라 친구 고르돈, 주인집 딸 또냐 그로메꼬. 이 삼자 동맹은 『사랑의 의미』와 『크로이처 소나타』를 탐독하고 순결을 설파하는 데 열중해 있어.'[26]

청소년기는 순결의 격정을 겪어야 하는 법이다. 그러나 그들은 도가 지나쳐 균형감각을 잃고 있다.

그들은 몹시 별난데다 아직 어렸다. 그들을 그토록 흥분시키는 관능의 세계를 어떤 까닭에선지 '천박하다'고 말하며 이 표현을 아무 데나 마구 사용한다. 도무지 부적절한 단어 선택이 아닌가! 그들에게 '천박하다'라는 말은 본능의 목소리이자 포르노 문학이며, 여성 착취이자 육체적인 세계 거의 전부를 망라한 것이다. 이 단어를 발음할 때면 그애들은 얼굴이 붉으락푸르락한다!

---

26 『사랑의 의미』는 제정러시아 시대의 철학자 블라지미르 솔로비요프의 저서. 러시아 상징주의 시의 '영원한 여성성'에 대한 신비주의적, 기사도적 숭배에 강한 영향을 끼쳤다. 똘스또이는 중편 『크로이처 소나타』에서 성적 금욕을 역설했다.

'내가 모스끄바에 있었더라면,' 니꼴라이 니꼴라예비치는 생각했다. '그렇게까지 되도록 두지 않았을 텐데. 수치심이 필요하긴 하지. 하지만 정도가 있지 않은가……'

"아, 닐 페옥찌스또비치! 어서 오시오." 그가 외치며 손님을 맞으러 갔다.

10

회색 루바시까를 입고 폭이 넓은 혁대를 맨[27] 뚱뚱한 남자가 방으로 들어왔다. 펠트 장화를 신었고 바지 무릎이 나와 있었다. 뜬구름 잡는 생각에 잠긴 호인 같은 인상이었다. 넓은 검정 끈에 매단 작은 코안경이 그의 코 위에서 심술궂게 까닥거렸다.

현관에서 겉옷을 벗던 그는 채 다 벗지도 않고 들어왔다. 끝자락이 바닥에 끌리게 목도리를 두른 채로 양손에는 둥근 펠트 모자를 쥐고 있었다. 이 물건들이 움직임을 방해해서 비볼로치노프는 니꼴라이 니꼴라예비치와 악수하는 것뿐만 아니라 반갑게 인사말을 건네는 것조차 거북했다.

"으음." 그는 구석구석을 둘러보며 어쩔 줄 몰라 웅얼거렸다.

"아무 데나 편한 데 두세요." 니꼴라이 니꼴라예비치가 비볼로치노프가 침착함을 되찾아 말문이 트이도록 말했다.

이 사람은 레프 니꼴라예비치 똘스또이의 추종자로, 한시도 평온을 몰랐던 천재의 사상도 그의 머릿속에 자리 잡고는 한점 회의

---

27 똘스또이주의자의 전형적인 차림새다.

없는 긴 휴식을 맛보다가 돌이킬 수 없이 얄팍해져버린 부류였다.

비볼로치노프는 니꼴라이 니꼴라예비치에게 한 학교에서 정치적 유형수들을 위한 강연을 해달라고 청하러 온 길이었다.

"저는 이미 거기서 강연한 적이 있습니다."

"정치범을 위해서요?"

"네."

"한번 더 부탁드립니다."

니꼴라이 니꼴라예비치는 한동안 고집을 부리다가 승낙하고 말았다.

찾아온 용건은 끝났다. 니꼴라이 니꼴라예비치는 닐 페옥찌스또비치를 붙잡지 않았다. 그는 일어나서 떠날 수 있었다. 하지만 비볼로치노프는 그렇게 금방 자리를 털고 나가는 것이 점잖지 못한 일이라고 여겼다. 작별 인사로 뭔가 활기차고 자연스러운 말을 해야했다. 어색하고 불편한 대화가 시작되었다.

"그래, 데까당이 되신 겁니까? 신비주의에 빠지셨소?"

"대체 왜 그런 말씀을 하시지요?"

"사람이 달라졌어요. 젬스뜨보, 기억하십니까?"

"그럼요. 선거 유세를 같이 했었지요."

"농촌 학교와 사범학교를 위해 싸웠지요. 생각나세요?"

"물론입니다. 열렬한 투쟁이었지요."

"그다음에 당신은 국민 건강과 사회 복지를 위해 활동하셨던 것같은데요, 그렇죠?"

"한동안 그랬습니다."

"음. 그런데 이제는 목신이니 수련이니 고대 그리스 청년이니 '태양처럼 되자'[28]라니. 죽인다고 해도 못 믿겠네요. 유머 감각에다 민중에 대한 깊은 이해를 가진 당신같이 총명한 사람이…… 그만 두셨으면 합니다, 부디. 아니면, 주제넘은지 모르겠지만 따로 생각 하시는 바가 있는 건가요?"

"어째서 생각 없이 아무 말이나 툭툭 던지십니까? 이 무슨 쓸데 없는 말다툼입니까? 당신은 내 생각을 알지 못해요."

"러시아에는 목신과 수련이 아닌 학교와 병원이 필요합니다."

"그야 물론이지요."

"농부들이 헐벗고 굶주려 몸이 붓는데……"

그렇게 널뛰듯 대화가 이어졌다. 아무 소용없는 시도라는 것을 알면서도 니꼴라이 니꼴라예비치는 무엇으로 인해 몇몇 상징주의 작가와 가까워졌는지를 설명했다. 그다음에는 똘스또이에 관한 화제로 옮겨갔다.

"어느 정도까지는 당신 말에 수긍합니다. 그러나 레프 니꼴라예비치는 사람이 미에 탐닉할수록 선에서 멀어진다고 말하죠."

"그럼 당신은 반대라고 생각합니까? 미가 세상을 구한다고요? 신비론과 그 비슷한 것, 로자노프[29]와 도스또옙스끼 말인가요?"

"잠깐만요, 내 생각을 직접 말해보지요. 내 생각에, 만약 인간 안에 잠자고 있는 야수를 감금이든 사후 징벌이든 뭐가 됐든 위협으로 멈출 수 있다면, 인류의 최고 상징은 자신을 희생하는 선지자가 아니라 채찍을 든 서커스 조련사일 겁니다. 하지만 중요한 점은 수

---

28 데까당스 시인 꼰스딴찐 발몬뜨의 널리 알려진 1903년 시집 제목. '상징의 시' 라는 부제를 지녔다.

29 Vasilii Rozanov(1856~1919). 러시아의 새로운 종교의식에 큰 영향을 끼친 사상 가이자 비평가. 금욕적, 현실도피적 기독교 형이상학을 비판하고 신비주의 경향 속에서 성과 결혼 생활에 내재된 종교적 의미를 추구했다.

세기에 걸쳐 인간을 동물 위로 높이 고양시킨 것은 매가 아니라 음악이란 것, 바로 그 점이지요. 무방비의 진리가 가진 거부할 수 없는 힘, 그 본보기의 매력인 겁니다. 지금까지 복음서에서 가장 중요한 것은 계명들 속에 들어 있는 도덕적 금언과 원칙이라 여겨져왔습니다. 하지만 내가 가장 중요하게 생각하는 것은 그리스도가 일상의 삶에서 따온 우화들로 말씀하신다는 점입니다. 그리스도는 일상의 빛으로 진리를 밝히십니다. 유한한 인간 사이의 소통은 불멸이며, 삶은 의미 있는 것이기에 상징적이라는 생각이 그 토대에 놓여 있어요."

"무슨 소린지 통 이해가 안 되네요. 그 점에 대해 책을 쓰셔야겠습니다."

비볼로치노프가 가고 나서 니꼴라이 니꼴라예비치는 울화가 치밀었다. 얼간이 비볼로치노프에게 일말의 감명도 주지 못하면서 내밀한 생각의 일부를 불쑥 털어놓은 스스로에게 화가 났다. 그러다가 가끔 그렇듯 니꼴라이 니꼴라예비치는 갑자기 분통의 대상을 바꾸었다. 그는 마치 존재한 적도 없다는 듯이 비볼로치노프에 대해 까맣게 잊었다. 다른 일이 떠올랐던 것이다. 그는 일기를 쓰진 않았지만 일년에 한두번 두꺼운 공책에 자신을 엄습한 특별한 생각을 적어두곤 했다. 그는 공책을 꺼내어 알아보기 쉬운 큰 글씨로 적기 시작했다. 이것이 그가 쓴 것이다.

"실레진게르라는 그 어리석은 여자 때문에 하루 종일 화가 가시지 않는다. 아침에 와서는 점심때까지 눌러앉아 꼬박 두시간 동안 그 쓰레기 같은 것을 소리 내어 읽어대는 통에 괴로워 죽을 지경이다. 작곡가 B의 우주 생성 교향곡에 부친 상징주의자 A의 시 텍스트로, 행성의 정기니 4원소의 목소리니 하는 따위 내용이었다.

나는 참다못해 급기야 더는 못 듣겠으니 제발 좀 그만하라고 간청했다.

문득 나는 모든 것을 깨달았다. 그런 것이 심지어 『파우스트』에서조차 왜 늘 그토록 죽을 만치 견딜 수 없고 가짜 같은지를 이해했다. 그것은 꾸며낸 거짓 흥미인 것이다. 현대인은 그런 것을 필요로 하지 않는다. 우주의 신비에 압도당할 때 현대인은 헤시오도스[30]의 6보격 시가 아니라 물리학에 몰두한다.

그러나 문제는 그런 형식의 구태의연함, 시대착오적 속성에만 있는 것이 아니다. 문제는 그 불과 물의 정령이 과학이 명확히 해명해놓은 것을 다시 불분명하게 만들어 혼란을 초래하고 있다는 점이 아니다. 문제는 그런 장르가 현대 예술의 정신과 본질 및 그것을 추동하는 힘들에 전적으로 모순된다는 점이다.

그런 우주생성론들은 인간이 수가 적어 아직 자연을 뒤덮지 않았던 옛 땅에서나 자연스러웠다. 그때는 아직 매머드가 땅 위를 돌아다녔고 공룡과 용에 대한 기억도 생생했다. 자연은 인간의 눈에 너무도 선명히 들어와 너무도 생생한 감각으로 흉포하게 인간의 목덜미를 덮쳤으니, 아마 실제로 모든 것에 아직 신이 깃들어 있었을 것이다. 그것이 인류 연대기의 가장 첫 페이지들이며 이제 막 시작된 것이었다.

그 고대 세계는 인구과잉으로 인해 로마에서 끝이 났다.

로마는 빌려온 신들과 정복당한 민족들의 아수라장, 지상과 천상 두 층위에서 벌어진 북새통이었고, 꼬인 창자처럼 삼중의 매듭으로 자신을 단단히 얽어맨 오물 덩어리였다. 다키아인, 헤룰리인,

---

30 Hesiodos(?~?). 기원전 8세기 무렵 활동한 고대 그리스의 시인.

스키타이인, 사르마티아인, 북방인, 살 없는 무거운 수레바퀴, 지방 때문에 부어오른 눈, 수간獸姦, 이중 턱, 교육받은 노예들의 살을 물고기 먹이로 주기, 문맹인 황제들. 세상에는 이후의 어느 시대보다 더 많은 사람들이 살았고 그들은 콜로세움의 통로에서 짓눌리며 고통받았다.

그때 빛의 옷을 두른 가벼운 그가, 인간임이 강조된 그가, 의도적으로 시골 갈릴리 출신이 된 그가 그 살풍경한 대리석과 황금의 더미 속으로 왔다. 그 순간 민족들과 신들은 끝이 나고 인간이 시작되었다. 목수인 인간, 농부인 인간, 해 질 녘 양떼 속에 있는 목자인 인간, 조금의 오만한 울림도 없는 인간, 모든 어머니가 부르는 자장가 속에서, 세상의 모든 화랑에서 감사와 찬양을 받는 인간이 존재하게 된 것이다."

11

뻬뜨롭스까야 거리는 뻬쩨르부르그 한구석을 모스끄바에 옮겨놓은 것 같은 인상을 자아냈다. 거리 양쪽으로 앙상블을 이루며 늘어선 건물들, 우아하게 장식된 출입구, 서점, 도서관, 지도 제작소, 아주 세련된 담배 가게, 아주 훌륭한 레스토랑, 레스토랑 앞에는 벽에 내단 육중한 받침대 위 반투명 둥근 갓 속의 가스등 불빛.

겨울에 그곳은 음울하게 찌푸린 얼굴을 하고 가까이 오는 것을 마다했다. 돈벌이 좋은 자유직업에 종사하는 엄숙하고 자존심 강한 사람들이 거기에 살고 있었다.

굵은 참나무 난간이 달린 널따란 층계를 따라 올라가면 2층에 빅또르 이뽈리또비치 꼬마롭스끼가 호화로운 독신자 아파트를 세내어 살고 있었다. 모든 일을 세심히 보살피면서도 동시에 아무것도 참견하지 않는 그의 가정부, 아니, 그의 조용한 은둔 생활의 관리자 엠마 에르네스또브나가 보이지도 들리지도 않게 그의 살림을 돌보았다. 그는 그처럼 멋진 신사에게 당연한 기사도적인 감사의 표시로 그녀에게 보답했고, 남자든 여자든 그녀의 고요한 노처녀의 세계에 걸맞지 않은 손님을 아파트에 들여 괴롭히지 않았다. 수도원의 고요가 그들의 세계를 지배했다. 커튼이 드리웠고 수술실같이 얼룩 한점, 티끌 하나 없었다.

일요일이면 식전에 빅또르 이뽈리또비치는 자기 불도그를 데리고 뻬뜨롭까 거리와 꾸즈네쯔끼 다리를 거닐었다. 배우이자 도박사인 꼰스딴찐 일라리오노비치 사따니지가 어느 모퉁이에선가 나타나 그들과 합류하곤 했다.

그들은 가벼운 농담과 세상사에 대한 의견을 주고받으며 보도를 쓸고 다녔다. 너무도 단편적이고 하찮것없는데다 세상 모든 것에 대한 멸시로 가득 찬 말들이어서 그저 으르렁대는 단순한 소리로 바꾼대도 전혀 아쉽지 않을 터였고, 진동에 목이 메기라도 한 듯 염치없이 헐떡대는 우렁찬 저음이 꾸즈네쯔끼 다리의 양쪽 보도를 가득 채울 뿐이었다.

12

날씨가 점차 좋아졌다. 똑, 똑, 똑, 물방울이 양철 홈통과 처마를 따라 떨어졌다. 봄철에 그렇듯 지붕들이 두드리는 소리를 주고받았다. 해빙기였다.

그녀는 내내 넋 나간 사람같이 길을 걷다가 집에 도착해서야 무슨 일이 일어났는지 깨달았다.

가족은 모두 잠들어 있었다. 그녀는 다시 무감각한 상태에 빠져 멍한 표정으로 엄마의 화장대 앞에 주저앉았다. 레이스 장식이 달린, 거의 흰색에 가까운 연보라색 원피스와 긴 베일 차림이었는데, 가장무도회라도 가듯 하룻저녁 양장점에서 빌려온 옷이었다. 거울에 비친 자기 모습을 마주하고 앉은 그녀의 눈은 아무것도 보고 있지 않았다. 그녀는 화장대 위에 팔을 포개고 머리를 파묻었다.

엄마가 알면 그녀를 죽일 것이다. 그녀를 죽이고 엄마도 자살할 것이다.

어떻게 이런 일이 일어났을까? 어떻게 이런 일이 있을 수 있었을까? 이제는 늦었다. 좀더 일찍 생각했어야 했다.

이제 그녀는 뭐랄까, 이제 그녀는 타락한 여자다. 프랑스 소설에 나오는 여자 같은데, 내일이면 김나지움에 가서 그녀와 비교하면 아직 젖먹이 어린애인 소녀들과 의자를 나란히 하고 앉아 있을 것이다. 맙소사, 맙소사, 어떻게 이런 일이 일어났을까!

아주 많은 세월이 흘러 언젠가 그럴 수 있을 때가 온다면, 라라는 이 일을 올랴 제미나에게 이야기할 것이다. 올랴는 그녀의 머리를 끌어안고 울음을 터뜨릴 것이다.

창밖에서 물방울들이 재잘대고 있었다. 수다를 떨며 눈이 녹고 있었다. 거리에서 누가 이웃집 문을 요란하게 두들겨댔다. 라라는 머리를 들지 않았다. 어깨가 들먹거렸다. 그녀는 울고 있었다.

13

"아이고, 엠마 에르네스또브나, 제발, 그건 중요하지 않아요. 지긋지긋하군."

그는 커프스니 셔츠 가슴 장식 따위를 양탄자와 소파 위에 되는 대로 집어던지고 뭘 찾는지도 모르면서 옷장 서랍을 마구 열었다 닫았다 했다.

그녀가 간절했다. 하지만 이번 일요일에 그녀를 볼 가망은 없었다. 그는 안절부절못하고 맹수처럼 방 안을 미친 듯이 서성였다.

영혼을 고무시키는 그녀의 매력은 비할 바 없었다. 그녀의 두 손은 놀라움을 금할 수 없는 지고한 사상처럼 그를 전율시켰다. 호텔 방 벽지에 비친 그녀의 그림자는 그녀 순결의 실루엣 같았다. 루바시까는 수틀에 끼운 리넨 조각처럼 그녀의 가슴을 순진하게 꼭 감싸고 있었다.

꼬마롭스끼는 아래쪽 아스팔트 길을 느긋하게 달가닥거리며 지나가는 말발굽 소리에 맞춰 창유리를 손가락으로 톡톡 두드렸다. "라라." 그는 속삭이며 눈을 감았다. 그러자 그의 두 손으로 받친 그녀의 머리가 떠올랐다. 속눈썹을 내리깔고 잠든 여인의 머리, 몇 시간째 뜬눈으로 자기를 바라보고 있다는 것을 알지 못하는 머리. 베개 위에 어지럽게 흩어진 그녀의 아름답고 풍성한 머리칼이 연기처럼 꼬마롭스끼의 눈을 찌르고 그의 영혼을 파고들었다.

그의 일요일 산책은 성공적이지 못했다. 꼬마롭스끼는 잭을 데리고 보도를 몇걸음 걷다가 발을 멈췄다. 꾸즈네쯔끼 다리가, 사따니지의 농담이, 맞닥뜨릴 아는 얼굴들의 물결이 뇌리에 떠올랐다. 아니, 그는 견딜 수 없다! 그 모든 게 얼마나 역겨워졌는지! 꼬마롭

스끼는 돌아섰다. 개가 놀라 불만스러운 눈길로 그를 올려다보고
는 마지못해 터덜터덜 뒤를 따랐다.

'뭐에 홀린 건가!' 그는 생각했다. '이게 다 뭘 의미하는 거지?
깨어난 양심인가? 연민, 아니면 참회? 아니면 불안?' 아니다, 그는
그녀가 집에 있고 무사하다는 것을 안다. 그런데 도대체 왜 그녀가
머릿속에서 떠나지 않는가 말이다!

꼬마롭스끼는 현관에 들어섰다. 층계참까지 올라가서 계단을 끼
고 돌았다. 층계참에는 유리 네 귀퉁이에 문장紋章이 장식된 베네
찌아풍 창문이 나 있었다. 유리에 반사된 색색의 빛 조각이 바닥과
창턱으로 떨어졌다. 두번째 계단 중간에서 꼬마롭스끼는 걸음을
멈췄다.

지치도록 고통을 안기는 이 답답함에 굴복해서는 안 된다! 그는
아이가 아니다. 만일 이 소녀가, 죽은 친구의 딸인 이 어린애가 심
심풀이 수단에서 그의 열광의 대상이 된다면 그에게 무슨 일이 벌
어질지 깨달아야 한다. 정신 차려! 자신에게 충실해야 한다. 자신
의 습성에 반해서는 안 된다. 그러지 않으면 모든 게 먼지가 되어
날아가버릴 것이다.

꼬마롭스끼는 굵은 난간을 손이 아프도록 꽉 쥐었다. 잠시 눈을
감았던 그는 결연히 뒤돌아서서 내려가기 시작했다. 햇살이 비치
는 층계참에서 그는 숭배에 찬 불도그의 눈길을 느꼈다. 잭이 축
늘어진 볼에 침을 질질 흘리는 늙은 난쟁이 같은 고개를 들고 그를
올려다보았다.

개는 소녀를 싫어해서 스타킹을 찢고 이빨을 드러내며 그녀에
게 으르렁거렸다. 마치 그녀가 주인에게 인간적인 무언가를 전염
시키지나 않을까 두려워하듯 라라에게 샘을 냈다.

"옳지, 바로 그거로구나! 네놈은 모든 게 예전 그대로일 거라고 생각한 거지. 사따니지도, 음담패설에 시시껄렁한 농담도? 그래, 그렇다면 이거나 받아라, 이거나 받아, 이거나 받으라고!"

그는 불도그를 지팡이와 발길로 무자비하게 때리고 차기 시작했다. 잭은 울부짖고 깨갱거리며 달아나더니 엉덩이를 떨고 절뚝거리며 계단을 올라갔다. 문을 긁으며 엠마 에르네스또브나에게 하소연하려는 것이었다.

몇날 몇주가 흘러갔다.

14

오, 이 무슨 마법의 원인가! 만약 꼬마롭스끼가 라라의 삶에 침입한 것이 단지 혐오감만 불러일으켰다면 라라는 반항하며 도망쳤을 것이다. 그러나 문제는 그렇게 단순하지 않았다.

모임에서 박수를 받고 신문에 기사가 실리기도 하는, 아버지뻘되는 희끗한 머리의 잘생긴 남자가 그녀를 위해 돈과 시간을 쓰고, 여신이라 부르고, 극장과 음악회에 데리고 다니고, 그녀를 이른바 '정신적으로 발전시켜주는' 것에 소녀는 우쭐했다.

그런데 그녀는 아직 갈색 교복을 입은 미성년의 김나지움 학생, 학생들끼리 하는 악의 없는 모의와 장난에 남몰래 끼는 아이에 지나지 않았다. 마차 안 마부의 코밑이건 모든 관객의 눈에 띄는 아늑한 극장 특별석이건 가리지 않는 꼬마롭스끼의 애정 행각은 발각되지 않는 대담함으로 그녀의 마음을 사로잡았고, 그녀의 내면에서 깨어난 작은 악마를 부추겨 따라하게 했다.

그러나 소녀의 장난기 어린 열정은 이내 사라졌다. 망가졌다는 고통의 감각과 스스로에 대한 공포가 그녀의 마음에 오래도록 뿌리를 내렸다. 늘 자고 싶었다. 충분히 잠을 이루지 못한 밤들, 눈물과 끊임없는 두통, 학교 공부, 그리고 육체의 전반적인 피로 때문이었다.

15

그는 그녀에게 저주였다. 그녀는 그를 증오했다. 매일 그런 생각을 새로이 되새겼다.

이제 그녀는 평생토록 그의 노예다. 그는 무엇으로 그녀를 노예로 만들었나? 무엇으로 그녀의 순종을 끌어내고 있을까? 왜 그녀는 굴복하여 그의 욕망을 만족시키고 꾸밈없는 치욕의 떨림으로 그에게 기쁨을 주는 걸까? 그가 나이가 많아서? 엄마가 그에게 재정적으로 의존하고 있기 때문에? 그녀를, 라라를 교묘하게 협박하기 때문에? 아니다, 아니다, 아니다. 다 터무니없는 소리다.

그녀가 그에게 굴종하고 있는 것이 아니다. 그가 그녀에게 굴종하고 있는 것이다. 과연 그녀는 그가 얼마나 그녀를 열망하는지 알지 못하는 것일까? 그녀는 아무것도 두려울 것이 없다. 그녀의 양심은 깨끗하다. 만약 그녀가 그의 죄를 들춘다면 수치스러워하고 두려워해야 할 사람은 그다. 그러나 문제는 그녀가 결코 그렇게 하지 않을 것이라는 점에 있다. 그러기에는 그녀에게 비열함이, 꼬마 롭스끼가 아랫사람들과 약자들을 대할 때 발휘하는 주된 힘이 부족하다.

바로 그것이 그들의 차이점이다. 그것은 삶을 온통 끔찍하게 만드는 것이기도 하다. 삶은 무엇에 으스러지는 것일까? 천둥과 번개에? 아니다. 곁눈질과 비방의 수군거림 때문이다. 삶은 온통 더러운 술수와 모호한 것투성이다. 실 한가닥 한가닥은 거미줄 같아서 당겨도 보이지 않지만, 그물에서 빠져나가려 시도해보라. 오직 더 엉켜들 뿐이다.

그리하여 비열한 약자가 강자를 지배하는 것이다.

16

그녀는 혼잣말하곤 했다. "만약 결혼을 한다면? 뭐가 달라질까?" 그녀는 궤변의 길로 들어섰다. 하지만 때때로 출구 없는 울적함이 엄습했다.

어떻게 그는 수치심도 없이 그녀의 발밑에서 기며 애원하는가. "이렇게 계속할 수는 없어. 내가 네게 무슨 짓을 했는지 생각해봐. 너는 비탈길을 굴러떨어지고 있어. 네 어머니에게 털어놓자. 난 너와 결혼하겠어."

그러고는 마치 반박하며 응낙하지 않는 것이 그녀라는 듯이 울며 고집을 부렸다. 그러나 모든 것은 한낱 말뿐이었다. 라라는 공허하게 울리는 그 비극적인 말에 귀도 기울이지 않았다.

그는 긴 베일을 씌운 그녀를 계속해서 그 끔찍한 레스토랑의 별실로 데려갔다. 레스토랑의 웨이터들과 손님들이 발가벗기기라도 할 것 같은 시선으로 그녀를 좇았다. 그러면 그녀는 자문할 수밖에 없었다. 정말 다들 사랑하는 사람을 굴욕에 처하게 할까?

한번은 꿈을 꾸었다. 그녀는 땅에 묻혔고 남은 것은 왼쪽 옆구리와 어깨, 오른쪽 발뿐이다. 그녀의 왼쪽 젖꼭지에서 한떨기 풀이 자라나고, 땅 위에서는 사람들이 「검은 눈동자와 하얀 가슴」과 「마샤를 강 건너로 못 가게 하오」를 노래한다.

17

라라는 신앙심이 깊지 않았다. 종교의례를 믿지 않았다. 하지만 때로 삶을 견디기 위해 어떤 내적 음악을 동반자로 필요로 했다. 그런 음악을 매번 스스로 작곡할 수는 없었다. 삶에 대한 하느님의 말씀이 그 음악이었고, 라라는 그 말씀에 울기 위해 교회에 다녔다.

12월 초의 어느날, 라라는 마치 『뇌우』의 까쩨리나 같은 마음이었다.[31] 이제 금방이라도 발밑에서 땅이 갈라지고 교회의 둥근 천장이 무너져내릴 것 같은 심정을 안고 그녀는 기도하러 갔다. 그래야 마땅했다. 그래야 모든 게 끝날 것이었다. 이 수다쟁이 올랴 제미나를 데려온 것이 유감일 따름이었다.

"쁘로프 아파나시예비치야." 올랴가 그녀의 귀에 대고 속삭였다.

"쉿, 제발 나 좀 내버려둬. 웬 쁘로프 아파나시예비치는?"

"쁘로프 아파나시예비치 소꼴로프 말이야. 우리 육촌 당숙이셔. 낭송하는 저 사람."

"아, 저 쁘살롬시끄 말이구나. 찌베르진 씨 친척. 쉿, 조용히 해.

---

31 알렉산드르 오스뜨롭스끼의 희곡 『뇌우』 5막 4장에서 비운의 여주인공 까쩨리나의 말 "이제 어디로 가나? 집으로 가? 아니야, 집으로 가나 무덤으로 가나 내겐 마찬가지야……"가 연상되는 대목이다.

제발 방해하지 마."

그들은 예배가 시작될 무렵에 왔다. 찬송가를 부르고 있었다. "내 영혼아, 야훼를 찬미하여라. 속으로부터 그 거룩한 이름을 찬미하여라."[32]

교회가 텅 비다시피 해 메아리가 울렸다. 앞쪽에만 기도하는 사람들이 빼곡히 모여 있었다. 교회 건물은 새로 지은 것이었다. 채색되지 않은 창유리로는 어떻게 해도 눈 덮인 잿빛 골목과 바쁘게 오가는 행인들이 그럴듯하게 보이지 않았다. 교회 관리인이 그 창가에 서서 예배에 아랑곳없이 누더기를 걸친 귀먹은 여자 유로지비[33]하나를 교회 전체가 울리도록 큰 소리로 꾸짖고 있었다. 그의 목소리도 창문과 골목처럼 진부한 일상의 표본이었다.

라라가 손에 동전을 꼭 쥐고 기도하는 사람들 주위를 천천히 돌아 자신과 올랴를 위한 양초를 사러 문 쪽으로 갔다가 또한 아무도 건드리지 않으려고 조심스럽게 되돌아오는 사이에, 쁘로프 아파나시예비치는 아홉가지 복을 그가 아니어도 누구 할 것 없이 잘 아는 것인 양 줄줄 읊었다.[34]

마음이 가난한 사람은 행복하다…… 슬퍼하는 사람은 행복하다…… 옳은 일에 주리고 목마른 사람은 행복하다……

라라는 걷다가 흠칫 몸을 떨며 걸음을 멈추었다. 그녀에 대한 얘기였다. 그분은 말씀하신다. 짓밟힌 자들의 운명은 부러운 것이니, 그들은 자신에 대해 이야기할 것이 있도다. 그들은 모든 것이 앞날에 있나니. 그분은 그렇게 여겼다. 그것이 그리스도의 생각이었다.

---

32 시편 103:1. 러시아정교회 예배 두번째 의식의 시작부에 노래한다.
33 바보 성자. 동방정교회 전통에서 영성을 간직한 존재다.
34 마태오의 복음 5:3~11. 러시아정교회 예배에서 노래하거나 낭송한다.

18

쁘레스냐 봉기[35] 때였다. 그들은 봉기 지역 안에 살고 있었다. 그들의 집에서 몇걸음 떨어진 뜨베르스까야 거리에 바리케이드가 쳐지는 중이었다.[36] 거실 창문에서 바리케이드가 보였다. 사람들이 그들의 집 마당에서 물통으로 물을 날라다 바리케이드에 퍼부었다. 바리케이드로 쌓은 돌과 쇳조각을 얼음 철갑으로 굳히기 위해서였다.

이웃집 마당은 노동자 민병대의 집합소였다. 구호소나 급식소 같은 것이 거기 있었다.

소년 둘이 그리로 오갔다. 라라는 두 아이를 알고 있었다. 한 아이는 나쟈의 친구 니까 두도로프로, 라라는 나쟈의 집에서 그와 알게 되었다. 그는 라라와 닮은꼴이었다. 직선적이고 도도하고 말수가 적었다. 라라와 비슷했기 때문에 그는 그녀의 관심을 끌지 못했다.

다른 소년은 실업학교 학생 안찌뽀프였다. 그는 올랴 제미나의 할머니 찌베르지나 노파의 집에서 살고 있었다. 마르파 가브릴로브나의 집에 갈 때면 라라는 자기가 소년에게 어떤 영향을 미치는지 알게 되었다. 빠샤 안찌뽀프는 아직도 어린애처럼 무척 단순해서 그녀의 방문이 안겨주는 축복을 감출 줄 몰랐다. 라라는 여름방학 동안 마주친 깨끗한 풀밭과 구름이 있는 작은 자작나무 숲의 전

---

35 구력 12월 7~18일 모스끄바에서 일어난 무장봉기. 1905년 러시아혁명의 정점을 이루는 사건이다.

36 동맹파업이 무장봉기로 변한 구력 12월 9일 저녁 봉기.

경 같았고, 그는 사람들에게 놀림을 받을까 두려워하지도 않고 그녀를 향한 자신의 풋내기다운 환희를 거리낌 없이 표현할 수 있었다.

라라는 자기가 그에게 어떤 영향을 끼치는지 알아차리자마자 무의식적으로 그것을 이용하기 시작했다. 하지만 그녀가 그의 부드럽고 온순한 성격을 보다 진지하게 다루게 된 것은 몇해 뒤, 그러니까 그들의 우정이 훨씬 더 깊어졌을 때의 일이다. 그때 이미 빠뚤라는 자신이 그녀를 미친 듯이 사랑하고 있으며 그 마음을 평생 돌이키지 않을 것을 알고 있었다.

소년들은 가장 무시무시한 어른들의 놀이, 더구나 참여했다간 교수형이나 유형에 처해지는 놀이인 전쟁놀이를 하고 있었다. 그러나 두건 끝을 뒤로 묶은 매듭이 그들이 아이임을 드러내면서 그들에게 아직 엄마 아빠가 있음을 보여주었다. 라라는 어른이 아이를 보듯 그들을 바라보았다. 그들의 위험한 장난에는 순수의 음영이 드리워 있었다. 그런 흔적이 다른 모든 것에도 전해졌다. 너무 무성한 나머지 하얗다기보다 검게 보이는 덥수룩한 서리에 뒤덮인 얼어붙은 저녁에도, 푸른 마당에도, 소년들이 숨어 있는 맞은편 집에도. 그리고 무엇보다도, 무엇보다도 내내 거기에서 들려오던 철컥철컥 권총 쏘는 소리에도. '소년들이 총을 쏘는구나.' 라라는 생각했다. 니까와 빠뚤라에 대해서가 아니라 총을 쏘고 있는 도시 전체에 대해 그렇게 생각했다. '착한 소년들, 정직한 소년들이야.' 그녀는 생각했다. '착한 소년들이기 때문에 총을 쏘기도 하는 거야.'

바리케이드가 포격을 받을 수 있어 그들의 집도 위험에 처해 있다는 것을 알게 되었다. 어디든 모스끄바의 다른 지역에 사는 지인의 집으로 거처를 옮길 생각을 하기에는 때가 늦었다. 그들이 사는 지역은 포위되었다. 포위망 내에서 가장 가까운 피난처를 찾아야 했다. 그들은 체르노고리야 호텔을 떠올렸다.

그렇게 생각한 것은 그들이 처음이 아니었다. 호텔은 꽉 차 있었다. 많은 사람이 그들과 같은 상황이었다. 그들은 옛정을 생각해 침구 보관실을 방으로 내주겠다는 약속을 받았다.

그들은 트렁크로 주의를 끌지 않기 위해 필수품만 모은 짐을 세 꾸러미로 꾸려놓고는 호텔로 옮기기를 하루하루 미뤘다.

양장점을 지배하던 가족적인 분위기 덕분에 마지막까지도 여공들은 파업에 아랑곳하지 않고 일을 계속했다. 그러다 춥고 무료한 어느 해 질 녘, 밖에서 초인종이 울렸다. 불평과 비난을 쏟으며 누가 들어왔다. 그는 현관으로 주인을 불러오라고 요구했다. 상황을 진정시키려고 파이나 실란찌예브나가 대신 현관홀로 나갔다.

"이리들 나오렴!" 그녀가 곧 거기로 재봉사들을 불렀고, 방문자에게 모두를 차례차례 소개했다.

그는 흥분해서 어색하게 모두와 악수를 나누고 뻬쩌소바와 무언가에 대해 합의를 본 후에 떠났다.

작업실로 돌아온 재봉사들이 숄을 두르고 머리 위로 팔을 뻗어 꼭 끼는 모피 외투 소매에 끼우기 시작했다.

"무슨 일이지?" 때마침 나온 아말리야 까를로브나가 물었다.

"우리를 데리러 왔어요, 부인. 우리는 파업에 들어가요."

"정말이지 내가, 내가 여러분한테 뭘 잘못했나요?" 기샤르 부인이 울음을 터뜨렸다.

"속상해하지 마세요, 아말리야 까를로브나. 우리는 당신한테 아무런 악의가 없어요. 당신한테 아주 감사해요. 하지만 이건 당신 얘기도, 우리 얘기도 아니에요. 지금은 모두가, 온 세상이 그런걸요. 우리만 거역할 수 있겠어요?"

마지막 한 사람까지 모두 떠났다. 올랴 제미나조차도, 작별하며 주인과 가게의 이익을 위해 파업을 벌이는 것이라고 속삭이던 파이나 실란찌예브나까지도 떠났다. 그러나 주인은 진정할 수 없었다.

"이 얼마나 괘씸한 배은망덕이냐! 생각해봐라, 사람을 이렇게 잘못 볼 수가 있니? 그 여자애한테 내가 얼마나 정성을 쏟았니? 그래, 좋아, 걔는 애라서 그렇다 치자. 하지만 그 할망구는 뭐니!"

"이해하세요, 엄마. 그 사람들이 엄마 때문에 예외가 될 순 없잖아요." 라라가 위로했다. "엄마에게 감정이 있는 사람은 아무도 없어요, 그 반대지. 지금 우리 주위에서 일어나는 일은 모두 인간의 이름으로, 약자를 보호하기 위해, 여자와 아이들의 행복을 위해 이루어지는 거예요. 그래요, 정말이에요. 그렇게 못 미더워하며 고개 젓지 마세요. 언젠가는 이번 일로 저도 엄마도 더 좋아질 거예요."

그러나 어머니는 아무것도 이해하지 못했다.

"늘 이런 식이지." 그녀가 흐느끼며 말했다. "안 그래도 머리가 어지러운데 너는 눈이 휘둥그레질 말만 불쑥불쑥 내뱉는구나. 내가 이렇게 더러운 배신을 당했는데도 그게 내게 이익이 된다니. 아니, 정말이지 내가 망령이 난 모양이네."

로쟈는 학교에 가고 없었다. 라라는 어머니와 단둘이 빈집을 하릴없이 서성거렸다. 불빛 없는 거리가 텅 빈 눈길로 방 안을 들여다보았다. 방들이 같은 시선으로 응답했다.

"엄마, 너무 어두워지기 전에 호텔로 가요. 알아들어요, 엄마? 꾸물대지 말고 지금 당장요."

"필라뜨, 필라뜨!" 그들은 문지기를 불렀다. "필라뜨, 우리를 체르노고리야 호텔로 좀 데려다줘요."

"예, 마님."

"짐 꾸러미 좀 옮겨주고. 참, 필라뜨, 조용해질 때까지 여기도 좀 살펴봐줬으면 좋겠어. 끼릴 모제스또비치한테 모이와 물 주는 것도 잊지 말아요. 전부 열쇠를 채워두고. 아, 그리고 무슨 일이 있거든 우릴 찾아와요."

"그러죠, 마님."

"고마워요, 필라뜨. 신의 가호를 빌어요. 그럼, 작별을 위해 잠시 앉자.[37] 주여, 함께하소서."

그들은 거리로 나왔다. 오래 병을 앓고 난 후처럼 공기가 낯설었다. 새것같이 닦인 바싹 얼어붙은 공간이 선반기에 매끈하게 간 것 같은 둥근 소리들을 사방으로 가볍게 굴려보냈다. 철컥, 탕, 팡팡, 일제사격과 단발사격의 총소리가 먼 곳을 산산조각 내고 있었다.

필라뜨가 아무리 설득하려 해도 라라와 아말리야 까를로브나는 그 총성이 공포탄을 쏘는 것이라 여겼다.

"필라뜨, 바보 같은 소리 말아요. 누가 쏘는지 보이지도 않는데 어떻게 공포가 아닐 수 있는지 스스로 생각을 좀 해봐요. 성령께서 총을 쏘시기라도 한다는 거야? 두말할 것 없이 저건 공포야."

어느 네거리에서 순찰대가 그들을 멈춰 세웠다. 까자끄들이 비

---

[37] 이사나 여행 전에 잠시 앉았다 떠나는 것은 행운을 비는 러시아인의 풍습이다.

죽이 웃으며 머리부터 발끝까지 무례하게 그들의 몸을 더듬어 수색했다. 턱끈이 달린 챙 없는 모자를 한쪽 귀 뒤로 홱 젖혀 쓰고 있었고, 모두가 애꾸눈처럼 보였다.

'참 다행이다!' 라라는 생각했다. 도시의 다른 지역과 단절되어 있을 동안은 꼬마롭스끼를 보지 않아도 된다! 그녀는 어머니 때문에 그와의 관계를 끊을 수 없다. "엄마, 그 사람 그만 만나요"라고 말할 수 없다. 그랬다가는 다 탄로 날 것이다. 그래서 뭐? 두려울 게 뭔데? 오, 주여, 이 빌어먹을 모든 것이 끝장나게 해주소서. 주여, 주여, 주여! 그녀는 혐오감에 길 한복판에서 당장 의식을 잃고 쓰러질 것만 같다. 방금 그녀는 무엇을 떠올렸던가?! 모든 것이 시작되었던 그 첫번째 별실에 걸려 있던, 뚱뚱한 로마인을 그린 그 소름 끼치는 그림의 제목이 뭐였더라? '여자 혹은 꽃병.'[38] 맞아, 바로 그거야. 유명한 그림. '여자 혹은 꽃병.' 그때 그녀는 그런 값진 물건에 비길 만큼 성숙한 여자가 아니었다. 그렇게 된 것은 나중이었다. 식탁은 너무도 호화롭게 차려져 있었다.

"어딜 그렇게 미친 사람처럼 가는 거니? 따라잡을 수가 없구나." 숨을 헐떡이며 간신히 라라를 쫓아오던 아말리야 까를로브나가 뒤에서 우는소리를 했다.

라라는 빠르게 걸었다. 마치 허공을 걷는 듯 기운을 북돋는 도도한 힘이 그녀를 데려가고 있었다.

'아, 철컥대는 총소리가 얼마나 격렬한지.' 그녀는 생각했다. '박해를 받은 사람은 복이 있다, 기만당한 사람은 복이 있다. 총소리야, 너희에게 하느님의 축복이 있길! 총소리야, 총소리야, 너희도

---

38 헨리끄 시에미라츠끼의 그림 「노예 처녀와 값진 꽃병 사이의 선택」을 말한다. 1878년 빠리 국제박람회에 '꽃병 혹은 여자'라는 제목으로 전시되었다.

나와 같은 마음이구나!'

20

그로메꼬 형제의 집은 십쩨프 브라제끄와 다른 골목이 만나는 모퉁이에 있었다. 알렉산드르 알렉산드로비치 그로메꼬와 니꼴라이 알렉산드로비치 그로메꼬는 둘 다 화학 교수였다. 형은 뻬뜨롭스까야 아까제미야[39]에서, 동생은 대학에서 가르쳤다. 니꼴라이 알렉산드로비치는 독신이었고 알렉산드르 알렉산드로비치는 안나 이바노브나와 결혼했다. 그녀의 결혼 전 성은 끄류게르로, 아버지는 제철업자였다. 그가 우랄의 유랴찐 부근에 소유한 광대한 숲에는 별장과 함께 채산이 맞지 않아 방치된 광산도 있었다.

집은 이층짜리였다. 여러개의 침실, 공부방, 알렉산드르 알렉산드로비치의 서재와 도서실, 안나 이바노브나의 내실과 또냐와 유라의 방이 있는 위층은 주거 공간이었고 아래층은 응접실이었다. 연녹색 커튼, 거울같이 반짝이는 그랜드피아노 뚜껑, 수족관, 올리브색 가구와 해초를 닮은 실내식물들 덕분에 아래층은 꿈꾸는 듯 흔들리는 초록빛 바다 밑 같은 인상을 자아냈다.

그로메꼬 가족은 교양 있고 친절한 사람들로, 대단히 조예가 깊은 음악 애호가들이었다. 그들은 자기 집에 사람들을 모아 실내악의 밤을 열곤 했는데, 피아노 삼중주와 바이올린 소나타, 현악 사중주 등이 연주되었다.

----

39 1865년 설립된 '뻬뜨롭스까야 농업과 임업 아까제미야'를 말한다. 1894년 '모스끄바 농업대학'으로 개칭했다.

1906년 1월, 니꼴라이 니꼴라예비치가 해외로 나간 직후에 십쩨프에서는 정기 실내악 모임이 열리기로 되어 있었다. 따네예프[40] 문하의 한 신인 작곡가가 쓴 새 바이올린 소나타와 차이꼽스끼의 삼중주[41]가 연주될 예정이었다.

준비는 전날 시작되었다. 가구를 옮겨서 홀을 비웠다. 조율사가 한쪽 구석에서 같은 음을 백번씩 치며 구슬 같은 아르페지오를 흩뿌렸다. 부엌에서는 새털을 뽑고 채소를 씻고 소스와 샐러드용 올리브유에 겨자씨를 갈아넣었다.

안나 이바노브나가 속내를 털어놓는 절친한 친구 슈라 실레진게르가 아침부터 와서 부산을 떨었다.

슈라 실레진게르는 단정한 용모의 키 크고 마른 여자였다. 약간 남자 같은 얼굴은 어딘지 모르게 황제를 연상시켰는데, 자신의 회색 카라쿨 양털 모자를 삐뚜름하게 쓰고 있을 때 특히 그랬다. 그녀는 모자에 달린 베일만 핀으로 약간 걷어올린 채 집 안에서도 그 모자를 쓰고 있었다.

슬픈 일이나 걱정거리가 있을 때마다 두 친구는 대화로 서로를 안심시켰다. 슈라 실레진게르와 안나 이바노브나는 서로에게 점점 더 가시 돋친 독설을 퍼부어댔는데 그것이 그들에게 위안이 되었다. 격렬한 장면이 벌어졌다가 이내 눈물과 화해로 끝나곤 했다. 그 정기적인 다툼이 고혈압 치료제로 쓰이는 거머리처럼 두 사람에게 진정 효과를 낳았다.

슈라 실레진게르는 결혼을 여러번 했지만 이혼하는 즉시 남편

---

40 Sergei Taneev(1856~1915). 러시아의 작곡가이자 음악이론가, 교육자.
41 차이꼽스끼의 3중주 Op. 50. '어느 위대한 예술가의 추억'이라는 부제가 붙어 있다.

을 잊었고 남편에게 별 의미를 두지 않아서, 하는 행동마다 독신자의 냉정한 민첩함이 감돌았다.

그녀는 신지론자[42]였지만 정교회 예배 의식도 훤히 알아서 심지어 뚜떼 트랑스뽀르떼toute transportée,[43] 완전한 황홀경 상태에서조차 참지 못하고 성직자가 무슨 말을 해야 한다거나 무슨 노래를 불러야 하는지 일러주었다. "주여, 들으소서" "언제나 영원히" "게루빔[44]보다 더 거룩하시고" 등 불쑥불쑥 속사포같이 튀어나오는 그녀의 쉰 목소리가 끊임없이 들려왔다.

슈라 실레진게르는 수학과 인도의 밀교뿐만 아니라 쟁쟁한 모스끄바 음악원 교수들의 주소, 누가 누구와 사는지까지 하느님만이 아실 여러가지를 알았다. 그래서 온갖 심각한 인생사에 심판관이나 조정자로 초대받곤 했다.

정해진 시각에 손님들이 하나둘 도착하기 시작했다. 아젤라이다 필리쁘브나, 긴쯔, 푸프꼬프 가족, 바수르만 부부, 베르지쯔끼 가족, 깝까즈쩨프 대령이 왔다. 눈이 내리고 있어 현관문이 열릴 때마다 번득이는 크고 작은 눈송이의 매듭에 온통 얽힌 것처럼 공기가 휙 스쳐갔다. 남자들은 목이 긴 헐렁한 장화를 신고 터벅거리며 추운 바깥에서 들어왔는데, 하나같이 얼빠지고 어설픈 느림보 행색이었다. 반면에 추위에 생기가 돌아 모피 외투 윗단추를 두개씩 풀고 서리 덮인 머리칼 위에 푹신한 숄을 젖혀 쓴 아내들은 노련한 악녀의 모습, 한시도 마음 놓을 수 없는 교활 그 자체였다. "뀨이[45]

---

42 신비적 직관을 통해 신과의 합일을 추구하는 종교적 신비주의.
43 환희 속에서 (원주).
44 9품천사 가운데 상급 천사.
45 Tsezar Antonovich Kyui(1835~1918). 러시아의 작곡가. 무소륵스끼, 림스끼꼬르

의 조카래요." 이 집에 처음 초대된 신인 피아니스트가 도착하자 속삭이는 소리가 퍼졌다.

홀 양쪽 끝의 열린 옆문을 통해 식당에 차려진 겨울 길처럼 긴 식탁이 보였다. 오돌토돌하게 세공된 병들에 담긴 빨간 마가목 열매술이 선명한 광채로 눈길을 끌었다. 은제 받침 위에 놓인 작은 양념병에 든 버터와 식초, 들새 고기와 다채로운 전채가 상상력을 불러일으켰고, 피라미드 모양으로 접어 각각의 식기 세트에 왕관처럼 세워둔 냅킨과 아몬드 향을 풍기는 남보라색 시네라리아 꽃바구니조차 식욕을 자극하는 것 같았다. 지상의 양식을 맛볼 간절한 순간이 늦어지지 않도록 사람들은 가능한 한 서둘러 정신의 양식을 채우려 했다. 그들은 홀에 열을 지어 자리를 잡고 앉았다. "뀨이의 조카라는군요." 피아니스트가 악기 앞에 자리를 잡자 다시 속삭임이 일었다. 음악회가 시작되었다.

사람들은 소나타가 지루하고 부자연스러우며 골치 아프다고 알고 있었다. 소나타는 기대를 증명했고, 게다가 끔찍이도 길게 늘어졌다.

평론가 께럼베꼬프와 알렉산드르 알렉산드로비치는 휴식 시간에 그 점을 두고 논쟁했다. 평론가는 소나타를 욕했고 알렉산드르 알렉산드로비치는 옹호했다. 주위에서 사람들이 의자를 이리저리 옮겨가며 담배를 태우고 소란을 피워댔다.

그러나 다시금 사람들의 시선이 옆방에서 빛나는 빳빳하게 다린 식탁보에 꽂혔다. 모두가 지체 없이 음악회를 계속하자고 청했다.

피아니스트는 곁눈질로 청중을 흘끗 보고 나서 협주자들에게

사꼬프 등과 함께 작곡가 그룹 '5인조'로 활동했다.

96

고개를 까딱해 시작하자는 신호를 보냈다. 바이올리니스트와 띠시께비치가 활을 휘둘렀다. 삼중주가 흐느끼기 시작했다.

유라와 또냐, 그리고 이제 그로메꼬의 집에서 삶의 절반을 보낸 미샤 고르돈은 세번째 줄에 앉아 있었다.

"예고로브나가 손짓하는데요." 유라가 그의 자리 바로 앞에 앉아 있던 알렉산드르 알렉산드로비치에게 속삭였다.

그로메꼬 가족의 머리가 센 늙은 하녀 아그라페나 예고로브나가 홀 문지방에 서서 유라 쪽을 향해 필사적인 눈길을 보내며 그만큼이나 절박한 손짓으로 알렉산드르 알렉산드로비치 쪽을 가리켜 주인에게 급히 할 말이 있다는 것을 알리려 했다.

알렉산드르 알렉산드로비치가 고개를 돌려 나무라는 듯한 시선으로 예고로브나를 바라보고는 어깨를 으쓱했다. 그러나 예고로브나는 멈추지 않았다. 이내 그들은 홀 양쪽 끝에서 농인들처럼 손짓으로 말을 주고받기 시작했다. 사람들이 쳐다보았다. 안나 이바노브나가 남편에게 엄청나게 눈총을 쏘았다.

알렉산드르 알렉산드로비치가 일어섰다. 뭔가 조치를 취해야 했다. 그는 얼굴을 붉힌 채 구석으로 조용히 홀을 돌아 예고로브나에게 다가갔다.

"예고로브나, 창피스럽게! 도대체 뭐 때문에 이 법석을 떨어요? 자, 얼른 말해봐요, 무슨 일이야?"

예고로브나가 그에게 무어라 속삭였다.

"웬 체르노고리야?"

"호텔이요."

"그래, 무슨 일로?"

"시급히 와달라는 전갈이에요. 어떤 지인이 죽어간대요."

"지금 죽어간다고? 알 만하군. 안 돼요, 예고로브나. 지금 곡이 끝나면 말해보지요. 그전에는 안 돼요."

"호텔 직원이 와서 기다리고 있어요. 마차도요. 사람이 죽어간다 잖아요, 아시겠어요? 어떤 귀부인이랍디다."

"안 돼요, 안 된다고. 오분 차인데 왜 이 야단이야."

알렉산드르 알렉산드로비치는 얼굴을 찌푸리고 콧등을 문지르 며 마찬가지로 벽을 따라 살금살금 걸어서 자기 자리로 돌아가 앉 았다.

첫 악장이 끝나고 박수 소리가 이어지는 가운데 그는 연주자들 에게 다가가 파제이 까지미로비치에게 불행한 일이 생겨 데리러 왔으니 음악회를 중단해야겠다고 말했다. 그런 다음 홀을 향해 손 바닥을 움직여 박수를 멈추게 하고는 큰 소리로 말했다.

"여러분, 삼중주를 중단해야겠습니다. 파제이 까지미로비치에 게 안타까움을 표합시다. 애통한 일이 생겼어요. 우리를 두고 가야 만 합니다. 이런 순간에 그를 혼자 보내고 싶지 않군요. 아마 제가 필요할지도 모르겠습니다. 제가 함께 가지요. 유로치까, 얘야, 나가 서 세묜한테 현관에 마차를 대라고 전해라. 마구는 벌써 채웠을 게 다. 여러분, 작별 인사는 하지 않겠습니다. 모두 남아주시기 부탁드 립니다. 저는 곧 돌아올 겁니다."

소년들은 그 추운 밤에 알렉산드르 알렉산드로비치와 함께 마 차를 타고 가겠다고 졸라댔다.

21

삶이 정상적인 흐름을 되찾았지만 12월 이후에도 여전히 어디선가 총성이 울렸고, 끊이지 않고 일어나는 새로운 화재는 이전 화재의 잔해가 마저 타오르는 것 같았다.

그때까지 소년들은 그날 밤처럼 그렇게 멀리, 오래 마차를 타고 다닌 적이 없었다. 사실은 엎어지면 코 닿을 거리, 스몰렌스끼 대로와 노빈스끼 대로를 거쳐 사도바야 거리의 중간이었다. 하지만 야수 같은 추위와 안개가 미쳐버린 공간을 갈기갈기 찢어놓아 세상 어디도 같은 곳이 없는 것 같았다. 가닥가닥 너덜거리는 모닥불 연기와 뿌득거리는 발소리와 날카롭게 끼익하는 썰매 날 소리가 까마득하게 오래전부터 달리고 있는 것 같은, 끔찍이 먼 어떤 곳으로 접어든 것 같은 느낌을 더욱 강하게 했다.

호텔 앞에 방한 덮개를 걸치고 발목에 붕대를 감은 말이 맵시 있는 좁은 썰매에 매여 서 있었다. 마부는 몸을 데우려고 벙어리장갑을 낀 손으로 꽁꽁 싸맨 머리를 감싼 채 손님 자리에 웅크리고 앉아 있었다.

로비는 따뜻했다. 입구와 외투 보관소를 가르는 난간 뒤에서 환풍기가 윙윙대는 소리와 이글거리는 뻬치까가 웅웅대는 소리와 사모바르에서 식식하고 물이 끓는 소리 속에 수위가 졸고 있었다. 그는 큰 소리로 코를 골다가 그 소리에 제풀에 잠을 깨곤 했다.

로비 왼쪽 거울 앞에는 화장을 한 부인이 서 있었다. 밀가루를 뒤집어쓴 것처럼 잔뜩 분을 바른 통통한 얼굴이었다. 그녀가 걸친 모피 재킷은 이런 날씨에는 너무 얇았다. 부인은 위에서 누군가가 내려오기를 기다리며 거울 쪽으로 등을 돌리고 뒷모습이 괜찮은지

오른쪽 왼쪽 어깨 너머로 번갈아 자신을 훑어보았다.

추위에 꽁꽁 언 마부가 문 안으로 몸을 들이밀었다. 까프딴[46]을 입은 모습이 빵집 간판에 그려진 꽈배기를 연상시켰는데, 그의 몸에서 무럭무럭 피어오르는 김 때문에 더 닮아 보였다.

"부인, 곧 가시는 거죠?" 그가 거울 옆에 있는 여자에게 물었다. "동생분께 연락해보시죠. 말만 얼어 죽게 생겼습니다."

24호실의 사건은 호텔 직원들이 매일 일상적으로 겪는 울화통 터지는 일들 중에서 사소한 축에 속했다. 매 순간 벨 소리가 땡땡 울리고 벽에 붙은 기다란 유리 상자 속에서 번호판이 튀어나와서, 자기가 뭘 원하는지도 모르고 미쳐 날뛰느라 각 층 담당 종업원에게 쉴 틈을 주지 않는 이가 어느 방 손님인지 알려주었다.

지금 24호실에서는 그 멍청한 노파 기샤로바에게 애써 구토제를 먹이고 위와 장을 세척하고 있었다. 바닥을 닦고 오물을 치워내가고 깨끗한 물통을 들여오느라 하녀 글라샤가 녹초가 되었다. 그러나 종업원 방에서 지금 벌어진 광란은 이 소동이 일어나기 훨씬 전에 시작된 것이었다. 아직 아무런 기미도 없어 의사와 그 불행한 첼리스트를 데려오라고 쩨레시까를 마차에 태워보내지 않았을 때, 아직 꼬마롭스끼가 달려오지 않았고 방문 앞 복도에 할 일 없는 사람들이 몰려들어 통행을 방해하지 않았을 때 말이다.

오늘의 소란은 낮에 종업원 방에서 시작되었다. 누가 주방에서 나가는 좁은 통로에서 어설프게 돌아서다가 실수로 웨이터 시소이를 밀쳤는데, 마침 그 순간 시소이는 오른손에 요리가 가득 담긴 쟁반을 쳐들고 몸을 숙여 문에서 복도로 달려 나오던 참이었다. 시

---

46 옷자락이 긴 남자용 전통 웃옷.

소이가 쟁반을 떨어뜨리면서 수프가 쏟아지고 그릇이 깨졌다. 오목한 접시 세장과 평평한 접시 한장이었다.

시소이는 접시 닦는 여자 쪽에서 부딪쳤으니 그녀가 접시값을 변상해야 한다고 주장했다. 이제 밤 10시가 넘어 종업원 중 절반은 퇴근할 때였는데도 그들은 여태껏 그 일로 실랑이를 벌이고 있었다.

"손발을 떨면서 밤이나 낮이나 그저 마누라 품듯 보드카 병 껴안고 있을 궁리나 하고 오리처럼 술에 주둥이를 처박는 주제에, 나 원 참, 왜 자기를 밀었냐고? 왜 접시를 깨게 했냐고? 왜 수프를 쏟게 했냐고? 도대체 누가 널 밀었다는 거야, 이 사팔뜨기 악마야, 악귀 같은 놈아? 누가 널 밀었다는 거냐고, 이 아스뜨라한의 튀어나온 창자 같은 놈,[47] 뻔뻔스러운 작자야?"

"말조심하라고 노상 말했을 텐데요, 마뜨료나 스쩨빠노브나."

"지금 이 소란을 피우고 접시를 깰 만한 일이라도 있었으면 또 몰라. 참 꼴불견이다. 저 성미 사나운 싸구려 갈보 마담이, 저 추잡한 퇴물 여편네가 용케도 비소를 꿀걱하셨다고. 체르노고리야 호텔방에서 사느라 수다쟁이 여편네도, 수캐도 못 만난 게지."

미샤와 유라는 호텔방 문 앞 복도를 왔다 갔다 했다. 모든 것이 알렉산드르 알렉산드로비치의 예상과는 딴판이었다. 그는 상상했었다, 첼리스트와 위엄 있고 순결한 어떤 비극을. 그런데 도대체 이게 뭐란 말인가. 지저분하고 추악해서 절대로 아이들이 듣고 봐서는 안 될 일이었다.

소년들은 복도를 서성였다.

---

47 볼가강 하류의 도시 아스뜨라한과 배 끄는 인부를 연결해 만들어낸 별 뜻 없는 욕설. 배에 힘이 많이 들어가는 육체노동이 탈장을 유발할 수 있다.

"아주머니한테 들어가보세요, 꼬마 신사들." 층 담당 종업원이 소년들에게 다가와 침착하고 부드러운 목소리로 다시 한번 설득했다. "안으로 들어가세요, 걱정할 것 없어요. 아무 일도 아니니 안심하세요. 이제 다 회복됐어요. 여기 서 계시면 안 됩니다. 낮에 여기서 사고가 생겨 값비싼 접시를 깼어요. 보세요, 시중드느라 뛰어다니고 하는데 좁잖아요. 들어가세요."

소년들은 그 말에 따랐다.

방에 들어가니 불 밝힌 석유램프는 식탁 위 걸이에서 빈대 냄새를 풍기는 판자 칸막이 너머로 옮겨져 있었다.

거기는 침대가 있는 구석 자리로, 먼지투성이 접이식 커튼으로 입구와 남의 시선을 가리게 되어 있었다. 혼란 중에 아무도 커튼 칠 생각을 하지 못해 지금 커튼 자락은 칸막이 위로 걷힌 채였다. 램프는 잠자리 한구석의 긴 의자 위에 놓여 마치 극장의 풋라이트처럼 아래쪽에서 선명한 빛으로 그 구석을 비추었다.

접시 닦는 여자는 잘못 빈정댄 것이었다. 그 여자가 마신 것은 비소가 아니라 요오드였다. 만지면 까맣게 되는, 아직 여물지 않은 초록 껍데기 속에 든 풋호두의 시큼하고 떫은 냄새가 방 안에 감돌았다.

칸막이 뒤에서는 하녀가 마루를 닦고 있었고, 침대에는 물과 눈물과 땀에 젖은 반쯤 벗은 여자가 엉겨붙은 머리카락을 대야 위로 떨구고 큰 소리로 울면서 누워 있었다. 소년들은 얼른 시선을 한옆으로 돌렸다. 너무 부끄럽고 무례한 짓이어서 그쪽을 볼 수가 없었다. 하지만 그 틈에 유라가 목격한 사실은 그에게 강한 인상을 남겼다. 여자가 긴장하고 애를 써 불편하고 경직된 자세를 취하면 더이상 조각에 묘사된 모습이 아니라 시합용 짧은 팬츠를 입은 울퉁

불퉁한 근육질의 벌거벗은 레슬러와 비슷해진다는 것이었다.

마침내 칸막이 너머의 누군가가 커튼을 쳐야 한다는 것을 알아차렸다.

"파제이 까지미로비치, 당신 손 어디 있어요? 손을 주세요." 눈물과 욕지기에 목이 메어 여자가 말했다. "아, 나는 너무나 끔찍한 일을 겪었어요! 내가 그런 의심을 하다니! 파제이 까지미로비치, 내가 몹쓸 상상을 했던 거예요. 하지만 다행히도 그 모든 게 어리석은 짓이고 나의 빗나간 상상이라는 게 밝혀졌어요. 파제이 까지미로비치, 생각해보세요, 얼마나 후련한지! 결국 난 이렇게, 이렇게 살아 있어요."

"진정해요, 아말리야 까를로브나, 제발 진정해요. 정말이지 이게 다 얼마나 난처한 짓입니까. 솔직히 말해 볼썽사납습니다."

"이제 집에 가자." 알렉산드르 알렉산드로비치가 못마땅해하며 아이들을 향해 말했다.

그들은 민망함에 어쩔 줄 모른 채 칸막이가 없는 쪽 방의 어두운 현관 문간에 서 있었고, 시선을 둘 곳이 없어 램프를 치운 쪽 방 안을 들여다보았다. 그쪽은 벽이 온통 사진으로 덮여 있었고 악보가 꽂힌 책꽂이가 있었다. 책상에는 종이와 앨범이 쌓여 있었고 뜨개질한 식탁보가 덮인 식탁 저편에는 한 소녀가 안락의자에 앉은 채 두 팔로 끌어안은 등받이에 뺨을 대고 자고 있었다. 주위의 소음과 움직임에도 아랑곳하지 않고 잠든 것으로 보아 녹초가 된 모양이었다.

그들이 온 것은 아무 의미가 없었다. 계속 거기 있는 것도 무례한 짓이었다.

"이제 가자." 알렉산드르 알렉산드로비치가 거듭 말했다. "파제이 까지미로비치가 곧 나올 게다. 작별 인사만 하고 가자꾸나."

그러나 칸막이 뒤에서 나온 것은 파제이 까지미로비치가 아니라 누군가 다른 사람이었다. 탄탄한 체격에 말끔하게 면도를 한, 위풍당당하고 자신만만한 사람이었다. 걸이에서 떼어온 램프를 머리 위로 들고 있었다. 그가 식탁으로 다가가 램프를 도로 걸자 식탁 뒤쪽에서 자고 있던 소녀가 불빛에 잠을 깼다. 소녀는 눈을 가늘게 뜨고 기지개를 켜며 들어온 사람에게 미소를 지었다.

미샤는 낯선 남자의 모습에 움찔하더니 그대로 그에게 시선을 붙박았다. 그가 유라의 옷소매를 끌어당기며 무슨 말인가 하려고 했다.

"모르는 사람들 앞에서 귓속말하는 게 부끄러운 짓인 줄 몰라? 사람들이 널 어떻게 생각하겠어?" 유라가 그를 말리며 들으려 하지 않았다.

그러는 동안 소녀와 남자 사이에는 침묵의 장면이 연출되었다. 그들은 서로에게 단 한마디도 하지 않고 눈빛만 교환했다. 하지만 그들의 상호이해는 놀랍도록 신기했다. 그는 마치 인형술사 같았고, 그녀는 그의 손놀림에 고분고분 따르는 꼭두각시 같았다.

얼굴에 피어난 피곤한 미소에 소녀의 눈이 반쯤 감기고 입술이 반쯤 벌어졌다. 그러나 그녀는 사내의 조롱기 어린 시선에 공모자의 교활한 윙크로 응답했다. 두 사람 다 만족하고 있었다. 모든 게 잘 해결되었다. 비밀은 드러나지 않았고, 음독한 여자도 살아남았다.

유라는 두 사람을 집어삼킬 듯이 바라보았다. 아무도 볼 수 없는 어둑한 곳에서 그는 램프 불빛이 만든 밝은 원 안을 눈을 떼지 못하고 들여다보았다. 소녀를 노예로 만드는 광경은 헤아릴 수 없이 신비롭고 뻔뻔스러우리만치 노골적이었다. 모순된 감정이 그의 가슴을 가득 메웠다. 경험한 적 없는 감정의 힘으로 인해 유라의 가슴은 죄어들었다.

미샤와 또냐와 함께 그가 천박함이라는 아무 의미 없는 이름 아래 일년 동안 그토록 열렬히 떠들어온 바로 그것, 안전한 거리에서 말로만 그토록 가볍게 다뤄온, 섬뜩하면서 매혹적인 그것이 여기 있었다. 바로 그 힘이, 철저하게 실제적인, 그러면서도 어렴풋하고 꿈속인 듯 몽롱한, 무자비하게 파괴적인, 그러면서도 가련하게 도움을 청하는 그 힘이 유라의 눈앞에 자리하고 있었다. 그들의 어린애 같은 철학은 어디로 갔으며 이제 유라는 어찌해야 한단 말인가?

"그 사람이 누군지 알아?" 그들이 거리로 나왔을 때 미샤가 물었다. 유라는 자기 생각에 빠져 대답하지 않았다.

"네 아버지를 술주정뱅이로 만들어 파멸시킨 바로 그 사람이야. 기차에서의 일, 기억하지? 내가 얘기해줬잖아."

유라는 아버지와 과거가 아니라 소녀와 미래에 대해 생각하고 있었다. 처음에 그는 미샤가 무슨 말을 하는지조차 이해하지 못했다. 추워서 대화를 나누기도 힘들었다.

"세묜, 춥지?" 알렉산드르 알렉산드로비치가 물었다.

그들은 출발했다.

제3부

·

스벤찌쯔끼 집의 크리스마스 파티

1

어느 해 겨울 알렉산드르 알렉산드로비치는 안나 이바노브나에게 우연히 사게 된 고풍스러운 옷장을 선물했다. 흑단으로 만든 거대한 크기의 옷장이었다. 그대로는 어떤 문으로도 들어가지 않아 해체한 다음 실어와서 한조각씩 집 안으로 들였다. 그다음은 어디에 놓을지가 문제였다. 더 넓은 아래층 방들에는 용도상 맞지 않고 위층은 좁아서 놓을 수가 없었다. 결국 옷장을 놓기 위해 주인 부부의 침실 입구 옆 실내 계단의 위쪽 층계참 일부를 비웠다.

문지기 마르껠이 여섯살 난 딸 마린까를 데리고 옷장을 조립하러 왔다. 마린까에게 맥아당 막대사탕이 주어졌다. 마린까는 코를 홀짝이고 사탕과 침투성이 손가락을 핥으며 아버지가 일하는 모습을 찡그린 얼굴로 지켜보았다.

한동안은 모든 것이 순조로웠다. 안나 이바노브나의 눈앞에서 옷장이 점차 커졌다. 이제 상판을 올리기만 하면 되는데, 그녀는 갑자기 마르껠을 돕고 싶은 마음이 들었다. 그녀가 옷장의 높은 단에 올라섰다 비틀거리더니 구멍에 장부만 끼워 지탱해놓은 옆판을 밀쳤고, 그 바람에 마르껠이 널을 대충 묶어둔 느슨한 매듭이 풀렸다. 안나 이바노브나는 바닥으로 무너져내리는 널빤지들과 함께 벌렁 나자빠져 심한 타박상을 입었다.

"아이고, 마님!" 그녀에게 달려든 마르껠이 웅얼거렸다. "맙소사, 뭐 하러 그러셨어요. 뼈는 괜찮으세요? 뼈를 만져보세요. 중요한 건 뼈지 말랑말랑한 데는 상관없어요. 살은 나을 거고, 그저 여자의 만족을 위한 것뿐이란 말도 있잖아요. 뭐야, 뚝 그치지 못해, 못난 것!" 그가 울고 있는 마린까를 꾸짖었다. "콧물 닦고 엄마한테나 가. 아이고, 마님. 마님 없이는 제가 이런 옷장 하나 맞추지 못할 줄 아셨어요? 마님 눈에는 제가 문지기로밖에 안 보이시겠지만 사실 본시 저는 목수죠. 목공 일을 해왔어요. 믿지 못하시겠지만 이런 가구니 부엌 찬장 같은 건, 칠을 한 것이건 마호가니나 호두나무건 제 손을 거치지 않은 게 별로 없죠. 그런데도 말하자면 돈 많은 좋은 신붓감을, 이렇게 표현해서 죄송합니다만, 죄다 코앞에서 놓쳤지 뭡니까. 그냥 흘러가버린 거죠. 다 술 때문이에요. 지독한 술고래니까요."

마르껠이 안락의자를 끌어왔다. 안나 이바노브나가 그의 도움으로 의자까지 가서 신음 소리와 함께 아픈 데를 문지르며 앉자, 마르껠은 허물어진 옷장을 재조립하기 시작했다. 상판을 씌우고 나서 그가 말했다.

"자, 이제 문짝만 달면 됩니다. 전시회에 내놔도 손색없을 겁니다.”

안나 이바노브나는 옷장이 마음에 들지 않았다. 모양으로 보나 크기로 보나 관 안치대나 황제의 묘실을 연상시켰다. 그것은 그녀에게 미신적인 공포를 불러일으켰다. 그녀는 옷장에다 ‘아스꼴드의 무덤’이라는 별명을 붙였다. 올레그의 말, 즉 주인에게 죽음을 가져오는 물건이라는 뜻으로 붙인 것이었다. 안나 이바노브나는 많은 책을 닥치는 대로 읽은 탓에 관련 개념들을 혼동하고 있었다.[1]

그 낙상 후에 안나 이바노브나의 폐질환 증상이 시작되었다.

2

1911년 11월 한달 내내 안나 이바노브나는 병상에 누워 있었다. 폐렴이었다.

유라와 미샤 고르돈, 또냐는 다음 해 봄 대학과 여자 고등전문학교를 끝마치기로 되어 있었다. 유라는 의학을, 또냐는 법학을, 미샤는 철학부에서 문헌학을 공부했다.

유라의 영혼은 구석구석 뒤죽박죽이었고 시각, 습성, 기질 할 것 없이 모든 것이 참으로 독창적이었다. 그는 비길 데 없이 감수성이 예민했고, 그의 인식은 말로 표현할 수 없이 새로웠다.

하지만 예술과 역사에 몹시 끌리면서도 유라는 진로를 선택하는 데 고심하지 않았다. 그는 타고난 쾌활함이나 우울한 기질이 직

---

1 고대 러시아의 끼예프 공후 아스꼴드는 882년 끼예프를 점령해 끼예프대공국을 세운 공후 올레그에게 살해당했다. 전설에 따르면 올레그는 그의 죽은 애마의 두개골에서 나온 뱀에게 물려 죽었다.

업이 될 수는 없는 것과 같은 의미에서 예술은 천직으로 적합하지 않다고 여겼다. 그는 물리학과 자연과학에 흥미가 있었고, 실생활에서 사회적으로 유용한 무언가에 종사해야 한다고 믿었다. 그래서 의학의 길을 걷게 되었다.

사년 전인 1학년 때 그는 한 학기 내내 대학 지하실에서 시체를 해부했다. 그는 나선형 층계를 따라 지하실로 내려갔다. 해부실 안은 무리를 짓거나 혼자 있는 부스스한 머리의 학생들로 붐볐다. 어떤 학생들은 뼈에 둘러싸여 삭아 누더기가 된 교과서를 넘기며 열심히 외우는가 하면, 또다른 학생들은 각자 구석에서 말없이 해부를 했다. 노닥거리고, 익살을 떨고, 시체실 돌바닥을 종종거리는 수많은 쥐를 쫓는 학생들도 있었다. 나체라 눈길을 끄는 누군지 모를 사람들의 시체가 어두컴컴한 시체실 안에서 인처럼 빛났다. 신원 미상의 젊은 자살자들과 잘 보존되어 아직 썩지 않은 익사한 여자들이었다. 몸속에 주입된 황산염 탓에 부풀어 팽팽해진 그들은 실제보다 젊게 보였다. 시체를 절개하고, 자르고, 해부했다. 아무리 작게 분해된 조각이라도 인간 육체의 아름다움은 변함없이 남아 있어서, 아연판을 씌운 탁자 위에 거칠게 내던져진 어느 루살까[2] 앞에서 유라가 느낀 경이는 그녀의 절단된 팔이나 손 앞에서도 사라지지 않았다. 지하실에서는 포르말린과 페놀 냄새가 났다. 사지를 뻗고 누워 있는 그 모든 몸의 알지 못할 운명에서 시작해, 마치 자기 집이나 본거지에 거하듯 거기 지하실에 자리 잡은 삶과 죽음의 비밀 자체에 이르기까지 모든 것에서 비밀의 존재가 느껴졌다.

다른 모든 목소리를 억누르는 그 비밀의 목소리가 유라를 따라

---

2 슬라브 신화에서 물의 정령. 물에서 익사하거나 자살한 처녀들과 세례를 받지 못하고 죽은 영유아의 정령이다.

다니며 해부학 실습을 방해했다. 그러나 마찬가지로 삶에서도 많은 것이 그를 방해했다. 그는 주의를 흩뜨리는 생각들에 익숙해졌고, 그런 훼방에 동요하지 않았다.

유라는 생각이 풍부했고 글을 아주 잘 썼다. 그는 김나지움 시절에 이미 산문, 그러니까 삶을 그린 책을 쓰길 꿈꾸었다. 그가 보아왔고 생각을 거듭해온 것 중에서 사람들이 깜짝 놀랄 것을 폭약을 묻어놓듯 그 책에 담을 수 있을 것이었다. 그러나 그는 그런 책을 쓰기에는 아직 너무 어렸다. 그래서 마치 마음에 품은 대작을 위해 평생 스케치를 하는 화가처럼 산문 대신에 시를 썼다.

유라는 그 미숙한 시들을 생기롭고 독창적인 점 때문에 용서했다. 그가 생각하기에는 생기와 독창성, 이 두 자질이 예술에 사실성을 부여했고, 예술에서 다른 모든 자질은 추상적이고 무익해서 불필요한 것들이었다.

유라는 자기 성격의 전반적인 자질이 대부분 외삼촌의 영향임을 알고 있었다.

니꼴라이 니꼴라예비치는 로잔에서 살고 있었다. 거기서 러시아어와 번역본으로 펴낸 책들에서 그는 자신의 오랜 역사관을 발전시켰다. 그에게 역사란 인류가 죽음이라는 현상의 도전에 응하여 시간과 기억 현상의 도움을 받아 구축하는 제2의 우주였다. 그가 기독교에 대한 새로운 이해에서 영감을 얻어 쓴 그 책들은 예술에 대한 새로운 이해와 직결된 것들이었다.

그런 사상의 영향은 유라보다 그의 친구에게 더 크게 작용했다. 미샤 고르돈은 그런 영향을 받아 철학을 전공으로 택했다. 학부에서는 신학 강의를 들었고, 나중에 신학교로 옮길까 생각하기도 했다.

유라가 외삼촌의 영향 아래 자유롭게 생각을 발전시켜나간 반면 미샤는 그에 속박당했다. 유라는 미샤의 극단적인 열광이 일정 부분 그의 출신에서 비롯한다는 것을 알고 있었다. 눈치 빠르고 사려 깊은 덕에 미샤의 이상한 구상들을 말리려 들진 않았지만, 자주 그는 미샤가 삶에 보다 가까운 경험주의자가 되기를 바랐다.

3

11월 말의 어느날 저녁 유라는 대학에서 늦게 집에 돌아왔다. 몹시 지친데다 하루 종일 아무것도 먹지 못한 상태였다. 그는 낮에 끔찍한 소동이 있었다는 말을 들었다. 안나 이바노브나가 경련을 일으켜 의사 몇명이 다녀갔는데, 신부를 모셔오는 게 좋겠다고 했다가 나중에 소견이 바뀌었다는 얘기였다. 이제 그녀는 상태가 호전되어 의식을 찾았고, 유라가 오면 지체 없이 자기한테 보내라고 지시했다고 했다.

그 말을 들은 유라는 옷도 갈아입지 않고 침실로 갔다.

방은 아까 있었던 소동의 흔적을 보여주었다. 간병인이 소리 없이 움직이며 침대 머리맡 탁자 위에 놓인 무언가를 정리하고 있었다. 구겨진 휴지와 축축한 습포용 수건들이 어지러이 널려 있었다. 대야 속의 물은 가래에서 나온 피 때문에 연분홍색을 띠었다. 끝을 딴 유리 앰플 조각들과 물에 부푼 탈지면 뭉치가 대야 속에 떠 있었다.

환자는 땀에 흠뻑 젖어서 혀끝으로 마른 입술을 핥고 있었다. 유라가 아침에 마지막으로 보았을 때보다 훨씬 핼쑥해져 있었다.

'진단이 잘못된 게 아닐까?' 그는 생각했다. '전부 급성폐렴 증세야. 지금이 고비인 것 같은데.' 그는 안나 이바노브나와 인사를 나누고 이런 경우에 늘 하는 무의미한 응원의 말을 하고 나서 간병인을 방에서 내보냈다. 그가 맥박을 재기 위해 그녀의 손목을 잡고 다른 한 손은 청진기를 꺼내려고 재킷 호주머니에 넣자, 안나 이바노브나가 머리를 움직여 그럴 필요가 없다는 뜻을 나타냈다. 유라는 그녀가 뭔가 다른 것을 원하고 있음을 알아챘다. 안나 이바노브나가 간신히 입을 열었다.

"얘야, 내게 마지막 고해성사를 하라더구나. 죽음이 어른거려. 불시에…… 이를 빼러 가면 무섭지, 아프니까, 그래서 각오를 해. 그런데 지금은 이가 아니라 전부, 전부를, 생명 전부를…… 으드득, 그러곤 끝이야, 집게로 뽑는 것처럼. 이게 뭘까? 아무도 몰라. 괴롭고 무섭구나."

안나 이바노브나는 입을 다물었다. 눈물이 그녀의 두 뺨을 타고 흘러내렸다. 유라는 아무 말도 하지 않았다. 잠시 후 안나 이바노브나가 말을 이었다.

"넌 재능이 있어. 재능이, 다른 사람과 다른…… 넌 분명히 뭔가 아는 게 있을 거야. 무슨 말이든 해주렴. 날 위로해다오."

"제가 무슨 말씀을 드려야 할까요?" 유라가 대답했다. 그는 의자에 앉아서 안절부절못하더니 일어나 서성이다가 다시 앉았다. "첫째로, 내일은 나아지실 겁니다. 그럴 징후가 보여요. 제 목숨을 걸고 확신합니다. 그리고 다음으로 죽음, 의식, 부활에 대한 믿음 같은 것은…… 자연과학자로서의 제 견해를 알고 싶으세요? 다음에 언제 말하면 안 될까요? 안 된다고요? 지금 당장요? 그럼 그러세요. 이렇게 곧바로 얘기하기는 어렵지만요."

그는 자기 입에서 어떻게 이런 말이 나올 수 있는지 스스로 놀라면서 즉석에서 제대로 된 강연을 해주었다.

"부활. 연약하기 그지없는 인간들을 위로하기 위해 주장되는 그런 조잡한 형식의 부활은 저로선 낯선 것입니다. 저는 산 자와 죽은 자에 관한 그리스도의 말씀을 늘 달리 이해해왔거든요. 아주머니라면 수천년에 걸쳐 모여든 그 큰 무리를 어디에 머물게 하시겠습니까? 그들에게는 우주도 충분치 않아서 신도, 선도, 의미도 세상에서 사라져야 할 겁니다. 저 탐욕스러운 짐승의 무리 속에서 짓밟힐 테니까요.

그러나 늘 한결같고 무한히 동일한 하나의 생명이 우주를 채우면서 무수한 결합과 변모 속에서 시시각각 새로워지고 있습니다. 아주머니는 지금 당신이 부활할 것인지 여부를 염려하시지만, 태어났을 때 아주머니는 이미 부활하셨습니다. 그걸 알아차리지 못하신 것뿐이죠.

아주머니는 아픔을 느끼게 될까요? 세포조직이 자신의 소멸을 느끼나요? 다시 말해, 아주머니의 의식은 어떻게 될까요? 그런데 의식이란 게 뭔가요? 살펴보지요. 의식적으로 잠들기를 원하는 건 확실한 불면증이고, 자기 소화기관의 작동을 느끼려는 의식적인 노력은 확실한 소화기 신경 이상이에요. 자기 자신에게 의식을 적용하는 주체에게 있어 의식은 독, 자가중독의 수단입니다. 의식은 밖을 향한 빛이에요. 의식은 우리가 발을 헛디디지 않도록 우리의 앞길을 비춰주죠. 달리는 기관차의 불 밝힌 전조등이 바로 의식인 겁니다. 그 빛을 안으로 향하게 하면 큰 재앙이 닥칩니다.

그렇다면 아주머니의 의식은 어떻게 될까요? 다른 누구도 아닌 아주머니, 당신의 의식 말입니다. 그런데 아주머니의 존재는 무엇인가요? 이 점에 모든 문제가 있습니다. 알아보지요. 아주머니는 무엇으로 자신을 기억하시나요? 자신의 몸 중에서 어떤 부분을 의식해오셨습니까? 신장, 간, 혈관? 아니죠. 아무리 기억을 더듬어봐도 아주머니는 항상 겉으로 드러나는 활동적인 징후 속에서, 당신 손이 하는 일에서, 가족에서, 다른 사람들 속에서 자신과 만나왔습니다. 이제 좀더 주의를 기울여보세요. 다른 사람들 속에 있는 인간, 그것이 인간의 영혼입니다. 바로 그것이 당신입니다. 아주머니의 의식은 평생 바로 그것으로 숨 쉬고, 그것을 자양분 삼아 즐겨왔습니다. 당신의 영혼, 당신의 불멸, 다른 사람들 속에서의 당신의 삶을요. 그래서 이제 어찌 될까요? 아주머니는 늘 다른 사람들 속에 있었고 또한 다른 사람들 속에 남을 겁니다. 나중에 그것이 기억이라 불린다 한들 아주머니에게 무슨 차이인가요? 그게 당신, 미래의 구성소가 된 아주머니 당신일 겁니다.

이제 마지막 문제입니다. 아무것도 두려워하실 것 없어요. 죽음은 없습니다. 죽음은 우리 영역이 아니에요. 아주머니는 재능을 말씀하셨는데, 그건 다른 문제죠. 그건 우리의 일, 우리에게 열려 있는 것입니다. 가장 높고 가장 넓은 의미에서 재능은 삶의 선물이지요.

세례 요한은 죽음은 없을 것이라고 말합니다.[3] 아주머니도 그의 단순한 논증에 귀 기울이세요. 세례 요한은 이전 것들이 사라져버렸기 때문에 죽음은 없을 것이라고 말합니다. 거의 이런 뜻이에요.

---

3 요한의 묵시록 21:4. "그들의 눈에서 모든 눈물을 씻어주실 것이다. 이제는 죽음이 없고 슬픔도 울부짖음도 고통도 없을 것이다. 이전 것들이 다 사라져버렸기 때문이다." 1945년 소설 집필을 시작하며 빠스쩨르나끄는 '죽음은 없을 것이다'라고 제목을 정하고 요한의 묵시록의 이 구절을 제사(題詞)로 붙일 생각이었다.

죽음은 없을 것인데 왜냐하면 이미 실컷 보아서 낡고 싫증난 것이 죽음이기 때문이고, 이제는 새로운 것이 요구되는데, 이 새로운 것은 영원한 생명이라는 겁니다."

그는 이런 말을 하며 방 안을 이리저리 서성였다. "주무세요." 그가 침대로 다가가 안나 이바노브나의 이마에 손을 얹고 말했다. 몇 분이 흘렀다. 안나 이바노브나는 잠이 들었다.

유라는 조용히 방을 나와서 침실로 간병인을 들여보내라고 예고로브나에게 말했다. '내가 이게 뭐람.' 그는 생각했다. '돌팔이가 돼가네. 주문을 외고 손을 얹어서 치료한답시고 하고 있으니.'

다음 날 안나 이바노브나는 병세가 호전되었다.

4

안나 이바노브나는 점점 몸이 좋아졌다. 12월 중순에 그녀는 일어나보려 했지만 아직 몹시 쇠약한 상태였다. 누워서 충분히 안정을 취하는 것이 좋겠다는 의사의 권고가 있었다.

그녀는 자주 유라와 또냐를 불러오게 했다. 몇시간씩 그들에게 우랄의 린바 강가에 있는 할아버지의 사유지 바리끼노에서 보낸 유년 시절에 관해 이야기해주었다. 유라와 또냐는 거기에 가본 적이 없었지만, 유라는 안나 이바노브나의 말을 통해 칠흑의 밤같이 캄캄한 저 5천 제샤찌나[4]의 아주 오래된 울창한 숲과 끄류게르 쪽 기슭의 깎아지른 절벽을 끼고 굽이굽이 돌바닥 위를 흘러가며 칼

....
4 1제샤찌나는 약 10,000제곱미터.

로 찌르듯 두세군데 숲을 파고드는 물살 빠른 강을 쉽게 상상할 수 있었다.

그 무렵 유라와 또냐는 생전 처음으로 야회복을 맞췄다. 유라의 것은 검은색 프록코트와 바지 정장이었고, 또냐는 밝은색 새틴으로 목이 보일락 말락 드러난 이브닝드레스였다. 그들은 스벤찌쯔끼의 집에서 27일에 연례행사로 열리는 전통적인 크리스마스 파티에 그 멋진 옷을 처음 입고 갈 예정이었다.

주문한 옷이 양복점과 양장점에서 한날 도착했다. 유라와 또냐는 옷을 입어보고 마음에 들었다. 예고로브나가 와서 안나 이바노브나가 그들을 부른다고 말했을 때, 그들은 미처 새 옷을 벗지 못했다. 유라와 또냐는 새 옷을 입은 채로 안나 이바노브나에게 갔다.

그들을 보자 그녀는 팔꿈치를 짚고 일어나 옆모습을 보고는 뒤로 돌아보라고 했다.

"아주 좋구나." 그녀가 말했다. "정말 멋져. 벌써 옷이 다 됐으리라고는 생각지 못했네. 어디, 또냐, 한번 더 보자. 아니다, 아무것도 아니야. 허리 아래쪽에 약간 주름이 가 보였는데. 너희, 내가 왜 불렀는지 아니? 유라, 우선 너에 관해 몇마디 해야겠구나."

"알아요, 안나 이바노브나. 제가 아주머니께 그 편지를 보여드리라고 했어요. 아주머니도 니꼴라이 니꼴라예비치처럼 제가 거부하지 말았어야 한다고 생각하시죠. 잠깐만 참아주세요. 말을 많이 하시면 해로워요. 아주머니도 모두 잘 아실 테지만 이제 다 설명해드릴게요.

그럼 첫째, 아버지의 유산 관련 소송은 변호사들 좋은 일 시키고 재판비용이나 걷자는 겁니다. 실은 유산은커녕 있는 거라곤 부채와 혼란에다 집안의 추잡함만 겉으로 드러날 뿐이에요. 설령 돈으로 바꿀 무언가가 있다 해도 법정에다 갖다바치고 저는 써보지도 못할 게 아닙니까? 하지만 문제는 바로 소송 자체가 껍데기라는 점입니다. 그 더러운 걸 다 들춰내느니 차라리 있지도 않은 재산에 대한 제 권리를 포기하고 몇몇 명의상 경쟁자들과 욕심에 찬 자칭 상속인들에게 양보하는 편이 낫지요. 지바고라는 성으로 아이들과 함께 빠리에서 살고 있다는 마담 알리스라는 여자의 유산 청구에 대해서는 오래전에 들은 바 있습니다. 그런데 새로운 청구인들이 덧붙었고, 아주머니는 어떠신지 모르겠지만 저는 이걸 모두 아주 최근에야 알았습니다.

알고 보니 엄마가 아직 살아 계실 때 아버지가 스똘부노바-엔리찌 공작부인이라는 기이한 몽상가에게 빠졌다더군요. 그 여자한테는 아버지와의 사이에서 난 사내아이가 하나 있는데 지금 열살이고 이름은 옙그라프라고요.

공작부인은 은둔자랍니다. 옴스끄 교외에 있는 저택에서 바깥출입을 하지 않고 아들과 함께 출처를 알 수 없는 돈으로 살고 있대요. 그 집의 사진을 봤어요. 정면 외벽에는 다섯개의 통창이 있고 처마를 따라 타원형 장식이 부조된 예쁜 집입니다. 요사이 내내 저는 그 집이 그 다섯개의 창문으로 유럽 러시아[5]와 시베리아 사이 수천 베르스따를 건너 곱지 않은 눈길로 저를 바라보고 있고, 머잖아 저주의 눈길을 던지리라는 느낌에 시달리고 있어요. 그런데 이 모든 게, 지어낸 재산이며 허위 청구인들이며 그들의 악의와 시기 따위가 제게 무슨 소용인가요? 변호사들도요."

"그래도 포기하진 말았어야지." 안나 이바노브나가 말했다. "내

---

5 전통적으로 우랄산맥을 기준으로 유럽 쪽 러시아와 아시아 쪽 러시아로 나뉜다.

가 너희를 왜 불렀는지 알겠니?" 그녀는 다시 묻고 이내 말을 이었다. "그 사람 이름이 생각났단다. 왜 어제 내가 산지기에 대해 이야기했잖니, 기억하니? 그 사람 이름은 바끄흐[6]였어. 엄청나지 않니? 눈썹까지 구레나룻을 기른 시커먼 숲속 괴물인데 바끄흐라니! 얼굴이 흉했어. 곰한테 찢겼다는데, 싸워서 물리쳤대. 거기는 다 그런 사람들이란다. 이름도 그렇고. 짧은 이름들. 낭랑하고 또렷하게 들리라고 말이야. 바끄흐, 혹은 루쁘, 아니면 팝스뜨라거나.[7] 들어보렴, 들어봐. 가끔씩 사람들이 뭘 보고하러 왔어. 할아버지의 사냥총 두 자루에서 나는 총소리 같은 압끄뜨니 프롤이니 하는 사람들 이름이 들리면 우리는 당장에 아이방에서 부엌으로 우르르 달려갔단다. 그러면 거기 말이야, 상상이 되니, 거기엔 살아 있는 새끼 곰을 데려온 산도깨비 같은 숯장수나 멀리 소유지 경계에서 광석 표본을 가져온 감시인이 있었어. 할아버지는 모두에게 쪽지를 적어 주고 사무실로 보내셨단다. 누구는 돈을, 누구는 곡물을, 누구는 탄약을 받았어. 창문 앞은 바로 숲이었어. 그리고 눈, 눈! 지붕보다 높이!" 안나 이바노브나가 기침을 시작했다.

"엄마, 그만요. 그러시면 해로워요." 또냐가 주의를 주었다. 유라가 거들었다.

"괜찮다. 별거 아니야. 그래, 그런데 말이다, 예고로브나가 그러는데 너희가 모레 크리스마스 파티에 갈지 말지 망설이는 것 같다더구나. 그런 멍청한 소리는 더 듣고 싶지 않아! 부끄러운 줄 알아야지. 유라, 그러고서도 네가 무슨 의사니? 자, 결정된 거야. 아무 소리 말고 가는 거다. 그건 그렇고, 바끄흐 얘기로 돌아가자꾸나.

─────────────
6 그리스 신화의 디오니소스이자 로마 신화의 바쿠스 신의 러시아어 이름.
7 모두 러시아어로 모음이 하나인 이름이다.

그 바끄흐라는 사람은 젊었을 때 대장장이였단다. 싸움을 하다 내장이 찢어졌는데 쇠붙이로 새걸 만들어 넣었다지 뭐니. 유라, 너도 참 별나구나. 정말 내가 모르겠니? 물론 말 그대로 믿지는 않지. 하지만 거기 사람들은 그렇게 말하곤 했어."

안나 이바노브나는 다시 기침을 시작했다. 이번에는 훨씬 오래 갔다. 발작이 멈추지 않았다. 숨도 제대로 못 쉴 지경이었다.

유라와 또냐가 동시에 그녀에게 달려들었다. 그들은 어깨를 나란히 하고 그녀의 침대 곁에 섰다. 기침을 계속하면서 안나 이바노브나는 그들의 맞닿은 손을 자기 손안에 포개어 한동안 쥐고 있었다. 목소리와 숨을 가다듬고 그녀가 말했다. "만약 내가 죽어도 헤어지지 마라. 너희는 서로를 위해 창조되었어. 결혼하렴. 이렇게 내가 너희를 맺어주마." 그녀가 덧붙이고 울음을 터뜨렸다.

5

김나지움 마지막 학년 진급을 앞둔 1906년 봄, 여섯달에 걸친 꼬마롭스끼와의 관계는 이미 라라의 인내의 한계를 넘어섰다. 그는 그녀의 위축된 마음을 아주 교묘하게 이용했고, 필요할 때마다 내색하지 않고 넌지시, 은근하게 그녀의 치욕을 상기시켰다. 자기 처지를 떠올릴 때마다 라라는 호색한이 여자에게 요구하는 바로 그런 곤혹스러운 상태에 빠졌다. 그런 혼란 때문에 라라는 한결 더 관능의 악몽에 사로잡혔고, 정신이 들 때마다 머리털이 곤두섰다. 밤의 광기가 지닌 모순은 주술처럼 설명할 수 없는 것이었다. 거기서는 모든 것이 온통 뒤죽박죽이었고 이치에 맞지 않았다. 날카로운 고통은 은방울 구르듯 터져나오는 웃음소리로 나타났다. 저항과 거부는 동의를 의미했고, 감사의 키스가 학대자의 손을 뒤덮었다.

그런 생활은 끝이 없을 것 같았다. 그러나 그해 봄, 학년말의 마지막 수업을 들으며 김나지움의 수업이 꼬마롭스끼와의 잦은 만남에서 마지막 피난처였는데 그것도 없는 여름이 오면 이 괴롭힘이 얼마나 잦아질까 고심하던 끝에, 라라는 앞으로 오래도록 그녀의 삶을 바꾸어놓을 갑작스러운 결정에 이르렀다.

무더운 아침, 폭풍우가 몰려오고 있었다. 교실에서는 창문을 열고 수업 중이었다. 멀리서 도시가 양봉장의 꿀벌들이 내는 것 같은 단조로운 선율로 내내 웅웅거렸고, 운동장에서는 노는 아이들의 고함 소리가 들려왔다. 마슬레니짜[8]에서 보드까와 블린[9]의 탄내 때문에 그러듯 땅에 돋아난 풀과 어린 나뭇잎 냄새 때문에 머리가 아팠다.

역사 선생은 나뽈레옹의 이집트 원정[10]에 대해 이야기하고 있었다. 이야기가 프레쥐스 상륙[11]에 이르자 하늘이 검어지고 금이 가더니 번개와 천둥에 의해 쪼개졌고, 싱그러운 냄새와 함께 모래와 먼지의 회오리바람이 창을 통해 교실 안으로 몰려들었다. 선생에게 알랑거리며 나서기를 좋아하는 학생 둘이 수위 아저씨를 불러 창문을 닫게 하려고 복도로 달려나갔다. 그들이 문을 열자 바람이 들

---

8 춥고 긴 겨울이 끝난 것을 기뻐하는 러시아의 봄맞이 축제.
9 러시아 전통 음식으로 팬케이크의 일종.
10 나뽈레옹 보나빠르뜨가 이끈 프랑스군의 이집트 정복을 위한 원정(1798~1801).
11 1799년 10월 9일 나뽈레옹이 군대를 이집트에 두고 프랑스로 돌아와 11월에 쿠데타를 일으키게 되는 역사적 상황을 가리킨다.

이쳐 모두의 책상에서 공책의 압지를 온 교실로 날려버렸다.

창문을 닫았다. 먼지 섞인 도시의 더러운 빗줄기가 세차게 쏟아졌다. 라라는 공책 한장을 찢어 쪽지를 적어서 책상 옆자리에 앉은 나쟈 꼴로그리보바에게 건넸다.

"나쟈, 난 엄마에게서 독립해 살아야겠어. 보수 좋은 가정교사 자리를 좀 찾아봐줘. 너는 부자들을 많이 알고 있잖아."

나쟈가 같은 방법으로 대답했다.

"리빠의 가정교사를 찾고 있어. 우리 집으로 와. 얼마나 잘됐니! 아빠와 엄마가 널 얼마나 좋아하시는지 너도 잘 알잖아."

6

라라는 삼년 넘게 꼴로그리보프 가족의 집에서 돌벽 뒤에 갇힌 듯이 살았다. 아무도 그녀를 괴롭히지 않았고, 그녀는 어머니와 오빠와도 몹시 소원해져 잘 떠올리지 않게 되었다.

큰 사업가인 라브렌찌 미하일로비치 꼴로그리보프는 최신 경향의 실무에 밝은 재능 있고 현명한 사람이었다. 그는 사멸해가는 체제를 이중으로 증오했다. 국고를 전부 사들일 능력이 있는 엄청난 부호이자 평민 출신으로 동화에나 나올 법하게 출세한 사람이 느끼는 증오였다. 그는 범법자를 자기 집에 숨겨주는가 하면, 정치적 사건의 피고인에게 변호사를 대주기도 했다. 혁명 자금을 대며 자본가인 자기 자신을 타도 대상으로 삼아 자기 공장에서 파업을 조직한다는 말이 사람들 입에 오르내릴 정도였다. 라브렌찌 미하일로비치는 명사수인데다 사냥광으로, 1905년 겨울에는 일요일마다 세레브랴니 숲과 로시니 섬으로 가서 노동자 자위대에 사격을 가르쳤다.

그는 훌륭한 사람이었다. 그의 아내 세라피마 필리쁘브나도 그와 잘 어울리는 짝이었다. 라라는 이 두 사람에게 감탄하며 존경심을 품었다. 집안사람 모두가 그녀를 가족의 일원으로 사랑했다.

라라가 근심 없이 산 지 사년째 되던 해에 오빠 로쟈가 볼일이 있다며 찾아왔다. 그는 긴 다리를 뽐내듯 건들거리며 더 권위 있어 보이려고 콧소리와 함께 부자연스럽게 말꼬리를 늘이면서, 졸업 동기들이 사관학교 교장에게 줄 작별 선물을 사려고 돈을 모았고, 선물을 고르고 사는 일을 그에게 위임해 돈을 맡겼다고 이야기했다. 바로 그 돈을 그저께 도박으로 마지막 1꼬뻬이까지 다 날렸다는 것이었다. 이 말을 하고 나서 로쟈는 호리호리한 몸을 통째로 안락의자에 털썩 던지며 울음을 터뜨렸다.

이 얘기를 들은 라라는 냉정해졌다. 로쟈가 흐느끼며 말을 이었다.

"어제 빅또르 이뽈리또비치한테 갔었어. 그 사람은 이 문제로 나와 이야기하지 않겠다면서 말하기를, 만약 네가 원한다면…… 비록 너는 이제 우리 모두에게 애정이 없다 해도 그 사람에게 너는 여전히 너무도 큰 힘을 갖고 있다고…… 라로치까, 한마디면 충분해. 이게 얼마나 큰 수치고 얼마나 사관생도 제복의 명예를 더럽히는 일인지 아니? 힘들 거 없잖아. 그 사람한테 가서 부탁 좀 해줘. 정말로 내가 내 피로 이 횡령의 죄를 씻게 내버려두진 않을 거잖아."

"피로 씻는다…… 사관생도 제복의 명예를." 분개한 라라가 되풀이해 말하며 흥분해서 방 안을 왔다 갔다 했다. "그럼 나는, 제복이 아니라서 명예가 없으니까 나한테는 무슨 짓을 해도 괜찮단 말

이지. 오빠가 뭘 부탁하는 건지 알아? 그 사람이 오빠한테 하는 제
안이 무슨 뜻인지 생각해봤냐고? 한해 한해 시시포스의 고역으로
세우고 쌓아올리느라 밤잠도 제대로 못 자는데, 오빠라는 작자가
나타났네! 혹 바람을 불고 침을 뱉어 모든 게 산산조각 나서 날아
가버려도 아무 상관 없단 거지! 악마한테나 가버려. 제발 총이라도
쏴서 죽어버려. 내가 알 게 뭐야? 대체 얼마나 필요한데?"

"690하고 몇 루블. 대략 700루블이야." 로쟈가 약간 쭈뼛거리며
말했다.

"로쟈! 아니, 정신 나갔어! 무슨 말을 하는지 알기나 해? 700루
블을 날렸다고? 로쟈! 로쟈! 나 같은 보통 사람이 정직하게 일해서
그런 돈을 만들려면 얼마나 걸리는지 알아?"

말을 멈추고 잠시 침묵하던 그녀가 타인에게 말하듯 차갑게 덧
붙였다.

"알았어. 해볼게. 내일 와. 자살할 때 쓰려던 권총도 가져와. 그
총, 나한테 넘기는 거야. 총알도 넉넉히 가져오는 거 잊지 마."

그 돈을 그녀는 꼴로그리보프에게서 구했다.

7

꼴로그리보프 집에서 일하는 것은 라라가 김나지움을 졸업하고
대학 과정에 진학해 성공적으로 학업을 마치는 데 걸림돌이 되지
않았다. 이듬해인 1912년, 그녀는 여자 고등전문학교를 졸업할 예
정이었다.

그녀가 공부를 봐주던 리뽀치까는 1911년 봄에 김나지움을 끝

마쳤다. 그녀에게는 이미 약혼자가 있었다. 유복하고 좋은 집안 출신의 젊은 엔지니어 프리젠단크였다. 부모는 리뽀치까의 선택을 찬성했지만 너무 빨리 결혼하는 것에는 반대해 좀더 기다리라고 설득했다. 그것이 소란으로 이어졌다. 집안의 귀염둥이로 응석받이에다 변덕스러운 리뽀치까는 아버지와 어머니에게 소리를 치고 발을 동동 구르며 울고불고했다.

라라를 가족의 일원으로 여기던 이 부유한 집에서는 누구도 그녀가 로쟈를 위해 진 빚을 기억하지 않았고 상기시키지도 않았다.

용도를 감춘 고정적인 지출이 없었다면 그녀는 그 빚을 벌써 오래전에 갚았을 것이다.

라라는 빠샤 몰래 유형살이 중인 그의 아버지 안찌뽀프에게 돈을 보내고, 병약하고 까다로운 그의 어머니를 돕고 있었다. 그외에도 더욱 비밀리에 빠샤의 지출을 줄여주었다. 그가 모르게 그의 아파트 주인에게 식대와 방세 일부를 내주었던 것이다.

라라보다 나이가 조금 어린 빠샤는 그녀를 미치도록 사랑했고 모든 일에서 그녀의 말을 따랐다. 그는 실업학교를 마치자 그녀의 간청에 못 이겨 대학 문헌학부에 들어가기 위해 추가로 라틴어와 그리스어를 공부했다. 라라는 꿈에 부풀어 있었다. 일년 뒤 그들이 국가시험에 합격하면 빠샤와 결혼해서 그는 남자 김나지움 선생이, 그녀는 여자 김나지움 선생이 되어 우랄 지방의 어느 도시로 함께 떠날 것이었다.

빠샤가 예술극장 근처 까메르게르스끼 골목의 새 건물에서 살고 있는 방은 라라가 직접 고르고 골라 조용한 집주인한테서 세를 얻어준 것이었다.

1911년 여름, 라라는 꼴로그리보프 가족과 함께 마지막으로 두

빨란까에 갔다. 그녀는 그곳을 주인 가족들보다 더, 넋이 나갈 정도로 사랑했다. 모두 그 점을 잘 알아서 매년 여름 여행에서는 라라에 관해 암묵적인 동의가 있었다. 그들을 실어온 찜통 같은 매연투성이 기차가 멀어져가면 라라는 정신이 멍하도록 아득하게 향기로운 정적에 흥분해 할 말을 잃고 젖어들었고, 그들은 그녀가 홀로 자유롭게 소유지를 향해 걷도록 내버려두었다. 그사이 간이역에서 날아온 짐을 짐마차에 싣고, 빨간 셔츠 위에 마부용 조끼를 입은 두빨란까의 마부가 마차에 탄 주인네에게 지난 계절의 그 지방 소식을 전해주는 것이었다.

라라는 방랑자들과 순례자들의 발길에 다져진 선로 옆 오솔길을 걷다가 숲으로 통하는 좁은 풀밭 길로 접어들었다. 여기서 그녀는 걸음을 멈추고 눈을 가늘게 뜨고는 광활한 사위의 갖가지 향기가 섞인 공기를 한껏 들이마셨다. 대기는 아버지와 어머니보다 더 친근했고, 연인보다 좋고 책보다 더 지혜로웠다. 한순간 존재의 의미가 라라에게 다시 열렸다. 그녀는 깨달았다. 대지의 광포한 매력을 포착하고 모든 것을 이름으로 불러주기 위해 그녀는 여기 있다. 만약 그것이 그녀의 능력 밖의 일이라면, 그녀는 삶을 사랑하기에 자신을 대신해 그렇게 할 후계자들을 낳기 위해 여기 있다.

그해 여름, 라라는 스스로 짊어진 과도한 노동의 짐에 지칠 대로 지쳐서 도착했다. 그녀는 쉽게 마음이 상하곤 했다. 전에 없던 의심이 내면에서 자라나 까탈스러운 구석이라곤 없이 언제나 너그럽던 그녀의 성격을 좀스럽게 만들었다.

꼴로그리보프 가족은 그녀를 놓아주지 않았다. 그녀는 그들 집에서 예전처럼 사랑에 둘러싸여 있었다. 하지만 리빠가 다 자란 지금 라라는 자신을 그 집에 불필요한 존재로 여겼다. 그녀는 보수를 거절했다. 그들은 억지로 쥐여주었다. 어쨌든 그녀는 돈이 필요했고, 손님으로 있는 처지에 따로 돈벌이를 한다는 것은 난처하고 사실상 불가능한 일이었다.

라라는 자기 처지가 기만적이고 참을 수 없다고 생각했다. 모두가 그녀를 짐스러워하는데 다만 내색하지 않을 따름인 것 같았다. 그녀도 자신이 짐스러웠다. 자기 자신과 꼴로그리보프 가족으로부터 어디든 눈길 닿는 대로 달아나버리고 싶었다. 하지만 그러기 전에 꼴로그리보프 가족에게 돈을 갚아야 한다고 생각했는데, 당장은 돈이 들어올 데가 아무 데도 없었다. 그녀는 그 어리석은 로쟈가 공금을 탕진한 죄 때문에 자신이 볼모로 잡혀 있다고 느꼈고, 무력한 분노로 인해 어찌할 바를 몰랐다.

그녀는 사사건건 자신을 무시하는 징후를 느꼈다. 꼴로그리보프의 집에 가끔 드나드는 지인들이 크게 관심을 보이면, 그건 그녀를 고분고분한 '피보호자'이자 손쉬운 먹잇감으로 대한다는 의미였다. 반면 그녀를 혼자 내버려둘 때면, 그건 그녀를 하찮게 여겨 거들떠보지 않는다는 증거였다.

우울증이 엄습했어도 라라가 두쁠랸까를 방문한 수많은 손님들과 함께 즐거움을 나누는 데 방해가 되지는 않았다. 그녀는 멱을 감고 수영을 하고 뱃놀이도 했다. 강 건너로 가는 밤 소풍에 참가하고 모두와 함께 불꽃을 쏘고 춤도 추었다. 아마추어 연극 무대에도 섰다. 그녀가 특히 열중했던 것은 총신이 짧은 모제르총으로 과녁을 맞히는 사격 시합이었다. 하지만 그녀는 그 총보다 로쟈의 가벼운 권총을 선호했다. 로쟈의 권총으로 그녀는 대단히 정확하게 명중시켰는데, 자신이 여자라서 결투 전문가의 길이 막힌 것이 아쉽다고 농담을 하기도 했다. 그러나 즐거운 시간을 보내면 보낼수록 그녀의 상태는 더욱 나빠졌다. 그녀는 자신이 무엇을 원하는지 알지 못했다.

　도시로 돌아오자 상태는 특히 심해졌다. 여기서 라라의 짜증에 빠샤와의 가벼운 말다툼이 보태졌다.(라라는 빠샤와 심각하게 싸우지 않으려 조심했다. 그를 자신의 마지막 피난처로 여겼기 때문이다.) 요즘 들어 빠샤는 어느 정도 자신감을 보이기 시작했다. 그의 말에서 묻어나는 훈계조에 라라는 웃음이 나기도, 짜증이 나기도 했다.

　빠샤, 리빠, 꼴로그리보프 가족, 돈, 이 모든 것이 그녀의 머릿속에서 맴돌았다. 라라는 삶이 지긋지긋했다. 그녀는 미쳐가고 있었다. 알고 경험한 모든 것을 팽개치고 새로운 무언가를 시작하고 싶었다. 이런 정신상태에서 그녀는 1911년 크리스마스에 운명적인 결단에 이르렀다. 그녀는 지체 없이 꼴로그리보프 가족의 곁을 떠나 어떻게든 홀로 독립적인 생활을 꾸리기로 결심했다. 그러기 위해 필요한 돈은 꼬마롭스끼에게 부탁할 것이었다. 라라는 그 모든 일이 있은 뒤 몇년간 힘겹게 되찾은 자유를 누리며 지냈으니, 그는 이유를 따지지 말고 사심 없이, 어떤 추잡한 짓도 없이 기사도적으로 그녀를 도와야 한다고 생각했다.

　이런 목적을 품고 그녀는 12월 27일 저녁 뻬뜨롭스까야 거리로 출발했다. 집을 나서면서 장전하고 안전장치를 푼 로쟈의 권총을 토시 속에 넣었다. 만약 빅또르 이뽈리또비치가 그녀의 청을 거절하면, 그녀를 오해하거나 어떤 식으로든 모욕을 주면 쏴버릴 작정이었다.

　그녀는 끔찍하게 혼란스러운 심정으로 축제의 거리를 걸었다. 주위의 아무것도 의식하지 못했다. 계획된 총성은 그녀의 영혼 속에서 이미 탕 하고 울렸다. 누구를 겨눈 것인지는 전혀 상관없었다. 그 총성만이 그녀가 의식하고 있던 유일한 것이었다. 그녀는 길을 가는 내내 그 총성을 들었다. 그것은 꼬마롭스끼를, 그녀 자신을, 자신의 운명을, 그리고 두쁠랸까 숲속의, 몸통에 표적이 새겨진 참나무를 겨눈 총탄이었다.

8

"토시는 만지지 마세요." 엠마 에르네스또브나가 오오, 아아, 감탄사를 연발하며 라라가 외투 벗는 것을 도우려 손을 뻗자 라라가 말했다.

빅또르 이쁠리또비치는 집에 없었다. 엠마 에르네스또브나는 들어와서 외투를 벗으라고 라라에게 계속 권했다.

"그럴 수 없어요. 서둘러야 해요. 그 사람 어디 있어요?"

엠마 에르네스또브나는 그가 크리스마스 파티에 초대받아 갔다고 말했다. 라라는 주소를 손에 움켜쥐고 창문에 문장이 채색된, 모든 것을 생생하게 상기시키는 어두운 층계를 달려 내려가 무치노이 고로도끄에 있는 스벤찌쯔끼의 집으로 향했다.

두번째로 거리로 나서며 그제야 라라는 사방을 제대로 둘러보았다. 겨울이었다. 도시였다. 저녁이었다.

얼음장 같은 추위였다. 깨진 맥주병 밑바닥 같은 두껍고 검은 빙판이 거리를 뒤덮고 있었다. 숨쉬기가 고통스러웠다. 대기는 잿빛 성에로 가득 차 있었다. 얼음 맺힌 털목도리의 잿빛 털이 피부를 찌르며 입안으로 기어들듯이, 얼어붙은 대기도 텁수룩한 털끝

으로 얼굴을 간질이고 찌르는 것 같았다. 라라는 두근거리는 가슴
을 안고 텅 빈 거리를 걸었다. 길가 찻집과 술집 문으로 김이 새어
나왔다. 안개 속에서 소시지처럼 빨갛게 언 행인들의 얼굴과 수염
에 꽁꽁 언 고드름이 맺힌 말과 개의 주둥이가 불쑥불쑥 모습을 드
러냈다. 두꺼운 얼음과 눈에 덮인 집집의 창문들이 하얀 분필을 칠
한 것 같았다. 불 켜진 크리스마스트리의 형형색색의 빛과 즐거운
시간을 보내는 사람들의 그림자가 불투명한 창문 표면에 어른거렸
다. 마치 집 안에서 환등기 앞에 하얀 시트를 걸고 거리에 있는 사
람들에게 흐릿한 그림을 보여주는 것 같았다.

까메르게르스끼 골목에서 라라는 걸음을 멈췄다. '더는 못해. 못
견디겠어.' 거의 말이 터져나올 뻔했다. '올라가서 그에게 전부 다
이야기할 거야.' 냉정을 되찾고 나서 그녀는 위풍당당한 현관의 육
중한 문을 밀며 생각했다.

9

애를 쓰느라 얼굴이 빨개진 빠샤는 혀로 한쪽 뺨을 부풀린 채 거
울 앞에서 칼라를 달고 풀 먹인 옷가슴 단춧구멍에 미끄러지는 단
추를 끼우느라 씨름하고 있었다. 그는 외출할 참이었는데, 아직 순
수하고 순진한 터라 라라가 노크도 없이 들어와 옷을 다 차려입지
못한 자신을 보게 되자 어쩔 줄 모르고 당황했다. 그는 금방 그녀
의 동요를 알아차렸다. 그녀는 다리에 힘이 빠져 휘청거렸다. 그녀
는 여울을 건너듯 한발짝씩 치맛자락을 밀며 들어왔다.

"왜 그래? 무슨 일이야?" 그가 깜짝 놀라 맞으러 달려가며 물었다.

"내 옆에 앉아봐. 지금 그대로 앉아, 옷 차려입지 말고. 나 바빠. 이제 곧 가야 해. 토시는 건드리지 마. 잠깐만, 잠시 돌아서 있어."

그는 라라의 말을 따랐다. 라라는 영국식 투피스 정장 차림이었다. 그녀가 재킷을 벗어 못에 걸고 로쟈의 권총을 토시에서 꺼내 재킷 호주머니에 넣었다. 그런 다음 소파로 돌아와 말했다.

"이제 봐도 돼. 촛불을 켜고 전등은 꺼줘."

라라는 촛불을 밝히고 희미한 어둠 속에서 이야기하는 것을 좋아했다. 빠샤는 늘 그녀를 위해 개봉하지 않은 양초 한꾸러미를 준비해두었다. 그가 거의 다 탄 양초 도막을 온전한 새 양초로 바꾸어 꽂은 다음 촛대를 창턱에 놓고 불을 붙였다. 스테아린 성분에 숨이 찼다가 타닥타닥 작은 별들을 사방으로 쏘던 불꽃이 화살촉 모양으로 뾰족해졌다. 방이 부드러운 빛으로 가득 찼다. 촛불과 같은 높이의 창유리 얼음이 녹으면서 검은 눈동자가 생겨났다.

"내 말 들어봐, 빠뚤랴." 라라가 말했다. "난 곤경에 처했어. 거기서 헤어나올 수 있게 날 도와줘야 해. 놀라지 말고 캐묻지도 마. 다만 우리가 남들과 같다는 생각은 버려야 해. 가만히 있지 마. 난 늘 위험에 처해 있어. 만약 네가 날 사랑하고 나를 파멸로부터 지키고 싶다면 미루지 마. 우리 빨리 결혼하자."

"하지만 그건 내가 늘 바라던 거잖아." 그가 그녀의 말을 가로막았다. "어서 날을 잡자. 네가 원하는 날이면 언제라도 좋아. 그렇지만 무슨 일인지 좀 단순명료하게 말해줘, 수수께끼 같은 말로 괴롭히지 말고."

그러나 라라는 어물쩍 직접적인 대답을 피하며 그의 주의를 다른 데로 돌렸다. 그들은 라라의 슬픔과 아무 관계 없는 주제로 오래 이야기를 나눴다.

10

그 겨울, 유라는 대학의 금메달 대회[12]에 응모할 망막 신경계에 관한 학술논문을 쓰고 있었다. 유라는 일반 내과학 과정을 이수했지만 안과의사가 될 사람 못지않게 눈에 관해 잘 알았다.

시각 생리학에 대한 관심은 유라가 가진 천성의 다른 측면들, 곧 그의 창조적 소질과, 예술적 형상의 본질과 논리적 사고 구조에 관한 사유를 보여주었다.[13]

또냐와 유라는 빌린 썰매를 타고 스벤찌쯔끼 집의 크리스마스 파티에 가는 중이었다. 두 사람은 유년 시절의 마지막 시기와 청소년기 초기에 이르는 육년의 세월을 나란히 붙어 살았다. 그들은 서로를 속속들이 알고 있었다. 공통된 습관을 갖고 있었고, 짧은 농담을 주고받는 그들 나름의 방식이 있었고, 대답으로 단속적으로 콧방귀를 뀌는 그들만의 방식이 있었다. 지금도 그들은 그렇게 달리고 있었다. 추위에 입술을 꼭 다물고 말이 없다간 짤막한 말을 주고받았다. 그리고 각자 자기 생각에 골몰했다.

유라는 논문 현상공모 기간이 다가와 글쓰기를 서둘러야 한다는 사실을 떠올렸고, 거리에서 느껴지는 연말 축제의 분주함 속에서 이 생각 저 생각을 뛰어다녔다.

고르돈의 학부에서는 등사판 학생 잡지를 발행했다. 고르돈이 편집장이었다. 유라는 블로끄[14]에 대한 글을 써주기로 오래전에 약

---

12 논문 공모전을 가리킨다.
13 예술은 삶을 새롭게 지각하고 발견하는 수단이라는 빠스쩨르나끄의 예술관이 투영된 대목이다.

134

속한 상태였다. 두 수도의 모든 젊은이가 블로끄에게 빠져 있었고, 미샤와 그는 다른 사람들보다 더 열광했다.

하지만 그런 생각도 유라의 의식에 오래 머물지는 않았다. 그들은 옷깃 속에 턱을 파묻고 언 귀를 문지르며 가는 중이었고 각자 다른 것을 생각하고 있었다. 그러나 그들의 생각은 한 점에서 모였다.

얼마 전 안나 이바노브나 곁에서의 장면이 두 사람을 새로 태어나게 했다. 그들은 마치 새로운 눈을 얻어 눈을 뜨고 서로를 보게 된 것 같았다.

이 오랜 친구 또냐, 아무 설명할 필요 없이 분명히 이해되던 이 존재가 유라가 상상할 수 있는 모든 것 중에서 가장 도달하기 어렵고 복잡한 존재로 드러났다. 여자가 된 것이었다. 상상의 나래를 약간만 펼치면 유라는 자기를 아라라트산[15]에 올라선 영웅, 선지자, 승리자 등 어떤 존재로든 그려볼 수 있었으나 여자만은 상상이 되지 않았다.

이제 또냐는 이 어렵기 그지없는 엄청난 과제를 자신의 가냘프고 연약한 두 어깨에 짊어졌다(이때부터 그녀는 더없이 건강한 처녀였음에도 불구하고 갑자기 유라에게 가냘프고 연약해 보이기 시작했다). 그리고 그는 열정의 시초인, 그녀에 대한 뜨거운 연민과 수줍은 경탄으로 가득 찼다.

마찬가지로 유라에 대한 또냐의 태도에도 비슷한 변화가 일어났다.

유라는 어쨌든 괜히 집을 나섰다고 생각했다. 그들이 없는 사이

---

14 Aleksandr Blok(1880~1921). 러시아 상징주의의 대표 시인. 20세기 초 변혁의 시대를 대변하는 국민 시인의 위상을 지닌다.
15 대홍수가 끝날 무렵 노아의 방주가 최초로 머문 곳으로 알려진 기독교 성산.

에 무슨 일이라도 일어나면 어쩌나? 집을 나설 때의 일이 떠올랐다. 그들은 막 외출하려다가 안나 이바노브나의 병세가 나빠진 것을 알고 그녀에게 가서 집에 남겠다고 했다. 그녀는 전처럼 단호하게 그 제의를 거절하고 크리스마스 파티에 가라고 엄명했다. 유라와 또냐는 날씨가 어떤지 살피려 커튼 뒤의 깊숙한 퇴창으로 다가갔다. 물러날 때 망사 커튼 두장이 아직 빳빳한 그들의 새 옷 옷감에 달라붙었다. 달라붙은 가벼운 천이 또냐를 몇걸음 따라왔다. 마치 신부의 면사포 같았다. 침실에 있던 모두가 웃음을 터뜨렸다. 말할 것도 없이 대번에 그 닮은 점이 눈에 띄었던 것이다.

유라는 거리를 둘러보다가 조금 전 라라의 눈에 띄었던 것과 똑같은 광경을 보았다. 그들의 썰매가 일으키는 유난히 큰 소음이 정원과 가로수 길에 있는 얼음 덮인 나무들 발치에 유별나게 긴 메아리를 일깨웠다. 불빛 비치는 성에 덮인 집들의 창은 회갈색 토파즈를 겹겹이 붙인 보석 상자를 닮아 있었다. 모스끄바의 크리스마스 주간의 생활이 창들 안에서 희미하게 빛났다. 크리스마스트리의 촛불이 타오르고, 우스꽝스럽게 가장한 손님들이 모여 숨바꼭질과 반지 찾기 놀이를 하고 있었다.

문득 유라는 블로끄가 러시아의 삶의 모든 영역에, 북방 도시의 일상, 최신 문학, 현대 거리의 별이 반짝이는 하늘 아래, 금세기의 응접실에 불 밝힌 트리 주변에 깃든 크리스마스 현상 같다는 생각이 들었다. 그는 블로끄에 관한 어떤 글도 쓸 필요가 없겠다고 생각했다. 네덜란드 사람들처럼 추위와 늑대와 어두운 전나무 숲이 있는 러시아판 동방박사의 경배를 그리면 그만이었다.[16]

---

16 블로끄에 대한 유리 지바고의 생각과 관련된 시가 이 책 2권 17부의 「성탄의 별」이다. 또한 「성탄의 별」의 장면은 네덜란드 화가 피터르 브뤼헐의 그림 「눈 속의

그들은 까메르게르스끼 골목을 지나고 있었다. 켜켜이 얼어붙은 창들 중 하나가 유라의 시선을 끌었다. 얼음이 녹아 검은 구멍이 나 있었고, 그 구멍으로 마치 의식이 있는 듯 거리를 내다보는 촛불이 보였다. 불꽃은 마차를 타고 지나가는 사람들을 엿보며 누군가를 기다리고 있는 것만 같았다.

"탁자 위에서 초가 타올랐네, 초가 타고 있었네……"[17] 유라는 형태를 갖추지 못한 어렴풋한 무언가의 첫머리를 혼잣말로 속삭였다. 그것이 저절로 자유롭게 형태를 갖추리라 기대했지만 그다음은 떠오르지 않았다.

11

아주 오래전부터 스벤찌쯔끼 집안의 크리스마스 파티는 이런 방식으로 진행되었다. 10시에 어린아이들이 집으로 돌아가면, 젊은이들과 어른들이 두번째로 트리에 불을 밝히고 아침까지 파티를 즐겼다. 더 나이 든 사람들은 홀과 통해 있지만 커다란 청동 고리에 걸린 무겁고 두꺼운 커튼으로 분리되어 삼면이 벽으로 막힌 뽐뻬이식 응접실에서 밤새 카드놀이를 했다. 동틀 녘이면 모두 모여 만찬을 즐겼다.

동방박사 경배」(1563)와 특히 유사하다.

17 '타오르는 촛불'은 『의사 지바고』의 주요한 상징적 형상이자 작가가 애초에 구상한 제목 중의 하나다. 그 의미는 사도들을 향한 예수 그리스도의 산상수훈에 들어 있다(마태오의 복음 5:14~16). 소설의 플롯에서 '타오르는 촛불'은 지바고의 창조적 소명의 깨어남과 연관되며 시 「겨울밤」(2권 17부)의 구절이 태동하는 장면이다.

"왜 이렇게들 늦었어?" 스벤찌쯔끼의 조카 조르주가 현관을 거쳐 숙부와 숙모가 있는 집 안쪽으로 달려가다가 그들에게 물었다. 유라와 또냐도 주인 부부에게 인사하기 위해 그리 가려고 옷을 벗으며 지나가는 길에 홀을 들여다보았다.

여러 줄로 물결치는 빛의 띠에 감싸여 뜨거운 열기를 내뿜는 트리 곁에서 춤을 추지 않고 돌아다니며 이야기를 나누는 사람들이 검은 벽을 이루어 옷자락을 살랑거리고 서로의 발끝을 밟으며 움직이고 있었다.

원 안에서는 춤추는 사람들이 미친 듯이 빙빙 돌았다. 차장검사의 아들인 리쩨이[18] 학생 꼬까 꼬르나꼬프가 그들을 빙글빙글 돌리고 쌍쌍이 짝을 지우는가 하면 일렬로 늘어세웠다. 그가 춤을 이끌며 홀 한쪽 끝에서 다른 쪽 끝까지 들리도록 목청껏 소리쳤다. "그랑 롱Grand rond! 셴 시누아Chaîne chinoise!"[19] 그러면 모두가 그의 말을 따랐다. "윈 발스 실 부 쁠레Une valse s'il vous plaît!"[20] 그가 피아니스트에게 외치고 첫번째 원의 선두에서 자기 파트너인 부인을 아 트루아 땅à trois temps, 아 되 땅à deux temps[21]으로 이끌면 모두가 스텝을 느리게 하고 겨우 눈에 띌 정도로까지 보폭을 좁히다가 제자리걸음을 했으니, 그것은 이미 왈츠가 아니라 왈츠의 잦아드는 메아리일 뿐이었다. 그런 다음 모두가 박수를 쳤고, 서성대며 발을 끌고 떠들어대는 무리에게 아이스크림과 찬 음료가 나왔다. 얼굴이 빨갛게 상기된 젊

---

18 혁명 전 귀족 자제를 예비 관료로 양성하던 중고등 교육기관. 뿌시낀이 짜르스꼬예 셸로(지금의 뿌시낀 시)의 리쩨이에서 수학했다.

19 큰 원! 작은 원으로 돌기! (프랑스어 — 원주).

20 왈츠 한곡 부탁합니다! (프랑스어 — 원주).

21 세 박자, 두 박자로 (프랑스어 — 원주).

은 남녀들이 소리치고 웃기를 잠시 멈추고 차가운 과일주스와 레모네이드를 서둘러 게걸스럽게 들이켜고는 잔을 쟁반에 내려놓자마자 다시 열배는 더 크게 웃고 떠들었다. 마치 흥분제를 들이마신 것 같았다.

또냐와 유라는 홀에 들르지 않고 주인 부부가 있는 집 안쪽으로 갔다.

12

스벤찌쯔끼 집의 안쪽 방들에는 공간을 비우느라 응접실과 홀에서 꺼내온 여분의 물건들이 잔뜩 쌓여 있었다. 여기는 주인 부부의 마법의 주방, 그들의 크리스마스 창고였다. 물감과 풀 냄새가 나는 창고 안에는 색종이 꾸러미가 놓였고 꼬띠용의 별[22]과 여분의 트리 장식용 양초가 든 상자들이 더미를 이루고 있었다.

스벤찌쯔끼 노부부는 선물 번호표와 만찬의 좌석표와 곧 있을 제비뽑기 표를 쓰는 중이었다. 돕고 있던 조르주가 번호를 자주 헷갈리는 바람에 그들은 속이 타서 투덜거렸다. 스벤찌쯔끼 부부는 유라와 또냐를 무척 반겼다. 그들은 유라와 또냐를 어릴 때부터 알아서 여러 말로 예의 차릴 것도 없이 앉히고 일을 시켰다.

"펠리짜따 세묘노브나는 이런 일은 손님들이 몰려와서 파티가 한창일 때가 아니라 미리 생각해놔야 한다는 걸 이해를 못하는구나. 아이고, 조르주, 이 빠라스께바 뿌따니짜,[23] 너 또 숫자를 엉망으

---

22 꼬띠용 춤 액세서리의 일종. 여성이 원하는 남성 파트너에게 준다.
23 '엉망진창'이란 뜻. 러시아정교회의 성자 빠라스께바 빠뜨니짜의 이름을 이용

로 해놨구나! 사탕이 든 상자는 탁자 위에 놓고 빈 상자는 소파 위에 놓기로 했잖아. 그런데 또 전부 엉망진창 뒤죽박죽이야."

"아네뜨가 좋아졌다니 무척 기쁘구나. 뻬에르와 내가 얼마나 걱정했다고."

"그랬지. 하지만 여보, 더 나빠졌다는데. 나빠졌다고, 알겠소, 당신은 항상 모든 게 드방데리에르^{devant-derrière}24야."

유라와 또냐는 저녁 반나절을 조르주와 두 노인과 함께 크리스마스 파티 무대 뒤에서 보냈다.

13

그들이 스벤찌쯔끼 부부와 함께 앉아 있던 시간 내내 라라는 홀에 있었다. 무도회 차림도 아니었고 거기 있는 사람 중에 아는 사람도 없었지만, 꿈을 꾸듯 무기력하게 꼬까 꼬르나꼬프에게 자신을 빙글빙글 돌리도록 내맡기는가 하면 물에 빠진 사람처럼 하릴없이 홀 주위를 어정거렸다.

라라는 이미 한두번 응접실 문턱에서 발을 멈추고 머뭇거리며 서 있었다. 얼굴을 홀 쪽으로 향하고 앉아 있던 꼬마롭스끼가 그녀를 알아보지 않을까 해서였다. 그러나 그는 왼손에 방패 삼아 쥔 자기 앞의 카드만 보고 있었다. 정말로 그녀를 보지 못했거나, 아니면 알아보지 못하는 척하는 것이었다. 라라는 굴욕감에 숨이 턱 막혔다. 그때 라라가 모르는 처녀가 홀에서 응접실로 들어갔다. 꼬마

<hr>

한 말장난이다.
24 뒤죽박죽 (프랑스어 — 원주).

롭스끼가 라라가 너무도 잘 아는 바로 그 시선으로 들어온 처녀를 바라보았다. 우쭐해진 처녀가 꼬마롭스끼에게 미소를 지었다. 얼굴이 붉어지고 행복하게 빛났다. 그 꼴을 보고 라라는 하마터면 소리를 지를 뻔했다. 수치심이 그녀의 얼굴을 새빨갛게 물들였고 이마와 목까지 번졌다. '새로운 제물이구나.' 그녀는 생각했다. 라라는 거울에 비춰보듯이 자기 전부와 자신의 역사 전체를 보았다. 그러나 그녀는 아직 꼬마롭스끼와 이야기를 나눠야겠다는 생각을 버리지 않았다. 좀더 적당한 순간까지 시도를 미루기로 하고 자신을 다독이며 홀로 돌아왔다.

세 사람이 꼬마롭스끼와 한 탁자에서 카드놀이를 하고 있었다. 그의 상대들 중 그와 나란히 앉은 한 사람은 라라에게 왈츠를 신청했던 멋쟁이 리쩨이 학생의 아버지였다. 라라는 파트너와 홀을 돌며 두세마디 말을 나눈 끝에 그 사실을 알게 되었다. 꼬까 꼬르나꼬프의 어머니는 미친 듯이 이글거리는 눈동자에 기분 나쁘게도 뱀처럼 목을 빳빳이 세운, 검은 옷을 입은 검은 머리의 키 큰 여자였다. 그녀는 아들의 활동 무대인 홀과 남편이 카드놀이를 하고 있는 응접실을 쉴 새 없이 왔다 갔다 하고 있었다. 그리고 마침내 라라는 자신에게 복잡한 감정을 불러일으켰던 처녀가 꼬끼의 누이이고 그녀에 대한 자신의 생각은 아무런 근거가 없었다는 사실을 우연히 알게 되었다.

"꼬르나꼬프입니다." 꼬까가 춤을 시작하며 라라에게 자신을 소개했을 때, 그녀는 무심코 흘려들었다. "꼬르나꼬프예요." 그가 마지막으로 미끄러지듯 돌면서 되풀이해 말하고 그녀를 안락의자로 데려다주고는 인사했다.

이번에는 무언가가 뇌리에 스쳤다. '꼬르나꼬프, 꼬르나꼬프라.'

그녀는 생각에 잠겼다. '왠지 익숙하네. 뭔가 기분 나빠.' 그녀는 기억을 떠올렸다. 꼬르나꼬프는 모스끄바 법원의 차장검사다. 그가 철도 노동자들을 기소했고, 그들과 함께 찌베르진도 재판을 받았다. 라라가 부탁해서 라브렌찌 미하일로비치가 재판에서 너무 혹독하게 하지 말아달라고 그를 구슬리러 갔었는데 설득하지 못했다. '그래, 바로 그거였구나! 그래, 그래, 그래, 재미있네. 꼬르나꼬프. 꼬르나꼬프라니.'

14

밤 12시나 1시가 넘은 때였다. 유라는 귀가 웅웅 울렸다. 식당에서 케이크 조각을 곁들인 차를 마시며 쉬고 나서 춤이 다시 시작되었다. 트리 위의 초들이 다 탔지만 누구도 더이상 초를 갈지 않았다.

유라는 홀 한가운데에 멍하니 서서 모르는 누군가와 춤을 추는 또냐를 바라보았다. 그녀는 유라의 곁을 스쳐 미끄러지듯 너무 긴 새틴 드레스의 작은 자락을 발로 차올리고 물고기처럼 철썩대면서 춤추는 사람들 무리 속으로 사라졌다.

또냐는 몹시 들떠 있었다. 쉬는 시간에 식당에 앉았을 때, 그녀는 차를 거절하고 귤로 갈증을 달랬다. 쉽게 벗겨지는 향기로운 귤 껍질을 수도 없이 벗겼고, 수시로 과일나무 꽃만큼 조그마한 아마 손수건을 허리띠나 소매 끝동에서 꺼내어 입가와 끈적거리는 손가락 사이의 땀줄기를 닦았다. 웃고 끊임없이 생기 넘치는 대화를 나누면서 다시 기계적으로 손수건을 허리띠나 허리께 주름 장식 안에 집어넣었다.

이제 또냐는 낯선 상대와 춤을 추며 돌 때마다 한옆으로 비켜서서 얼굴을 찡그리고 있는 유라를 스치면서 장난스럽게 그의 손을 잡고 의미심장한 미소를 지어 보였다. 그렇게 손을 잡다가 한번은 그녀가 쥐고 있던 손수건이 유라의 손바닥에 남겨졌다. 그는 손수건을 입술에 갖다대고 눈을 감았다. 손수건은 귤껍질과 또냐의 열기에 찬 손바닥 냄새가 뒤섞인 향기를 풍겼다. 똑같이 매혹적이었다. 그것은 유라의 삶에서 새로운 무언가, 전에는 한번도 경험해본 적 없는 무언가, 머리끝부터 발끝까지 꿰뚫는 날카로운 무언가였다. 아이같이 순박한 냄새는 어둠 속에서 속삭인 어떤 말처럼 친밀하게 다가왔다. 유라는 손수건을 쥔 손바닥에 눈과 입술을 파묻고 그 향기를 들이마시며 서 있었다. 갑자기 집 안에서 총성이 울렸다.

모두가 홀과 응접실을 나누는 커튼 쪽으로 고개를 돌렸다. 잠시 침묵이 흘렀다. 그런 다음 소동이 시작되었다. 모두가 부산을 떨고 소리치기 시작했다. 일부가 꼬까 꼬르나꼬프를 뒤따라 총성이 울린 장소로 달려갔다. 거기서는 벌써 사람들이 나오면서 을러대고 울고 다투며 서로의 말을 가로막았다.

"이애가 무슨 짓을 했지, 무슨 짓을 한 기야!" 꼬마롭스끼가 절망에 빠져 연거푸 말했다.

"보랴, 당신 살았어요? 보랴, 무사하냐고요?" 꼬르나꼬바 부인이 히스테릭하게 소리쳤다. "여기 드로꼬프 박사가 손님으로 와 계신다면서요. 그래, 그분 어디 계세요? 어디 계시냐고요? 아, 제발 나 좀 내버려둬요! 당신한테는 찰과상이지만 나한테는 내 평생의 문제라고요. 오, 나의 가엾은 수난자, 그 모든 범죄자들의 고발자! 바로 저 여자예요, 저 쓰레기 같은 것, 네 눈을 할퀴어주마, 요 못된 것! 이제 저 여자가 못 나가게 해요! 무슨 말씀이에요, 꼬마롭스끼 씨? 당신을요? 저 여자가 당신을 쏜 거라고요? 아녜요, 난 참을 수 없어요. 몹시 괴로워요. 꼬마롭스끼 씨, 정신 차리세요. 난 지금 농 담을 받아줄 여유가 없어요. 꼬까, 꼬꼬치까, 그게 무슨 소리야! 네 아버지를…… 그래…… 하지만 천벌을…… 꼬까! 꼬까!"

사람들이 응접실에서 홀로 쏟아져나왔다. 무리 가운데에서 꼬르 나꼬프가 살짝 긁혀 피가 나는 왼손의 상처를 깨끗한 냅킨으로 누 른 채 큰 소리로 농담을 하며 걸어나와 자신이 괜찮다는 것을 모두 에게 확인시켰다. 조금 떨어진 뒤쪽에서는 다른 무리가 라라의 팔 을 잡고 끌고 오는 중이었다.

유라는 그녀를 보고 어안이 벙벙했다. 바로 그녀다! 또다시 이런 놀라운 상황에서! 그리고 또다시 저 머리 희끗한 남자라니. 하지만 이제 유라는 그를 안다. 그는 저명한 변호사 꼬마롭스끼다. 아버지 의 유산 상속에 관한 일과 관련이 있다. 인사는 나누지 않아도 된 다. 유라와 그는 서로 모르는 체한다. 그런데 그녀는…… 그러니까 저 처녀가 총을 쏘았단 말인가? 검사를? 아마 정치적인 이유겠지. 불쌍한 여자. 이제 무사하지 못할 것이다. 그녀는 얼마나 도도하고 아름다운가! 그런데 이 사람들은! 빌어먹을, 그녀를 붙잡힌 도둑같 이 팔을 비틀어 끌고 가네.

그러나 그는 이내 잘못 생각했다는 것을 알았다. 라라는 다리에 힘이 빠져 서 있을 수 없었다. 그녀가 쓰러지지 않도록 사람들이 팔을 붙들어 가까이 있는 안락의자로 간신히 끌고 가자 그녀는 의 자에 풀썩 무너졌다.

유라는 그녀에게 달려가 정신을 차리게 하려 했으나 예의상 우 선 살인미수의 희생자가 될 뻔한 이에게 관심을 표해야겠다고 생각했다. 그가 꼬르나꼬프에게 다가가서 말했다.

"여기서 의사의 도움을 청하셨다고요. 제가 도와드릴 수 있습니다. 손을 보여주세요. 네, 정말 다행입니다. 아주 가벼운 상처라 붕대도 감지 않아도 되겠어요. 어쨌든 요오드를 조금 바르는 건 나쁘지 않겠어요. 펠리짜따 세묘노브나가 여기 있으니 부탁드려보지요."

황급히 유라에게 다가온 스벤찌쯔까야 부인과 또냐의 얼굴이 심상치 않았다. 그들은 유라에게 다 내버려두고 어서 가서 옷을 입으라고 말했다. 집에 뭔가 좋지 않은 일이 생겨 그들을 데리러 왔다는 것이었다. 유라는 최악의 사태를 짐작하고 경악했다. 그는 세상 모든 일을 잊고 외투를 입으러 달려갔다.

15

그들은 십쩨프의 집 현관에서 쏜살같이 집 안으로 달려 들어갔지만 이미 살아 있는 안나 이바노브나를 만나지 못했다. 죽음은 그들이 도착하기 십분 전에 찾아왔다. 사인은 제때 발견하지 못한 급성 폐부종으로 인한 장시간의 천식 발작이었다.

처음 몇시간 동안 또냐는 절규했다. 온몸을 비틀고 경련하며 아무도 알아보지 못했다. 다음 날은 조금 진정되어 아버지와 유라가 하는 말에 참을성 있게 귀를 기울였지만 대답은 고개만 끄덕일 뿐이었다. 입을 열면 전처럼 격렬한 슬픔이 그녀를 사로잡아 미친 여자처럼 다시 울부짖기 시작했기 때문이었다.

진혼 미사 사이사이에 그녀는 몇시간씩 고인의 곁에 무릎을 꿇고 앉아 크고 아름다운 팔로 관을 올린 대 가장자리를 따라 관 모서리를, 관을 덮은 화환을 껴안고 엎드려 있었다. 그녀는 주위 사람들에 아랑곳하지 않았다. 하지만 가까운 이들과 눈길이 마주치면 황급히 바닥에서 일어나 재빠른 걸음으로 미끄러지듯 홀에서 나갔다. 흐느낌을 억누르며 정신없이 층계를 뛰어올라 위층의 자기 방으로 들어가서는 침대에 쓰러져 그녀 안에서 사납게 날뛰며 폭발하는 절망을 베개에 파묻었다.

슬픔 때문에, 오래 서 있었던데다 잠이 부족한 탓에, 우렁우렁한 애도의 노랫가락과 밤낮으로 타오르는 촛불의 눈부신 빛 때문에, 그리고 그즈음 걸린 감기 탓에 유라의 영혼에는 행복한 착란, 비애에 찬 환희 같은 달콤한 혼란이 자리하고 있었다.

십년 전 어머니를 묻었을 때 유라는 아직 완전히 어린아이였다. 슬픔과 공포에 압도당한 채 위로받을 길 없이 얼마나 울었던가를 그는 지금까지 기억하고 있었다. 그때 중요했던 것은 그가 아니었다. 그때 그는 그라는 어떤 존재가 있다는 것을, 그 나름의 가치와 흥미를 지닌 단독자인 유라라는 존재가 있다는 것을 생각조차 할 수 없었다. 그때 중요했던 것은 그를 둘러싼 것, 외부였다. 의심의 여지 없이 분명히 실재하는, 헤쳐나갈 수 없는 숲 같은 외부 세계가 사방에서 유라를 에워싸고 있었다. 유라가 엄마의 죽음에 그토록 충격을 받은 것은 바로 엄마와 함께 그 숲속에서 길을 잃고 헤매다가 갑자기 엄마 없이 숲속에 혼자 남겨진 까닭이었다. 구름, 도시의 간판, 소방서 망루에 달린 공,[25] 성모마리아 이콘을 실은 마차 앞에서 성물 때문에 맨머리에 모자 대신 귀마개를 쓰고 말을 내달

---

25 전화 도입 전까지 화재 발생을 알리던 수단.

리는 수도원 하인들, 세상 모든 것이 그 숲을 이루고 있었다. 아케이드 상점들의 진열장과 사랑하는 하느님과 성자들이 있는 까마득히 높고 별이 가득한 밤하늘이 그 숲을 이루고 있었다.

유모가 하느님에 관한 이야기를 들려줄 때면 그 닿기 힘든 높은 하늘은 아이방에 있는 그에게로, 유모의 치맛자락으로 낮게 더 낮게 정수리를 기울여왔다. 그러면 하늘은 골짜기에서 가지를 구부려 열매를 딸 때의 개암나무 꼭대기처럼 손에 쥘 듯 가까워지고 가벼워졌다. 하늘은 마치 그들 집의 아이방에 있는 금빛 대야에 몸을 담그고 불과 황금으로 목욕을 한 다음, 유모가 그를 데리고 다니던 조그만 골목 교회에서 아침 예배나 성찬 예배로 다시 모습을 나타내는 것 같았다. 거기서 하늘의 별은 이콘 앞의 등불이 되었고, 사랑하는 하느님은 다정한 아버지가 되었다. 모두가 제각각 제 능력에 걸맞은 지위에 자리 잡고 있었다. 그러나 중요한 것은 어른들의 실제 세계와 그를 에워싸고 있던 숲처럼 캄캄한 도시였다. 그때 유라는 반쯤은 동물적인 자신의 믿음을 다해 산지기를 믿듯 그 숲의 신을 믿었다.

지금은 사정이 전혀 달랐다. 십이년에 이르는 중등교육 과정과 대학 과정 동안 유라는 고진문학과 신학, 전설과 시, 역사와 자연과학을 자기 가족의 연대기처럼, 가문의 족보처럼 공부했다. 이제 그는 삶도, 죽음도, 아무것도 두렵지 않았다. 세상에 있는 모든 것, 모든 사물이 그의 사전 속 어휘였다. 그는 자신이 우주와 대등한 위치에 서 있다고 느꼈고, 지난날 엄마의 진혼 미사 때와는 전혀 다르게 안나 이바노브나의 진혼 미사를 견뎌냈다. 그때 그는 아픔에 정신을 잃었고 두려움에 떨며 기도했다. 그러나 이제 그는 직접적으로 자신을 향한, 곧바로 자신과 관련된 전언으로서 진혼 미사의 말에 귀 기울였다. 그는 그 말을 귀담아들으며, 모든 일에 그렇듯 이해할 수 있게 표현된 의미를 찾으려 했다. 그가 자신의 위대한 선구자로 숭배해온 땅과 하늘의 지고한 힘을 계승하고 있다는 느낌은 신앙심과는 아무런 공통점이 없었다.

16

"거룩하신 주여, 거룩하고 전능하신 주여, 거룩하신 불멸의 주여, 저희를 불쌍히 여기소서."[26] 이게 뭐야? 그는 어디 있지? 발인이다. 관을 내가고 있다. 잠을 깨야 한다. 그는 아침 5시가 넘은 시각에 옷을 입은 채로 소파에 쓰러져 잠들어 있었다. 열이 있는 것 같다. 지금 온 집 안을 뒤지며 그를 찾고 있지만 그가 서재 안 외진 구석에, 천장까지 닿는 높다란 서가 뒤에서 깨어나지 못하고 자고 있으리라고는 누구도 짐작하지 못했다.

"유라, 유라!" 문지기 마르켈이 어딘가 가까운 곳에서 그를 부른다. 발인이 시작되었다. 마르켈은 화환을 거리로 내가야 하는데 아무리 해도 유라를 찾을 수 없다. 설상가상으로 화환이 산더미처럼 쌓여 있는 침실에서 아직 꼼짝도 하지 못했다. 열린 옷장 문이 침실 문을 가로막아 나가지 못하게 했기 때문이다.

"마르켈! 마르켈! 유라!" 아래에서 그들을 부른다.

마르켈은 장애물을 발로 차서 한방에 해치우고 화환 몇개를 가지고 층계 아래로 달려 내려간다.

---

26 러시아정교회 장례에서 교회에서 묘지로 가는 행렬이 흔히 「영원한 기억」과 번갈아 부르는 기도문.

"거룩하신 주여, 거룩하고 전능하신 주여, 거룩하신 불멸의 주여." 마치 부드러운 타조 깃털로 대기를 쓸듯이 말들이 고요한 바람처럼 골목을 따라 느릿느릿 흐르다가 골목 안에 머무른다. 모든 것이, 화환들과 행인들이, 깃털 장식을 한 말들의 머리가, 사제의 손에 쥔 쇠사슬에 매달려 흔들거리는 향로가, 발밑의 하얀 땅이 흔들린다.

"유라! 맙소사, 드디어 찾았네. 제발 잠 좀 깨." 그를 찾아낸 슈라 실레진게르가 어깨를 흔든다. "어떻게 된 거야? 발인 중인데, 같이 갈 거니?"

"네, 그럼요."

17

장례가 끝났다. 추위 발을 동동거리던 거지들이 두줄로 빽빽하게 모여들었다. 영구 마차와 화환을 실은 오드노꼴까,[27] 끄류게르 가족의 까레따[28]가 흔들리더니 조금씩 움직였다. 마차들이 교회 가까이 왔다. 슈라 실레신게르가 울먹이며 교회에서 나와 눈물로 축축해진 베일을 걷어올리고 뭔가 찾는 듯한 눈길로 마차 행렬을 죽 살폈다. 장의사에서 나온 운구 인력을 마차 행렬 속에서 찾아낸 그녀는 고갯짓으로 그들을 불러 함께 교회 안으로 사라졌다. 교회에서 점점 더 많은 사람들이 몰려나왔다.

"그래, 이제 안나 이바노브나의 차례로구나. 가엾은 사람, 작별

---

27 이륜마차.
28 사륜마차.

인사를 하곤 먼 길 가는 표를 끊었어."

"그래요, 불쌍해라, 날갯짓을 그쳤어. 잠자리가 쉬러 간 거야."

"마부를 부를까요, 아니면 11번을 타시겠어요[29]?"

"너무 오래 서 있었어요. 조금 걷다가 타지요."

"푸프꼬프가 얼마나 낙담했는지 보셨어요? 눈물을 펑펑 쏟고 코를 풀어가면서 막 고인이 된 이를 삼킬 듯이 바라보더군요. 옆에 남편이 있는데도."

"그 사람, 평생 그녀를 넘봤잖아요."

그들은 그런 대화를 나누며 도시의 반대편 끝에 있는 묘지로 느릿느릿 걸어갔다. 강추위가 지나고 그날은 날씨가 풀렸다. 한없이 무겁게 짓누르는 고요한 날이었다. 추위가 꺾였고 생명 또한 꺾였다. 자연이 장례를 위해 창조한 날 같았다. 더러워진 눈은 검은 상장에 덮인 것 같았다. 상복을 입은 듯 변색된 은같이 거뭇하고 축축한 전나무들이 울타리 너머에서 바라보고 있었다.

이곳은 바로 그 잊지 못할 묘지, 마리야 니꼴라예브나가 안식에 든 곳이었다. 유라는 최근 여러 해 동안 어머니의 무덤을 찾지 않았다. "엄마." 멀리서 그쪽을 바라보며 그는 거의 그 시절의 입술로 속삭였다.

깨끗이 청소된 작은 길을 따라 사람들이 그림처럼 엄숙하게 흩어졌다. 구불구불한 길은 비애에 차서 천천히 보조를 맞춰 걷는 그들의 걸음에 잘 어울리지 않았다. 알렉산드르 알렉산드로비치가 또냐를 부축하며 걸었다. 끄류게르 가족이 그들을 뒤따랐다. 또냐는 상복이 아주 잘 어울렸다.

....
29 걷는다는 뜻.

150

둥근 천장에 십자가들을 매단 쇠사슬과 장밋빛 수도원 벽에는 성에가 곰팡이같이 텁수룩하게 끼어 있었다. 수도원 마당의 외진 구석에는 벽에서 벽으로 친 줄들에 빨래를 널어 말리고 있었다. 물을 먹어 소매가 무거워진 루바시까, 복숭아색 식탁보, 대충 비틀어 짜서 뒤틀린 침대보 들. 유라는 그쪽을 유심히 보고는, 새로 건물이 들어서서 모습이 바뀌었지만 그곳이 그때 눈보라가 휘몰아치던 수도원 땅의 그 장소라는 것을 깨달았다.

유라는 빠른 걸음으로 다른 사람들을 앞질러 가다가 간혹 발을 멈추고 그들을 기다리곤 하며 혼자 걸었다. 그는 죽음이 그의 뒤에서 천천히 걸음을 옮기는 사람들의 내면에 초래한 폐허에 응답해, 격렬한 소용돌이를 일으키며 심연으로 돌진하는 물처럼 꿈꾸고 생각하고 형태를 다듬어 아름다움을 창조하고 싶은 마음을 억누를 수 없었다. 지금 그는 예술이 언제나 부단히 매달리는 두 관심사를 그 어느 때보다 더 선명히 깨달았다. 예술은 집요하게 죽음을 성찰하고, 그럼으로써 끈질기게 삶을 창조한다. 큰 예술, 진정한 예술은 요한의 묵시록이라 불리는 그것이고, 그것을 마저 쓰는 것이다.

유라의 마음은 하루 이틀 가족과 대학의 세계를 떠나 고인이 된 안나 이바노브나의 혼을 기리는 시를 쓰고픈 갈망으로 가득했다. 그 순간 그에게 떠오를 모든 것, 삶이 그에게 슬쩍 밀어넣을 모든 우연한 것을 시에 집어넣을 것이었다. 고인의 가장 훌륭한 성품 두세가지, 상복을 입은 또냐의 모습, 묘지에서 돌아오는 길에 거리에서 본 몇가지, 오래전 언젠가 눈보라가 울부짖던 밤에 어린아이인 그가 울던 그 장소에 걸려 있던 빨래 들을.

제4부

·

무르익은 불가피성

1

라라는 반쯤 정신을 잃고 펠리짜따 세묘노브나의 침실 침대에 누워 있었다. 그녀 주위에서 스벤찌쯔끼 부부와 의사 드로꼬프, 하인들이 소곤대고 있었다.

스벤찌쯔끼의 텅 빈 집은 어둠에 잠겨 있었다. 길게 늘어선 방들의 한가운데 작은 거실의 벽에 걸린 희미한 램프만이 한줄로 이어진 방들을 따라 앞뒤로 빛을 던지며 타고 있었다.

빅또르 이뽈리또비치가 그 통로를 화가 난 단호한 걸음걸이로 왔다 갔다 하는 중이었다. 손님이 아니라 마치 자기 집에 있는 것 같았다. 그는 어떻게 되어가는지 알아보려고 침실을 들여다보기도 하고, 은빛 구슬로 꾸며진 트리를 지나쳐 집의 반대편 끝으로 걸음을 옮기다가 식당까지 가기도 했다. 식당에는 손대지 않은 음식이

식탁 다리가 휘어질 만큼 차려져 있었고, 창밖 거리에 마차가 지나가거나 식탁보를 따라 생쥐가 접시들 사이로 들락거릴 때마다 녹색 포도주잔들이 쨍그랑거렸다.

꼬마롭스끼는 화가 나서 몸서리를 쳤다. 모순된 감정들이 그의 가슴을 가득 채웠다. 이 무슨 스캔들이며 이 얼마나 추한 꼴인가! 그는 분노로 끓어올랐다. 그의 지위가 위험에 처했다. 사건은 그의 명성을 훼손했다. 어떤 값을 치르더라도 늦기 전에 소문을 미리 막고 가라앉혀야 한다. 만약 이미 퍼졌다면 무마해서 소문의 싹을 잘라야 한다. 그럼에도 그는 이 절망에 찬 미친 처녀의 도저히 거부할 수 없는 매혹을 거듭 실감했다. 그녀가 어느 누구와도 다르다는 것을 이내 알았다. 그녀에게는 늘 범상치 않은 무언가가 있었다. 하지만 보다시피 그는 그녀에게 얼마나 절절한 고통을 안겼으며, 그녀의 삶을 얼마나 돌이킬 수 없이 파괴했는가! 그녀는 얼마나 처절하게 몸부림치고 있는가! 얼마나 끈질기게 떨쳐 일어나 저항하며 운명의 물줄기를 바꾸고 다시 존재하려 분투하는가!

어떻게든 그녀를 도와야 할 것이다. 아마 방을 얻어주어야 할지도 모른다. 그러나 어떤 경우에도 그녀를 건드려서는 안 된다. 도리어 그림자도 비치지 않도록 한옆으로 비켜 완전히 물러나 있어야 한다. 그러지 않았다간 지금 그렇듯이 자칫 또 무슨 일을 벌일지 모른다.

그리고 또 얼마나 많은 골칫거리를 앞두고 있는가! 과연 이런 일로 머리를 쓰다듬어주지는 않을 것이다. 법은 졸고 있지 않다. 아직 밤이고 사건이 일어난 지 두시간도 지나지 않았는데 경찰에서 벌써 두번이나 사람이 나와서, 꼬마롭스끼는 경관과 함께 부엌으로 가서 모든 것을 해명하고 수습해야 했다.

갈수록 일은 더 복잡해질 것이다. 라라가 꼬르나꼬프가 아닌 그를 겨냥했다는 증거가 요구될 것이다. 그러나 일은 거기서 끝나지 않을 것이다. 일부의 책임은 면하겠지만 라라는 나머지 죄목으로 기소당할 것이다.

물론 그는 무슨 수를 써서라도 그것을 막을 것이다. 만약 일이 커지게 되면 저격 당시 라라가 스스로를 책임질 수 없는 상태였다는 정신과의사의 감정서를 받아 소송을 취하시킬 것이다.

이런 생각에 이른 끝에 꼬마롭스끼는 마음이 진정되기 시작했다. 밤이 지났다. 빛줄기가 이 방 저 방 뒤지고 다니며 도둑이나 전당포 감정인처럼 탁자와 소파 밑을 훑어보았다.

침실에 들러 라라의 상태가 호전되지 않았다는 것을 확인한 뒤 꼬마롭스끼는 스벤찌쯔끼의 집을 나왔다. 그는 마차를 타고 정치적 망명자의 아내이자 변호사인 지인 루피나 오니시모브나 보이뜨-보잇꿉스까야를 만나러 갔다. 방이 여덟개인 아파트는 이제 그녀에게 너무 컸고 분에 넘쳤다. 그래서 방 두개는 세를 주고 있었다. 그중 하나가 얼마 전에 비어서 꼬마롭스끼는 라라를 위해 그 방을 빌렸다. 몇시간 후 라라는 고열에 의식이 몽롱한 채로 그리 옮겨졌다. 그녀는 신경성 열병을 앓고 있었다.

2

루피나 오니시모브나는 진보적인 여성으로 편견의 적이었고, 그녀가 생각하고 표현한 대로 모든 '긍정적이고 생활력 있는' 것의 지지자였다.

그녀의 서랍장 위에는 작성자의 헌사가 적힌 에르푸르트 강령[1] 한부가 놓여 있었다. 벽에 꽂힌 사진들 중 하나는 그녀의 남편, "나의 좋은 보이뜨"의 사진으로, 스위스의 대중 축제에서 쁠레하노프[2]와 함께 찍은 것이었다. 두 사람 다 러스트린 재킷을 입고 파나마 모자를 쓴 차림이었다.

루피나 오니시모브나는 자기 집에 세 든 병든 처녀가 처음 본 순간부터 마음에 들지 않았다. 상습적인 꾀병쟁이라고 여겼던 것이다. 라라가 발작을 일으켜 하는 헛소리들이 루피나 오니시모브나에게는 순전히 거짓으로 보였다. 라라가 지하 감방에 갇힌 마르가리타[3] 흉내를 내고 있다고 신을 걸고 맹세라도 할 기세였다.

루피나 오니시모브나는 평소보다 더 활기찬 모습을 보임으로써 라라에 대한 경멸을 표했다. 문을 쾅쾅 닫았고, 자기가 쓰는 아파트 공간을 회오리바람처럼 쏘다니며 큰 소리로 노래를 불렀고, 환기를 한답시고 온종일 창문을 열어놓기도 했다.

그녀의 아파트는 아르바뜨에 있는 큰 건물의 꼭대기 층이었다. 동지가 지나면 그 층의 창문들은 범람하는 강처럼 넓고 푸르게 빛나는 하늘로 넘쳐났다. 겨울이 반쯤 지나면 아파트는 다가오는 봄의 징후, 그 예감으로 가득 찼다.

남쪽에서 환기창으로 따뜻한 바람이 불어오고 역에서 기관차가 철갑상어의 울음소리를 내면, 병든 라라는 침상에 누워 한가하게 먼 회상에 잠기곤 했다.

---

1 1891년 10월 에르푸르트 대회에서 채택된 독일사회민주당 강령.
2 Georgii Plekhanov(1857~1918). 러시아 맑스주의 운동의 기초를 닦은 이론가이자 혁명가.
3 괴테의 『파우스트』 1부의 마지막 장면을 염두에 둔 묘사다.

칠팔년 전, 잊지 못할 어린 시절에 우랄에서 모스끄바로 왔던 첫날 저녁을 특히 자주 떠올렸다.

그들은 쁘롤렛까를 타고 어둑어둑한 골목길들로 온 모스끄바를 가로질러 역에서 숙소로 가고 있었다. 가까워졌다 멀어지는 가로등들이 웅크린 마부의 그림자를 건물 벽에 던져주었다. 그림자는 자라고 자라서 비정상일 만큼 커지더니 포도와 지붕을 덮었다간 잘렸다. 그러고는 모든 것이 처음부터 되풀이되었다.

머리 위 어둠 속에서 천육백개나 된다는 모스끄바 교회의 종이 울려댔고 땅에서는 궤도 마차들이 방울 소리를 내며 여기저기로 달려갔다. 하지만 현란한 진열창과 불빛 또한 종과 마차 바퀴처럼 자기 소리를 내는 듯 라라의 귀를 먹먹하게 했다.

숙소의 식탁 위에서는 믿기 어려울 정도로 커다란 수박이 그녀를 아연하게 만들었다. 새로 거처를 옮긴 것을 축하하는 꼬마롭스끼의 빵과 소금[4]이었다. 수박은 라라에게 꼬마롭스끼의 권위와 부의 상징으로 보였다. 빅또르 이뽈리또비치가 얼음같이 차고 다디단 속을 가진 진초록색의 그 경이로운 둥근 물건을 칼로 쳐 쩍 소리와 함께 두쪽으로 쪼갰을 때, 라라는 공포로 인해 숨도 못 쉴 지경이었다. 하지만 그녀는 감히 거절할 수 없었고, 긴장한 탓에 목에 걸린 장밋빛의 향기로운 조각을 억지로 삼켰다.

값진 음식과 한밤의 수도 앞에서 느낀 이 두려움이 나중에 꼬마롭스끼 앞에서 그녀가 느낀 두려움 속에서 그렇게 되풀이되었던 것이다. 그것이 일어난 모든 일의 주된 실마리였다. 하지만 이제 그는 알아보지 못할 만큼 변했다. 아무것도 요구하지 않았고, 자신을

---

4 환대하는 음식.

떠올리게 하지도 않았으며, 심지어 모습을 나타내지도 않았다. 한결같이 거리를 유지한 채 더할 나위 없이 품위 있는 태도로 도움을 주고 있었다.

꼴로그리보프의 방문은 전혀 다른 문제였다. 라라는 라브렌찌 미하일로비치를 보고 몹시 기뻐했다. 이 손님은 그토록 키가 크고 중후해서가 아니라 사람 자체가 풍기는 생기와 재능 덕분에, 그의 반짝이는 눈빛과 지혜로운 미소로 방의 절반을 채웠던 것이다. 방안이 가득 찬 것 같았다.

그는 손을 비비며 라라의 침대 앞에 앉아 있었다. 뻬쩨르부르그 국무회의에 불려가면 그는 원로 고관들과도 학부의 개구쟁이들 대하듯 이야기를 나누는 사람이었다. 하지만 지금 그의 앞에는 얼마 전까지 가족의 일원이었던 친딸 같은 존재가 누워 있었다. 다른 모든 식구에게 하듯 그는 그녀와 지나다 잠깐씩 눈길과 몇마디 말을 주고받을 따름이었다.(이것은 그들의 간결하면서도 풍부한 소통이 지닌 특유의 매력이었고, 두 사람 다 그 점을 잘 알고 있었다.) 그는 어른을 대하듯 무겁고 냉담하게 라라를 대할 수 없었다. 그녀의 마음을 상하지 않게 하려면 어떻게 말을 나누어야 할지 몰라서 그는 어린아이에게 하듯 그녀에게 미소를 짓고는 말했다.

"아이고, 무슨 일을 꾸민 거지요, 아가씨? 이런 멜로드라마가 누구한테 필요한 걸까?" 그는 입을 다물고 천장과 벽지에 번진 축축한 얼룩을 살폈다. 그러고는 나무라듯 고개를 젓고 이어 말했다. "뒤셀도르프에서 국제박람회가 열려요. 회화와 조각과 원예 전시회지. 가볼 참이에요. 방이 습하구나. 아가씨는 하늘과 땅 사이를 얼마나 오래 떠돌아다닐 셈일까? 여긴 참 움직일 틈이 별로 없네. 우리끼리 얘기지만, 이 보이떼사라는 여자는 정말 쓰레기야. 내가 알지. 옮기자고요. 그만큼 빈둥거렸으면 됐지. 그만큼 아팠으면 됐어요. 이제 일어나야지. 방을 옮기고 공부를 계속해서 학업을 마쳐야지. 내가 아는 화가가 한 사람 있어요. 이년 동안 뚜르께스딴으로 떠날 거라네. 그 사람 작업실이 여러 칸으로 나뉘어 있어 사실상 온전한 작은 아파트나 마찬가지예요. 세간과 함께 마땅한 사람의 손에 맡기려는 것 같아. 내가 주선해볼까? 그리고 또 한가지 얘기할 게 있어요. 사무적인 얘기야. 오래전부터 이러고 싶었는데, 내 신성한 의무이고…… 리빠가 졸업했을 때부터…… 얼마 안 되는 돈이에요, 그애의 졸업에 대한 사례로…… 아니야, 제발, 제발…… 아니, 부탁이니 고집 부리지 말고…… 아니, 제발 넣어두렴."

그녀의 반대와 눈물에도, 심지어 몸싸움 비슷한 것에도 불구하고 그는 떠나면서 한사코 1만 루블짜리 수표를 쥐여주었다.

건강을 회복하고 나서 라라는 꼴로그리보프가 극구 권한 새집으로 거처를 옮겼다. 스몰렌스끼 시장에서 아주 가까운 곳이었다. 집은 크지 않은 오래된 이층짜리 석조 건물의 위층이었다. 아래층은 상점 창고였다. 건물에는 짐마차꾼들이 살고 있었다. 자갈로 포장된 마당은 늘 흩어진 귀리와 떨어진 건초로 덮여 있었다. 마당 여기저기 비둘기들이 구구거리며 왔다 갔다 했다. 쥐들이 무리 지어 마당의 돌 배수구를 따라 달려갈 때면 비둘기들도 떼 지어 소란을 떨며 라라의 방 창문 정도까지 날아오르곤 했다.

3

빠샤는 몹시 괴로웠다. 라라가 심하게 앓는 동안 그는 찾아가는 것을 금지당했다. 그의 심정이 어땠겠는가? 빠샤가 생각하기에 라라는 그녀와 상관없는 사람을 죽이고자 했고, 그런 뒤에는 성공하지 못한 살인의 희생자인 그 사람의 후원을 받고 있었다. 그리고이 모든 일이 크리스마스 밤 촛불이 타오르는 가운데 그들이 나눈 잊지 못할 대화 이후에 일어났다! 그 사람이 아니었다면 라라는 체포되어 재판을 받았을 것이다. 그가 그녀를 위협하던 형벌을 면해주었다. 그 사람 덕분에 그녀는 아무 탈 없이 안전하게 학업을 지속하고 있었다. 빠샤는 괴롭고 당혹스러웠다.

몸이 좀 나아지자 라라는 빠샤를 불러 말했다.

"난 나쁜 여자야. 너는 나를 몰라. 언젠가 말해줄게. 보다시피 지금은 눈물에 목이 메어 말하기가 힘들어. 하지만 나를 버려, 잊어줘. 난 너한테 자격 없는 여자야."

가슴이 미어지는 장면이 이어졌다. 갈수록 더 비통한 장면이었다. 라라가 아직 아르바뜨에 머물 때 일어난 일이었기에, 보잇꼽스까야는 눈물에 젖은 빠샤의 모습을 보더니 복도에서 자기가 쓰는 공간으로 내달아서는 소파에 쓰러져 배가 아프도록 웃어대며 되풀이해 말했다. "아이고, 우스워라, 아이고, 못 참겠네! 정말 이건 뭐라고 해야 할지…… 하하하! 전설 속의 영웅이야! 하하하! 예루슬란 라자레비치[5]라고!"

빠샤를 더럽혀진 애착에서 구하기 위해, 그 애착을 뿌리째 뽑아 그의 고통에 종지부를 찍기 위해, 라라는 빠샤에게 그를 사랑하지 않기 때문에 단호하게 그를 거부한다고 선언했다. 하지만 이렇게 거부의 말을 하면서 너무도 흐느껴 울어서 그녀의 말이 믿기지 않

---

5 고대 러시아 민담의 주인공. 늘 더 아름다운 미녀를 얻으러 모험을 떠났다가 마지막에는 조강지처에게 돌아온다.

았다. 빠샤는 그녀가 온갖 죽을죄를 지었으리라 의심하며 그녀의 말을 한마디도 믿지 않았다. 그녀를 저주하고 증오할 마음의 준비가 되어 있었다. 하지만 그는 그녀를 지독하게 사랑했고, 그녀 자신의 생각, 그녀가 마시는 잔, 베고 자는 베개에 이르기까지 질투했다. 미치지 않기 위해서는 단호하고 신속하게 행동해야 했다. 그들은 졸업시험이 끝날 때까지 미루지 않고 결혼하기로 결정했다. 끄라스나야 고르까[6]에 결혼식을 올릴 예정이었다. 결혼식은 라라의 요청으로 다시 미루어졌다.

그들은 졸업시험 통과가 분명해졌을 때, 성령강림절의 둘째 날인 성령의 날에[7] 결혼식을 올렸다. 라라의 동급생으로 그녀와 함께 졸업한 뚜샤 체뿌르꼬의 어머니 류드밀라 까삐또노브나 체뿌르꼬가 모든 일을 맡아 처리해주었다. 류드밀라 까삐또노브나는 가슴이 높고 목소리가 낮은 아름다운 여인으로 노래를 잘했고 이야기도 잘 지어냈다. 자신이 아는 실제 사례나 미신에 덧붙여 무수히 많은 이야기를 즉흥적으로 지어내곤 했다.

류드밀라 까삐또노브나가 출발하기 전에 라라를 단장해주며 집시 빠니나[8]의 낮은 목소리로 흥얼거린 대로 라라가 "황금관을 받아쓰러 가던" 날, 도시는 끔찍이도 더웠다. 교회의 횡금빛 둥근 지붕과 산책로에 깨끗하게 깔린 모래의 노란빛이 선명했다. 교회 울타리마다 성령강림절 전날 벤 어린 자작나무들의 햇볕에 그을린 듯한 이파리가 작은 관 모양으로 돌돌 말린 채 먼지투성이로 고개를

---

6 부활절 이후 첫번째 일요일. 사순대재 기간 이후 교회 혼례가 허용되는 첫날로 전통적으로 혼례의 날이다.
7 부활절 이후 51일째 되는 기념일.
8 Varvara Panina(1872~1911). 당대의 유명한 집시 가수.

떨구고 걸려 있었다. 숨쉬기가 어려웠고, 빛나는 햇살에 눈이 부셨다. 처녀들은 모두 신부처럼 머리를 말고 밝은색 옷을 입었고, 청년들은 또 죄다 축제를 맞아 포마드를 바르고 꼭 맞는 검은색 양복을 입고 있어 마치 주위에서 수천쌍이 결혼식을 올리는 것 같았다. 모두가 흥분해 있었고, 모두가 더워했다.

라라가 양탄자에 올라서자, 그녀의 다른 친구의 어머니인 라고지나가 부자가 되라는 뜻으로 발밑에 은화 한움큼을 던져주었다. 같은 뜻에서 류드밀라 까삐또노브나는 혼례의 관을 받아 쓸 때 맨손을 내밀어 성호를 긋지 말고 베일이나 레이스 끝으로 손을 반쯤 가리고 그으라고 조언해주었다. 또한 촛불을 높이 들라고, 그러면 가정의 주도권을 쥐게 될 것이라고 라라에게 말했다. 그러나 라라는 자신의 미래를 빠샤에게 바치려 되도록 촛불을 낮추었는데, 그럼에도 모든 것이 허사였다. 아무리 애를 써도 빠샤가 계속 자기 촛불을 그녀의 것보다 낮게 들었기 때문이다.

사람들은 교회에서 곧장 안찌뽀프 부부가 새로 단장해둔 화가의 작업실로 결혼 피로연을 벌이러 갔다. 손님들이 "써서 못 마시겠어" 하고 소리쳤다. 그러면 반대편 끝에서 동조하는 외침 소리가 "달게 해줘야겠네" 하고 답했다. 젊은 부부는 부끄러워하며 미소를 짓고 키스했다. 류드밀라 까삐또노브나가 그들에게 "너희에게 하느님의 사랑과 조언이 함께하리니"라는 후렴구가 두번 되풀이되는 축가 「포도나무」와 "길게 땋아내린 머리여 풀려라, 금발 머리여 흩날려라"라는 가사의 노래를 불러주었다.

모두 돌아가고 단둘이 남게 되자 빠샤는 갑자기 밀려든 정적에 불안해졌다. 라라의 방 창문 맞은편 마당의 기둥 위에서 가로등이 타고 있었다. 라라가 아무리 커튼을 단단히 쳐도 톱으로 켠 판자

같이 가는 빛줄기가 벌어진 커튼 틈새로 새어들었다. 그 밝은 띠가 마치 누군가가 그들을 엿보는 듯 빠샤를 불안하게 했다. 빠샤는 그가 자신보다, 라라보다, 그녀에 대한 자신의 사랑보다 그 가로등에 더 신경을 쓰고 있다는 사실을 깨닫고 경악했다.

영원같이 지속된 그 밤, 얼마 전까지 대학생이었고 친구들이 '스쩨빠니다'[9]와 '어여쁜 처녀'라 불렀던 안찌뽀프는 축복의 정점과 절망의 바닥을 오갔다. 의혹에 잠긴 그의 추측과 라라의 고백이 번갈았다. 그는 물었고, 매번 라라의 대답 뒤에는 심연으로 떨어지듯 그의 심장이 무너져내렸다. 그의 상처 입은 상상력은 새로 드러난 사실을 따라잡지 못했다.

그들은 아침까지 이야기를 나누었다. 안찌뽀프의 삶에서 이 밤보다 더 충격적이고 급작스러운 변화는 없었다. 아침에 그는 자신의 이름이 여전히 그대로인 것에 놀랄 정도로 다른 사람이 되어 일어났다.

4

열흘 뒤 친구들이 같은 방에서 그들의 송별회를 열어주었다. 빠샤와 라라 둘 다 똑같이 눈부신 성적으로 대학을 마쳤고, 둘 다 우랄에 있는 같은 도시에서 일자리를 제의받아 다음 날 아침이면 그곳으로 떠나야 했다.

또 한번 떠들썩하게 마시고 노래하며 즐겼다. 하지만 이번에는

---

9 '반지' '화환' '화관' 등의 뜻을 지닌 여자 이름.

나이 든 사람들 없이 젊은 사람 일색이었다.

손님들이 모여 있는 커다란 작업실과 한구석의 생활공간을 구분하는 칸막이 뒤에는 라라의 커다란 짐 가방과 중간 크기의 바구니 하나, 트렁크와 식기를 담은 상자가 있었다. 구석에는 자루가 몇 개 놓여 있었다. 짐이 많았다. 그중 일부는 다음 날 아침 일반화물로 부칠 예정이었다. 짐을 거의 꾸렸지만 다 끝나지는 않았다. 아직 다 차지 않은 상자와 바구니가 열린 채였다. 라라는 틈틈이 무언가를 떠올리고는 잊은 물건을 칸막이 뒤로 가져가 바구니에 담고 평평하게 고르곤 했다.

출생증명서와 여러 서류를 떼러 대학 사무처에 갔던 라라가 다음 날 짐을 묶는 데 쓸 포장 천과 굵고 튼튼한 밧줄 큰 다발을 문지기에게 들려 돌아왔을 때, 빠샤는 이미 손님들과 함께 집에 있었다. 라라는 문지기를 보내고 손님들 주위를 돌며 어떤 사람과는 악수로, 다른 누구와는 키스로 인사를 나눈 다음 옷을 갈아입으러 칸막이 뒤로 갔다. 그녀가 옷을 갈아입고 나오자 모두가 손뼉을 치고 떠들며 자리에 앉았다. 며칠 전 결혼식 때처럼 시끌벅적한 파티가 시작되었다. 가장 활기찬 사람들이 옆 사람들에게 보드까를 따랐고, 포크로 무장한 손 여러개가 빵과 전채와 주요리가 차려진 식탁 가운데로 뻗쳤다. 목을 축이고 일장 연설을 늘어놓기도 하고 오리같이 꽥꽥대기도 하면서 앞을 다투어 농담을 해댔다. 몇몇은 금세 취했다.

"피곤해서 죽을 거 같아." 남편과 나란히 앉은 라라가 말했다. "하고 싶었던 일은 다 처리했어?"

"응."

"아무튼 난 기분이 아주 좋아. 행복해. 당신은 어때?"

"나도 그래. 좋아. 하지만 다 얘기하자면 기네."

젊은 친구들의 송별회에 꼬마롭스끼가 예외로 끼어들게 되었다. 송별회가 끝날 무렵 그는 자신의 젊은 친구들이 떠나고 나면 자기는 고아가 될 거라고, 모스끄바가 황무지처럼, 사하라 사막처럼 느껴질 것이라고 말하려 했다. 하지만 감정이 격해진 나머지 흐느껴 울었고, 그 바람에 흥분으로 인해 끊긴 말을 되풀이해야 했다. 그는 안찌뽀프 부부에게 편지를 주고받게 해달라고, 만약 그가 이별을 견딜 수 없게 되면 그들의 새 거주지인 유랴찐을 방문할 수 있게 해달라고 부탁했다.

"그건 정말 쓸데없는 짓이에요." 라라가 큰 소리로 퉁명스럽게 대꾸했다. "편지를 주고받느니 사하라 사막이니 하는 따위는 전부 말도 안 되는 소리예요. 거기 올 생각 말아요. 우리가 없어도 하느님이 보우하사 당신은 잘 사실 거예요. 우리가 그토록 귀한 존재도 아니니까요. 그렇지 않아, 빠샤? 아마 우리 대신 다른 젊은 친구들을 찾게 되시겠죠."

갑자기 뭔가를 떠올린 라라는 누구와 무엇에 관해 말하고 있었는지를 까맣게 잊고 급히 일어나 칸막이 뒤 부엌으로 갔다. 거기에서 그녀는 고기 다지는 기계의 나사를 풀고 분해한 부품들을 건초 다발로 싸서 식기 상자 구석마다 밀어넣었다. 그러다가 하마터면 모서리에서 떨어져나온 날카로운 나뭇조각에 손을 찔릴 뻔했다.

이 일을 하느라 그녀는 손님이 와 있다는 사실을 잊었다. 손님들의 말소리도 들리지 않았는데, 갑자기 칸막이 뒤에서 와자지껄 유난히 크게 터져나온 함성에 다시 그들을 떠올리게 되었다. 그러자 라라는 취한 사람들이 늘 얼마나 애써 취한 척하기를 좋아하는지, 취할수록 얼마나 더 아마추어처럼 서툴게 과장된 연기를 하는지 생각했다.

그때 열린 창문을 통해 마당에서 전혀 다른 별난 소리가 들려와 그녀의 주의를 끌었다. 라라는 커튼을 걷고 밖으로 몸을 내밀었다.

마당에서 다리가 묶인 말이 절뚝거리며 이리저리 뛰고 있었다. 누구의 말인지 모르겠는데 아마 길을 잘못 들어 마당으로 들어온 모양이었다. 벌써 날이 환했지만 해가 뜨려면 아직 멀었다. 완전히 죽은 듯이 잠든 도시가 이른 시각의 잿빛을 띤 자줏빛 냉기 속에 잠겨 있었다. 라라는 눈을 감았다. 비교할 수 없이 독특한 이 말발굽 소리가 어딘지 모를 매혹적인 한적한 시골로 그녀를 데려가주었다.

층계에서 초인종 소리가 들렸다. 라라는 귀를 쫑긋 세웠다. 누군가 식탁에서 일어나 문을 열러 갔다. 나쟈였다! 라라는 그녀를 맞으러 달려갔다. 나쟈는 기차에서 내려 곧바로 오는 길이었다. 싱그럽고 매력적인 모습이 온통 두쁠랸까 골짜기의 은방울꽃 향기가 나는 듯했다. 두 친구는 한마디도 할 수 없이 선 채로 소리만 지르며 숨이 막히도록 껴안을 뿐이었다.

나쟈는 온 집안 식구가 보내는 축하와 송별의 인사와 함께 부모의 선물인 보석을 가져왔다. 손가방에서 종이에 싼 작은 상자를 꺼내 포장을 풀고 뚜껑을 열더니 보기 드물게 예쁜 목걸이를 라라에게 건네주었다.

오오, 아아 하는 탄성이 일었다. 취한 손님들 중에서 이제 어느 정도 술이 깬 누군가가 말했다.

"장밋빛 지르콘이야. 그래그래, 장밋빛이야. 너희 생각은 어때? 다이아몬드 못지않은 보석이라고."

그러나 나쟈는 그것이 노란색 사파이어라고 우겼다.

나쟈를 옆에 앉히고 음식을 대접하면서 라라는 자기 식기 곁에 목걸이를 두고 눈을 떼지 못하고 바라보았다. 보석함의 보라색 쿠션 위에 한줌으로 모인 목걸이는 오색찬란하게 반짝였고, 방울방울 맺힌 이슬이 모인 것 같기도, 작은 포도송이 같기도 했다.

그러는 동안 식탁 앞에 앉아 있던 몇몇이 정신을 차렸다. 술이 깬 사람들은 나쟈와 어울려 다시 술잔을 기울였다. 나쟈는 이내 취했다.

집은 곧 잠의 왕국이 되었다. 대다수 사람들이 내일 역에서 라라와 빠샤를 전송하려고 남아 그날 밤을 묵기로 했다. 절반은 벌써 한참 전에 구석마다 드러누워 코를 골고 있었다. 라라 자신도 어떻게 해서 이미 자고 있던 이라 라고지나와 나란히 입은 옷 그대로 소파에 눕게 되었는지 기억이 나지 않았다.

라라는 귀 바로 위에서 들리는 커다란 말소리에 잠을 깼다. 없어진 말을 찾아 거리에서 마당으로 들어온 낯선 사람들의 목소리였다. 눈을 뜬 라라는 놀랐다. '빠샤가 왜 저렇게 안절부절못하고 방 한가운데 이정표처럼 서서 쉴 새 없이 뭘 뒤져대는 걸까.' 그 순간 빠샤라고 생각한 사람이 그녀 쪽으로 얼굴을 돌렸다. 전혀 빠샤가 아니었다. 그녀는 얼굴이 온통 얽은데다 관자놀이에서 턱까지 베인 흉터가 있는 어떤 괴물을 보았다. 그리고 집에 도둑이, 강도가 들었음을 깨달았다. 소리를 지르고 싶었지만 끝내 아무 소리도 내지 못했다. 퍼뜩 목걸이가 생각난 그녀는 살그머니 팔꿈치를 짚고 식탁을 슬쩍 살펴보았다.

목걸이는 빵 부스러기와 먹다 남은 캐러멜 조각들 사이에 놓여 있었다. 미련한 침입자는 남은 음식 더미 속에서 목걸이를 알아차리지 못하고 싸놓은 속옷을 뒤지며 라라가 꾸린 짐을 엉망으로 만들 뿐이었다. 취기 속에서 잠이 덜 깬 탓에 상황을 제대로 파악하지 못한 라라는 자기가 애써 해놓은 일이 엉망이 되는 것이 특히 유감이었다. 분개한 그녀는 다시 소리치고 싶었지만 여전히 입을 열 수도, 혀를 움직일 수도 없었다. 다음 순간 그녀는 옆에서 자고 있던 이라 라고지나의 명치를 무릎으로 힘껏 밀었다. 그녀가 아픔에 괴상한 소리로 비명을 지르자 라라도 함께 소리치기 시작했다. 도둑은 훔친 물건이 든 보따리를 떨어뜨리고 부리나케 방에서 뛰쳐나갔다. 연달아 벌떡 일어난 남자 몇이 가까스로 무슨 일인지 알아차리고 황급히 뒤를 쫓았지만 도둑은 흔적도 없이 사라졌다.

일어난 소동과 그에 대한 우정 어린 논의가 모두가 일어나는 신호가 되었다. 취기가 싹 가신 라라는 좀더 자고 뒹굴게 해달라는 사람들의 간청을 받아주지 않았다. 그녀는 자고 있던 사람들을 모두 깨워 재빨리 커피를 마시게 한 다음, 기차 출발 시각에 역에서 다시 만나자며 각자의 집으로 쫓아보냈다.

모두 떠나고 나자 일의 기세가 오르기 시작했다. 라라는 타고난 민첩함으로 짐 가방들 사이를 뛰어다녔고, 베개들을 밀어넣고 끈을 조이며 빠샤와 문지기의 아내에게는 방해만 되니 돕지 말아달라고 간청했다.

모든 것이 제시간에 적절하게 마무리되었다. 안찌쁘로 부부는 늦지 않았다. 기차는 전송하러 나온 친구들이 흔들어주는 모자의 움직임을 흉내 내듯 부드럽게 출발했다. 친구들이 모자 흔들기를 그치고 멀리서 무어라고(아마 '만세'였을 것이다) 세번 되풀이해 외치자 기차는 더 빨리 달리기 시작했다.

5

사흘째 끔찍한 날씨가 계속되었다. 전쟁이 일어나고 두번째 맞는 가을이었다. 첫해의 승전에 패전이 뒤따랐다. 카르파티아산맥에 집결한 브루실로프의 제8군은 산을 내려가 헝가리를 침공할 준비가 되어 있었으나 그러지 못하고 총퇴각의 물결에 휩쓸려 후퇴 중이었다. 아군은 군사행동을 개시한 첫 몇달 사이 점령했던 갈리치아에서 철수하고 있었다.[10]

전에는 유라라고 불렸지만 이제는 점점 더 자주 이름과 부칭으로 불리게 된 의사 지바고는 산부인과 병원의 분만 병동 복도에 서 있었다. 방금 아내인 안또니나 알렉산드로브나를 데려와서 입원시킨 병실 문 맞은편이었다. 그는 아내와 작별하고 조산사를 기다리고 있었다. 필요할 경우 어떻게 그에게 알릴지, 그가 또냐의 건강상태에 대해 어떻게 문의하면 될지를 상의하기 위해서였다.

그는 시간이 없었다. 자기가 일하는 병원으로 서둘러 가야 했고, 그러기 전에 또 두곳의 환자에게 왕진을 가야 했다. 그는 창밖에 비스듬히 내리는 가는 빗줄기를 멍하니 바라보며 귀중한 시간을 허비하는 중이었다. 폭풍이 들판의 이삭을 쓰러뜨려 뒤엉키게 하듯이 세찬 가을바람이 빗줄기를 꺾어 한쪽으로 날렸다.

아직 그다지 어둡지는 않았다. 병원 뒤뜰과 제비치예 뽈례[11]에

---

10 카르파티아는 슬로바키아 동부에서 활 모양으로 루마니아 북부까지 뻗어 있는 산맥. 갈리치아는 현재의 우크라이나 서부와 폴란드 남동부에 걸친 동유럽 지역으로, 1차대전 때 알렉세이 브루실로프 장군이 이끄는 러시아 제8군이 점령했던 곳. 1915년 5월 남서 전선에서 오스트리아·독일군의 총공세가 시작되어 1915년 가을 러시아군은 갈리치아, 폴란드, 리투아니아 지역에서 철수했고, 겨울에 접어들어 독일군의 공세가 멈추자 전선이 안정되었다.

있는 저택들의 유리로 된 테라스와 병동들 중 하나의 뒷문까지 이어진 전차 노선이 유리 안드레예비치의 눈에 들어왔다.

땅 위로 태연하게 쇄도하는 빗물 때문에 화가 난 것 같은 광포한 바람에도 불구하고, 비는 거세지지도 약해지지도 않은 채 무척이나 음울하게 내렸다. 돌풍이 테라스 중 하나를 휘감은 야생 포도나무의 어린 줄기를 괴롭히고 있었다. 바람은 나무를 뿌리째 뽑아버릴 듯 공중으로 들어올려 한바탕 흔들고는 구멍 난 누더기 던지듯 넌더리를 내며 아래로 내동댕이치곤 했다.

두량의 트레일러를 매단 전동차가 테라스를 지나 병원으로 다가왔다. 거기에서 부상병들을 옮기기 시작했다.

특히 루쯔끄 작전[12] 이후에 모스끄바의 병원들은 더이상 수용이 불가능할 정도로 초만원이어서 이제는 부상병을 층계참과 복도에 내려놓게 되었다. 도시의 병원 전반에 환자가 넘쳐나자 부인과 병동까지 영향을 받기 시작했다.

유리 안드레예비치는 몸을 돌려 창을 등지고 피곤함에 하품을 했다. 아무 생각도 나지 않았다. 별안간 그가 근무하는 성십자가 병원에서 있었던 일이 떠올랐다. 며칠 전 외과에서 여자 환자가 죽었다. 유리 안드레예비치는 그녀의 병이 간디스토마라고 주장했지만 모두가 그와 의견을 달리했다. 오늘 그녀를 해부할 예정이다. 해부가 진실을 밝혀줄 것이다. 하지만 그들 병원의 해부 담당 의사는 술주정뱅이다. 그가 그 일을 어떻게 할지야 누가 알겠는가?

11 모스끄바의 노보제비치 수도원 인근. 혁명 전 모스끄바 대학교 의과대학 병원이 있었다.

12 1916년 여름 남서 전선의 공세 중 하나. 그 결과 러시아 제8군이 우크라이나 서부의 루쯔끄 시를 점령했다.

날이 금방 어두워졌다. 창밖으로 더이상 아무것도 보이지 않았다. 마치 마술 지팡이를 흔든 것처럼 모든 창문에 전등이 켜졌다.

또냐의 병실에서 나온 산부인과 과장이 병실과 복도를 가르는 작은 로비를 지나 다가왔다. 마스토돈처럼 몸집이 거대한 그는 모든 질문에 늘 시선을 천장에 두고 어깨를 으쓱하는 것으로 대답을 대신했다. 그의 몸짓 언어에서 이런 몸짓은 지식의 성취가 아무리 위대하다 해도, 나의 벗 호레이쇼여, 과학이 굴복할 수밖에 없는 수수께끼들이 있다네[13]라는 것을 의미했다.

그는 미소를 지으며 고개를 까딱하고 유리 안드레예비치 옆을 지나치면서 손바닥이 두꺼운 투실투실한 양손을 헤엄치듯 몇번 내저었다. 참고 얌전히 기다리라는 뜻이었다. 그러고는 담배를 피우러 복도를 따라 대기실로 향했다.

말수 적은 산부인과의사와 딴판으로 몹시 수다스러운 그의 여자 조수가 나와서 유리 안드레예비치 쪽으로 다가왔다.

"제가 선생님이라면 집에 가겠어요. 내일 성십자가 병원으로 전화드릴게요. 그전에 시작되진 않을 거예요. 인공적인 처치 없이 자연분만만을 하실 거라 믿어요. 하지만 한편으론 골반이 좁은 편이고 태아가 뒤통수태위로 있는데다 산모에게 진통이 없고 자궁수축도 미미해서 약간 우려되긴 해요. 그렇지만 예단하기는 일러요. 모든 건 분만이 시작되고 산모가 진통을 얼마나 잘 이겨낼까에 달려 있어요. 그건 그때 가봐야 알겠죠."

다음 날 그가 전화하자 병원 수위가 받고는 끊지 말고 기다리라고 말하고 알아보러 갔다. 수위는 십분 남짓이나 그를 고통스럽게

---

13 셰익스피어의 『햄릿』 1막 5장의 말 "호레이쇼여, 이 우주에는 그대의 철학이 꿈꿀 수 없는 많은 것이 있다네"를 이용한 말장난.

하더니 근거 없이 대충 지어낸 소식을 가져왔다. "부인을 너무 일찍 실어왔으니 도로 데려가셔야 한다고 전하랍니다." 격분한 유리 안드레예비치는 아무나 좀더 잘 아는 사람을 바꿔달라고 요구했다. "징후가 믿을 만하지 못해서요." 간호사가 말했다. "불안해하지 말고 하루 이틀 참고 기다리시랍니다."

사흘째 되는 날, 그는 간밤에 분만이 시작되어 새벽에 양수가 터졌고 아침부터 심한 진통이 끊이지 않는다는 것을 알았다.

그는 정신없이 병원으로 달려갔다. 복도를 걷는데 부주의로 반쯤 열린 문을 통해 가슴이 찢어질 듯한 또냐의 비명 소리가 들렸다. 차바퀴에 깔려 사지가 절단된 사람이 끌려나올 때 지르는 비명 같았다.

그녀에게 가는 것은 허락되지 않았다. 그는 움켜쥔 손가락 마디를 피가 나도록 깨물고서 창가로 물러났다. 창밖에는 어제처럼 그제처럼 비스듬한 빗줄기가 쏟아지고 있었다.

병실에서 간호사가 나왔고, 갓난아기의 울음소리가 들려왔다.

"무사하구나, 무사해." 유리 안드레예비치는 기뻐하며 혼잣말을 되풀이했다.

"아들입니다. 사내아이. 순산이에요." 간호사가 노래 부르듯 말을 이었다. "지금은 안 돼요. 때가 되면 보여드리죠. 그때는 산모에게 단단히 보답하셔야 할 거예요. 많이 힘드셨어요. 첫애라서요. 첫애 때는 누구나 힘들어해요."

"무사하구나, 무사해." 유리 안드레예비치는 간호사가 무슨 말을 하는지 이해하지 못한 채 기뻐했다. 그녀가 축하의 말을 하며 왜 그를 이 일의 당사자에 포함시키는 것인지 이해할 수 없었다. 그가 무슨 상관이란 말인가? 아버지, 아들. 그는 거저 주어진 이 아버지라는 자리에 자부심을 느끼지 못했다. 하늘에서 떨어진 이 아들이라는 존재에 대해 아무것도 느끼지 못했다. 이 모든 것은 그의 의식 밖에 있었다. 중요한 것은 또냐, 죽음의 위험에 처했다가 다행스럽게도 무사한 또냐였다.

병원에서 멀지 않은 곳에 그의 환자가 있었다. 그는 그 환자에게 들렀다가 반시간 후에 돌아왔다. 복도에서 로비로 통하는 문과 로비에서 병실로 통하는 문이 둘 다 이번에도 조금씩 열려 있었다. 스스로 무슨 짓을 하는지 의식하지 못한 채 유리 안드레예비치는 로비로 슬쩍 들어갔다.

하얀 가운을 입은 마스토돈 산부인과의사가 마치 땅속에서 솟아난 듯 나타나 두 팔을 벌려 그의 앞을 가로막고 섰다.

"어딜 가시려고요?" 그는 산모에게 들리지 않게 숨죽여 속삭이며 그를 멈춰 세웠다. "정신 나갔소? 심리적 충격은 말할 것도 없고 상처에, 피에, 소독약 범벅이란 말이오. 알 만한 양반이! 당신도 의사 아니오?"

"아니, 나는…… 그저 한번 보기만 하려고요. 여기서요. 틈으로."

"아, 그건 다른 문제죠. 좋아요. 하지만 만일…… 조심하세요! 만일 산모가 눈치채게 되면 죽을 줄 알아요. 성한 구석이 한군데도 안 남을 거요!"

병실 안에는 가운을 입은 두 여자가 문 쪽으로 등을 돌리고 서 있었다. 조산사와 간호사였다. 간호사의 손 위에서 가냘픈 인간의 후예가 검붉은 고무 조각처럼 움츠렸다 폈다 하며 온 힘을 다해 빽빽 울어대고 있었다. 조산사가 태반에서 아이를 떼어내려고 탯줄에 실을 묶는 중이었다. 또냐는 병실 한가운데에, 높낮이가 조절되는 외과 수술용 침대 위에 누워 있었다. 상당히 높았다. 흥분해서 모든 것이 과장되어 보이는 유리 안드레예비치의 눈에는 대략 서서 글을 쓰는 사무용 책상 높이에 누워 있는 것 같았다.

일반 환자들보다 높이, 천장 가까이 들린 채 또냐는 고통을 감당하느라 흘린 땀의 증기 속에 잠겨 기진맥진한 상태로 김을 내뿜고 있는 것 같았다. 병실 가운데에 우뚝 솟은 또냐는 어딘지 모를 곳에서 이주해오는 새로운 영혼들을 싣고 죽음의 바다를 건너 생명의 대륙으로 향하는 항해를 마치고 이제 막 항만에 정박해 짐을 부린 배 같았다. 방금 그런 영혼 하나를 상륙시킨 뒤 이제 닻을 내리고 가벼워진 선체 가득한 공허와 함께 쉬고 있었다. 그녀의 쇠하고 지친 사슬과 밧줄과 외판外板, 그녀의 망각, 조금 전까지 어디에 있었고 무엇을 건넜고 어떻게 정박했는가에 관한 사그라진 기억이 그녀와 함께 휴식을 취하고 있었다.

아무도 그녀가 그 깃발 아래 정박한 나라의 지리를 몰라서 어떤 언어로 말을 걸어야 할지 알지 못했다.

직장에서는 모두가 앞다투어 그를 축하했다. '어떻게 이렇게 빨리 알았을까!' 유리 안드레예비치는 놀랐다.

그는 선술집 혹은 쓰레기장이라 불리는 의국으로 갔다. 초만원인 병원에 공간이 부족하다보니 이제는 사람들이 거리에서 덧신을 신은 채로 들어와 그 방에서 외투를 벗었고, 다른 데서 가져온 낯선 물건을 깜박 잊고 두고 가기도 했으며, 담배꽁초와 종이로 바닥을 어지럽혔기 때문에 그렇게 부르는 것이었다.

피부가 축 늘어진 해부 담당 의사가 의국 창가에 서서 작은 유리병을 쥔 손을 들어올리고 그 안에 든 어떤 탁한 액체를 안경 너머로 빛에 비춰보고 있었다.

"축하합니다." 그가 유리 안드레예비치에게 눈길조차 주지 않고 계속해서 같은 쪽만 바라보며 말했다.

"감사합니다. 감격스럽네요."

"감사할 필요 없어요. 난 아무 한 일이 없거든요. 뻬추시긴이 해부했어요. 하지만 모두가 놀랐죠. 간디스토맙니다. 모두들 당신을 진단 전문의라고 해요! 다들 그 얘기요."

그때 병원장이 방으로 들어왔다. 그는 두 사람과 인사를 나누고 말했다.

"맙소사, 이게 뭐람. 의국이 아니라 길바닥이네. 엉망진창이야! 그래, 지바고, 정말 간디스토마였소! 우리가 틀렸어요. 축하합니다. 그런데 다음은 좋지 않은 소식이오. 당신의 범주에 대한 재심이 있을 겁니다. 이번에는 당신을 지킬 수 없을 거요. 전선에 의료 요원이 몹시 부족해요. 당신은 곧 화약 냄새를 맡아야 할 겁니다."

6

안찌뽀프 부부는 유랴찐에 기대 이상으로 아주 잘 자리를 잡았다. 여기서는 기샤르 가족을 좋게 기억하고 있었다. 그것이 라라가 새로운 장소에 정착하며 겪는 어려움을 덜어주었다.

라라는 온통 일과 살림으로 눈코 뜰 새가 없었다. 집과 그들의 세살 난 어린 딸 까쩬까가 그녀의 몫이었다. 안찌뽀프네 하녀인 빨간 머리의 마르풋까가 아무리 애를 써도 그녀의 도움만으로는 부족했다. 라리사 표도로브나는 빠벨 빠블로비치의 모든 일에 관여했다. 그녀 자신도 여자 김나지움에서 교편을 잡고 있었다. 라라는 쉴 새 없이 일했고 행복했다. 그녀가 꿈꾸던 바로 그런 삶이었다.

그녀는 유랴찐에서 사는 것이 좋았다. 그곳은 그녀의 고향이었다. 유랴찐은 상류를 제외하고는 배가 다니는 큰 강인 린바강 기슭에 있었고, 우랄 철도의 한 지선이 그곳을 지나갔다.

유랴찐에서는 배 주인들이 강에서 배를 끌어올려 수레에 싣고 시내로 옮기는 데서 겨울이 다가옴을 알 수 있었다. 실려온 배는 저마다 주인집 마당에 놓여 봄이 올 때까지 한데서 겨울을 났다. 유랴찐에서 마당 안쪽 깊숙이 땅 위에 하얀 뱃바닥을 드러내고 뒤집혀 있는 배들은 다른 지역에서 학의 가을 이주나 첫눈과 같은 것을 의미했다.

그런 배가 안찌뽀프 부부가 세낸 집의 마당에 하얗게 칠해진 바닥을 위로 하고 놓여 있었다. 까쩬까가 정원 정자의 불룩 솟은 지붕인 양 그 밑에 들어가 놀았다.

라리사 표도로브나는 벽촌의 풍습이 마음에 들었다. 펠트 장화를 신고 회색 플란넬로 만든 따뜻한 까짜베이까[14]를 입고 북방식으로 오까쩨 하는[15] 그 지방의 인쩰리겐찌야들이, 사람에 대한 그들의 순박한 믿음이 좋았다. 라라는 대지와 소박한 민중에게 마음이 끌렸다.

이상하게도 어쩔 도리 없는 수도의 사람으로 밝혀진 것은 바로 모스끄바 철도 노동자의 아들 빠벨 빠블로비치였다. 그는 유랴찐 사람들을 아내보다 훨씬 더 엄격한 잣대로 대했다. 그들의 야만과 무지에 염증을 냈다.

이제 돌이켜보면 그에게는 통독을 통해 얻은 지식을 축적하는

---

14 러시아 전통 의복으로 짧고 헐렁한 털 재킷.
15 러시아 방언에서 강세 없는 모음 'o'를 축약하지 않고 그대로 '오'로 발음하는 방식.

비상한 능력이 있었다. 전에도 이미 그는 어느 정도는 라라의 도움을 받아 아주 많은 책을 읽었다. 지방에 묻혀 사는 여러 해 동안 그는 대단히 박식해져서 이제 라라조차 그다지 아는 것이 많지 않아 보였다. 그는 동료 교사들보다 지적으로 훨씬 뛰어나서 그들 틈에 있으면 숨이 막힌다고 불평했다. 이런 전시에 그들의 입에 흔히 오르내리던 다소 고리타분한 틀에 박힌 조국애는 안찌뽀프가 품고 있던 좀더 복잡한 형태의 감정에 부합하지 않았다.

고전학을 전공한 빠벨 빠블로비치는 김나지움에서 라틴어와 고대사를 가르치고 있었다. 그러나 한때 실업학교 학생이었던 그의 내면에 잠들어 있던 수학과 물리학, 정밀과학에 대한 열정이 갑자기 깨어났다. 그는 독학으로 그 모든 과목에서 대학 수준에 도달했고, 기회가 되는 대로 즉시 그 과목들에 대한 이 지역 시험에 통과해 수학 분야로 담당 과목을 바꾸어 가족을 이끌고 뻬쩨르부르그로 전근하기를 꿈꿨다. 무리한 밤공부가 빠벨 빠블로비치의 건강을 해쳤다. 그는 불면증에 시달리기 시작했다.

아내와의 사이는 좋았으나, 지나치게 복잡한 관계였다. 그는 그녀의 상냥함과 지나친 보살핌에 압박감을 느꼈지만 그녀를 비판하는 것을 스스로에게 용납하지 않았다. 아무런 악의 없는 지적도 그녀가 어떤 감추어진 비난으로 듣지나 않을까, 이를테면 그는 보잘것없는 집안 출신인데 그녀는 귀족 혈통이라거나, 그를 만나기 전에 그녀가 다른 남자의 여자였다는 비난으로 여기지 않을까 조심했다. 그가 하는 무의미한 말 속에서 그녀가 어떤 부당한 모욕을 느낄지 모른다는 두려움은 그들의 삶에 부자연스러움을 불러들였다. 그들은 서로 상대방보다 더 고상하게 행동하려 애썼고, 그럼으로써 모든 것을 복잡하게 만들었다.

안찌뽀프 부부에게 손님들이 찾아왔다. 빠벨 빠블로비치의 동료 교사 몇명과 라라가 근무하는 김나지움의 교장, 빠벨 빠블로비치가 한때 조정위원으로 참석했던 중재재판소의 성원 한명과 다른 몇 사람이었다. 빠벨 빠블로비치의 관점에서 보면 그들 모두가 순전히 바보들이었다. 그는 라라가 모두에게 상냥한 데 몹시 놀랐고, 그중 누구도 진정으로 그녀의 마음에 들 수 있으리라고는 믿지 않았다.

손님들이 돌아가자 라라는 오랫동안 방을 환기하고 청소했고, 부엌에서 마르풋까와 함께 설거지를 했다. 그런 다음 까쩬까가 이불을 잘 덮었는지, 빠벨이 자고 있는지 확인하고서 재빨리 옷을 벗고 불을 끄고 어머니의 침대 옆자리에 눕는 어린아이같이 자연스럽게 남편 곁에 누웠다.

그러나 안찌뽀프는 자는 척했을 뿐 잠을 이루지 못했다. 최근에 그는 수시로 불면증에 시달렸다. 앞으로도 서너시간은 잠들지 못하고 누워 뒤척이리라는 것을 알았다. 산책으로 잠을 청하고 손님들이 남긴 담배 냄새도 피할 겸 그는 슬며시 일어나 속옷 위에 모피 외투를 걸치고 모자를 쓰고서 밖으로 나갔다.

맑고 추운 가을밤이었다. 안찌뽀프의 발밑에서 살얼음판이 소리를 내며 바스라졌다. 별이 총총한 하늘이 타오르는 알코올의 불꽃처럼 창백하게 흔들리는 푸른빛을 진흙 덩어리가 얼어붙은 검은 대지에 뿌리고 있었다.

안찌뽀프 가족이 사는 집은 도시의 강나루 반대편 구역에 있었다. 거리의 마지막 집이었다. 집 뒤로는 철도가 가로지르는 벌판이 시작되었다. 선로 가까이 경계초소가 있었고, 선로를 가로질러 건널목이 놓여 있었다.

안찌뽀프는 엎어놓은 배 위에 앉아 별을 바라보았다. 최근 몇해 동안 익숙해진 생각들이 두려운 힘으로 그를 사로잡았다. 조만간 끝장을 보아야 하는 생각이니 지금 결론을 내리는 게 낫겠다는 생각이 들었다.

더이상 이런 상태를 지속할 수는 없다, 하고 그는 생각했다. 하지만 실로 이 모든 것은 결혼 전에 예견할 수 있었던 것이 아닌가. 그는 뒤늦게 알아차렸다. 어째서 그녀는 어린아이였던 그의 넋을 빼앗고, 자신이 원하는 모습대로 그를 만들어왔을까? 결혼 전의 그 겨울에 그녀 자신이 고집한 대로 왜 그는 제때 그녀를 포기할 지혜가 없었을까? 그녀가 사랑하는 대상은 그 자신이 아니라 그와의 관계에서 그녀가 짊어진 고결한 과제, 그녀의 행위가 구현하는 헌신 그 자체라는 것을 과연 그는 이해하지 못한단 말인가? 이 열성적이고 갸륵한 사명과 참된 가정생활 사이에 무슨 공통점이 있을까? 무엇보다 나쁜 것은 그가 이날까지도 그녀를 지난날과 다름없이 사랑한다는 점이다. 그녀는 넋이 나갈 정도로 아름답다. 아마 그가 품은 감정도 사랑이 아니라 그녀의 아름다움과 아량 앞에서 느끼는 당혹스러운 감사의 마음이 아닐까? 하, 누가 알겠는가! 악마라도 쩔쩔맬 일이다.

도대체 그는 어찌해야 하나? 라라와 까쩬까를 이런 거짓된 삶에서 자유롭게 해줘? 그건 그 자신이 자유로워지는 것보다 훨씬 더 중요한 일이다. 그래, 하지만 어떻게? 이혼을 할까? 물에 빠져 죽어버릴까? '하, 참 야비한 생각이다.' 그는 화가 치밀었다. '어차피 나는 결코 그런 짓은 하지 않을 거야. 그렇다면 상상일지라도 뭐 하러 이런 혐오스러운 구경거리를 떠올리는 걸까?'

그는 조언을 구하는 듯한 눈빛으로 별을 바라보았다. 별이 빛나고 있었다. 촘촘한 별과 성긴 별, 큰 별과 작은 별, 푸른 별과 무지

갯빛 영롱한 별 들이 빛나고 있었다. 돌연 별빛이 사라지면서, 누군
가가 타오르는 횃불을 흔들며 벌판에서 대문으로 뛰어오듯 기민하
게 움직이는 날카로운 빛이 집과 마당과 배와 그 위에 앉은 안찌뽀
프를 비추었다. 불꽃 섞인 노란 연기 덩어리를 하늘로 뿜으며 건널
목을 지나 서쪽으로 가는 군용열차였다. 지난해부터 밤낮으로 셀
수 없이 많은 군용열차가 그래온 대로였다.

빠벨 빠블로비치는 미소를 짓고 배에서 일어나 자러 갔다. 바라
던 출구를 찾은 것이다.

7

빠샤의 결심을 알게 된 라리사 표도로브나는 망연자실하여 처음
에는 자기 귀를 믿지 못했다. '터무니없는 생각이야. 변덕이 도진
거지.' 그녀는 생각했다. '신경 쓰지 말자, 그러면 알아서 다 잊어버
릴 거야.'

그러나 남편은 이미 이주 전에 준비를 마친 상태라는 것이 밝혀
졌다. 징병 사무소에 서류를 제출했고, 김나지움에는 후임 교사가
결정되었으며, 옴스끄에 있는 군사학교에서 입학 통지서가 도착했
다. 그가 떠날 날짜가 다가왔다.

라라는 평범한 농부의 아내처럼 울부짖으며 안찌뽀프의 손을
붙잡고 그의 발밑에서 몸부림쳤다.

"빠샤, 빠셴까," 그녀는 소리쳤다. "나랑 까쩬까를 버리고 가면
어떡해? 하지 마, 그러지 마! 아직 늦지 않았어. 내가 다 바로잡을
게. 그래, 당신은 신체검사도 제대로 받지 않았잖아. 당신 심장은?

마음을 바꾸는 게 창피하다고? 처자식을 미친 짓거리에 제물로 바치는 건 창피하지 않고? 자원병이라니! 평생 로지까를 속물이라고 조롱하더니 갑자기 부러워진 거야? 긴 칼을 덜걱거리며 장교 노릇을 하고 싶어진 거냐고? 빠샤, 도대체 무슨 일이야? 당신을 모르겠어! 누가 당신을 바꿔치기한 거야, 아니면 뭘 잘못 먹었어? 제발 나한테 말 좀 해봐, 입에 발린 소리 말고, 그리스도의 이름으로 정직하게 말해보라고. 이게 정말 러시아에 필요한 일이야?"

문득 그녀는 전혀 그게 문제가 아니라는 것을 깨달았다. 자세한 것은 알 수 없었지만 핵심은 이해했다. 빠뚤랴는 그에 대한 그녀의 태도를 오해하고 있다. 한평생 그녀가 그에 대해 기울인 애정의 한 부분인 모성애가 그에게는 소중하지 않았고, 그런 사랑이 일반적인 여자의 사랑보다 더 큰 것임을 헤아리지 못하고 있다.

그녀는 입술을 깨물었다. 매 맞은 여자처럼 내심 잔뜩 움츠러들어 아무 말도 하지 않고 조용히 눈물을 삼키며 남편의 짐을 꾸리기 시작했다.

그가 떠나자 온 도시가 조용해진 것 같았다. 하늘을 나는 갈까마귀의 수조차 줄어든 것 같았다. "부인, 부인" 마르풋까가 헛되이 그녀를 불렀다. "엄마, 엄마" 까쩬까가 그녀의 소매를 당기며 끝없이 재잘댔다. 이것은 그녀의 삶에서 가장 심각한 타격이었다. 그지없이 멋지고 찬란한 그녀의 희망들이 허물어져내렸다.

시베리아에서 보내오는 편지를 통해 라라는 남편에 대한 모든 것을 알게 되었다. 그는 곧 정신을 차렸다. 아내와 딸을 몹시 그리워하고 있었다. 몇달 후 빠벨 빠블로비치는 교육이 끝나기도 전에 소위로 임관되었고 또한 뜻하지 않게 전투부대로 배치되었다. 그를 실은 기차는 아주 급박하게 유랴찐을 멀리 돌아 지나갔고, 모스끄바에서는 누구를 만나볼 시간도 없었다.

전선에서 그의 편지가 당도하기 시작했다. 옴스끄의 군사학교에서 보냈던 것만큼 슬프지 않고 더 생기 넘치는 편지였다. 안찌뽀프는 두각을 나타내고 싶어 했다. 전투에서 공을 세워 상을 받거나 가벼운 부상을 입어 휴가를 얻어서 가족과 만나기 위해서였다. 그런 기회가 다가왔다. 후에 브루실로프 공세[16]라는 이름으로 유명해진 최근의 돌파 작전 감행에 뒤이어 군이 공세로 전환했던 것이다. 안찌뽀프의 편지가 끊겼다. 처음에 라라는 불안해하지 않았다. 빠샤의 침묵을 군사작전이 전개되어 부대가 이동 중이라 편지를 쓰지 못하는 것이라고 여겼다.

가을에 군대는 진격을 멈추고 참호를 구축했다. 하지만 안찌뽀프에게서는 여전히 아무런 소식도 없었다. 불안해진 라리사 표도로브나는 문의하기 시작했다. 처음에는 자기 거주지인 유랴찐에, 그다음에는 모스끄바와 빠샤의 야전부대의 옛 주소로 우편을 통해 그의 소재를 수소문했다. 누구도 아무것도 알지 못했고 아무 데서도 답이 오지 않았다.

그 지방의 많은 여성 자선 활동가들처럼 라리라 표도로브나도 전쟁 초부터 유랴찐 지방 병원에 개설된 군軍 병원에서 힘닿는 데까지 돕고 있었다.

이제 그녀는 열심히 의학의 기초를 공부해 병원에서 시행한 간호사 자격시험에 합격했다.

그 자격으로 그녀는 직장인 김나지움에서 반년간의 휴가를 얻었고, 유랴찐의 집을 마르풋까에게 돌보도록 맡긴 다음 까쩬까를

---

16 1916년 6월 4일~9월 20일 알렉세이 브루실로프 휘하 러시아군의 남서 전선 공세작전.

데리고 모스끄바로 갔다. 여기서 딸을 리뽀치까에게 맡겼는데, 독일 국적인 그녀의 남편 프리젠단크는 다른 민간인 포로들과 함께 우파Ufa에 억류되어 있었다.

멀리 떨어져 수소문해봐야 아무 소용없다는 것을 확신한 라리사 표도로브나는 최근 전투가 있었던 곳으로 옮겨가기로 결정했다. 그럴 작정으로 그녀는 리스끼 시를 거쳐 헝가리 국경인 메조-라보르치[17]로 가는 병원 열차에 간호사로 들어갔다. 빠샤가 그녀에게 마지막 편지를 보내왔던 곳이었다.

8

따찌야나 부상병 구호위원회[18]가 모은 기부금으로 욕실 설비를 갖춘 열차가 전선의 사단 사령부에 도착했다. 대부분 짧고 투박한 난방화차로 이루어진 긴 열차의 일등칸에 타고 온 손님들은 병사들과 장교들에게 줄 선물을 싣고 모스끄바에서 온 사회 활동가들이었다. 그중에 고르돈이 있었다. 수집한 정보에 따라 그는 어릴 적 친구인 지바고가 인근 마을의 사단 야전병원에서 일하고 있다는 것을 알게 되었다.

고르돈은 전선 지역 이동에 필수적인 허가를 얻어 통행증을 손에 쥐고 그쪽으로 향하는 짐마차에 올라 친구를 방문하러 갔다.

---

17 1차대전 전까지 오스트리아·헝가리제국에 속했던 카르파티아산맥의 철로 주변 지역.

18 니꼴라이 2세의 딸 따찌야나 로마노바를 명예 회장으로 해 1914년 모스끄바에서 결성된 전시 자선 구호단체.

벨라루스인 아니면 리투아니아인인 듯한 마부는 러시아어를 잘하지 못했다. 스파이 혐의에 대한 공포로 모든 말이 하나같이 뻔한, 정형화된 공식에 그쳤다. 겉치레 호의 때문에 대화가 내키지 않았다. 승객과 마부는 여정의 대부분을 침묵했다.

전체 부대를 이동시키는 데 익숙하고 100베르스따의 행군 단위로 거리를 측정하는 사령부에서는 마을이 20베르스따나 25베르스따 남짓한 아주 가까운 곳에 있다고 단언했다. 실제로 마을까지의 거리는 80베르스따 이상이었다.

길을 가는 내내 우르릉 쿵 하는 비우호적인 소리가 그들이 이동하는 방향의 왼쪽에 자리한 지평선 부근에서 간헐적으로 들려왔다. 고르돈은 살면서 한번도 지진을 목격하지 못했다. 그러나 정확하게도, 거리가 멀어 겨우 알아들을 수 있는 적군 대포의 음울한 우르릉 소리가 다른 무엇보다 지하의 진동이나 화산 폭발의 굉음과 비슷하겠다고 생각했다. 저녁이 되자 그쪽 하늘 밑이 장밋빛 불꽃으로 타올랐고 불길은 아침이 밝을 때까지 어른거렸다.

고르돈을 태운 마차는 폐허가 된 마을들 옆을 지나갔다. 어떤 마을은 주민들이 버리고 떠났고, 다른 마을에서는 사람들이 땅 밑 깊숙이 움을 파고 모여 있었다. 그런 마을들에는 한때 집이 있던 자리를 따라 쓰레기 더미와 돌무더기가 죽 늘어서 있었다. 그런 불타버린 마을은 풀 한포기 없는 황무지처럼 끝에서 끝까지 한눈에 들어왔다. 그 땅 위에서 노파들이 어슬렁거리며 저마다 타버린 자기 집의 폐허에 남은 잿더미를 뒤져 무언가를 파내서 내내 어딘가에 감추고 있었다. 이전처럼 벽이 둘러싸고 있어 낯선 사람들의 눈에 띄지 않는다고 여기는 모양이었다. 그들은 세상 사람들이 곧 정신을 차려 삶에 평온과 질서가 돌아오게 될지 묻는 것 같은 눈길로 고르돈을 맞고 또 배웅했다.

　밤에 그들의 마차는 척후대와 맞닥뜨렸다. 부대는 그들에게 지금 가고 있는 흙길에서 마차를 돌려 이 지역을 샛길로 우회해서 가라고 명령했다. 마부는 이 새로운 길을 알지 못했다. 그들은 두시간가량 헛되이 길을 헤맸다. 동트기 전에야 마부와 여행자는 그들이 찾던 이름을 가진 마을에 도착했다. 하지만 그 마을에서는 야전병원에 관해 아무 얘기도 들을 수 없었다. 곧 이 지방에 같은 이름을 가진 마을이 두곳이고, 다른 마을이 그들이 찾는 마을이라는 것이 밝혀졌다. 아침에야 그들은 목적지에 닿았다. 카밀러[19]와 요오드포름 냄새를 풍기는 마을 언저리를 지나며 고르돈은 지바고의 거처에서 밤을 보내지는 않으리라고 생각했다. 한나절을 그와 보내다가 저녁에는 철도역에 남아 있는 동료들에게 돌아갈 작정이었다. 상황은 그를 이곳에 일주일 이상 붙잡아두었다.

9

　그 무렵 전선이 움직이기 시작했다. 갑작스러운 변화가 일어나고 있었다. 아군 연합 부대 중 하나의 몇몇 예하 부대가 개별적으로 감행한 공격이 성공해 고르돈이 들른 지역 남쪽으로 적군의 방어선이 뚫렸다. 돌격대는 계속해서 적진으로 더 깊숙이 진격해 들어갔다. 지원부대가 돌파구를 넓히며 돌격대를 뒤따랐지만 점차 뒤처져 선봉대와 떨어지고 말았다. 그 바람에 선봉대는 포로가 되

---

19 국화과의 약용식물.

었다. 이런 상황에서 안찌쁘프 소위도 포로가 되었는데, 그의 소대가 항복하면서 하는 수 없이 투항했던 것이다.

그에 관해 잘못된 소문이 돌았다. 그는 포탄에 맞아 구덩이에 묻힌 전사자로 간주되었다. 그를 아는 같은 연대의 소위 갈리울린이 안찌쁘프가 병사들을 이끌고 공격을 감행했을 때 경계초소에서 망원경으로 그의 죽음을 본 것 같다고 한 말이 퍼졌던 것이다.

갈리울린의 눈앞에는 공격대의 익숙한 광경이 펼쳐졌다. 부대는 서로 대치한 양쪽 군대 사이의 무인 지대를 거의 뛰다시피 빠른 걸음으로 통과해야만 했다. 가을 들판은 바람에 흔들리는 마른 쑥과 꼿꼿하게 비쭉 솟은 가시금작화로 덮여 있었다. 공격대는 용맹무쌍하게도 대치한 참호들 속에 매복한 오스트리아군을 백병전으로 유인하거나 수류탄을 던져 섬멸해야 했다. 달려가는 병사들에게 들판은 끝이 없는 것 같았다. 땅이 그들의 발밑에서 출렁이는 늪지처럼 흔들렸다. 그들의 소위가 처음에는 선두에서, 그다음에는 그들과 뒤섞여 달리면서 머리 위로 권총을 흔들며 귀에 걸리도록 벌린 입으로 "만세"를 외쳤으나 그 자신도, 주위에서 달려가는 병사들도 그 소리가 들리지 않았다. 일정한 거리를 달린 병사들은 땅에 엎드렸다가 일제히 일어나 다시 고함을 지르며 앞으로 내달렸다. 그때마다 다른 병사들과 함께, 하지만 그들과는 전혀 다른 모습으로, 숲에서 베인 키 큰 나무들이 쓰러지듯 온몸을 뻗고 쓰러진 이들은 더이상 일어나지 못했다.

"포를 너무 멀리 쏘네요. 포병대에 연락하세요." 불안해진 갈리울린이 옆에 서 있는 포병 장교에게 말했다. "아니, 괜찮습니다. 더 깊숙이 제대로 쏘고 있어요."

그때 공격대는 막 적과 교전에 돌입할 참이었다. 포격이 그쳤다.

찾아온 적막 속에서 경계초소에 서 있던 군인들은 마구 뛰는 심장소리를 들었다. 마치 그들이 안찌뽀프의 위치에 있는 것 같았고, 그가 하듯이 부하들을 오스트리아군의 참호 가까이 이끈 다음 즉시기지와 용맹의 기적을 발휘해야 할 것 같았다. 그 순간 앞에서 독일군의 16인치 포탄 두발이 연달아 터졌다. 흙과 연기의 검은 기둥이 뒤따른 모든 장면을 감추어버렸다.

"오, 알라여! 끝장이다! 파장이야!" 소위와 병사들이 몰살당했다는 생각에 갈리울린이 하얗게 질린 입술로 중얼거렸다.

세번째 포탄이 경계초소 바로 근처에 떨어졌다. 모두 땅에 납작 엎드렸다가 서둘러 초소에서 멀찍이 물러났다.

갈리울린은 안찌뽀프와 같은 엄폐호에서 잤었다. 연대에서 그가 전사했고 다시는 돌아오지 못할 것이라는 생각이 굳어지자, 안찌뽀프를 잘 알던 갈리울린이 이후 그의 아내에게 전할 유품을 챙겨 간수하는 일을 맡았다. 안찌뽀프의 물건 중에는 아내의 사진이 많았다.

자원병 출신으로 얼마 전까지 소위였던 기계공 갈리울린은 찌베르진의 집 수위였던 기마제뜨진의 아들로, 오래전에 직공장 후돌레예프에게 무자비하게 맞았던 바로 그 수습공이었다. 그가 진급한 것은 과거의 그의 학대자 덕분이었다.

소위로 임관하면서 갈리울린은 어찌 된 일인지 자신의 의지와 무관하게 따뜻하고 한적한 곳에 배치되었다. 후방 벽촌의 수비대 중 하나였다. 거기에서 그는 거의 퇴역 군인에 가까운 병사들의 지휘를 맡았는데, 아침이면 병사들과 마찬가지로 노쇠한 퇴역 교관들이 그들과 함께 오래전에 잊어버린 제식훈련을 했다. 그외에 갈리울린은 그들이 보급품 창고에서 보초를 제대로 서고 있는지 점검하곤 했다. 무사태평한 생활이었고, 더이상 그에게 요구되는 것은 없었다. 그러던 중 나이 든 예비역으로 구성된 보충병들이 모스끄바에서 그의 휘하로 배치되었는데, 그들 틈에서 느닷없이 그가 너무도 잘 아는 뾰뜨르 후돌레예프가 나타났다.

"이야, 옛 친구시네!" 갈리울린이 찌푸린 얼굴로 미소를 지으며 말했다.

"그렇습니다, 소위님." 후돌레예프가 대답하고는 차렷 자세로 서서 경례했다.

그렇게 간단히 끝날 일이 아니었다. 첫 훈련부터 실수를 저지르자 소위는 하급 병사를 호통쳤고, 병사가 그를 똑바로 보지 않고 왠지 아리송한 눈길로 곁눈질하는 것같이 여겨지자 뺨을 철썩 때리고는 꼬박 이틀 동안 빵과 물만 먹이는 영창에 보내버렸다.

이제 갈리울린의 행동 하나하나는 옛일에 대한 보복의 냄새를 풍겼다. 몽둥이로 강제된 복종의 조건 속에서 그런 식으로 옛일을 결산하는 것은 질 위험이 전혀 없는 너무도 저열한 게임이었다. 어떻게 했어야 할까? 둘이 같은 장소에 머무는 것은 더이상 불가능했다. 하지만 징계에 회부하는 것 외에 어떤 구실로, 어디로 장교가 병사를 그의 소속 부대에서 전출시킬 수 있겠는가? 다른 한편으로 갈리울린이 자신의 전출을 요청한다면 어떤 이유를 생각해낼 수 있을까? 갈리울린은 수비대 근무가 무료하고 무익하다는 구실을 들어 전선으로 보내줄 것을 요청했다. 그것이 좋은 평가를 받았고, 곧이어 직무에서 보여준 다른 자질들을 통해 훌륭한 장교라는 것이 인정되면서 그는 금방 소위에서 중위로 진급했다.

갈리울린은 찌베르진의 집에서 지내던 시절부터 안찌뽀프를 알았다. 1905년에 빠샤 안찌뽀프가 반년 동안 찌베르진의 집에서 살았을 때 유숩까는 휴일마다 가서 함께 놀곤 했다. 그때 그들의 집에서 한두번 라라를 본 적이 있었다. 이후로는 그들에 대해 아무 소식도 듣지 못했다. 빠벨 빠블로비치가 유랴찐에서 그들의 연대로 왔을 때, 갈리울린은 옛 친구에게 일어난 변화에 깜짝 놀랐다. 처녀같이 수줍음을 타고 잘 웃던 말쑥한 개구쟁이가 신경질적이고 세상만사를 다 아는 듯 경멸적인 염세주의자로 변해 있었던 것이다. 그는 똑똑하고 아주 용감했으며, 말이 없고 냉소적이었다. 때때로 안찌뽀프를 바라볼 때면 갈리울린은 창 안 깊숙한 곳 같은 그의 무거운 시선 속에서 제2의 누군가를, 그의 안에 굳게 뿌리내린 생각을, 딸에 대한 그리움을, 아니면 그의 아내의 얼굴을 보았다고 맹세할 수 있었다. 안찌뽀프는 동화에 나오는 마법에 걸린 사람 같았다. 그런데 이제 그는 떠났고, 갈리울린의 손에는 그의 서류들과 사진들과 그의 변모의 비밀이 남아 있었다.

오래잖아 갈리울린에게 라라가 문의를 해올 것이 틀림없었다. 그는 답장을 쓸 생각이었다. 하지만 분주한 시기였다. 그는 제대로 된 답장을 쓸 겨를이 없었다. 그녀가 받을 충격에 대비하게 해주고 싶기도 했다. 그렇게 해서 상세한 소식을 담은 긴 편지를 보내는 것을 계속 미루다가 그는 그녀 자신이 전선 어딘가에 간호사로 와 있다는 사실을 알게 되었다. 이제 그녀에게 어느 주소로 편지를 보내야 할지 알 수 없었다.

10

"어때? 오늘은 말이 있을까?" 고르돈은 그들이 머물고 있던 갈리치아의 이즈바[20]로 의사 지바고가 낮에 점심을 먹으러 올 때마다 물었다.

"말은 무슨! 그리고 앞뒤가 다 막혔는데 어디로 가겠어? 사방이 끔찍한 난리 통이야. 뭐 하나 아는 사람이 아무도 없어. 남쪽에서는 우리가 우회해서 침투했다느니, 몇군데에서 독일군을 돌파했다느니 하는데, 그러다가 흩어진 몇몇 부대가 고립된 모양이야. 그런가 하면 북쪽에서는 독일군이 건널 수 없는 지점이라고 여기던 스벤따강[21]을 건넜대. 군단 규모 병력을 갖춘 기병대라더군. 그들이 철도를 결딴내고 보급창을 파괴한데다, 내 생각으로는 우리를 포위하게 될 거야. 보라고, 상황이 어떤지. 그런데 너는 말 얘기나 하고 있으니. 까르뻰꼬, 서두르게. 어서 상 차려. 오늘은 우리 뭘 먹나? 오, 송아지 다리라. 멋진데."

야전병원과 관할 부서를 갖춘 의무대는 기적적으로 무사하게 남은 마을 여기저기에 흩어져 있었다. 서구풍으로 벽마다 달린 여러장의 좁다란 창문이 어슴푸레 빛나는 마을의 집들은 마지막 한 채까지 온전했다.

바비예 레또[22]였다. 금빛 찬란한 뜨거운 가을 끝자락의 화창한 날들이 이어지고 있었다. 낮이면 의사들과 장교들은 창문을 활짝 열고 창문턱과 낮은 천장의 흰 벽지에 까맣게 무리 지어 기어다니는 파리를 때려잡았고, 제복과 셔츠의 단추를 풀어헤치고 땀범벅이 되어 혀를 델 정도로 뜨거운 양배춧국이나 차를 마셨다. 밤에는 열린 뻬치까 아궁이 앞에 털썩 쭈그리고 앉아 눅눅해져 잘 타지 않

---

20 통나무로 지은 농가.
21 빌리야강의 오른쪽 지류인 리투아니아의 강.
22 '아낙의 여름'이라는 뜻. 9월 초순 초가을의 밝고 따뜻한 날들을 가리킨다.

는 장작 밑에서 꺼져가는 탄불을 훅훅 불다가, 연기 때문에 눈물을 흘리며 인간답게 불도 땔 줄 모른다고 당번병들을 욕하곤 했다.

고요한 밤이었다. 고르돈과 지바고는 서로의 맞은편, 양쪽 벽 앞에 놓인 긴 의자에 마주 보고 누워 있었다. 그들 사이로 식탁과, 벽에서 벽까지 이어지는 길고 좁은 창문이 보였다. 방 안은 너무 덥고 담배 연기가 자욱했다. 그들은 창 양쪽 끝의 환기창을 열고 가을밤의 신선한 공기를 들이마셨다. 김이 서린 창유리가 뿌옜다.

요즈음 밤낮으로 하던 대로 그들은 대화를 나누었다. 늘 그렇듯이 전선 쪽 지평선이 장밋빛으로 타올랐다. 한순간도 그치지 않고 으르렁거리던 고른 총소리가 지반을 약간 옆으로 움직일 듯이 더 낮고 또렷한 육중한 소리에 의해 끊길 때면, 지바고는 그 소리에 경외감을 표하며 대화를 끊고 잠시 침묵했다가 말을 잇곤 했다. "저게 베르타야, 16인치 독일군 대포. 무게가 60뿌드[23]나 나가는 물건이야." 그러고는 무슨 이야기를 하던 중인지 잊어버리고 다시 대화를 시작했다.

"마을에서 계속 나는 냄새는 뭐야?" 고르돈이 물었다. "첫날부터 맡았는데. 설탕같이 들척지근한 게 역겨워. 쥐 냄새 같아."

"아, 무슨 말인지 알겠어. 대마야. 여긴 대마밭이 많아. 대마 자체가 거슬리고 기분 나쁘게 썩은 고기 냄새를 풍기지. 게다가 전투지역에서 대마밭에 쓰러져 죽으면 오랫동안 발견되지 않은 채 썩거든. 여긴 시체 냄새가 아주 널리 퍼져 있어. 당연한 거지. 다시 베르타다. 들려?"

이 며칠 동안 그들은 세상 모든 것에 대해 많은 이야기를 나누었

---

23 1뿌드는 16.38킬로그램.

다. 고르돈은 전쟁과 시대정신에 관한 친구의 생각을 알게 되었다. 유리 안드레예비치는 상호 살육의 피의 논리에, 부상병의 모습에, 특히 몇몇 현대적 부상의 끔찍함에, 오늘날의 전투기술에 의해 형체를 알아보기 힘든 살덩어리로 변한 채 장애인으로 살아남은 사람들에게 익숙해지는 것이 얼마나 힘들었는지를 이야기해주었다.

매일 여기저기 지바고를 따라다니며 고르돈도 그 덕분에 무언가를 보았다. 물론 그는 다른 사람들의 용기를, 그들이 얼마나 초인적인 노력을 기울여 죽음의 공포를 이겨내는지를, 그러면서 무엇을 희생하고 어떤 위험을 무릅쓰는지를 하릴없이 바라보기만 하는 것이 얼마나 부도덕한 짓인지 알고 있었다. 그러나 책임감 있는 행동 없이 그저 탄식만 하는 것 또한 그에게는 조금도 더 도덕적인 것으로 보이지 않았다. 그는 삶이 부여한 상황에 맞춰 정직하고 자연스럽게 행동해야 한다고 믿었다.

그들의 서쪽 최전방 가까이에서 운영 중인 적십자 기동대의 야전 응급치료소를 찾아갔을 때 그는 부상자의 모습을 보고 기절할 수도 있다는 것을 직접 체험으로 확인했다.

그들은 포화에 절반이 스러져버린 큰 숲의 가장자리에 도착했다. 부서지고 찌그러진 포차들이 꺾이고 짓밟힌 수풀 속에 곤두박여 나뒹굴고 있었다. 나무에 승용마 한필이 매여 있었다. 숲 깊숙이 보이는 산림관리소의 목조 건물은 지붕 반쪽이 날아간 상태였다. 응급치료소는 산림관리소 안과 관리소 길 건너 숲 가운데 설치한 두개의 커다란 회색 천막에 자리 잡고 있었다.

"널 괜히 여기 데려왔나봐." 지바고가 말했다. "참호가 바로 옆이야. 1.5베르스따나 2베르스따밖에 떨어져 있지 않아. 아군 포병 진지는 바로 저기, 이 숲 너머고. 무슨 일이 벌어지는지 들리지? 제발 영웅 흉내는 내지 마, 안 믿으니까. 넌 지금 잔뜩 겁에 질렸어. 당연하지. 시시각각 상황이 달라질 수 있어. 이리로 포탄이 날아올지도 모르고."

먼지투성이에 지친 젊은 병사들이 숲길 가 땅바닥에 무거운 장화를 신은 두 발을 뻗고 등과 배를 대고 드러누워 있었다. 군복 셔츠의 가슴과 견갑골 부위가 땀에 흠뻑 젖어 있었다. 병력이 크게 줄어든 어느 부대의 생존자들이었다. 나흘 밤낮을 계속된 전투에서 잠시 벗어나 휴식을 취하도록 후방으로 보내진 것이었다. 병사들은 돌덩이처럼 누워 있었다. 미소를 짓거나 욕을 할 힘도 없었고, 숲 깊은 곳에서 수레 몇대가 빠른 속도로 덜커덕거리며 길을 달려와도 아무도 고개를 돌리지 않았다. 빠른 걸음으로 부상병들을 응급치료소로 실어오는 용수철 없는 기관총 수레였는데, 아래위로 튕겨대는 통에 불쌍한 이들의 뼈가 완전히 부러지고 내장이 뒤틀렸다. 응급치료소에서 그들에게 응급조치와 함께 신속히 붕대를 감아주었고, 특히 위급한 몇몇 경우에는 응급수술도 했다. 모두 포격이 잠시 멎었던 반시간 전에 참호 앞 벌판에서 날아온 이들이었다. 끔찍한 숫자였고, 상당수가 의식이 없었다.

수레들이 관리소 현관 앞에 닿자 관리소에서 위생병들이 들것을 들고 내려와 부상병들을 수레에서 내렸다. 한 간호사가 천막 자락을 들어올리고 밖을 내다보았다. 지금은 그녀의 근무 시간이 아니었다. 그녀는 비번이었다. 천막 뒤 숲에서는 두 사람이 큰 소리로 다투고 있었다. 상쾌하고 높은 숲에서 그들이 다투는 소리가 크게 메아리쳤지만 하는 말은 들리지 않았다. 부상병들이 실려오자 다투던 사람들이 길로 나와 관리소로 향했다. 흥분한 장교가 전에 이 숲속에 있던 포병대가 어디로 이동했는지 알아내려 기동대 의사에게 소리치고 있었다. 의사는 아무것도 몰랐고, 그것은 그가 상관할일도 아니었다. 그는 부상병들이 실려와서 일을 해야 하니 소리치지 말고 가달라고 요청했지만, 장교는 진정하지 못하고 적십자와포대 사령부와 세상 모두에게 욕설을 퍼부었다. 지바고가 의사에게 다가갔다. 그들은 인사를 나누고 산림관리소로 올라갔다. 장교는 타타르 억양이 약간 섞인 큰 소리로 계속 욕을 해대며 나무에서말을 풀어 올라타고는 길을 따라 숲속으로 달려갔다. 간호사는 하염없이 바라보고 있었다.

갑자기 그녀의 얼굴이 두려움에 일그러졌다.

"뭐 하시는 거예요? 정신 나갔어요?" 그녀가 남의 도움 없이 들것들 사이를 지나 응급치료소로 걸어오던 두명의 경상자에게 소리치고는 천막에서 뛰쳐나와 그들에게 달려갔다.

아주 무시무시한 괴물같이 망가진 불행한 사람이 들것에 실려있었다. 얼굴을 부서뜨리고 혀와 이를 피범벅으로 만들었지만 그를 죽이지는 않은 포탄의 커다란 파편이 뺨을 뚫고 턱뼈에 박혀 있었다. 부상을 당한 사람은 사람 목소리 같지 않은 작고 가냘픈 소리로 더듬거리며 신음했다. 누가 들어도 어서 자신을 끝장내어 더는 견딜 수 없는 고통에서 벗어나게 해달라는 애원임을 알 수 있었다.

간호사는 들것 옆을 지나던 경상자들이 그의 신음을 듣다 못해맨손으로 그의 뺨에서 그 무시무시한 쇳조각을 빼려 한다고 생각했다.

"뭐 하시는 거예요? 그렇게 하면 안 돼요. 그건 외과의사가 특수한 기구를 가지고 하는 거예요. 하게 된다면 말이죠.(주여, 주여, 그를 거두소서. 제가 당신의 존재를 의심치 않게 하소서!)"

다음 순간, 현관 계단을 오르던 중에 부상을 당한 사람은 비명을 지르고 온몸을 부르르 떨더니 숨을 거두었다.

숨을 거둔 부상병은 예비역 병사 기마제뜨진이었고, 숲속에서 소리를 지르던 장교는 그의 아들 갈리울린 중위였다. 간호사는 라 라였고, 고르돈과 지바고는 목격자였다. 그들 모두가 함께, 모두가 나란히 있었다. 어떤 이들은 그때 서로를 알아보지 못했고, 다른 이들은 끝내 서로를 알지 못했다. 어떤 일은 영원히 확인되지 않은 채로 남았고, 다른 일은 다음 기회까지, 새로운 만남까지 밝혀지기를 기다려야 했다.

11

이 지역의 마을들은 기적적으로 보존되었다. 마을들은 파괴의 바다 가운데서 불가사의하게도 무사히 살아남은 섬이었다. 고르돈과 지바고는 저녁에 숙소로 돌아가는 중이었다. 해가 지고 있었다. 그들이 지나온 마을 한곳에서는 젊은 까자끄 병사가 5꼬뻬이까짜리 구리 동전을 던져올리며 긴 프록코트 차림의 수염이 센 늙은 유대인에게 받도록 시키고 있었다. 둘러싼 사람들이 다 같이 낄낄댔다. 노인은 번번이 동전을 놓쳤다. 동전은 애처롭게 벌린 그의 두 손 옆으로 날아가 진흙탕에 떨어지곤 했다. 노인이 동전을 주우려고 허리를 굽히면 까자끄 병사가 그의 엉덩이를 철썩 쳤다. 주위에 서 있던 사람들이 배를 쥐고 낄낄대다 못해 신음 소리를 냈다. 장난은 그게 다였다. 그 정도까지는 해가 되지 않았다. 그러나 누구도 그 짓거리가 더 심각한 양상을 띠게 되지 않을 것이라 장담할 수는 없었다. 노인의 아내인 노파가 맞은편 이즈바에서 길로 뛰어나와 외쳐 부르며 노인에게 두 손을 뻗었다가 매번 겁이 나서 다시 모습을 감추곤 했다. 두 소녀가 이즈바 창밖으로 할아버지를 보며 울고 있었다.

이 모든 것이 엄청나게 우스꽝스러웠던 군용 마차의 마부는 나리들에게 즐길 시간을 주려고 말의 걸음을 늦췄다. 그러나 지바고는 까자끄 병사를 불러서 꾸짖고 조롱을 그만두라고 명령했다.

"예, 소위님." 그 병사가 선뜻 대답했다. "저희는 별 뜻 없이 그저 좀 웃자고 한 겁니다."

남은 길을 가는 내내 고르돈과 지바고는 말이 없었다.

"끔찍한 일이야." 그들 자신의 마을이 보이자 유리 안드레예비치가 입을 열었다. "이 전쟁에서 불행한 유대인 주민들이 어떤 고통의 잔을 들이켜야 했는지 넌 아마 상상도 못 할 거야. 마침 전투가 유대인 강제 정착 지역[24]에서 벌어지고 있어. 그들이 겪고 이겨 내야 했던 무거운 세금과 파산, 다른 온갖 고통에 더해 이제는 또 학살과 조롱, 애국심이 부족하다는 비난까지 받고 있지. 그들에게 어떻게 애국심이 생기겠어? 적의 수중에서는 모든 권리를 누리다가 아군과 있으면 그저 박해만 당할 뿐인데. 그들에 대한 증오 자체가, 그 근거부터가 모순적이야. 공감하고 연민을 느껴야 할 것들에 오히려 분노하고 있어. 그들의 가난, 과잉 수용, 그들의 취약함과 반격 능력이 없는 것에 말이야. 이해가 안 돼. 여기에는 숙명적인 뭔가가 있어."

---

24 18세기 말부터 1917년 러시아혁명이 일어날 때까지 러시아 유대인들의 거주는 정착지로 제한되었다. 반유대 정서가 심해진 19세기 말부터는 수십년 동안 유대인 학살과 약탈(뽀그롬)의 물결이 러시아를 휩쓸었다.

고르돈은 아무 대꾸도 하지 않았다.

12

이제 다시 그들은 길고 좁은 창의 양쪽에 누워 있었다. 밤이었고, 대화가 오갔다.

지바고는 고르돈에게 전선에서 황제를 보았던 이야기를 해주었다. 그는 이야기를 잘했다.

그가 전선에서 맞은 첫번째 봄의 일이었다. 그가 파견된 부대 본부는 카르파티아의 깊은 분지에 주둔해 헝가리 쪽 계곡에서 분지로 들어오는 길목을 차단하고 있었다.

분지 바닥에 철도역이 있었다. 지바고는 고르돈에게 그 지역의 풍경을 묘사해주었다. 산에는 굳센 전나무와 소나무가 울창하고, 산들 위로는 뭉게뭉게 흰 구름이 걸려 있고, 숲 가운데에 털 많은 모피가 닳아 해진 구멍같이 회색 편암과 흑연의 돌벼랑이 불거졌다. 그 편암 같은 잿빛의 축축하고 어두운 4월 아침이었다. 사방이 높은 산에 막혀 바람 한점 없이 갑갑했다. 후텁지근했다. 분지에 증기가 깔려 모든 것이 김을 뿜으며 기차역의 기관차 연기, 풀밭의 잿빛 아지랑이, 잿빛의 산, 시커먼 숲, 시커먼 구름, 모든 것이 연기가 되어 피어올랐다.

그 무렵 황제는 갈리치아 지방을 순방 중이었다. 갑자기 그가 이곳의 주둔 부대를 방문할 것이라는 소식이 전해졌다. 황제는 부대의 명예 총사령관이었다.

그는 어느 순간이고 도착할 수 있었다. 플랫폼에는 그를 영접하기 위해 의장대가 도열했다. 괴로운 기다림의 시간이 한두시간 흐른 뒤 두대의 수행 열차가 연달아 빠르게 지나갔다. 조금 후에 황제의 열차가 도착했다.

황제는 니꼴라이 니꼴라예비치 대공을 대동하고 정렬한 척탄병들을 열병했다. 그가 나직이 하는 인사말의 음절 하나하나가 우레같이 터져 구르며 흔들리는 물통 속에서 춤추는 물처럼 철썩이는 만세 소리를 일으켰다.

어색하게 미소 짓는 황제는 루블 지폐와 메달에 그려진 것보다 더 늙고 쇠약한 인상이었다. 기력 없이 약간 부은 얼굴을 하고 있었다. 그는 이런 상황에서 자신에게 요구되는 것이 뭔지 몰라 순간순간 죄지은 것처럼 니꼴라이 니꼴라예비치를 곁눈질했고, 그러면 니꼴라이 니꼴라예비치는 공손히 그의 귀 쪽으로 몸을 기울여 심지어 말도 아닌 눈썹이나 어깻짓으로 그를 곤경에서 구해주었다.

그 산속의 따뜻한 잿빛 아침에 황제는 딱해 보였고, 소심해서 신중하고 숫기 없는 저런 모습이 압제자의 본질일 수 있다고, 저런 유약함으로 처형하고 용서하고 묶고 풀고 한다고 생각하자 소름이 끼쳤다.

"그는 이런 식으로, 빌헬름 황제[25]처럼 '나와 나의 검과 나의 민족은'이라거나, 아니면 그 비슷한 무슨 말로든 연설을 했어야 해. 민족에 대해서는 꼭 말했어야 하고, 반드시. 하지만 알다시피 그는 러시아인답게 꾸밈이 없고 그런 진부함을 비극적일 만큼 초월한 사람이었어. 사실 러시아에서 그런 연극 같은 짓거리는 상상할 수 없는 일이지. 왜냐하면 정말로 그런 짓거리는 연극이니까, 그렇잖

----

25 프로이센의 왕이자 독일 제2대 황제 빌헬름 2세(1859~1941). 군비 확장과 해외 진출을 꾀해 영국, 프랑스, 제정러시아와 대립했다.

아? 카이사르 시절이라면 민족이란 게 뭔지 나도 알겠어. 갈리아인이니 수에비인이니 일리리아인이니 하는 민족들이 있었지. 하지만 정말이지 그 시절 이후로 '민족이여, 나의 민족이여' 하는 건 황제와 정치가와 왕 들이 그에 관해 연설을 하기 위해 존재하는 허구일 따름이야.

지금 전선은 통신원과 저널리스트로 넘쳐나. '관찰기'니 민족의 지혜가 담긴 금언이니 하는 따위를 써대고, 부상병들을 찾아 돌아다니며 민족정신에 관한 새로운 이론을 세우고 있어. 그건 일종의 새로운 달 사전[26]인데, 마찬가지로 허구랄 수 있지. 참지 못하고 터져나오는 장황한 말들을 언어학적 기록광처럼 기록한 거야. 그게 한 유형이고, 또다른 유형도 있어. 또박또박 끊는 말투, '메모와 스케치', 회의주의, 인간 혐오. 이를테면, 이런 구절을 읽은 적이 있어. '어제 같은 잿빛 하루. 아침부터 비, 진창. 창밖으로 길을 본다. 길을 따라 끝없이 이어지는 포로들의 행렬. 실려가는 부상병들. 포가 불을 뿜는다. 어제처럼 오늘도, 오늘처럼 내일도, 그렇게 매일 매 시각 다시 불을 뿜는다……' 보라고, 얼마나 예리하고 재치 있는지! 그렇지만 왜 대포에 화를 내는 걸까? 대포한테 다양성을 기대하다니 참 이상하지 않으냐 말이야! 왜 대포 대신에 날이면 날마다 나열된 사실과 쉼표와 미사여구를 쏘아대는 자기 자신에게 놀라지 않는 걸까? 왜 벼룩 뛰듯 조급하게 쏘아대는 저널리스트적 박애의 포격을 멈추지 않는 걸까? 새로워져야 하고 구태를 되풀이하지 말아야 할 건 대포가 아니라 자신이라는 걸, 무의미한 말들만 잔뜩 적어둔 노트에서는 결코 아무런 의미도 얻지 못한다는 걸, 인간이 그

---

26 러시아 민속학자이자 어휘학자 블라지미르 달이 쓴 방대한 분량의 러시아어 해설 사전.

속에 자신의 뭔가를, 독창적인 인간 재능의 일부를, 어떤 상상의 이 야기를 집어넣지 않는 한 사실은 없다는 걸 어째서 이해하지 못하 는 걸까?"

"정곡을 찌르는 말이야." 고르돈이 그의 말을 끊었다. "이제 오 늘 우리가 본 장면과 관련해서 내 생각을 말해볼게. 불쌍한 유대인 가장을 조롱한 그 까자끄 병사는 물론 무수히 많은 비슷한 경우와 마찬가지로 아주 단순한 저열한 행동의 예지. 철학을 논할 것 없이 귀싸대기를 후려치면 되는 분명한 상황인 거야. 하지만 유대인 전 체에 관한 문제에는 철학을 적용할 수 있는데, 그러면 철학은 전혀 뜻밖의 예기치 않은 양상을 띠게 돼. 하지만 여기서 너한테 정말로 새로운 뭔가를 말하려는 건 아니야. 너도 그렇듯이 내가 하는 이런 생각들은 다 네 외삼촌한테서 온 거니까.

민족이란 무엇인가? 넌 묻고 있어. 꼭 민족에 대해 호들갑을 떨 어야 하나? 민족에 대해 생각지 않고 자기 과업의 아름다움과 승리 자체로 민족을 보편적 인류로 이끌고, 그럼으로써 민족을 영광스 럽게 하고 영속하게 하는 이가 민족을 위해 더 큰 일을 하는 게 아 닌가? 음, 물론이야, 두말할 나위 없어. 그런데 기독교 시대에는 어 떤 민족들에 대해 논할 수 있을까? 실로 그들은 단순한 민족들이 아니라 개종되어 변모한 민족들이야. 그러니 모든 문제는 바로 변 화에 있지, 낡은 원칙에 대한 충실함이 아니라. 복음서를 떠올려보 자. 이 주제에 대해 복음서는 뭐라고 말했지? 첫째, 복음서는 이러 니저러니 하는 주장이 아니었어. 그건 순진하고 소심한 제안이었 어. 이런 제안이지. 이전에 없던 새로운 방식으로 존재하기를 원하 는가? 더없는 영적 행복을 원하는가? 그리고 모두가 그 제안을 받 아들여 수천년 동안 사로잡힌 거야.

하느님의 왕국에는 헬라인도 유대인도 없다고 복음서가 말했을 때,[27] 그게 단지 하느님 앞에서는 모두가 동등하다는 것만 말하고 싶었던 걸까? 아니야, 그걸 위해 복음서가 필요했던 게 아니지. 그런 건 복음서 이전에 그리스 철학자들도, 로마의 도덕론자들도, 구약의 선지자들도 알고 있었어. 복음서가 말한 건 이거야. 하느님의 왕국이라 불리는, 마음에 근거한 새로운 존재 방식과 새로운 교감의 형태 속에는 민족들이 아니라 개인들이 있다는 거지.

너도 방금 의미를 부여받지 못한 사실은 무의미하다고 말했어. 기독교, 개인의 신비가 바로 사실이 인간에게 의미를 갖기 위해 주어져야 할 것이야.

우리는 또 삶과 세상 전체에 할 말이 아무것도 없는 평범한 인물들, 관심사가 편협한 이류 세력들에 대해 말했어. 줄곧 어떤 민족이, 되도록이면 작은 민족이 화제가 되는 것에, 그 민족이 고난을 당하는 것에 관심을 두는 작자들이지. 평가하고 논하면서 연민에 호소해 잇속을 챙길 기회거든. 이런 세력의 완전하고 완벽한 희생양이 유대 민족이야. 오직 민족으로 존재하고 민족으로 남아야 한다는 파멸적인 필요성이 세기를 거듭하며 그들에게 민족적 사상으로 자리 잡았고, 그 세기들 동안 전세계는 한때의 그들 가운데서 생겨난 힘을 발휘해서 이 굴욕적인 과제에서 벗어났어. 이 얼마나 놀라운 일이냐 말이야! 어떻게 이런 일이 일어날 수 있었을까? 이 축제, 이 범속함의 저주로부터의 해방, 어리석은 일상 세계를 벗어난 비상, 이 모든 것이 그들의 땅 위에서 태동했고, 그들의 언어로 말해졌고, 그들의 종족에 속했던 거잖아. 그들은 그걸 보고 듣고도

27 로마인들에게 보낸 편지 9, 11장 참조.

놓쳤단 거지. 어떻게 그들은 그토록 압도적인 아름다움과 힘을 가진 영혼을 떠나게 둘 수 있었을까? 어떻게 그들은 그 영혼의 승리와 지배를 보고도 언젠가 그들이 벗어던진 그 기적의 텅 빈 껍질로만 남을 생각을 할 수 있었을까? 그 자발적인 수난이 누구에게 이익인 거야? 그토록 많은 아무 죄 없는 노인과 여자와 아이 들이, 선을 행할 줄 알고 진심 어린 소통을 할 줄 아는 그토록 섬세한 사람들이 수세기에 걸쳐 조롱당하고 피 흘려온 것이 누구에게 필요한 거야? 모든 민족을 통틀어 민중의 벗을 자처하는 글쟁이들은 왜 늘 그렇게 게으르고 재능이 없을까? 왜 민족의 정신적 지도자들은 세계고世界苦와 모순적인 지혜라는 손쉽게 주어지는 형식을 넘어서지 못할까? 보일러가 압력을 이기지 못해 터지듯이 파기할 수 없는 자신의 의무가 폭발할 위험을 무릅쓰고라도 왜 그들은 무엇을 위해 싸우고 무엇을 위해 학살당하는지도 모르는 그 부대를 해산하지 않았을까? 왜 그들은 '정신 차려요. 충분하오. 더이상은 필요 없소. 예전 이름으로 불리지 마시오. 한데 뭉치지 말고 흩어져요. 모두와 함께하시오. 당신들은 세상에서 최초이자 최고의 그리스도인들이오. 당신들 중 가장 나쁘고 약한 자들이 당신들과 맞서게 한 그 존재가 바로 당신들이오'라고 말하지 않았을까?"

13

다음 날 점심을 먹으러 온 지바고가 말했다.

"떠나고 싶어 안달하더니 이제 소원을 이루게 생겼어. '넌 운이 좋아'라는 말은 못하겠네. 다시 아군이 몰리고 두들겨맞아 생긴 기회니까 이걸 행운이랄 수는 없지. 동쪽 길은 자유롭지만 서쪽에서는 우리가 밀리고 있어. 모든 의무대는 이동하라는 명령이야. 우리는 내일이나 모레 떠나게 될 거야. 어디로 갈지는 미정이고. 그런데 까르뻰꼬, 미하일 그리고리예비치의 속옷은 물론 세탁해놓지 않았겠지? 또 그 소리군. 아주머니가, 아주머니가, 하는데 그 아주머니가 누구냐고 캐물으면 자기도 몰라요, 저 얼간이는."

지바고는 당번 위생병이 변명으로 해대는 헛소리에 귀 기울이지 않았고, 그의 속옷을 해지도록 입은데다 그의 루바시까를 입고 떠나게 되어 미안해하는 고르돈에게도 신경 쓰지 않았다. 지바고가 말을 이었다.

"아, 우리의 야영 생활이여, 집시의 방랑이여. 우리가 여기 들어왔을 때는 모든 게 마음에 들지 않았어. 뻬치까도 엉뚱한 데 있지, 천장도 낮지, 더럽지, 후덥지근하지. 그런데 지금은 죽인다 해도 우리가 이전에 어디에 머물렀는지 기억이 나질 않아. 타일 위에 햇살이 반짝이고 길가의 나무 그림자가 어른거리는 이 뻬치까 모서리를 바라보면서 여기서 평생 살래도 살 것 같아."

그들은 느긋하게 짐을 꾸리기 시작했다.

밤중에 소음과 비명, 총소리와 분주히 뛰어다니는 소리가 그들을 깨웠다. 마을이 불길하게 환했다. 그림자들이 창을 스쳐갔다. 벽 너머에서 주인 부부가 잠을 깨 움직이기 시작했다.

"까르뻰꼬, 뛰어나가서 무슨 일로 이 야단인지 물어보고 와." 유리 안드레예비치가 말했다.

곧 모든 것이 밝혀졌다. 지바고는 직접 소문을 확인하려고 급히 옷을 입고 야전병원에 갔다 왔다. 소문은 사실이었다. 독일군이 이 지역의 방어선을 뚫었던 것이다. 마을 가까이까지 후퇴한 방어선

이 계속 가까워지는 중이었다. 마을에 포화가 쏟아지고 있었다. 야전병원과 부대 시설은 철수 명령을 기다릴 것도 없이 서둘러 이동하기 시작했다. 동이 트기 전에 모두 떠나야 했다.

"너는 선발대와 함께 가. 마차가 지금 떠나려는 걸 너를 기다리라고 말해놓았어. 잘 가. 배웅하고 마차에 타는 걸 확인할게."

그들은 의무대가 대오를 갖추고 있는 마을의 다른 쪽 끝으로 달려갔다. 몸을 숙이고 돌출부 뒤에 숨어가며 집들 옆을 뛰어 지났다. 거리에서 총탄이 노래하듯 윙윙거렸다. 길들이 가로지르는 벌판의 교차로에서 그들 위로 유산탄이 폭발하며 불꽃이 우산 모양으로 퍼지는 것이 보였다.

"넌 어떡할 거야?" 고르돈이 뛰어가며 물었다.

"난 나중에. 숙소로 돌아가서 짐을 챙겨야 해. 나는 후발대와 같이 갈 거야."

그들은 마을 어귀에서 작별했다. 수송대를 이룬 짐마차 몇대와 리네이까[28] 한대가 서로 부딪치다 점차 한줄로 정렬해 움직였다. 유리 안드레예비치는 떠나는 친구에게 손을 흔들었다. 불타는 헛간의 불빛이 그들을 비추고 있었다.

다시 집 모퉁이를 방패 삼아 이즈바들을 따라 걸으려 애쓰며 유리 안드레예비치는 숙소로 돌아가는 길을 재촉했다. 그의 숙소 현관 계단까지 두 집 못 미쳐 그는 거센 폭발의 기류에 나뒹굴었고 유산탄 파편을 맞았다. 유리 안드레예비치는 피를 흘리며 길 한복판에 쓰러져 의식을 잃었다.

---

28 지붕이 있는 대형 사륜마차.

14

야전병원은 서부 지역의 어느 작은 도시 후미진 곳으로 철수했다. 철도에 인접한 곳으로 사령부가 이웃해 있었다. 2월 말의 따뜻한 날들이 이어졌다. 유리 안드레예비치는 회복기 장교용 병실에서 치료 중이었는데, 그의 요청에 따라 침대 가까운 병실 창문이 활짝 열려 있었다.

점심시간이 가까웠다. 환자들은 각자 할 수 있는 일로 점심때까지 남은 시간을 때우고 있었다. 병원에 새 간호사가 들어와 오늘 처음으로 환자들을 돌아볼 것이라는 소식이 전해졌다. 유리 안드레예비치의 맞은편 침상에 누워 있는 갈리울린은 이제 막 받아든 『레치』[29]와 『루스꼬예 슬로보』[30]를 살펴보다가 검열 때문에 공란으로 발행된 부분을 보고 분개했다. 유리 안드레예비치는 야전 우체국에 잔뜩 쌓였다가 한꺼번에 배달된 또냐의 편지를 읽고 있었다. 편지지와 신문지가 바람에 바스락거렸다. 가벼운 발걸음 소리가 들려왔다. 유리 안드레예비치는 편지에서 눈을 들었다. 라라가 병실로 들어왔다.

유리 안드레예비치와 중위는 서로가 그녀를 알고 있다는 사실을 모른 채 각자 따로 그녀를 알아보았다. 그녀는 두 사람 중 누구도 몰랐다. 그녀가 말했다.

----

29 1906~17년 뻬쩨르부르그에서 발간된 일간지. 입헌민주당(까제뜨)의 기관지로 1917년 혁명과 함께 폐간되었다.
30 1894~1917년 모스끄바에서 발간된 일간지. 러시아의 모든 큰 도시와 세계의 많은 수도에 자체 통신원을 갖춘 자유주의 성향의 일간지였다.

"안녕하세요? 왜 창문이 열려 있어요? 춥지 않으세요?" 그러고는 갈리울린에게 다가갔다.

"어디가 불편하세요?" 그녀가 물었고 맥박을 재려고 그의 손을 잡았으나, 곧바로 손을 놓고 당혹스러운 표정으로 그의 침대 곁 의자에 앉았다.

"정말 뜻밖이네요, 라리사 표도로브나." 갈리울린이 말했다. "저는 당신 남편과 같은 연대에서 복무했습니다. 빠벨 빠블로비치를 알아요. 당신께 드릴 그의 물건들을 제가 간수하고 있습니다."

"그럴 리가요, 그럴 리 없어요." 그녀가 되풀이해 말했다. "참 놀라운 우연이네요. 그러니까 당신이 그이를 아신다고요? 어서 말씀해주세요, 모두 어떻게 된 일이에요? 그 사람, 정말 죽었나요? 흙에 묻혔어요? 아무것도 숨기지 마세요, 걱정도 마시고. 저도 다 알고 있어요."

갈리울린은 그녀가 소문으로 알게 된 사실을 확인해줄 용기가 없었다. 그는 그녀를 진정시키기 위해 거짓말을 하기로 결심했다.

"안찌뽀프는 포로가 됐습니다." 그가 말했다. "자기 부대를 이끌고 너무 멀리 진격해 들어갔다가 고립됐어요. 포위됐지요. 항복할 수밖에 없었어요."

그러나 라라는 갈리울린의 말을 믿지 않았다. 뜻밖의 갑작스러운 대화에 그녀는 동요했다. 쏟아지는 눈물을 감당할 수 없었지만 낯선 사람들 앞에서 울고 싶지는 않았다. 그녀는 복도에서 마음을 진정하려고 얼른 일어나 병실에서 나갔다.

잠시 후 그녀는 병실로 돌아왔다. 겉으로는 차분해진 모습이었다. 그녀는 또다시 울음을 터뜨릴까봐 일부러 갈리울린이 있는 쪽을 보지 않았다. 곧장 유리 안드레예비치의 침대로 다가가며 그녀는 넋이 나간 채 기계적으로 말했다.

"안녕하세요? 어디가 불편하세요?"

유리 안드레예비치는 그녀의 동요와 눈물을 보았고 무슨 일이냐고 묻고 싶었다. 살면서 두번, 김나지움 시절과 대학 시절에 그녀를 본 적이 있다고 말해주고 싶었다. 하지만 그러면 너무 허물없이 구는 것으로 보여 그녀가 오해할 것이라 생각했다. 그러다 문득 관 속에 든 죽은 안나 이바노브나의 모습과 그때 십쩨프에서 또냐의 울부짖음을 떠올렸고, 그 모든 것 대신에 이렇게 말했다.

"감사합니다. 나는 의사라 내가 알아서 치료합니다. 아무것도 필요하지 않아요."

'이 사람은 왜 나한테 화가 났을까?' 라라는 생각하며 놀란 눈으로 특별히 눈에 띄는 구석이라곤 없는 들창코의 낯선 사내를 바라보았다.

며칠 동안 날씨가 불안정하게 변덕을 부렸고 밤이면 축축한 흙냄새를 풍기는 따뜻한 바람이 끝없이 웅얼대며 불어왔다.

그 무렵 사령부로부터 계속해서 이상한 정보들이 들어왔고 집에서, 나라 안에서 불안한 소식들이 전해졌다. 뻬쩨르부르그와의 전신 연결이 끊기곤 했다. 도처에서, 구석구석에서 정치적 대화들이 오갔다.

간호사 안찌뽀바는 당직 때마다 아침저녁으로 두차례 회진을 했고 갈리울린과 유리 안드레예비치를 포함한 모든 환자들과 별 의미 없는 말을 몇마디씩 주고받았다. '호기심을 끄는 이상한 사람이야.' 그녀는 생각했다. '젊고 무뚝뚝해. 들창코에 썩 잘생겼다고는 할 수 없지만 아주 좋은 의미에서 똑똑해. 생기롭고 매혹적인 영혼을 가진 사람이야. 그렇지만 그게 문제가 아니지. 어서 여기 일을 끝내고 모스끄바로, 까쩬까 곁으로 가야 해. 모스끄바에 가면 간호사 사직서를 제출하고 유랴쩬으로, 김나지움 교사로 돌아가야지. 가엾은 빠뚤레치까에 대해서는 모든 게 분명해졌어. 아무런 희망도 없어. 그러니 여자 전쟁 영웅으로 남을 이유는 없지. 나는 그를 찾으려 여기 왔을 뿐인데.'

까쩬까는 지금 거기서 어떻게 지내고 있을까? 가엾은 고아.(생각이 여기에 미치면 그녀는 울기 시작했다.) 최근에 아주 현저한 변화들이 눈에 띄었다. 얼마 전까지만 해도 조국에 대한 의무, 군인 정신, 높은 사회적 책임감이 신성한 것이었다. 하지만 전쟁에서 졌고, 이것이 큰 재앙이라 이 때문에 나머지 모든 것이, 모든 것이 권위를 잃었다. 신성한 것은 더이상 아무것도 없다.

갑자기 모든 것이, 어조가, 분위기가 바뀌었다. 어떻게 생각해야 할지, 누구의 말을 들어야 할지 몰랐다. 평생 어린아이처럼 손을 이끌고 다니더니 갑자기 손을 놓아버리고 스스로 걷는 법을 배우라고 하는 것 같았다. 주위에는 아무도, 가족도, 권위 있는 사람도 없다. 이런 때에는 가장 중요한 것에, 생명의 힘이나 아름다움이나 진리에 의지하고 싶어진다. 전복된 인간의 원칙 대신 그러한 것에, 끝장나 폐기된 평화롭고 익숙한 삶에서 그랬던 것보다 더 충실하고 후회 없이 의탁하고 싶어진다. 하지만 라라의 경우에는, 그녀가 제때 알아차렸듯이, 까쩬까가 그런 목적이자 절대적인 대상이 될 것이었다. 빠뚤레치까가 없는 지금 라라는 오직 어머니일 뿐이고, 온 힘을 가엾은 고아인 까쩬까에게 쏟을 것이었다.

유리 안드레예비치는 고르돈과 두도로프가 허락 없이 출판한 그의 책이 유망한 문학적 미래가 예견된다고 호평을 받았다는 것과, 지금 모스끄바는 아주 흥미롭고 불안하며 하층민들의 막연한 분노가 커지면서 뭔가 중요한 일이 벌어지기 직전이고 심각한 정치적 사건을 앞두고 있다는 내용의 편지를 받았다.

늦은 밤이었다. 유리 안드레예비치는 지독한 졸음에 휩싸였다. 그는 잠깐씩 졸면서도 몹시 흥분한 하루였던 탓에 잠들지 못한다고, 자고 있지 않다고 생각했다. 창밖에서 졸음에 겨운, 졸린 숨을 내쉬는 바람이 하품하며 뒤척이고 있었다. 바람이 울며 조잘댔다. "또냐, 슈로치까, 얼마나 너희가 그리운지 몰라. 너무나 집에 가고 싶구나, 일터로 가고 싶구나!" 바람의 중얼거리는 소리에 맞춰 유리 안드레예비치는 자고 있었고, 그 변덕스러운 날씨처럼, 그 불안정한 밤처럼 격렬하고 불안한 행복과 고통이 급격히 교차하는 가운데 깼다가 다시 잠들곤 했다.

라라는 생각했다. '그는 그 추억을, 빠뜰레치까의 보잘것없는 물건들을 간수해주고 그토록 염려해주었는데, 나는 돼지같이 그 사람이 누구이고 어디서 왔는지조차 물어보지 않았구나.'

다음 날 아침 회진을 돌며 그녀는 빠뜨린 것을 보충하고 배은망덕의 흔적을 지우려 갈리울린에게 모든 것에 관해 자세히 묻다가 오, 아, 하며 탄성을 연발했다.

"주여, 당신의 거룩한 뜻이여! 브레스쯔까야 거리 28번지, 찌베르진 씨 가족, 1905년 혁명의 겨울! 유숩까? 아니에요, 저는 유숩까를 모르거나 아니면 기억나지 않아요, 죄송해요. 하지만 그해, 바로 그해, 그리고 그 마당! 그건 사실이에요! 정말로 그런 마당과 그런 해가 있었죠!" 오, 그녀는 갑자기 그 모든 것을 얼마나 생생하게 다시 느꼈던가! 그때 울렸던 총성도, 그리고 (그걸 뭐라고 하더라) '그리스도의 생각'도! 오, 유년 시절에 처음 겪은 감정들은 얼마나 강력하고 얼마나 날카로운지! "죄송해요, 죄송해요, 중위시라고요? 성함이 어떻게? 네, 네, 벌써 한번 말씀해주셨죠. 감사해요, 아, 얼마나 감사한지 몰라요, 오시쁘 기마제뜨지노비치! 어떤 추억, 어떤 생각을 제게 일깨워주셨는지요!"

하루 종일 그녀는 영혼 속에 자리한 '그 마당'과 함께 다녔고, 연신 탄성을 지르며 생각에 잠겨 혼잣말을 중얼거리다시피 했다.

생각해보라, 브레스쯔까야 거리 28번지라니! 그런데 이제 다시 총격이 시작되었다. 그러나 이번에는 얼마나 더 무시무시한가! 이번에는 '소년들이 총을 쏜다'라고 말할 수 없었다. 소년들은 자랐고, 모두 여기에 병사로 있다. 모두가 그런 마당에서, 그와 똑같은 마을에서 온 평범한 사람들이다. 놀라워! 놀라운 일이야!

상이군인들과 들것이 필요치 않은 환자들이 이웃 병실에서 지팡이와 목발을 짚고 걷거나 뛰거나 절름거리며 들어오더니 앞다투어 소리치기 시작했다.

"특급 중대 사건이오. 뻬쩨르부르그에서 시가전이 일어났대요. 뻬쩨르부르그 수비대 병사들이 봉기한 사람들 쪽에 가담했답니다. 혁명이에요."

제5부

·

옛것과의 결별

1

작은 도시는 멜류제예보라 불렸다. 흑토 지대에 있었다. 도시를 거쳐 몰려가는 병사들과 짐마차들이 일으킨 검은 먼지가 시커먼 메뚜기떼처럼 도시의 지붕들을 뒤덮고 있었다. 그들은 아침부터 저녁까지 양방향으로 움직이며 전선을 떠나오기도, 전선으로 향하기도 해서 전쟁이 계속되는 것인지 아니면 이미 끝난 것인지 분명히 말할 수 없었다.

매일 새로운 직위가 버섯처럼 끝없이 생겨났다. 그리고 모든 직위에 그들이 뽑혔다. 그 자신과 갈리울린 중위, 간호사 안쪼뽀바, 그밖에 그들 무리 중 몇 사람으로, 모두 대도시 출신이며 사정에 밝고 경험 많은 사람들이었다.

그들은 시 자치회의 직책을 맡고 군대와 의무대의 말단 위원으로 근무하면서 잇따르는 이 일들을 야외 오락처럼, 술래잡기하듯 대했다. 하지만 갈수록 더욱더 이런 놀이에서 벗어나 집으로, 일상적인 자기 일로 돌아가고 싶은 마음이 커졌다.

일 때문에 지바고와 안찌뽀바는 자주, 활발하게 마주치게 되었다.

2

빗속에서 도시의 검은 먼지는 커피색 같은 진갈색 진창으로 변해 대부분 포장되지 않은 도시의 거리를 뒤덮었다.

크지 않은 도시였다. 도시의 어느 장소에서고 길모퉁이를 돌면 곧바로 음울한 스텝이, 어두운 하늘이, 전쟁의 광야가, 혁명의 광야가 펼쳐졌다.

유리 안드레예비치는 아내에게 편지를 썼다.

"군대 내에서 혼란과 무정부상태가 계속되고 있어. 병사들의 기강을 잡고 사기를 끌어올리려는 조치들이 취해지고 있어요. 나는 근처에 주둔한 부대들을 돌아보았어.

훨씬 전에 말할 수도 있었겠지만 끝으로 추신을 대신하자면, 나는 여기서 안찌뽀바라는 여자와 손잡고 일하고 있어요. 모스끄바에서 온 간호사인데 우랄 태생이야.

당신 어머니가 돌아가신 그 끔찍한 밤에 크리스마스 파티에서 검사한테 총을 쏘았던 처녀 기억나? 그뒤로 그녀는 재판을 받았던 것 같아. 그때 내가 당신한테 말한 기억이 나는데, 그녀가 아직 김나지움 학생이었을 때 나와 미샤는 당신 아버지와 갔던 어느 누추한 호텔방에서 그녀를 본 적이 있었어. 무슨 일로 갔었는지는 기억 나지 않는데 지독하게 추운 밤이었고, 지금 생각하니 쁘레스냐 무 장봉기가 일어났던 때 같아. 그 여자가 바로 안찌뽀바요.

여러번 집에 가려고 애를 써봤어요. 하지만 그렇게 간단치가 않 네. 일이 우리를 붙드는 주된 이유는 아니야. 일은 다른 사람들에 게 넘겨도 지장 없거든. 어려운 건 여행 자체야. 기차가 도통 다니 질 않는데다 설사 오더라도 초만원이라 올라탈 엄두를 낼 수가 없 어요.

하지만 물론 이런 상태를 무한정 지속할 수는 없지. 그래서 나와 갈리울린과 안찌뽀바를 포함해 부상이 완치됐거나 사직했거나 제 대한 사람들 몇명은 다음 주에는 무슨 일이 있어도 떠나기로 했어 요. 승차 기회를 봐서 각자 서로 다른 날 떠나기로 말이야.

머리 위에 눈 내리듯 어느날이고 불쑥 내가 나타날지도 몰라요. 하지만 전보를 치도록 노력해볼게.”

그러나 아직 떠나지 못하고 있던 유리 안드레예비치에게 안또 니나 알렉산드로브나의 답장이 왔다.

통곡을 하느라 문장이 엉망이고 눈물 자국과 얼룩이 구두점 역할 을 한 이 편지에서 안또니나 알렉산드로브나는 모스끄바로 돌아오 지 말고 그 멋진 간호사를 따라 곧장 우랄로 가라고 남편을 설득하 고 있었다. 그런 여러 징조와 우연의 일치가 함께하는 그 간호사의 삶은 그녀, 또냐의 소박한 삶의 길과는 비길 데가 없다는 것이었다.

“사셴까는, 그애의 장래는 걱정 말아요.” 그녀는 썼다. “당신이 그애 때문에 부끄러워할 일은 없을 거야. 당신이 어릴 때 우리 집 에서 본 예의범절대로 그애를 키울 거라 약속할게.”

“또냐, 당신 정신 나갔어!” 유리 안드레예비치는 당장 답장을 썼다. "어떻게 그런 의심을 했을까! 파괴로 점철된 이 무시무시한 이년의 전쟁 동안 당신이, 당신에 대한 생각과 당신과 집에 대한 신실한 마음이 죽음과 온갖 형태의 파멸로부터 나를 구해줬다는 걸 당신은 정말 모르는 거야, 아니면 충분히 알지 못하는 거야? 하긴, 말이 무슨 소용이겠어. 우린 곧 만날 거고 예전의 삶이 시작될 텐데. 그럼 모든 게 설명되겠지.

하지만 당신의 답장은 전혀 다른 점에서 나를 놀라게 했어요. 만약 내가 이런 답장을 쓸 빌미를 준 거라면 실제로 내가 애매하게 처신했을 수 있고, 그렇다면 그 여자가 오해를 사게 만든 잘못을 저지른 거니 그녀에게 사과해야겠어요. 그녀가 가까운 몇몇 마을을 둘러보고 오는 대로 곧장 용서를 구하려 해. 전에는 현과 군에만 있던 젬스뜨보가 이제는 작은 읍 단위까지 생기고 있는데, 안찌뽀바는 마침 아는 사람이 이 새로운 입법 기구의 교육자로 일하고 있어서 도와주러 갔거든.

안찌뽀바와 한집에 살면서 놀랍게도 지금까지 나는 그녀의 방이 어딘지 모르고 전혀 관심도 없었네."

3

멜류제예보는 동쪽과 서쪽으로 두개의 큰길이 나 있었다. 한쪽 길은 흙길로 숲을 지나 곡물 거래 장소인 지부시노로 이어졌다. 행정상으로 멜류제예보에 속한 그곳은 그러나 모든 면에서 멜류제예보에 앞서 있었다. 자갈이 깔린 다른 길은 여름에는 바짝 마르는 늪지대의 풀밭을 지나 멜류제예보에서 멀지 않은 곳에서 교차하는 두 철도의 분기역인 비류치 쪽으로 나 있었다.

6월에 지부시노에서는 그곳 제분업자 블라제이꼬가 선포한 지부시노 독립공화국이 이주 동안 지속되었다.

공화국은 혁명[1]이 일어나던 무렵 무장한 채 진지를 떠나 비류치를 거쳐 지부시노에 온 제212 보병 연대의 탈영병들에게 의지했다.

공화국은 임시정부의 권력을 인정하지 않았고, 러시아의 다른 지역과 분리되어 있었다. 젊은 시절에 똘스또이와 편지를 주고받았던 분리파 교도 블라제이꼬는 지부시노를 노동과 재산을 공유하는 새로운 천년왕국으로 선포하며 읍사무소를 사도좌[2]로 개칭했다.

지부시노는 늘 전설과 과장의 원천이었다. 울창한 숲속에 위치한데다 스무따 시기[3]의 기록에도 언급되었고, 그 근방은 훨씬 이후까지 강도들이 우글거렸다. 그곳 상인들의 부유함과 환상적으로 비옥한 토양은 모두의 입에 오르내렸다. 이 전선의 서쪽 지역을 특징짓는 여러 민간신앙과 풍습과 특이한 말투는 바로 지부시노에서 유래한 것이었다.

지금은 블라제이꼬의 수석 보좌관에 관해 그런 밑도 끝도 없는 이야기가 돌고 있었다. 날 때부터 농인으로 말을 못하는 이 사람은 영감을 받는 순간 말하는 능력을 얻었다가 그 빛이 사그라지면 다시 능력을 잃는 것 같다는 이야기였다.

7월에 지부시노 공화국이 무너졌다. 임시정부에 충성하는 부대가 그곳으로 들어왔다. 탈영병들은 지부시노에서 쫓겨나 비류치 쪽으로 물러갔다.

----

1 1917년 2월혁명.
2 기독교의 최고 권위 기구.
3 러시아 역사상 1598~1613년의 대혼란기.

거기에는 철길 너머로 사방 몇 베르스따에 걸쳐 벌목지가 펼쳐져 있었다. 벌목지에는 산딸기에 뒤덮인 그루터기가 삐죽삐죽 솟아 있었고 실어가지 않은 오래된 장작더미가 쌓여 있었는데, 절반은 도둑맞은 상태였다. 한때 거기서 벌목하던 계절노동자들의 움막은 허물어진 채였다. 탈영병들은 바로 그곳에 자리를 잡았다.

4

의사가 입원해 치료받고 나서 근무하다가 이제는 떠날 채비를 하고 있는 병원은 전쟁이 발발하자 자브린스까야 백작부인이 부상자들을 위해 기부한 저택 안에 있었다.

이층으로 된 저택은 멜류제예보에서 가장 좋은 위치 중 하나를 차지하고 있었다. 큰길과 연병장이라 불리는 도시의 중앙 광장이 만나는 모퉁이였다. 예전에 병사들이 훈련받던 그 광장에서 지금은 저녁이면 집회가 열렸다.

네거리에 위치한 저택은 여러 방향으로 전망이 좋았다. 큰길과 광장뿐 아니라 저택에 맞붙은 이웃들의 마당도 보였는데, 시골 농부와 전혀 다를 바 없는 지방 도시민의 초라한 살림살이였다. 저택 뒷담 쪽으로는 백작부인의 오래된 정원이 펼쳐졌다.

저택은 자브린스까야에게 한번도 독자적인 가치를 지닌 적이 없었다. 그녀는 군내에 '라즈돌노예'라는 커다란 영지를 소유하고 있었고, 시내에 있는 이 집은 도시에 잠시 일을 보러 올 때의 거점으로만, 그리고 여름에 사방에서 영지로 방문하는 손님들의 모임 장소로 썼을 뿐이다.

이제 이 집에는 병원이 들어앉았고, 주인은 자신의 원래 주거지인 뻬쩨르부르그에서 체포되었다.

저택에는 옛 하인들 중에서 별난 두 여자가 남아 있었다. 지금은 결혼한 백작부인 딸들의 늙은 가정교사 마드무아젤 플뢰리와 백작부인의 전 수석 요리사 우스찌니야였다.

백발에 뺨이 발그레한 노파인 마드무아젤 플뢰리는 헐렁하고 추레한 재킷을 걸치고 지저분하고 흐트러진 모습으로 슬리퍼를 질질 끌면서, 이전에 자브린스까야 가족과 살던 때처럼 이제는 친숙해진 병원 구석구석을 돌아다녔다. 그녀는 러시아어 단어의 어미를 프랑스어식으로 얼버무리며 서투른 말로 장황한 이야기를 늘어놓았고, 거만하게 양손을 휘저으며 수다를 떨던 끝에는 목 쉰 소리로 웃음을 터뜨렸다가 오래도록 멈추지 못하고 기침을 해댔다.

마드무아젤은 간호사 안찌뽀바를 속속들이 알고 있었다. 그녀가 보기에 의사와 간호사는 틀림없이 서로를 마음에 들어 했다. 라틴계 사람의 천성에 깊이 뿌리내린 중매쟁이 역할에 대한 열정을 불태우며 마드무아젤은 두 사람이 함께 있는 것을 마주치면 기뻐했고, 그들에게 의미심장하게 손가락질을 하고 장난스럽게 윙크도 보냈다. 안찌뽀바는 당혹스러워했고 의사는 화를 냈다. 하지만 마드무아젤은 여느 괴짜들처럼 자신의 오해를 무엇보다도 대단하게 여겨 무슨 일이 있어도 떨쳐버리려 하지 않았다.

우스찌니야는 한층 더 흥미로운 기질을 드러냈다. 그녀는 볼품없게도 몸집이 위쪽으로 갈수록 좁아져 꼭 알을 품은 닭 같았다. 우스찌니야는 악의가 느껴질 만큼 딱딱하고 냉정했지만, 그녀의 사리분별은 미신과 관련해서는 걷잡을 수 없는 망상과 결합되었다.

우스찌니야는 민간의 수많은 주문을 알고 있었고, 집을 나설 때

난롯불에 주문을 외지 않고는, 열쇠 구멍에 악령을 피하게 해달라고 속삭이지 않고는 한걸음도 떼지 않았다. 그녀는 지부시노 태생이었다. 마을 마법사의 딸이라고들 했다.

우스찌니야는 몇해라도 입을 다물고 지낼 수 있었지만 한번 발작이 터지면 그때는 아무것도 그녀를 멈출 수 없었다. 그녀는 열렬히 진리의 편에 서고자 했다.

지부시노 공화국이 무너진 이후 멜류제예보 집행위원회는 그곳에서 불어온 무정부주의 경향에 맞서 싸우는 캠페인을 시작했다. 매일 저녁 연병장에서는 자연스럽게 몇 안 되는 사람들의 평화로운 집회가 열렸고, 예전에 여름이면 소방서 문밖 공터에 모여 잡담이나 나누던 멜류제예보의 할 일 없는 사람들이 집회에 모여들었다. 멜류제예보 문화 평의회는 이 모임을 장려했고, 토론의 지도자 격으로 평의회 소속이나 외부에서 온 활동가를 파견했다. 그들은 지부시노에 관한 황당무계한 이야기들 중에서 말하는 농인을 가장 말도 안 되는 헛소리로 간주해 특히 자주 그에 대한 이야기가 터무니없음을 폭로했다. 하지만 멜류제예보의 영세 수공업자와 병사의 아내, 지주 집의 옛 하인 들은 의견이 달랐다. 그들이 보기에 말하는 농인은 아주 터무니없는 소리는 아니었다. 사람들은 그 사람 편을 들었다.

그를 옹호하는 군중이 여기저기서 질러대는 함성 가운데에서 자주 우스찌니야의 목소리가 들렸다. 처음에 그녀는 감히 앞으로 나설 생각을 하지 못했다. 여자의 수줍음에 붙들렸던 것이다. 하지만 점차 용기를 내어 멜류제예보에서 좋아하지 않는 견해를 피력하는 연사들에게 점점 더 과격하게 대들기 시작했다. 그렇게 그녀는 어느새 연단의 참다운 연사가 되었다.

저택의 열린 창으로 광장에서 뒤섞여 웅웅대는 목소리가 들렸고 특히 고요한 저녁에는 토막토막 연설 소리도 들렸다. 우스찌니야가 말할 때면 자주 마드무아젤이 방 안으로 달려 들어와 사람들에게 귀 기울일 것을 권하고는 악의 없는 엉터리 발음으로 그녀의 말을 흉내 내곤 했다.

"라스뿌! 라스뿌! 사르스끄 브리이안! 지부시! 글류꼬네모이! 이즈멘! 이즈멘!"[4]

마드무아젤은 날카로운 말솜씨를 가진 이 여장부를 남몰래 자랑스러워하고 있었다. 두 여자는 서로 정다운 친밀감을 느끼면서도 끝없이 서로에게 으르렁댔다.

5

유리 안드레예비치는 차츰 떠날 채비를 하면서 작별 인사를 나눠야 할 집들과 기관들을 돌았고 필요한 서류를 갖추었다.

그때 이 구역 전선의 새 꼬미사르가 군대로 가는 길에 도시에 들렀다.[5] 아무 경험 없는 애송이인 것 같다고들 했다.

----

4 '라스뿌찐! 라스뿌찐! 짜르의 다이아몬드! 지부시! 귀먹은 벙어리! 반역! 반역!' 이라는 뜻.

5 1917년 2월혁명 후 임시정부는 제정 시대의 현지사를 대신하는 지방행정관으로 현 꼬미사르를, 군에는 군 꼬미사르를 임명하고 군대에 군사정치위원인 꼬미사르를 파견해 군에 대한 정치적 영향력을 강화하려 했다. 10월혁명 과정에서는 많은 기관과 기업의 장들도 한동안 갖가지 꼬미사르를 자칭했고, 이후에도 인민위원(1946년부터 장관으로 개칭)과 소련군의 군사정치위원이 꼬미사르 직함을 사용했다.

새로운 대공세를 준비 중인 시기였다. 병사 집단의 사기를 드높일 계기를 마련하려 애쓰고 있었다. 군대의 규율을 강화했다. 군사혁명재판소가 설치되었고 얼마 전에 폐지된 사형이 부활했다.[6]

출발하기 전에 의사는 주둔 사령관에게 신고해야 했다. 멜류제예보에서는 이 업무를 군사지도자가 처리했는데, 줄여서 그를 '우예즈드니'[7]라 불렀다.

평소에 그의 사무실은 끔찍한 북새통을 이루었다. 현관은 물론 마당도 모자라 사무실 창문 앞 길의 중간까지 인파가 이어졌다. 책상까지 헤치고 나아가기란 불가능했고, 수백개 목소리의 아우성 속에서 어느 누구도 아무 말도 알아들을 수 없었다.

그날은 접수일이 아니었다. 텅 빈 조용한 사무실에서는 갈수록 복잡해지는 업무에 불만에 찬 서기들이 빈정대는 듯한 시선을 주고받으며 묵묵히 서류를 꾸미고 있었다. 군사지도자의 집무실에서 쾌활한 목소리들이 들려왔다. 사람들이 여름 제복의 단추를 풀고 찬 음료를 마시는 모양이었다.

그 방에서 나오던 갈리울린이 지바고를 보고는 내달릴 듯이 온몸으로 몸짓하며 그곳에 깃든 활기를 나누자고 의사를 불렀다.

어쨌든 의사는 군사지도자의 서명을 받기 위해 집무실에 가야만 했다. 방 안은 모든 것이 예술적인 무질서 그 자체였다.

도시를 놀라게 한 그날의 영웅인 새 꼬미사르가 거기 있었다. 맡은 임무를 수행해야 할 그가 사령부의 주요 분과나 작전상 문제와는 전혀 무관한 사무실에 나타나 군사 문서 왕국의 행정관들 앞에

---

6 전선에서의 사형 부활과 군사혁명재판소 설치에 관한 임시정부의 결정은 1917년 7월 25일(구력 7월 12일)에 이루어졌다.

7 '군(郡) 군사지도자'의 줄임말.

서서 장광설을 늘어놓는 중이었다.

"여기 우리의 스타가 또 한 사람 있습니다." 우예즈드니가 꼬미사르에게 의사를 소개하며 말했지만, 자기 자신에게 흠뻑 취한 꼬미사르는 쳐다보지도 않았다. 우예즈드니는 살짝 자세를 바꿔 의사가 내민 서류에 서명하고는 다시 원래 자세로 돌아가 정중한 손짓으로 지바고에게 방 한가운데에 자리한 낮고 푹신한 의자를 가리켰다.

집무실에 있는 사람들 중에서 단 한 사람 의사만이 인간답게 자리를 잡고 있었다. 나머지 사람들은 하나같이 거들먹거리며 제멋대로 앉은 모습이 가관이었다. 우예즈드니는 한 손으로 머리를 받치고 책상에 몸을 비스듬히 기댄 모습이 뻬초린[8]을 연상시켰다. 맞은편의 보좌관은 여성용 말안장에 앉듯이 두 다리를 한쪽으로 모아 접고 소파 팔걸이에 걸터앉아 있었다. 갈리울린은 두 다리를 쩍 벌리고 의자에 돌아앉아 껴안은 등받이에 턱을 괴고 있었고, 젊디젊은 꼬미사르는 두 팔로 창턱에 매달려 몸을 들었다 내렸다 하거나, 돌고 있는 팽이처럼 한시도 가만있지 못하고 계속 움직이면서 종종걸음으로 집무실을 돌아다녔다. 그는 쉴 새 없이 말했다. 비류치의 탈영병들에 관한 얘기였다.

꼬미사르에 관한 소문은 사실이었다. 호리호리하고 균형 잡힌 몸매의 그는 아직 상당히 풋내기인 젊은이로, 드높은 이상을 품고 작은 촛불처럼 타오르고 있었다. 좋은 가문 출신으로 상원의원의 아들인 것 같다고들 했고, 2월에 자기 중대를 국가 두마[9]로 진격시

---

8 미하일 레르몬또프의 소설 『우리 시대의 영웅』의 주인공. 환멸과 냉소에 물든 낭만주의적 인간의 초상이다.

9 1906~17년까지 있었던 제정러시아 의회.

킨 최초의 인물들 중 한 사람이라는 얘기도 있었다. 그의 성은 긴째 아니면 긴쯔였는데, 서로 소개받을 때 의사는 분명히 알아듣지 못했다. 꼬미사르는 정확한 뻬쩨르부르그 말씨를 썼다. 발트해 연안의 억양이 살짝 가미된 아주 또박또박한 말씨였다.

그는 몸에 꼭 끼는 군용 재킷을 입고 있었다. 아직 너무 젊은 것이 거북했던지 좀더 나이 들어 보이려고 얼굴을 뚱하니 찌푸리고 짐짓 등을 구부정하게 하고 있었다. 그러느라 승마바지 주머니 깊숙이 손을 찔러넣고 빳빳한 새 견장을 단 어깨 끝을 추켜올렸는데, 그 바람에 실제로 실루엣이 기병같이 단순해져 어깨에서 발끝으로 내려가는 두개의 선으로 그릴 수 있을 정도였다.

"여기서 철도로 역을 몇개 지나면 까자끄 연대가 있어요. 믿을 만한 붉은 군대죠. 그들을 불러 폭도들을 포위하면 일은 끝입니다. 군단장이 그들을 서둘러 무장 해제시키라고 성홥니다." 우예즈드니가 꼬미사르에게 알렸다.

"까자끄라고요? 절대로 안 됩니다!" 꼬미사르가 벌컥 화를 냈다. "그건 1905년 같은 혁명 전 이야기예요! 이 점에서 우리는 당신들과 생각이 달라요. 당신네 장군들은 얕은수를 너무 썼어요."

"아직 아무것도 한 건 없습니다. 다 그저 계획이고 제안이에요."

"우리는 작전명령에는 개입하지 않겠다고 군 참모부와 합의했습니다. 까자끄들을 거부하지는 않습니다. 그렇게 해보지요. 하지만 나는, 내 입장에서는 상식적인 판단에 따라 조치를 취하겠습니다. 그들은 거기서 야영하고 있나요?"

"아마도요. 어쨌든 진영을 갖췄습니다. 방어진지를요."

"잘됐네요. 내가 가보고 싶습니다. 그 위협적인 존재, 숲의 강도들을 보여주세요. 폭도라 한들, 심지어 탈영병이라 한들 여러분, 그래도 그 사람들은 인민입니다. 바로 그 점을 당신들은 잊고 있어요. 인민은 어린아이입니다. 인민을 알아야 합니다. 인민의 심리를 알아야 해요. 여기에는 특별한 접근이 요구되지요. 인민의 심금을 울리도록 가장 훌륭하고 가장 감성적인 면을 건드릴 줄 알아야 합니다. 내가 벌목지로 그들을 찾아가서 마음을 터놓고 얘기해보지요. 여러분은 그들이 얼마나 모범적으로 질서 정연하게 자신들이 버렸던 진지로 돌아가는지 보게 될 겁니다. 내기할까요? 못 믿겠어요?"

"미심쩍긴 하네요. 하지만 그러기만 한다면야!"

"나는 말할 겁니다. '형제들, 나를 보시오. 여기 있는 나는 가족의 희망인 외아들이지만 아무 후회 없이 이름도, 지위도, 부모의 사랑도 희생했소. 자유를, 세상 그 어떤 인민도 누리지 못할 만한 자유를 당신들에게 쟁취해주기 위해서였소. 영광스러운 선조들의 옛 근위대와 유형에 처해진 인민주의자들과 실리셀부르그 감옥에 갇힌 인민의 의지당[10] 당원들은 말할 것도 없이 내가, 그리고 나와 같은 다른 많은 젊은이들이 그렇게 했소. 우리가 우리 자신을 위해 애써왔던 겁니까? 그럴 필요가 있었을까요? 이제 당신들은 더이상 예전의 병졸들이 아닙니다. 세계 최초의 혁명 군대 전사들입니다. 스스로에게 정직하게 물어보십시오. 여러분은 그 고귀한 칭호를 받을 자격이 있습니까? 히드라처럼 휘감는 적을 조국이 피 흘리며 마지막 힘을 다해 물리치려 애쓰고 있을 때, 당신들은 알지도 못하는 사기꾼 무리에게 정신이 팔려 무책임한 폭도로 변했습니다. 자유를 폭식한 나머지 아무리 줘도 여전히 부족하다고만 하는 방종한 악당의 무리로 변했습니다. 정말 돼지를 식탁에 앉히면 발도 식

---

10 1879~87년에 활동한 테러 조직. 1881년 알렉산드르 2세를 암살했다.

탁 위에 올려놓겠지요.' 오, 나는 그들을 감동시킬 겁니다. 그들을 부끄럽게 만들 거예요!"

"아니에요, 아닙니다, 그건 위험해요." 우예즈드니가 은밀히 보좌관과 의미심장한 눈길을 주고받으며 반박을 시도했다.

갈리울린은 꼬미사르의 무모한 계획을 어떻게든 말리려 했다. 그는 자신이 전에 속했던 그 사단 제212 연대의 물불 가리지 않는 무리를 알고 있었다. 하지만 꼬미사르는 그의 말을 듣지 않았다.

유리 안드레예비치는 내내 일어나서 나가려 했다. 꼬미사르의 순진함이 당혹스러웠다. 하지만 우예즈드니와 그의 보좌관, 비웃기 좋아하고 속을 드러내지 않는 음험한 두 사람의 교활한 노련함도 나을 게 없었다. 그 어리석음과 간교함은 서로 잘 어울렸다. 바로 너무도 피하고 싶은, 불필요하고 거짓되고 혼탁한 모든 것이 말의 홍수가 되어 쏟아져나왔다.

오, 때로는 인간이 하는 암담하고 시시하기만 한 거창하고 장황한 말에서 얼마나 벗어나고 싶은가! 자연의 외견상의 침묵 속으로, 오래고 끈질긴 노동의 지친 정적 속으로, 깊은 잠의, 진정한 음악의, 영혼의 충만함으로 말을 잊은 고요하고 진심 어린 손길의 무언 속으로 얼마나 달아나고 싶은가!

의사는 안찌뽀바와 나누게 될 대화를 떠올렸다. 아무래도 유쾌하지 않을 대면이었다. 하지만 그런 대가를 치르더라도 그녀를 보아야 한다는 것이 기뻤다. 그녀가 벌써 돌아왔을 리는 없었다. 의사는 때를 보다 적당한 순간이 되자마자 일어나 눈에 띄지 않게 집무실을 나왔다.

6

그녀는 벌써 집에 와 있었다. 그녀가 온 것을 의사에게 알려준 마드무아젤은 라리사 표도로브나가 잔뜩 지쳐 돌아와서는 서둘러 저녁을 먹고 방해하지 말아달라고 부탁한 뒤 자기 방으로 가버렸다고 덧붙였다.

"그래도 방문을 두드려보세요." 마드무아젤이 조언했다. "아마 아직 자지 않을 거예요."

"그런데 그녀의 방이 어딥니까?" 의사가 물었고, 그 물음에 마드무아젤은 말할 수 없이 놀랐다.

안찌쁘바의 숙소는 위층 복도 끝, 자브린스까야의 세간을 전부 옮겨놓고 자물쇠를 채워둔 방들과 나란히 있는 방이었다. 의사는 그쪽에 발을 들인 적이 없었다.

그러는 사이에 금방 어두워졌다. 길들이 좁아졌다. 저녁의 어둠 속에서 집들과 울타리들이 한데 뒤엉켰다. 나무들이 마당 깊숙한 곳에서 창으로, 타오르는 램프 불빛 아래로 다가왔다. 무덥고 숨 막히는 밤이었다. 움직일 때마다 땀이 뚝뚝 떨어졌다. 마당으로 떨어지는 석유램프 빛줄기가 나무줄기를 따라 지저분한 땀처럼 흘러내렸다.

마지막 층계에서 의사는 멈춰 섰다. 먼 길에 지친 사람에게 찾아가 문을 두드리는 것도 불편하고 성가신 짓이라는 생각이 들어서였다. 얘기는 다음 날로 미루는 것이 낫겠다. 생각을 바꿀 때면 늘 그렇듯 어수선한 마음으로 그는 복도를 따라 다른 쪽 끝으로 갔다. 그쪽 벽에는 이웃집 마당으로 난 창이 있었다. 의사는 창밖으로 몸을 내밀었다.

밤은 조용하고 신비로운 소리들로 가득했다. 그의 옆, 복도 세면대에서 물방울이 느릿느릿 규칙적으로 떨어지고 있었다. 창밖 어딘가에서 소곤거리는 소리가 들렸다. 텃밭 초입 어디선가는 양동이에서 양동이로 물을 옮겨 따르며 이랑의 오이에 물을 주고 있었다. 우물에서 물을 긷느라 쇠사슬 소리가 났다.

세상에 있는 온갖 꽃들이 한꺼번에 향기를 풍겨왔다. 낮 동안 의식 없이 누워 있던 땅이 이제 그 향기에 정신을 차린 것 같았다. 쓰러진 나뭇가지들이 잔뜩 어질러진 탓에 지나다닐 수 없게 된, 아주 오래된 백작부인의 정원에서는 꽃을 피운 늙은 보리수가 뿜어내는 무성한 수풀과 흙먼지 향기가 나무들의 키만큼 높고 큰 건물의 벽 같이 거대한 물결로 떠다녔다.

울타리 너머 오른편으로 길에서 고함 소리가 들려왔다. 휴가병이 소란을 피웠고, 문이 쾅쾅댔고, 웬 노랫소리가 토막토막 날개를 퍼덕였다.

백작부인의 정원에 있는 까마귀 둥지 너머로 어마어마한 크기의 검붉은 달이 모습을 드러냈다. 처음에 달은 지부시노에 있는 증기 제분소의 벽돌색을 닮았다가 차츰 비류치 철도의 급수탑처럼 노래졌다.

창문 아래 마당에서는 한밤의 미녀[11]의 향기에 신선한 건초의 꽃잎 차 같은 그윽한 냄새가 뒤섞여 풍겼다. 얼마 전에 먼 마을에서 소를 사서 여기로 끌고 왔다. 진종일 끌려오느라 지친데다 떠나온 무리가 그리운 소는 아직 낯선 새 여주인의 손에서 먹이를 받아먹지 않으려 했다.

---

11 분꽃의 별칭.

"자, 자, 착하지. 워워, 뿔로 들이받으면 안 돼, 이 못된 녀석." 여주인이 속삭이는 소리로 달랬지만 소는 화가 나서 머리를 이리저리 내두르거나 목을 쭉 빼고 가슴이 터질 듯이 애처롭게 음매음매울었다. 다른 세상에 외양간이 있어 소를 불쌍히 여기는 듯 보이지 않는 연민의 실을 뻗으며 멜류제예보의 검은 헛간들 너머로 별들이 반짝이고 있었다.

존재의 마법적인 효모의 힘으로 주위의 모든 것이 들끓고, 자라나고, 부풀어올랐다. 고요한 바람 같은 생의 환희가 넓은 물결이 되어 이 땅과 도시 어디든 가리지 않고 벽과 울타리를 거치고 나무와 몸을 거쳐가며 마주치는 모든 것을 전율로 휘감았다. 이 물결에 휩싸이지 않기 위해 의사는 집회에서 오가는 이야기를 들으러 연병장으로 갔다.

7

달은 어느새 하늘 높이 걸려 있었다. 모든 것이 흰 물감을 엎질러놓은 것 같은 짙은 달빛에 잠겨 있었다.

광장을 둘러싸고 원주가 늘어선 석조 관청 건물들이 입구 옆 땅바닥에 넓은 그림자를 검은 양탄자처럼 드리웠다.

집회는 광장 맞은편에서 열리고 있었다. 마음만 있으면 거기서 하는 모든 말이 연병장을 가로질러 들렸을 것이다. 그러나 장엄한 광경이 의사를 사로잡았다. 소방서 문 옆의 벤치에 앉은 그는 길 건너에서 들려오는 목소리에는 아랑곳없이 주위를 둘러보기 시작했다.

좁고 황량한 골목길들이 양옆에서 광장으로 모여들었다. 골목 깊숙이 몹시 낡고 기울어진 작은 집들이 눈에 띄었다. 골목은 시골 길처럼 발이 푹푹 빠지는 진창이었다. 버드나무 가지로 엮은 긴 울타리가 진창 위로 솟아 있었다. 마치 연못에 던져놓은 통발이나 가재를 잡으려고 빠뜨려놓은 광주리 같았다.

집마다 활짝 열린 작은 창들의 유리가 어슴푸레 빛났다. 집 앞의 작은 정원에서는 기름을 바른 듯 이삭과 수염이 번들거리는 옥수수가 땀에 젖은 황갈색 머리를 방 안으로 뻗고 있었다. 후텁지근한 농가에서 더위에 쫓겨 신선한 공기를 마시러 셔츠 바람으로 뛰쳐나온 농부 아낙을 닮은 파리하게 야윈 아욱이 축 늘어진 울타리 뒤에서 저마다 홀로 먼 곳을 바라보고 있었다.

달빛에 물든 밤은 자비심이나 투시의 재능같이 경이로웠다. 갑자기 이 환하게 반짝이는 동화의 고요 속으로 방금 들은 듯 낯익은 누군가의 신중하고 리듬감 있는 목소리가 떨어지기 시작했다. 아름답고 격정적인 목소리는 확신을 내뿜고 있었다. 의사는 귀를 기울이자마자 대번에 목소리의 주인이 누군지 알았다. 꼬미사르 긴쯔였다. 그가 광장에서 말하고 있었다.

아마 행정 당국이 그의 권위로 자신들을 지지해달라고 요청한 모양이었다. 그는 격정적인 어조로 멜류제예보 사람들이 조직적이지 못해서, 그가 확신하기로 지부시노 사건의 진짜 장본인인 볼셰비끼의 부패한 영향력에 그토록 쉽게 굴복한 것이라며 비난했다. 그는 군사지도자의 집무실에서 말할 때와 똑같은 기세로 잔인하고 막강한 적과 조국에 닥친 시련의 시간에 대해 상기시켰다. 연설 중간부터 군중이 그의 말을 자꾸 끊기 시작했다.

연사의 말을 막지 말아달라는 요청과 이에 불응하는 외침이 번갈아 들렸다. 항의를 표하는 소리가 더 커지고 잦아졌다. 긴쯔를 수행해 와서 이 순간 의장 임무를 맡고 있던 누군가가 청중석의 의견은 허용되지 않는다고 소리치며 질서를 호소했다. 일부 사람들이 군중 가운데 한 여성 시민에게 발언권을 줄 것을 요구했고, 다른 사람들은 쉿쉿 조용히 하라며 방해하지 말라고 요청했다.

한 여자가 군중을 헤치고 연단으로 사용하는 뒤집힌 궤짝을 향해 나오는 중이었다. 그녀는 궤짝 위에 올라서려 하지 않고 비집고 다가가 그 옆에 섰다. 사람들은 여자를 알고 있었다. 정적이 찾아왔다. 모인 사람들의 주의가 여자에게 쏠렸다. 그녀는 우스찌니야였다.

"꼬미사르 동지, 지금 당신은 지부시노를 말하네요. 그다음에는 눈에 대해 말하고요. 제대로 된 눈을 가지고 속임수에 빠지지 말아야 한다고 말이에요. 그런데 내가 들어보니 당신이야말로 볼셰비끼니 멘셰비끼니 하는 말로 우리를 괴롭힐 줄밖에 몰라요. 볼셰비끼와 멘셰비끼 말고 다른 말은 아무것도 들을 수가 없어요. 게다가 더이상 싸우지 말고 모두가 형제 같아야 한다고 했는데, 그건 멘셰비끼가 아니라 하느님이 하실 일이죠. 공장과 기업을 가진 것 없는 사람들한테 주는 거요? 그 또한 볼셰비끼가 아니라 인간적인 연민으로 하는 거고요. 그리고 당신이 아니라도 농인 얘기는 진저리가 나요. 신물이 나도록 들었다고요. 정말이지 그 사람이 당신하고 무슨 상관이라고! 도대체 당신은 그 사람의 뭐가 못마땅한 거예요? 내내 벙어리로 돌아다니다가 갑자기 허락도 안 구하고 말문이 터져서? 그런 건 본 적도 없죠, 예? 자, 그보다 더한 것도 있어요! 가령 그 유명한 암탕나귀. '발람, 발람, 제발 그쪽으로 가지 마세요. 후회하게 될 거예요.' 뭐, 유명한 얘기잖아요. 그는 듣지 않고 갔죠.

당신이 말하는 '농인'하고 같은 거예요. 한낱 짐승인 암탕나귀 말을 뭐 하러 들어, 하고 생각했죠. 짐승이라고 멸시했어요. 나중에 얼마나 후회했게요. 어떻게 끝났는지야 당신도 잘 알겠죠."

"어떻게 됐는데요?" 청중 가운데 궁금해하는 사람이 있었다.

"됐어요." 우스찌니야가 빽 하고 소리쳤다. "너무 많이 알려고 들면 금방 늙어."

"아니, 그렇게는 안 되지. 어떻게 됐는지 얘기해봐요." 같은 목소리가 고집을 부렸다.

"어떻게 되긴 어떻게 돼, 참 성가신 작자네! 소금 기둥이 돼버렸지."

"누굴 놀리나, 아주머니! 그건 롯이오. 롯의 아내 얘기란 말예요."[12] 고함 소리가 울렸다.

모두가 웃음을 터뜨렸다. 의장이 모임에 질서를 호소했다. 의사는 잠을 청하러 갔다.

8

이튿날 저녁에 그는 안찌쁘바를 만났다. 식기실에서 그녀를 찾아냈다. 라리사 표도로브나는 앞에 세탁물을 한무더기 쌓아놓고 다림질을 하고 있었다.

식기실은 위층 안쪽에 있는 방들 중 하나로 정원에 면해 있었다. 그 방에는 사모바르들이 준비되어 있었고, 부엌에서 거기로 수

---

[12] 우스찌니야는 여기서 성서 속 발람과 그의 나귀 이야기(민수기 22:21~35)를 왜곡해 전하며 롯의 아내 이야기(창세기 19:1~26)와 뒤섞고 있다.

동식 승강기로 음식을 올려보내면 접시에 담고 사용한 그릇은 설거지 담당에게 내려보냈다. 식기실에는 병원의 물품 장부가 보관되어 있어 목록에 따라 식기와 각종 천 물품을 점검했다. 사람들은 여가 시간에 그곳에서 쉬었고, 만남의 장소로 이용하기도 했다.

정원으로 난 창들이 열려 있었다. 식기실에서는 보리수 꽃향기와 오래된 공원에서처럼 마른 회향풀 가지의 쓴 냄새가 풍겼다. 라리사 표도로브나가 번갈아 다리고 있던 두대의 숯다리미에서 나는 탄내도 희미하게 퍼져 있었다. 그녀는 하나를 쓸 때는 다른 하나를 달구려 배기관 속에 넣어두곤 했다.

"왜 어제 문을 두드리지 않으셨어요? 마드무아젤이 말해줬어요. 하긴 잘하셨어요. 이미 잠자리에 들어서 당신을 들어오시게 하지 못했을 거예요. 그건 그렇고, 잘 지내셨어요? 조심하세요, 여기 탄가루를 흘려서 옷 버려요."

"병원의 빨래를 혼자 다 다리는 모양이네요?"

"아니에요, 여기 있는 건 내 것이 많아요. 내가 여길 결코 벗어나지 못할 거라고 늘 놀리셨지요. 하지만 이번에는 진짜예요. 자, 보세요, 준비하고 있어요. 짐을 꾸린다고요. 짐을 다 꾸리면 가는 거예요. 나는 우랄로, 당신은 모스끄바로. 나중에 언젠가 누가 유리 안드레예비치에게 묻겠죠. '혹시 멜류제예보라는 작은 도시에 대해 들어보신 적 있나요?' '글쎄요, 기억이 안 나는데요.' '안찌뽀바라는 여자는요?' '모르겠는데요.'"

"뭐, 그렇다고 해두지요. 읍들을 다녀보니 어땠어요? 시골은 괜찮아요?"

"한두마디로 끝날 얘기가 아니에요. 다리미가 어쩜 이렇게 빨리 식을까! 어렵지 않으면 새것 좀 집어주시겠어요? 저기 배기관 속에 삐죽 나와 있는 거요. 이건 배기관에 도로 넣어주시고요. 됐어요, 고마워요. 마을마다 달라요. 모든 건 주민들한테 달렸어요. 어떤 마을은 주민들이 부지런히 일해요, 성실하고. 그런 곳은 괜찮아요. 그런데 몇몇 마을은 죄다 주정뱅이뿐인 것 같아요. 그런 데는 황폐해요. 끔찍한 모습이죠."

"말도 안 돼요, 주정뱅이는 무슨. 많이도 알아오셨군요. 그저 아무도 없는 것뿐이에요, 남자들이 다 군대에 끌려갔으니. 어쨌든 좋아요. 혁신된 새 젬스뜨보는 어때요?"

"주정뱅이에 관해서는 당신이 틀렸어요. 내 생각은 달라요. 젬스뜨보요? 젬스뜨보는 오랫동안 골치 아플 거예요. 지시를 적용할 수가 없어요. 읍에는 함께 일할 사람이 없거든요. 지금 농부들 관심은 토지 문제밖에 없어요. 라즈돌노예에 잠시 들렀죠. 얼마나 아름답던지! 당신도 가보시면 좋을 텐데. 봄에 좀 불타고 약탈을 당했어요. 헛간이 타고 과일나무들이 숯이 돼버렸고 건물 일부가 앞이 검게 그을었어요. 지부시노에는 들르려 했지만 그러지 못했어요. 하지만 곳곳에서 말하는 농인 얘기가 꾸며낸 게 아니라고들 주장하더군요. 생김새를 말해주던데, 젊고 배운 사람이래요."

"어제 연병장에서 우스찌니야가 전력을 다해 그를 옹호했어요."

"막 돌아와보니 라즈돌노예에서 고물을 또 한무더기 실어왔더라고요. 그냥 두라고 수도 없이 당부했는데 말이에요. 우리한테 있는 게 적기나 하면! 오늘 아침에는 군사지도자 집무실에서 보초병이 우예즈드니가 보낸 쪽지를 가져왔더군요. 백작부인의 은찻잔 세트와 크리스털 포도주잔이 꼭 필요하다고요. 하루 저녁만 쓰고 돌려준다나요. 돌려준다는 말뜻 알잖아요. 물건의 반은 찾지 못할 거예요. 저녁 파티가 있대요. 어떤 손님이 왔다고요."

"아, 짐작이 가요. 전선의 새 꼬미사르가 왔습니다. 우연히 그 사람을 봤어요. 탈영병들 문제를 해결할 참이에요. 포위해서 무장 해제시키려는 거지요. 꼬미사르는 아직 실무에서 완전히 풋내기, 애송이예요. 여기 사람들은 까자끄들을 보내자고 제안하는데 그는 눈물로 해결할 생각을 하더군요. 인민은 어린애니 어쩌니 하면서 이 모든 걸 어린애 장난으로 생각하고 있습니다. 갈리울린이 애원하다시피, 저 졸고 있는 맹수를 깨우지 말고 우리에게 맡기세요, 하고 말해도 머릿속에 그 생각뿐이니 어떻게 설득이 되겠어요. 들어보세요, 잠시 다리미 좀 놔두고 내 말 들어봐요. 곧 여기서 상상도 할 수 없는 싸움이 벌어질 겁니다. 우리 힘으로는 막을 수 없어요. 난 그 혼란이 시작되기 전에 제발 당신이 떠났으면 싶어요!"

"아무 일도 없을 거예요. 당신이 과장하시는 거예요. 게다가 어차피 난 떠나요. 하지만 느닷없이 그럼 건강하세요, 하고 휙 떠날 수는 없는 노릇이잖아요. 목록에 따라 비품을 인계해야 해요. 그러지 않으면 내가 뭔가를 훔친 것 같을 거예요. 그런데 누구한테 인계해야 할까? 이게 문제예요. 내가 저 비품을 간수하느라 얼마나 고생했는데요. 하지만 돌아오는 건 비난뿐이죠. 나는 자브린스까야 백작부인의 재산을 병원 소유로 등록했어요. 법령의 의미가 그렇기 때문에요. 그런데 이제 와선 내가 주인의 물건을 지키려고 일부러 그랬다네요. 얼마나 비열한 수작인지!"

"아이고, 그놈의 양탄자하고 도자기에는 침이나 뱉어버려요. 그딴 게 뭐라고 마음 상해 합니까! 맞아요, 그래, 어제 당신을 만나지 못한 게 너무나 안타깝네요. 난 기분이 최고였는데! 당신에게 천체역학을 다 설명해주고 그 어떤 저주스러운 질문에도 답해줬을 겁니다. 아니, 농담이 아니라 정말 속에 담은 말을 다 털어놓고 싶어 견딜 수가 없었소. 내 아내에 대해, 아들에 대해, 나 자신의 삶에 대해 이야기하고 싶었어요. 제기랄, 성인 남자가 성인 여자와 무슨 말만 나누면 왜 그 즉시 '은근한 속셈'을 의심받아야 한단 말입니까? 푸! 우라질, 속셈은 무슨!

다림질하세요, 다림질해. 나한테 신경 쓰지 말고 빨래를 다려요, 난 말할 테니까. 난 오래 말할 겁니다.

지금이 어떤 시대인지 생각해보세요! 이런 시절에 당신과 내가 살고 있어요! 실로 영원 속에서 단 한번 일어날까 말까 한 그런 꿈같은 일이 벌어지고 있어요. 생각해봐요, 전러시아의 지붕이 뜯겨나갔고 우리는 전인민과 함께 노천에 있게 되었어요. 우리를 감시하는 사람은 아무도 없어요. 자유예요! 말로만의, 요구뿐인 자유가 아닌 진짜 자유, 하늘에서 떨어진 기대 이상의 자유죠. 오해에 따른 예기치 않은 자유예요.

모두가 얼마나 당혹스러울 만큼 거대합니까! 당신은 알아차렸나요? 저마다 자기 자신에게, 자신의 드러난 영웅성에 짓눌린 것 같아요.

아니, 다림질하세요, 나는 얘기할 테니. 당신은 입 다물고 있어요. 지겹지 않죠? 다리미를 바꿔드리죠.

어제 야간 집회를 구경했습니다. 놀라운 광경이었어요. 어머니 루시[13]가 움직였습니다. 한자리에 머물러 있지 못하고 안식처를 찾지 못해 돌아다녀. 멈추지 못하고 끝없이 말을 해요. 그것도 사람들만 말을 하는 게 아니에요. 별들과 나무들이 모여 대화를 나누고, 밤의 꽃들이 철학을 논하고 석조 건물들이 집회를 열고 있어요. 무

---

13 '조국 러시아'라는 뜻.

슨 성서에 나오는 장면 같아요, 그렇지 않아요? 사도들의 시대 같아요. 사도 바울의 말, 기억해요? '방언으로 말하고 예언하라. 해석의 은사에 대해 기도하라.'[14]"

"집회하는 나무들과 별들에 관해서는 알겠어요. 무슨 말을 하고 싶은지 이해해요. 나한테도 그런 일이 있었거든요."

"반은 전쟁이 하고, 나머지는 혁명이 마무리한 일이지요. 전쟁은 삶의 인위적인 중단이었어요. 마치 존재를 한동안 유예할 수 있다는 듯이요.(얼마나 어리석은지!) 혁명은 너무 오래 참은 한숨처럼 의지에 반해 터져나왔어요. 저마다 되살아났고 다시 태어났어요. 모두가 변했습니다. 격변을 맞았어요. 이렇게 말할 수 있을 겁니다. 각자에게 두개의 혁명이 일어났는데, 하나는 자기 개인의 혁명이고 다른 하나는 공통의 혁명이라고요. 내가 보기에 사회주의란 이 모든 저마다의 개별적인 혁명의 개울이 함께 흘러들어야 할 바다, 삶의 바다, 독자성의 바다예요. 내가 삶의 바다라고 했는데, 이때의 삶이란 그림 속에서 볼 수 있는 그런 삶, 창의적이게 된 삶, 창조적으로 풍요해진 삶을 말합니다. 하지만 이제 사람들은 그런 삶을 책 속에서가 아니라 자신의 삶에서 직접 경험하기로 했어요. 추상이 아니라 실제로 그런 삶을 살기로 결심한 겁니다."

예기치 않은 목소리의 떨림이 의사가 흥분하기 시작했음을 말해주었다. 라리사 표도로브나는 잠시 다림질을 멈추고 놀란 눈빛으로 진지하게 그를 바라보았다. 그는 당황해서 무슨 말을 하고 있었는지 잊었다. 잠시 침묵했다가 그는 다시 말하기 시작했다. 무턱대고 불쑥 아무 말이나 꺼냈다. 그가 말했다.

---

14 고린토인들에게 보낸 첫째 편지 14:5, 13 참조.

"요사이 얼마나 정직하고 생산적으로 살고 싶은지! 얼마나 이 공통의 생기의 일부가 되고 싶은지요! 그러다 지금 모두를 사로잡은 기쁨 가운데에서 나는 왠지 모르게 슬픈 당신의 시선을 만납니다. 어딘지 모를 곳을, 머나먼 왕국을 헤매는 눈길을요. 그 눈빛이 사라질 수 있다면, 당신이 운명에 만족하고 누구한테서도 아무것도 필요치 않다는 말이 당신의 얼굴에 쓰일 수만 있다면 난 무엇이든 바칠 겁니다. 그래서 당신에게 가까운 어떤 사람이, 당신 친구나 남편이(그 사람이 군인이라면 더할 나위 없을 텐데) 내 손을 붙잡고 당신의 운명에 대해 애태우지 말라고, 내 관심으로 당신에게 폐를 끼치지 말아달라고 부탁하도록 말이오. 그러면 나는 손사래를 치며…… 아, 내가 정신이 나갔군요! 용서하세요."

목소리가 다시 의사를 배반했다. 그는 손을 내젓고 돌이킬 수 없는 큰 실수를 했다는 느낌에 일어나서 창가로 물러났다. 방에 등을 돌리고 서서 창턱에 팔꿈치를 괴어 손바닥으로 뺨을 받치고는 마음을 가라앉히려 애쓰며 넋을 잃은 멍한 시선을 어둠에 덮인 정원 깊숙이 던졌다.

라리사 표도로브나가 탁자에서 다른 창 끝까지 걸쳐놓은 다리미판을 돌아 의사한테서 몇걸음 떨어진 등 뒤에, 방 한가운데 멈춰섰다.

"아, 이렇게 될까봐 늘 얼마나 두려웠는데!" 그녀가 혼잣말하듯 조용히 말했다. "이 무슨 돌이킬 수 없는 실수인지! 그만두세요, 유리 안드레예비치, 이러면 안 돼요. 아, 보세요, 당신 때문에 내가 무슨 짓을 저질렀는지!" 그녀가 큰 소리로 외치며 다리미판으로 뛰어갔다. 다리미를 올려놓고 잊어버린 탓에 놓은 블라우스에서 매캐한 연기가 가느다랗게 피어올랐다. "유리 안드레예비치," 그녀가 화가 난 듯 화로 뚜껑 위에 다리미를 쾅 내려놓으며 말을 이었다. "유리 안드레예비치, 좀더 현명해지세요. 잠시 마드무아젤한테 가서 물 좀 마시고, 그런 다음 내가 익숙하고 또 보고 싶은 모습으로 돌아와주세요. 내 말 들리죠, 유리 안드레예비치? 그렇게 하실 수 있다는 거 알아요. 그렇게 해주세요, 부탁이에요."

그들 사이에 이런 얘기는 더이상 되풀이되지 않았다. 일주일 후에 라리사 표도로브나는 떠났다.

9

그리고 얼마 후 지바고도 길 떠날 채비를 시작했다. 그가 떠나기 전날 밤 멜류제예보에는 무시무시한 폭풍이 몰아쳤다.

폭풍과 폭우의 포효하는 소리가 뒤섞였다. 세찬 비는 지붕 위로 곧추 무너지듯 쏟아지기도 하고, 변화하는 바람의 압력에 못 이겨 한걸음 한걸음 정복해나가듯 채찍처럼 휘몰아치며 거리를 따라 움직이기도 했다.

우렛소리가 쉼 없이 울리더니 규칙적인 우르릉 소리가 연이었다. 잦은 번개가 번쩍일 때마다 거리가 멀찍이 달아났고 나무들도 몸을 구부리고 같은 쪽으로 달려갔다.

밤중에 마드무아젤 플뢰리는 다급하게 현관문을 두드리는 소리에 잠을 깼다. 놀란 마음에 침대에서 일어나 앉아 귀를 기울였다. 두드리는 소리는 그치지 않았다.

정말 병원을 통틀어 나가서 문을 열어줄 사람이 하나도 없단 말인가? 그녀는 생각했다. 단지 천성이 정직하고 책임감을 타고났다는 이유만으로 불쌍한 노파인 그녀 혼자 모두의 일을 도맡아야 할까?

그래, 좋아, 자브린스끼 가족은 부자에다 귀족이었으니 그렇다 치자. 하지만 병원은 실로 그들, 인민의 소유가 아닌가? 대체 병원을 누구한테 팽개친 거지? 예를 들어, 참 궁금한데, 위생병들은 어디로 사라진 걸까? 지도부도, 간호사도, 의사도 모두 뿔뿔이 달아나버렸다. 이 집에는 아직도 부상병들이 있다. 전에 응접실이었던 위층 외과 병실에는 다리가 잘린 사람이 둘 있고, 세탁실과 나란히 붙은 아래층 창고에는 이질 환자가 가득하다. 우스찌니야, 이 망할 할망구는 어디로 외출해버렸는지. 바보 같은 것, 폭풍이 몰려오는 걸 보면서도. 악마한테 홀린 거야. 이제 남의 집에서 밤을 보낼 좋은 핑곗거리가 생긴 거지.

휴, 다행이다, 문을 두드리는 소리가 그쳤어. 조용해졌네. 문을 열어주지 않으니까 손을 내젓고 가버렸군. 도대체 이런 날씨에 누가 뭐 하러 밖을 돌아다니는 거야? 혹시 우스찌니야인가? 아니야, 그 여자는 자기 열쇠가 있어. 아이고, 하느님, 무서워 죽겠네. 또 두드려!

하지만 어쨌든 정말 야비한 짓거리지! 지바고한테야 아무 바랄 게 없다 쳐. 내일 떠날 테니 생각이 이미 모스끄바에 가 있거나 길을 가는 중이겠지. 그렇지만 갈리울린은 어떻게 된 거야? 저렇게 두드려대는 소리가 들리는데도 어떻게 편안히 누워 늘어지게 잘 수가 있지? 결국은 그녀가, 약하고 의지할 데 없는 노파가 일어나서 이 무시무시한 밤에, 이 무시무시한 나라에서, 누군지도 모르는 사람에게 문을 열어주게 하려는 속셈이지.

갈리울린이라니! 그녀는 퍼뜩 깨달았다. 웬 갈리울린? 아니야, 그저 잠이 덜 깨서 그런 바보 같은 생각이 든 거야! 흔적도 없이 사라졌는데 웬 갈리울린이람? 역에서 저 무시무시한 린치가 일어나 사람들이 꼬미사르 긴쯔를 죽이고 비류치에서 바로 멜류제예보까지 총을 쏘아대며 갈리울린을 추격해 온 도시를 샅샅이 뒤졌을 때, 지바고와 함께 그녀 자신이 그를 숨겨주고 민간인 옷으로 갈아입힌 다음 어디로 달아나야 할지 알 수 있게 이 지역의 길과 마을을 설명해주지 않았던가 말이다. 갈리울린이라니!

만일 그때 그 자전거병들이 아니었으면 도시에는 돌멩이 하나 남지 않았을 것이다. 기갑사단이 우연히 도시를 지나다가 주민들 편을 들어 불한당들을 진압했다.

폭풍우가 약해지며 물러가는 중이었다. 우렛소리가 뜸해지면서 멀리서 희미하게 들렸다. 이따금 비가 그쳤지만 빗물은 조용히 튀며 나뭇잎과 홈통을 따라 계속해서 흘러내렸다. 소리 없는 번개가 마드무아젤의 방에 들이쳐 번뜩하며 무언가를 수색하듯 한순간 더 머무르곤 했다.

갑자기 한참 동안 그쳤던 문 두드리는 소리가 다시 들렸다. 다급하게 도움이 필요한 누군가가 필사적으로 두드리고 있었다. 다시 바람이 일었다. 다시 비가 쏟아졌다.

"지금 나가요!" 마드무아젤이 누군지 모를 사람에게 소리치고는 제 목소리에 스스로 놀랐다.

뜻밖의 예감이 머리를 스쳤다. 그녀는 침대에서 다리를 내려 슬리퍼를 신고 가운을 걸친 다음 지바고를 깨우러 달려갔다. 혼자서는 너무 무서웠던 것이다. 그러나 그 역시 문 두드리는 소리를 듣고 초를 들고 마주 내려오는 참이었다. 그들은 똑같은 추측을 하고 있었다.

"지바고, 지바고! 누가 바깥문을 두드리는데 혼자 열러 가기가 무서워요." 그녀가 프랑스어로 소리치고 러시아어로 덧붙였다.
"당신이 내다봐요. 라르 아니면 가이울 중위[15]일 거예요."

유리 안드레예비치 역시 문 두드리는 소리에 잠을 깬 뒤 틀림없
이 자기가 아는 사람일 것이라고, 어떤 장애물을 만나 가던 길을
멈추고 은신처로 돌아온 갈리울린이거나 무슨 어려움이 있어 여행
중에 돌아온 간호사 안찌쁘바일 것이라고 생각했다.

현관에서 의사는 마드무아젤에게 초를 건넨 다음 문 열쇠를 돌려
빗장을 벗겼다. 맹렬한 바람이 그의 손에서 문을 홱 잡아채고 촛불
을 꺼트리더니 두 사람에게 거리의 차가운 빗줄기를 퍼부었다.

"누구요? 거기 누구요? 누가 있어요?" 어둠 속에 대고 마드무아
젤과 의사가 앞다투어 소리쳤지만 아무도 대답하지 않았다.

갑자기 좀 전처럼 두드리는 소리가 다른 곳에서도 들렸다. 뒷문
쪽인가 싶더니 이제는 정원으로 난 창을 두드리는 것 같았다.

"분명 바람 소리예요." 의사가 말했다. "그렇지만 꺼림칙하니까
뒷문으로 가서 확인해보세요. 다른 이유에서가 아니라 정말 누가
온 거라면 엇갈릴지 모르니 나는 여기서 기다릴게요."

마드무아젤이 집 안으로 사라졌고 의사는 바깥으로 나와 현관
처마 밑에 섰다. 두 눈이 어둠에 익숙해지자 그는 먼동이 터오는
기미를 느꼈다.

도시 위로 먹구름떼가 쫓기듯 미친 듯이 내달렸다. 낮게 날아가는
구름 조각들이 같은 방향으로 몸을 구부린 나무들에 거의 닿을 지
경이어서 마치 구름이 구부러진 빗자루가 되어 하늘을 쓰는 것 같
았다. 비가 집의 나무 벽을 세차게 후려갈겨 회색 벽이 검게 변했다.

---

15 '라라'와 '갈리울린'을 프랑스어식으로 발음하고 있다.

"어때요?" 의사가 돌아온 마드무아젤에게 물었다.

"당신 말이 맞아요. 아무도 없어요." 그녀는 온 집 안을 둘러보았다고 말했다. 부러진 보리수 가지가 식기실 창문의 유리창 하나를 깨뜨려 마룻바닥에 거대한 물웅덩이가 생겼다, 라라가 떠난 방도 마찬가지로 바다, 완전히 물바다, 그야말로 대양이 되었다는 것이다.

"여기 덧창이 떨어져 창턱을 치네요, 보이세요? 이게 모든 걸 설명해주네요."

그들은 조금 더 말을 주고받다가 문을 잠그고 자러 갔다. 두 사람 다 이 불안이 괜한 것이었음을 아쉬워했다.

그들은 현관문을 열면 그들이 너무나 잘 아는 여자가 흠뻑 젖은 채 덜덜 떨면서 들어설 것이라고 확신했었다. 그러면 그들은 그녀가 물기를 터는 동안 질문을 퍼부어댈 것이고, 그런 다음 그녀는 옷을 갈아입고 와서 어제 불을 피워 아직 식지 않은 부엌 난롯가에서 몸을 말리면서, 머리를 매만지고 웃음을 터뜨리며 그녀가 겪은 갖가지 재난에 대해 이야기해줄 것이었다.

그 믿음이 너무 강했던 나머지 문을 잠근 뒤에도 확신의 여운이 바깥 집모퉁이에 남아, 집모퉁이 빗속에서 그녀가, 보이지 않는 그녀의 환영이 자꾸 어른거렸다.

10

사람들은 역에서 일어난 병사들 소요의 간접적인 책임이 비류치의 전신 기사 꼴랴 프롤렌꼬에게 있다고들 했다.

꼴랴는 멜류제예보의 유명한 시계공의 아들이었다. 멜류제예보 사람들은 기저귀를 차던 때부터 그를 알았다. 어렸을 때 그는 라즈돌노예의 하인들 중 누군가의 방에 머물며 마드무아젤이 지켜보는 가운데 그녀가 가르치던 백작부인의 두 딸과 놀곤 했다. 마드무아젤은 꼴랴를 잘 알았다. 그때 그는 프랑스어를 조금 알아듣게 되었다.

멜류제예보 사람들은 날씨가 어떻든 상관없이 가벼운 옷차림으로 모자도 쓰지 않고 여름용 캔버스 신발에 자전거를 타고 다니는 꼴랴의 모습에 익숙했다. 그는 핸들도 잡지 않고 몸을 뒤로 젖힌 채 팔짱을 끼고 큰길과 도시 여기저기를 내달리며 전신주와 전선을 살피면서 전신망 상태를 점검했다.

시내의 몇몇 집은 철도 전화의 지선으로 역과 연결되어 있었다. 그 지선 관리는 역 제어실에 있는 꼴랴의 손에 달려 있었다.

거기에서 그는 쩔쩔맬 정도로 일이 많았다. 철도의 전신과 전화, 그리고 때로 역장 뽀바리힌이 잠시 자리를 비울 때는 제어실에 설치된 철도 신호장치 또한 그의 몫이었다.

한꺼번에 여러 기계장치의 작동을 살펴야 할 필요성 때문에 꼴랴는 말투가 독특해졌다. 누구에게 대답하고 싶지 않거나 대화를 시작하고 싶지 않을 때면 수수께끼로 가득 찬 애매하고 퉁명스러운 말투를 썼다. 사람들은 소요가 일어나던 날 그가 이 권리를 너무 남용했다고들 말했다.

그가 말을 하지 않는 바람에 시내에서 전화를 걸어온 갈리울린의 선량한 의도가 모조리 허사가 되었고, 본의 아니게 뒤따른 사건들이 파멸적으로 진행되도록 만들었던 것이다.

갈리울린은 역이나 근처 어딘가에 있을 꼬미사르를 불러 통화하게 해달라고 요청했다. 지금 그와 합류하러 벌목지로 가는 길이니 자기가 갈 때까지 어떤 일도 벌이지 말고 기다리라고 요청하기 위해서였다. 꼴랴는 비류치행 열차에 신호를 보내느라 바쁘다는 핑계로 긴쯔를 불러달라는 갈리울린의 요청을 묵살했고, 그러면서 그 자신은 기를 쓰고 이웃 대피역에 있는 열차를 지연시켰다. 그 열차에는 비류치로 소집된 까자끄 병사들이 타고 있었다.

그랬음에도 군용열차가 도착했을 때 꼴랴는 불만을 감출 수 없었다.

기관차가 천천히 플랫폼의 어두운 차양 밑으로 기어 들어오더니 마침 제어실의 거대한 창문 맞은편에 멈춰 섰다. 꼴랴는 가장자리에 철도의 머리글자[16]가 수놓인 무거운 검푸른색 모직 커튼을 활짝 열어젖혔다. 석조 창턱에는 커다란 물병과 단순한 문양을 새긴 두꺼운 유리컵이 큰 쟁반에 놓여 있었다. 꼴랴는 컵에 물을 따라 몇모금 마시고 창밖을 바라보았다.

기관사가 꼴랴를 알아보고 운전석에서 반갑게 고개를 끄덕였다. '우, 악춰 나는 쓰레기, 나무 벌레 같으니!' 꼴랴는 증오심에 차서 생각했고, 기관사에게 혀를 쑥 내밀고 주먹으로 위협하는 시늉을 했다. 기관사는 꼴랴의 몸짓을 이해했을 뿐 아니라 어깨를 으쓱하고 객차 쪽으로 고갯짓을 하며 '어쩌라고? 네가 직접 하든지. 그가 책임자인걸'이라는 뜻을 전달했다. '그래도 그렇지, 이 더러운 쓰레기야.' 꼴랴가 몸짓으로 대답했다.

차량에서 말을 끌어내기 시작했다. 말들은 나가지 않으려고 버둥거렸다. 널빤지 발판을 딛고 내려오는 둔탁한 발굽 소리가 플랫폼의 돌을 딛자 따가닥거리는 편자 소리로 바뀌었다. 앞다리를 들

----

16 러시아어 '철도'(железная дорога)의 머리글자 Ж와 Д를 말한다.

어올리고 버티던 말들이 이끌려 여러 갈래로 갈라진 선로의 레일을 건넜다.

선로 끝에는 폐기된 차량들이 풀에 덮인 두개의 녹슨 레일 위에 두줄로 늘어서 있었다. 목재가 빗물에 칠이 벗겨지고 벌레와 습기로 썩어감에 따라, 완전히 망가진 이 난방 화차들은 차량 저편에서 시작되는 축축한 숲과, 자작나무를 괴롭히는 말굽버섯과, 그 위로 솟은 구름들과 친족이었던 옛 상태로 돌아가는 중이었다.

숲 가장자리에서 까자끄들은 명령에 따라 말안장에 올라타고 벌목지로 달려갔다.

제212 연대의 무법자들은 포위되었다. 말 탄 사람들은 트인 곳에 있을 때보다 나무들 사이에서 더 크고 당당해 보이게 마련이다. 움막에 소총이 있었지만 병사들은 그들의 기세에 눌렸다. 까자끄들이 장검을 빼들었다.

기병들이 둥글게 에워싼 가운데 쌓인 장작더미 위로 긴쯔가 뛰어올라 포위된 병사들을 향해 연설했다. 장작더미가 흔들려 무너지다가 평평해졌다.

평소대로 그는 다시 군인의 의무에 대해, 조국의 의미와 다른 많은 고상한 주제에 대해 말했다. 하지만 그 개념들은 여기서 아무런 공감을 얻지 못했다. 군중의 수가 너무 많았다. 군집한 사람들은 전쟁 동안 수없이 많은 고난을 겪어 거칠어지고 지쳐 있었다. 긴쯔가 하는 말은 오래전부터 귀에 못이 박히도록 들어온 것이었다. 넉달에 걸친 우익과 좌익의 감언이설이 이 군중을 타락시켰고, 게다가 러시아인 같지 않은 연사의 성과 발트해 억양이 평범한 인민인 이 사람들을 냉담하게 만들었다.

긴쯔는 말이 길어진다고 느끼며 스스로에게 속이 탔지만, 고마워하는 대신 무관심과 적의에 찬 지루한 표정으로 응수하는 청중을 더 잘 이해시키려면 어쩔 수 없다고 생각했다. 그는 점점 더 속이 타서 이 청중에게 좀더 확고한 어조로 이야기하기로, 예비했던 협박의 카드를 꺼내기로 작정했다. 수군대며 불평하는 소리를 듣지 못한 채 그는 병사들에게 군사혁명재판소가 생겨 운영 중임을 상기시켰고, 죽고 싶지 않거든 무기를 내려놓고 주모자들을 내놓으라고 요구했다. 만약 그러지 않으면 비열한 반역자, 무책임한 쓰레기, 잘난 척하는 상놈이라는 것을 증명하는 셈이라고 긴쯔는 말했다. 이 사람들은 더이상 그런 어조에 가만있지 않았다.

수백개의 성난 고함이 일었다. "할 말 다 한 거지. 됐소. 그만하쇼." 어떤 병사들이 낮은 소리로, 거의 악의 없이 외쳤다. 그러나 증오로 팽팽하게 긴장한 높고 신경질적인 외침들이 울려퍼졌다. 사람들은 그 소리에 귀를 기울였다. 그들이 외쳤다.

"동지들, 들었나? 저자가 욕을 퍼부어대잖아. 옛날 그대로야! 장교 습성을 못 버리셨군! 그래, 우리가 반역자라고? 이보쇼, 나리, 그럼 당신은 뭔데? 저자와 이러니저러니 할 것 없어. 딱 보니 독일놈 첩자야. 어이, 푸른 피,[17] 신분증 좀 내밀어봐! 그리고 진압군, 너희는 뭘 입만 떡 벌리고 있어? 자, 우릴 묶어. 잡아 잡수라고!"

하지만 까자끄들도 긴쯔의 부적절한 연설이 갈수록 마음에 들지 않았다. "전부 상놈에다 돼지라 이거군. 저런 나리를 봤나!" 그들이 수군거렸다. 처음에는 한 사람씩, 그러다 점점 더 많은 수가 칼을 도로 칼집에 넣기 시작했다. 그들이 연달아 말에서 내렸다. 상당수가 말에서 내리자 그들은 제212 연대의 병사들을 향해 숲속

----

17 귀족 혈통이라는 뜻.

빈터 가운데로 무질서하게 움직였다. 모두가 뒤섞였다. 친교가 시작되었다.

"당신은 어떻게든 눈치채지 못하게 사라져야 합니다." 걱정이 된 까자끄 장교들이 긴쯔에게 말했다. "역에 당신 차가 있소. 사람을 보내 가까이 가져오도록 하지요. 어서 떠나시오."

긴쯔는 그렇게 했다. 하지만 몰래 빠져나가는 것이 체면이 깎인다고 생각한 그는 조심해야 마땅함에도 거의 보란듯이 역으로 향했다. 끔찍하게 불안한 상태로 걷고 있었지만 자존심 때문에 억지로 서두르지 않고 태연하게 걸었다.

이미 역이 가까웠다. 숲과 역이 인접한 지점이었다. 벌써 선로가 보이는 숲 언저리에서 그는 처음으로 뒤를 돌아보았다. 총을 든 병사들이 그를 뒤따르고 있었다. '왜 저러지?' 긴쯔는 생각했고 걸음을 재촉했다.

그를 뒤쫓는 자들의 걸음도 빨라졌다. 그와 추격대 사이의 간격이 변하지 않았다. 앞쪽에 망가진 차량들의 이중벽이 보였다. 차량들 뒤로 들어서자 긴쯔는 달리기 시작했다. 까자끄 병사들을 실어 온 기차는 차고로 옮겨졌다. 선로는 텅 비어 있었다. 긴쯔는 선로를 가로질러 달렸다.

그가 높은 플랫폼으로 껑충 뛰어올랐다. 그때 망가진 차량들 뒤에서 그를 뒤쫓던 병사들이 뛰쳐나왔다. 뽀바리힌과 꼴랴가 긴쯔에게 뭐라고 소리치며 그들이 구해줄 수 있게 역 안으로 들어오라고 손짓했다.

그러나 세대를 거치며 길러진 명예심이, 이 상황에 어울리지 않는 도시적이고 희생적인 그 명예심이 또다시 그가 구원받을 길을 가로막았다. 그는 초인적인 의지로 맹렬하게 뛰는 심장의 전율을 억제하려고 애썼다. '저들에게 외쳐야 해. '형제들, 정신 차리시오. 내가 무슨 첩자란 말이오?'' 그는 생각했다. '뭔가 정신 차리게 할 진정 어린 말을, 저들을 멈추게 할 말을 해야 해.'

최근 몇달 동안 영웅적 행위에 대한, 영혼의 외침에 대한 그의 감각은 무의식적으로 강단이나 연단, 하다못해 껑충 뛰어올라 군중에게 어떤 호소, 어떤 선동적인 말을 던질 수 있는 의자와 연결되어 있었다.

역사 문 옆에 매달린 종 밑에 커다란 소방용 나무 물통이 서 있었다. 물통은 꽉 닫혀 있었다. 긴쯔는 통 뚜껑 위로 뛰어올라 다가오는 사람들을 향해 영혼을 울리는 몇마디 말을 초인적으로, 두서없이 던졌다. 활짝 열려 너무도 쉽게 달려 들어갈 수 있을 역사 문에서 두걸음 떨어진 자리에서 호소하는 그의 무모한 대담성에 어리둥절해진 그들은 그 자리에 꼼짝 못하고 서버렸다. 병사들은 총을 내렸다.

그러나 긴쯔가 뚜껑 가장자리에 서 있던 까닭에 뚜껑이 뒤집히고 말았다. 그의 다리 한쪽이 물속에 빠졌고 다른 쪽은 통 가장자리에 걸렸다. 그는 통 모서리에 걸터앉은 꼴이 되었다.

병사들은 그 꼴사나운 모습에 폭소를 터뜨렸고, 맨 앞에 있던 병사가 목을 쏘아 일격에 그 불운한 사람을 죽여버렸다. 다른 병사들이 달려들어 죽은 자를 총검으로 난도질했다.

11

마드무아젤이 꼴랴에게 전화를 걸어 의사가 열차에서 편히 갈

수 있는 자리를 마련해주라고, 그러지 않으면 꼴랴에게 좋지 못한 일들을 폭로하겠다고 협박했다.

마드무아젤에게 대답하면서 꼴랴는 평소대로 다른 사람과 전화 통화를 했고, 그의 말에 간간이 소수가 끼어드는 것으로 보아 전보로 제3의 장소에 암호를 보내는 모양이었다.

"쁘스꼬프,[18] 북부 전선 사령관, 내 말 들립니까? 어떤 폭도들? 무슨 도움요? 뭐예요, 맘젤? 거짓말, 말도 안 되는 소리. 그만하고 전화 끊어요, 방해되잖아요. 쁘스꼬프, 북부 전선 사령관, 쁘스꼬프. 삼십육 쉼표 영 영 십오. 아이고, 개나 잡아먹어라, 테이프가 끊겼네. 여보세요? 뭐? 안 들려요. 또 당신이에요, 맘젤? 내 당신한테 러시아어로 말했잖아요, 안 된다고. 난 못해요. 뽀바리힌한테 말해보세요. 거짓말, 헛소리하고 있네. 삼십육…… 아, 빌어먹을…… 그만하세요, 방해하지 말라고요, 맘젤."

그래도 마드무아젤은 말했다.

"거짓말쟁이, 어디 내 눈을 속이려고. 쁘스꼬프, 쁘스꼬프는 무슨, 이 거짓말쟁이야. 내 네 놈 속을 속속들이 다 꿰고 있다. 내일 의사를 객차에 태워. 그러면 더이상 어떤 살인자 놈이나 어린 배신자 유다 놈과도 상종하지 않으마."

---

18 제정러시아가 종말을 맞이한 곳. 1917년 2월혁명의 소용돌이 속에 마지막 황제 니꼴라이 2세는 쁘스꼬프 역에 정차한 전용 열차 안에서 퇴위를 선언하는 성명서에 서명했다.

유리 안드레예비치가 떠나던 날은 후텁지근했다. 이틀 전처럼 다시 뇌우가 몰려들고 있었다.

먹고 뱉은 해바라기씨 껍데기가 어질러진 역 근처 마을에서 토담집들과 거위들이 폭풍우를 품은 검은 하늘의 움직임 없는 시선 아래 하얗게 겁에 질렸다.

역 건물 양쪽으로 길게 뻗은 넓은 공터의 풀이 짓밟혀 있었다. 저마다 필요한 방향으로 가는 기차를 몇주째 기다려온 헤아릴 수 없이 많은 사람들 무리가 공터 전체를 뒤덮고 있었다.

거친 천으로 만든 잿빛 까프딴을 입은 노인들이 소문과 정보를 듣기 위해 이글거리는 태양 아래에서 이 무리, 저 무리를 왔다 갔다 했다. 열네살가량 된 말 없는 십대들은 목동처럼 잎을 말끔히 쳐낸 나뭇가지를 손에 쥔 채 팔꿈치를 괴고 옆으로 누워 있었다. 그들의 발치에서 루바시까를 걷어올린 어린 남동생, 여동생 들이 장밋빛 엉덩이를 드러낸 채 뛰어다녔다. 아이 어머니들이 비스듬히 여민 갈색 지뽄[19] 속에 젖먹이를 안은 채 꼭 붙인 두 다리를 뻗고 앉아 있었다.

"일제사격이 시작되자마자 양들처럼 사방으로 흩어져 달아났습니다. 질색했어요!" 역장 뽀바리힌이 의사와 함께 역사 문밖과 역사 안 바닥에 줄지어 누운 몸뚱이들 사이를 이리저리 뚫고 지나가며 적의에 차서 말했다.

"눈 깜빡할 사이에 풀밭이 텅 비었어요! 다시 땅을 볼 수 있게 됐

---

19 거칠고 두꺼운 천으로 지은 러시아 농민의 겉옷. 옷자락이 길고 옷깃이 없다.

지요. 다들 기뻐했습니다! 그 무리가 진을 치는 통에 넉달이나 보지를 못해 땅이 어떻게 생겼는지도 잊어버렸거든요. 바로 여기 그가 누워 있었습니다. 괴상한 노릇인 게, 전쟁 통에 온갖 끔찍한 걸 실컷 봐서 이제 익숙할 법도 한데 여기서 일어난 일은 얼마나 마음이 아프던지요! 그저 엉터리없는 짓거리에 불과했어요. 무엇 때문에요? 그가 그들에게 무슨 나쁜 짓을 했다고? 그러고도 그들이 사람입니까? 그 사람은 집안의 귀염둥이였다고들 하더군요. 자, 이제 오른쪽으로, 이리, 이리, 이쪽으로, 제 사무실로 가시지요. 이번 기차는 타실 생각 마세요, 떠밀려 죽습니다. 다른 열차에 자리를 마련해드리지요. 지역 노선입니다. 우리가 직접 편성 중인데 지금 준비될 겁니다. 탈 때까지 입만 다물고 계세요. 아무한테도 말하면 안 됩니다! 입을 열었다간 차량이 연결되기도 전에 산산조각 날 테니까요. 밤에 수히니치[20]에서 갈아타시면 됩니다."

13

비밀에 부친 열차가 편성되어 차고 건물 뒤에서 후진으로 역에 닿기 시작하자, 풀밭에 있던 사람들이 전부 떼로 선로를 가로질러 서서히 이동 중인 기차로 달려들었다. 사람들은 완두콩처럼 얕은 언덕을 굴러내려 철둑으로 뛰어올랐다. 서로를 밀치며 달려가다 어떤 사람들은 완충기와 발판에 뛰어올랐고, 다른 사람들은 객차 창문으로 기어들거나 지붕에 기어올랐다. 아직 이동하는 중에 기

----

20 큰 철도 연락역이 있는 깔루가 현 중부의 도시.

차는 순식간에 미어지도록 찼고, 플랫폼에 닿았을 때는 꽉꽉 들어찼을 뿐 아니라 맨 꼭대기부터 바닥까지 승객들이 잔뜩 매달려 있었다.

의사는 기적적으로 플랫폼으로 밀치고 들어간 다음 더더욱 설명할 길 없는 방식으로 객차 통로까지 뚫고 들어갔다.

여정 내내 그는 통로에 머물며 바닥에 놓은 자기 짐 위에 앉아 수히니치까지 갔다.

폭풍우를 머금은 먹구름은 흩어진 지 오래였다. 타는 듯한 햇볕이 가득 내리쬐는 들판마다 그칠 줄 모르고 찌르르르 울어대는 여치 소리가 달려가는 기차 소리를 잠재우며 이 끝에서 저 끝까지 굴러다녔다.

창가에 선 승객들이 다른 사람들에게 햇빛을 가렸다. 두겹 세겹 접힌 그들의 긴 그림자가 바닥에, 의자에, 칸막이에 드리웠다. 그림자는 객차 안에 다 들어가지 않았다. 반대편 창 너머로 밀려난 그림자들이 달리는 기차 전체의 그림자와 함께 다른 쪽 비탈을 따라 껑충거리며 달려갔다.

사방에서 사람들이 떠들어댔고, 고래고래 노래를 불렀고, 욕을 해댔고, 카드놀이를 했다. 정차할 때마다 바깥에서 기차를 에워싼 군중이 내는 소음이 안에서 벌어지는 난장판에 합세했다. 바다에 몰아치는 폭풍우같이 아우성치는 목소리들에 귀가 먹먹했다. 그러다 바다에서처럼, 정차 중에 돌연 설명할 길 없는 정적이 찾아오곤 했다. 플랫폼에서 기차 앞뒤로 서둘러 걷는 발소리, 화차 곁에서 종종거리는 소리와 말다툼 소리, 멀리서 전송하는 사람들의 산발적인 말소리, 역 앞뜰에서 나는 조용한 닭 울음소리와 나무들이 살랑거리는 소리까지 들을 수 있었다.

그때, 여행 중에 전해진 전보처럼, 혹은 멜류제예보에서 보내온 인사처럼 유리 안드레예비치 앞으로 오는 것만 같은 낯익은 향기가 창으로 흘러들었다. 그 향기는 어딘가 한쪽에서 고요히 자신의 근사함을 드러내며 들판과 정원의 꽃들에게는 낯선 높은 곳에서 풍겨왔다.

의사는 북새통을 이룬 사람들 때문에 창으로 다가갈 수 없었다. 하지만 그는 눈으로 보지 않고도 상상 속에서 그 나무들을 보았다. 나무들은 아마도 아주 가까이에서 자라고 있을 것이었다. 혼잡한 철도로 인해 먼지투성이인 우거진 가지들을 객차 지붕 쪽으로 고요히 뻗친 채 밤처럼 무성한 잎마다 작은 밀랍 별 같은 희미하게 반짝이는 꽃송이가 총총히 박혀 있을 것이었다.

길을 가는 내내 그런 광경이 되풀이되었다. 어디서나 군중이 떠들썩거렸고, 어디에나 보리수나무가 꽃을 피우고 있었다.

도처에 깃든 이 향기는 마치 북쪽으로 향해 가는 기차를 앞지르며 모든 대피역과 초소와 간이역에 날아가 있다가 여행자들이 도착하면 널리 퍼진 사실로 확인되곤 하는 소문 같았다.

14

그날 밤 수히니치에서는 옛 유형의 친절한 짐꾼이 불빛 없는 선로를 따라 의사를 이제 막 도착한, 시간표에 없던 기차의 뒤쪽으로 데려가 이등칸 객차에 태워주었다.

짐꾼이 차장의 열쇠로 뒷문을 열고 의사의 짐을 승강구에 던져 올리자마자 차장과 짧은 실랑이가 벌어졌다. 차장은 즉시 짐을 밖으로 내던지려 했지만 유리 안드레예비치에게 마음이 풀어져 슬그머니 사라지더니 땅속으로 꺼진 듯 모습을 감추었다.

특별 임무를 띤 비밀 열차는 잠깐씩만 정차하면서 모종의 호위 아래 상당히 빠르게 달렸다. 객차는 텅 비어 있었다.

지바고가 들어간 객실은 작은 탁자 위에서 녹아내리는 초의 불빛으로 환했다. 반쯤 내린 창으로 들어온 한줄기 바람에 초의 불꽃이 흔들렸다.

초는 객실에 있는 유일한 승객의 소유였다. 긴 팔다리로 보아 아주 키가 큰 금발의 젊은이였다. 그의 팔다리는 잘못 붙인 접이식 물건의 부품처럼 너무 쉽게 구부러졌다. 젊은이는 창가 자리에 제멋대로 몸을 젖히고 앉아 있었다. 지바고가 나타나자 예의 바르게 몸을 일으켜 반쯤 누웠던 자세를 더 점잖게 앉은 자세로 바꾸었다.

그의 좌석 아래 뭔가 바닥용 걸레 같은 것이 뒹굴고 있었다. 갑자기 그 누더기 끝이 움직이더니 의자 밑에서 귀가 늘어진 포인터 한마리가 부산을 떨며 기어나왔다. 개는 코를 쿵쿵대며 유리 안드레예비치에게 눈길을 던지고는 흐느적대는 긴 다리를 꼬고 있는 주인처럼 유연하게 다리를 뻗으며 객실 이 구석 저 구석을 뛰어다니기 시작했다. 그러다 이내 주인의 명령에 따라 다시 부산스럽게 의자 밑으로 기어들어가 아까처럼 구겨진 바닥용 걸레 같은 모습을 취했다.

그제야 객실 안 고리들에 걸린 케이스에 든 쌍발총과 가죽 탄띠와 총을 쏘아 잡은 새로 꽉 찬 사냥 배낭이 유리 안드레예비치의 눈에 들어왔다.

젊은이는 사냥꾼이었다.

그는 몹시 수다스러워서 상냥한 미소와 함께 서둘러 의사와 대화에 돌입했다. 대화 내내 그는 비유적인 의미에서가 아니라 아주 직접적인 의미에서 의사의 입을 바라보았다.

젊은이는 귀에 거슬리는 높은 목소리를 가지고 있어 어조를 높일 때면 쇳소리 같은 팔세토[21]가 되었다. 다른 이상한 점도 있었다. 어딜 봐도 러시아인임에도 그는 모음 하나, 바로 '우' 음을 아주 이상하게 발음했다. '우'를 프랑스어의 '위'[ü]나 독일어의 '위 움라우트'[ü] 비슷하게 부드럽게 발음했던 것이다. 이 망가진 '우'를 발음하는 데도 너무 애를 쓴 나머지 몹시 긴장해 다소 새된 소리로 그 음을 나머지 모든 음보다 더 크게 발음했다. 거의 맨 처음부터 그는 이런 말로 유리 안드레예비치를 어리둥절하게 만들었다.

"이쇼 똘까 프치라 위뜨롬 야 아호찔샤 나 위똑."[22]

발음에 주의하는 것 같은 순간에는 이런 부정확함을 극복했지만 잊기만 하면 다시 불쑥 실수를 하곤 했다.

'왜 저런 도깨비장난 같은 일이 벌어질까?' 지바고는 생각했다. '뭔가 읽은 적이 있고 아는 건데. 난 의사니까 알아야 마땅한데 전혀 기억이 나질 않네. 뇌에 어떤 문제가 있어 조음 장애를 일으키는 거야. 하지만 저 낄낄대는 소리가 너무 우스워서 진지한 표정을 지을 수가 없군. 아예 대화를 나눌 수가 없어. 위로 올라가 눕는 게 낫겠다.'

의사는 위쪽 침상으로 올라갔다. 그가 눕자 젊은이가 유리 안드레예비치에게 방해가 될 테니 촛불을 끌까 물었다. 의사는 감사를 표하며 제안을 받아들였다. 객실 이웃이 불을 껐다. 어두워졌다.

---

21 높고 여린 테너 소리.
22 '겨우 어제 아침에야 오리를 잡았습니다'라는 뜻. '아침에'라는 뜻의 '우뜨롬'을 '위뜨롬'으로, '오리'를 뜻하는 '우또끄'를 '위똑'으로 발음하고 있다.

객실 안 창문이 반쯤 열려 있었다.

"창문을 닫는 게 어때요?" 유리 안드레예비치가 물었다. "도둑이 무섭지 않아요?"

객실 이웃은 아무 대답이 없었다. 유리 안드레예비치가 아주 큰 소리로 되물었지만 역시 대답하지 않았다.

유리 안드레예비치는 이웃에게 무슨 일이 있는지, 그 잠깐 사이에 그가 객실에서 나갔는지, 아니면, 더욱이 그럴 것 같진 않았지만 혹시 잠이 들었는지 살펴보려고 성냥불을 켰다.

하지만 아니었다. 그 사람은 눈을 뜬 채 자기 자리에 앉아 위에서 몸을 굽힌 의사에게 미소를 지었다.

성냥불이 꺼졌다. 유리 안드레예비치는 새 성냥을 켰고 그 불빛 속에서 확인하려던 말을 세번째로 되풀이했다.

"좋을 대로 하시지요." 사냥꾼이 곧바로 대답했다. "제겐 훔쳐갈 만한 게 없어요. 그래도 닫지 않는 편이 낫긴 하겠네요. 갑갑하거든요."

'참 이상한 사람이네!' 지바고는 생각했다. '이 괴짜는 불이 환할 때만 이야기하는 데 익숙한 모양이야. 지금은 또 모두 실수 없이 얼마나 깨끗하게 발음하는지! 이해할 수가 없네!'

15

의사는 지난주에 있었던 사건들, 출발을 앞두고 졸였던 마음, 길 떠날 채비와 아침에 기차를 탄 탓에 녹초가 된 느낌이었다. 편한 자리에 쭉 펴고 눕기만 하면 잠이 들 것 같았다. 하지만 그렇지 않왔다. 극도의 피로가 잠을 앗아갔다. 그는 새벽녘에야 잠이 들었다.

그 긴 시간 동안 그의 머릿속에서 떼 지어 몰려다니던 생각들의 회오리가 아무리 혼란스러웠어도 사실 그것은 두 부류, 감겼다 풀렸다 하며 뇌리를 떠나지 않는 두개의 실타래였다.

한 부류는 또냐와 집, 그리고 모든 것에 속속들이 시적인 기운이 감돌고 온기와 정결함이 스며 있던 예전의 정돈된 삶에 관한 생각이었다. 의사는 그 삶을 염려했고, 그 삶이 온전히 보존되어 있기를 바랐다. 야간 급행열차에 몸을 싣고 쏜살같이 달려가며 그는 이년 넘게 떨어져 있던 그 삶으로 어서 돌아가고 싶어 조바심을 냈다.

혁명에 대한 믿음과 환호 역시 그 부류에 속한 생각이었다. 그것은 중간계급이 받아들인 의미에서의 혁명이었고, 블로끄를 숭배하던 1905년의 젊은 학생층이 부여한 의미에서의 혁명이었다.

이 친근하고 익숙한 생각의 부류에는 또한 저 새로움의 징후들이, 전쟁 전 1912년에서 1914년 사이에 러시아 사상과 러시아 예술과 러시아 운명의 지평에, 전러시아와 지바고 자신의 운명의 지평에 모습을 드러냈던 그 약속과 예감이 포함되어 있었다.

집을 비운 끝에 집으로 돌아가기를 열망하듯 전쟁이 끝나면 그런 풍조로 돌아가고 싶었다. 그것들이 소생해 지속되기를 바랐다.

새로움은 또한 두번째 부류의 생각의 대상이기도 했다. 하지만 얼마나 다른 새로움, 얼마나 딴판인 새로움인가! 그것은 그에게 익숙한 새로움, 옛것에 의해 준비된 새로움이 아니라 깨닫지 못하는 사이에 현실에 의해 결정되어 돌이킬 수 없는 새로움, 충격처럼 갑작스러운 새로움이었다.

전쟁, 그 피와 참상, 집 잃음과 야만성이 그 새로움이었다. 전쟁의 시련과 전쟁이 가르친 생활의 지혜가 그 새로움이었다. 그 새로움은 전쟁이 그를 데려간 외진 도시들이었고, 전쟁이 맞닥뜨리게 한 사람들이었다. 대학의 지성에 의해 이상화된 1905년 혁명이 아니라 전쟁이 낳은 지금의 이 피의 혁명, 그 무엇도 개의치 않는 병사들의 혁명, 이런 요소에 정통한 볼셰비끼들이 이끄는 혁명이 그 새로움이었다.

그 새로움은 전쟁에 의해 아무도 모를 곳에 던져진 간호사 안찌뽀바였다. 그녀는 그가 전혀 알지 못하는 삶을 살아왔으며 그 무엇에 있어서도 누구도 책망하지 않고 거의 침묵으로 하소연하는, 수수께끼같이 말수가 적고 그 침묵 속에서 그토록 강한 여자였다. 지금껏 살아오면서 가족과 가까운 이들은 말할 것 없이 모든 사람을 사랑으로 대하고자 노력해온 것과 마찬가지로, 유리 안드레예비치가 진심으로, 온 힘을 다해 그녀를 사랑하지 않으려고 노력하는 것이 그 새로움이었다.

기차는 전속력으로 달렸다. 열린 창을 통해 불어오는 맞바람에 유리 안드레예비치의 머리카락이 헝클어져 먼지투성이가 되었다. 낮과 마찬가지로 밤에도 역마다 군중이 아우성쳤고 보리수들이 바스락거렸다.

이따금 수레와 따라따이까[23]가 밤의 심연 속에서 나와 덜거덕거리며 역으로 다가왔다. 목소리와 바퀴의 굉음이 나무들의 소란스러움과 뒤섞였다.

그런 순간이면 무엇이 이 한밤의 그림자들을 바스락거리게 하고 서로 몸을 기울이게 하는지, 둔하게 혀짤배기 소리를 내는 혀처럼 졸음에 겨워 무거워진 이파리를 간신히 흔들며 그들이 서로에

---

23 말 한필이 끄는 이륜마차.

게 무엇을 속삭이는지 이해할 것 같았다. 그것은 유리 안드레예비치가 위층 자기 침상에서 몸을 뒤척이며 생각한 것과 똑같은 것이었다. 점점 더 확산되는 격동에 휩싸인 러시아에 관한 소식, 혁명에 관한 소식, 숙명적이고 힘겨운 혁명의 시간에 대한, 아마도 궁극에는 실현될 그 위대함에 관한 소식이었다.

16

다음 날 의사는 늦게 잠에서 깼다. 11시가 넘은 시각이었다. "마르끼스, 마르끼스!" 객실 이웃이 으르렁거리는 자기 개를 나지막한 목소리로 제지하고 있었다. 유리 안드레예비치는 객실에 그와 사냥꾼 단둘뿐인 것에 놀랐다. 도중에 아무도 더 타지 않았던 것이다. 어려서부터 아는 역 이름들이 눈에 들어왔다. 기차는 깔루가 현을 뒤로하고 모스끄바 현 깊숙이 들어갔다.

의사는 전쟁 전처럼 편안하게 면도와 세수를 하고 나서 호기심을 끄는 동행자가 권한 아침식사를 하러 객실로 돌아왔다. 이제 유리 안드레예비치는 그를 더 잘 살펴볼 수 있었다.

이 인물의 두드러진 특징은 몹시 수다스럽고 한시도 가만히 있지 못한다는 점이었다. 미지의 사람은 말하는 것을 좋아했는데, 그에게 중요한 것은 소통하고 생각을 주고받는 것이 아니라 말하는 행위 자체, 단어를 발음하고 소리 내는 것이었다. 이야기하면서 그는 용수철 위에 앉은 것처럼 의자에서 튀어오르거나 까닭 없이 귀가 멍할 정도로 요란하게 껄껄댔고 만족스러움에 손을 마구 비비기도 했는데, 그것으로도 환희를 표현하기에 모자란 것 같으면 눈물이 나도록 웃어대며 손바닥으로 자기 무릎을 쳤다.

다시 시작된 대화는 어제처럼 이상한 점투성이였다. 미지의 사람은 놀랍도록 두서가 없었다. 누가 부추기지도 않았는데 속내를 털어놓는가 하면, 전혀 악의 없는 질문에도 못 들은 체 대답조차 하지 않았다.

그는 자신에 관해 앞뒤 맞지 않는 아주 환상적인 정보를 잔뜩 쏟아냈다. 유감스럽게도 거짓말을 조금 보탰을 것이다. 분명 자기의 극단적인 시각을 드러내고 모든 통념을 부정함으로써 어떤 효과를 얻으려는 것이었다.

이 모든 것은 오래전부터 낯익은 무언가를 상기시켰다. 지난 세기의 허무주의자들이 그와 같은 급진주의 정신에 근거해 말했고, 조금 이후에는 도스또옙스끼의 몇몇 주인공이, 그다음에는 바로 최근까지도 그들의 직접적인 후예들, 즉 두 수도에서는 낡고 한물갔지만 변방에서는 간직된 근본주의 덕분에 종종 수도에 앞서가는 러시아 시골의 모든 교양 계층이 그랬다.

젊은이는 자기가 어느 유명 혁명가의 조카이고, 반면에 자신의 부모는 구제 불능의 반동들이라고, 그의 표현에 따르면 꼴통들이라고 말했다. 그들은 전선 부근의 어느 지역에 꽤 큰 영지가 있어 젊은이도 거기서 자라났다. 그의 부모는 평생 그의 삼촌과 앙숙이었지만 삼촌은 원한을 품지 않았고, 이제는 자신의 영향력으로 여러 곤란한 일에서 그들을 구해준다고 했다.

이 말하기 좋아하는 인물은 삶과 정치와 예술의 문제 등 모든 면에서 자신이 삼촌에 대한 확신에서 비롯한 급진적인 절대주의자라고 밝혔다. 다시 뻬쩬까 베르호벤스끼[24]의 느낌이 났다. 좌익이라는 의미에서가 아니라 타락과 허풍이라는 의미에서 그랬다. '이제

자기를 미래파[25]라고 소개하겠지.' 유리 안드레예비치는 생각했고, 정말로 미래파에 관한 얘기가 이어졌다. '다음은 스포츠 얘기일 거야.' 의사는 계속 앞서 추측했다. '경주마나 스케이트장, 아니면 프랑스 레슬링 얘기.' 사실 대화는 사냥으로 옮아갔다.

젊은이는 고향 지역에서도 사냥을 했는데 자신이 뛰어난 사격 솜씨를 뽐냈다고, 그래서 군 입대를 가로막은 신체적 결함이 아니었다면 전쟁에서 백발백중으로 이름을 날렸을 거라고 말했다.

지바고의 의아해하는 눈초리를 알아채고 그가 소리쳤다.

"왜요? 정말 아무것도 눈치채지 못하셨나요? 나는 당신이 내 결함을 알아차리셨을 거라 생각했는데요."

그가 주머니에서 두장의 카드를 꺼내 유리 안드레예비치에게 내밀었다. 한장은 명함이었다. 그는 이중의 성을 갖고 있었다. 그는 막심 아리스따르호비치 끌린쪼프-뽀고렙시흐였는데, 삼촌을 기리는 뜻에서 삼촌이 썼던 성대로 간단히 뽀고렙시흐로 불러달라고 청했다.

다른 카드에는 네모 칸 안에 여러가지 조합의 손가락 모양과 다양하게 결합된 손 모양이 그려져 있었다. 그것은 농인의 수화 문자였다. 갑자기 모든 것이 설명되었다.

뽀고렙시흐는 가르뜨만 내지 오스뜨로그라쯔끼 학교의 보기 드물게 능력 있는 학생이었다. 즉 그는 귀가 아니라 눈으로 선생의 목 근육의 움직임을 보며 말하는 법을 믿기지 않을 만큼 완벽하게 익혔고, 같은 방법으로 대화 상대자의 말을 알아듣는 농인이었다.

----

24 도스또옙스끼의 소설 『악령』의 인물로 반인륜적인 급진적 혁명가.
25 20세기 초에 형성된 모더니즘 예술 사조의 일종. 이를 수용한 러시아 시인과 예술가 그룹이 혁명에 적극 참여했다.

의사는 그가 어디 출신이고 어느 지역에서 사냥했는지를 머릿속에 그려보고서 물었다.

"무례하다면 용서하세요, 대답하지 않으셔도 됩니다만, 당신은 혹시 지부시노 공화국 설립과 관계가 있는 것 아닌지요?"

"아니, 어떻게…… 실례지만, 그럼 블라제이꼬를 아세요? 관계가 있죠, 있고말고요! 물론 있습니다." 뽀고렙시흐가 기쁨에 겨워 웃음을 터뜨리고 온몸을 이리저리 흔들며, 자기 무릎을 마구 두드리며 지껄이기 시작했다. 다시 환상 같은 이야기가 시작되었다.

뽀고렙시흐는 자신에게 블라제이꼬는 구실이었을 뿐 지부시노가 자신의 이상을 적용해볼 무차별점[26]이었다고 말했다. 유리 안드레예비치는 그가 늘어놓는 설명을 따라가기가 어려웠다. 뽀고렙시흐의 철학은 반은 무정부주의 논지이고 또 반은 순전히 사냥꾼의 허풍이었다.

뽀고렙시흐는 예언자처럼 태연한 어조로 가까운 시일 내에 파멸적인 격변이 있을 것이라고 예고했다. 유리 안드레예비치는 내심 격동이 불가피하리라는 점에 동의했지만, 이 기분 나쁜 애송이가 권위적인 차분한 어조로 자신의 예견을 지껄이는 것에 분통이 터졌다.

"잠깐만, 잠깐만요." 그가 소심하게 반박했다. "그 모든 게 일어날지도 모르지요. 하지만 내가 보기에는, 혼란과 붕괴에 처해 있고 덮쳐오는 적과 직면한 상황에서 우리가 그런 위험한 실험을 할 때는 아닙니다. 다른 격변을 감행하기 전에 나라가 정신을 차리고 앞의 격변에서 숨을 돌리게 해야 합니다. 어떤 종류든 하다못해 상대

---

26 투자와 수익이 일치하는 점.

적인 안정과 질서라도 회복될 때까지 기다려야 해요."

"그건 순진한 생각입니다." 뽀고렙시흐가 말했다. "당신이 붕괴라고 부르는 것은 당신이 찬양하고 사랑해 마지않는 질서와 마찬가지로 똑같이 정상적인 현상입니다. 그런 파괴는 더 광범한 창조적 계획의 합법칙적이고 예비적인 단계지요. 사회는 아직 충분히 붕괴되지 않았습니다. 완전히 산산조각 나야 하고, 그래야 그때 진정한 혁명 권력이 완전히 다른 기반 위에서 사회의 각 부분을 재조립하게 되는 거죠."

유리 안드레예비치는 마음이 불편해졌다. 그는 통로로 나왔다.

기차는 속도를 높여 모스끄바 근교를 달리고 있었다. 다차[27]가 빼곡하게 들어선 자작나무 숲이 매 순간 창을 마주하고 달려왔다가 휙휙 스쳐 지나갔다. 다차에 묵는 사람들이 서 있는, 차양 없는 좁은 플랫폼이 기차가 일으킨 먼지구름 속 저 멀리 날아가며 회전목마를 타듯 빙빙 돌았다. 기차는 연신 기적을 울렸고, 속이 텅 비고 구멍 난 파이프 같은 숲의 메아리가 기적 소리를 멀리 퍼트리며 헐떡거렸다.

문득 이 모든 날을 통틀어 처음으로 유리 안드레예비치는 그가 어디에 있고, 그에게 무슨 일이 일어났으며, 한두시간 뒤에 무엇이 그를 맞이할 것인지를 아주 분명하게 이해했다.

변화와 불확실성과 이동으로 점철된 삼년, 전쟁, 혁명, 소요, 총격, 파멸의 광경, 죽음의 광경, 폭파된 다리, 파괴, 화재. 갑자기 이모든 것이 내용을 상실한 거대하고 텅 빈 장소로 변했다. 오랜 중단 이후 최초의 진정한 사건은, 아직 무사히 세상에 있으며 작은

---

27 통나무집과 텃밭으로 이루어진 주말농장.

266

돌멩이 하나까지 소중한 집으로, 이렇게 현기증 나는 기차를 타고 다가가고 있다는 것이었다. 가족에게 가는 것, 자신에게로 돌아가는 것, 존재의 복원, 그것이 바로 삶이고, 체험이며, 모험을 추구하는 사람들이 좇는 것이고, 예술이 겨냥하는 것이었다.

숲이 끝났다. 기차는 우거진 녹음 사이를 빠져나왔다. 골짜기로부터 비탈진 들판이 일어나 드넓은 구릉지가 되어 저 멀리 멀어져 갔다. 들판 가득 진초록의 감자 이랑이 세로로 늘어서 있었다. 감자 이랑 너머 들판 꼭대기에는 온실에서 떼어낸 유리 틀들이 땅에 놓여 있었다. 들판 맞은편, 달려가는 기차의 꼬리 뒤로 거대한 진자줏빛 구름이 하늘의 반을 덮고 있었다. 구름을 뚫고 쏟아지는 햇살이 바큇살 모양으로 사방으로 퍼지면서 가는 길에 온실 유리 틀에 닿아 눈부시게 타올랐다.

갑자기 먹구름 속에서 굵은 여우비가 햇살에 반짝이며 비스듬히 쏟아지기 시작했다. 빗방울은 내달리는 기차가 바퀴를 덜컹거리고 볼트를 달그락거리는 것과 똑같은 속도로, 마치 뒤처질까 두려워 따라잡으려 애쓰는 듯 허둥대며 떨어졌다.

의사가 그 광경에 주의를 돌릴 새도 없이 언덕 너머에서 구세주 그리스도 사원이 모습을 드러냈고, 다음 순간에는 도시 전체의 돔과 지붕과 집과 굴뚝 들이 보였다.

"모스끄바예요." 객실로 돌아오며 그가 말했다. "채비를 해야죠."

뽀고렙시흐가 벌떡 일어나 사냥 배낭 속을 헤적이더니 오리를 큰 놈으로 골라 꺼냈다.

"받으세요." 그가 말했다. "기념입니다. 당신과 함께해서 하루 종일 아주 유쾌하게 보냈습니다."

의사가 아무리 사양해도 소용없었다.

"좋습니다." 그는 하는 수 없이 동의했다. "내 아내에게 주는 선물로 알고 받겠소."

"아내에게! 아내에게! 아내에게 주는 선물로." 뽀고렙시흐는 마치 그 말을 처음 들어본 듯이 기쁨에 차서 되풀이했고, 그가 온몸을 비틀며 요란하게 웃음을 터뜨리자 마르끼스도 뛰쳐나와 그의 기쁨에 동참했다.

기차가 플랫폼에 들어섰다. 객실 안이 밤처럼 어두워졌다. 농인은 의사에게 무슨 선언문이 인쇄된 종잇장에 싼 들오리를 내밀었다.

제6부

·

모스끄바의 숙영지

1

비좁은 객실에 꼼짝하지 않고 앉아 있었던 탓에 오는 도중에는 기차만 움직이고 시간은 멈춘 듯 아직 여전히 한낮인 것 같았다.

그러나 짐을 싣고 의사를 태운 마부가 스몰렌스끼 시장에 운집한 무수한 인파를 어렵사리 헤치며 빠져나왔을 때는 이미 어두워지고 있었다.

아마 실제로 그랬을 수도 있고 의사의 그때 인상에 이후 시절의 경험이 쌓여서일 수도 있지만, 나중에 그날을 회상할 때도 그는 사람들이 그저 습관적으로 시장에 모여 어슬렁거렸던 것 같았다. 거기 떼 지어 모여들 이유가 없었는데, 텅 빈 노점들에는 천막이 쳐진데다 자물쇠도 채워져 있지 않았고, 먼지와 쓰레기가 수북이 널린 지저분한 광장에는 더이상 아무것도 사고팔 것이 없었기 때문이다.

그리고 이미 그때도 그는 점잖게 차려입은 야윈 남녀 노인들이 인도에 움츠리고 서서 말 없는 비난의 눈길로 지나가는 사람들을 바라보며 아무도 사려 하지 않고 아무에게도 필요 없는 뭔가를 팔려고 묵묵히 내미는 것을 본 것 같았다. 조화며, 끓으면 삐 소리가 나는 유리 뚜껑이 달린 둥근 알코올 커피포트며, 검은색 실크 이브닝드레스와 폐지된 관청의 제복 따위였다.

더 수수한 사람들은 좀더 긴요한 물건을 거래했다. 퀴퀴하고 까슬까슬해진 배급받은 흑빵 껍질, 더럽고 눅눅한 설탕 부스러기, 포장째 반으로 자른 0.5오시무시까[1]의 봉지 담배 따위였다.

뭔지 모를 온갖 잡동사니가 시장 전체에 걸쳐 매매되며 손을 거칠 때마다 값이 올랐다.

마부는 광장에 접한 골목길 중 하나로 들어섰다. 그들 뒤에서 지는 해가 등을 때렸다. 앞에서는 덜컹대며 가는 빈 짐마차가 석양을 받아 구릿빛으로 타오르는 먼지 기둥을 일으켰다.

마침내 길을 막고 있던 짐마차를 앞지르는 데 성공했다. 그들은 더 빨리 달리기 시작했다. 의사는 담과 울타리에서 찢겨 떨어져 포장도로며 보도 곳곳에 나뒹구는 묵은 신문과 벽보 더미에 충격을 받았다. 바람이 그것들을 한쪽으로 몰아가면, 말발굽이며 마차 바퀴며 타거나 걸어서 오가는 사람들의 발길이 다른 쪽으로 끌어가곤 했다.

몇군데 교차로를 지나자 이내 두 골목 모퉁이에 그의 집이 나타났다. 마차가 멈춰 섰다.

마차에서 내려 현관문으로 다가가 초인종을 누를 때, 유리 안드

---

1 차와 담배에 적용된 옛 러시아의 무게 단위로 1오시무시까는 약 50그램.

레예비치는 숨이 막히고 심장이 쿵쾅거렸다. 초인종 소리에 아무런 대꾸가 없었다. 유리 안드레예비치는 다시 눌렀다. 이번에도 반응이 없자 점점 초조해진 그는 급하게 연이어 초인종을 눌러댔다. 네번째 울렸을 때에야 안에서 걸쇠와 사슬이 절커덕거렸다. 한옆으로 열어젖힌 현관문을 잡고 선 안또니나 알렉산드로브나의 모습이 보였다. 두 사람 다 뜻밖의 상황에 한순간 어안이 벙벙해져 자신들이 무어라 소리치는지도 들리지 않았다. 그러나 안또니나 알렉산드로브나가 한 팔로 활짝 연 문을 잡고 있는 것이 절반은 활짝 벌린 포옹을 뜻했기 때문에, 그들은 멍한 상태에서 벗어나 미친 사람처럼 서로의 목에 매달렸다. 이내 그들은 서로 말을 가로채며 동시에 말하기 시작했다.

"우선, 다들 무사해?"

"그럼, 그럼, 걱정 말아요, 다 괜찮으니까. 당신한테 편지에다 바보 같은 소리만 써 보냈어. 미안해. 하지만 얘기 좀 해야겠네. 왜 전보를 치지 않았어요? 지금 마르껠이 당신 짐을 옮길 거야. 아, 알겠다, 예고로브나가 문을 열어주지 않아서 놀랐지? 예고로브나는 시골에 갔어요."

"당신 여위었군. 그렇지만 아주 젊고 날씬해 보여요! 잠깐만, 마부부터 보내야지."

"예고로브나는 밀가루를 구하러 갔어요. 나머지는 다 내보냈고. 지금은 뉴샤라고 당신은 모르는 새로 온 여자애 하나밖에 없어. 사셴까를 돌보고 있지. 그외엔 아무도 없어요. 당신이 올 거라고 미리 알려줘서 모두가 애를 태우고 있어. 고르돈, 두도로프, 전부 다."

"사셴까는 어때?"

"다행히도 아무 탈 없어. 이제 막 깼어요. 당신이 방금 돌아온 것만 아니면 바로 가볼 수 있을 텐데."

"아버님은 집에 계셔?"

"편지에서 얘기 안 했나? 아침부터 밤늦도록 구 의회에 가 계셔. 의장이시거든. 그래요, 상상이 잘 안 될 거야. 마부한테 돈 줬어요? 마르껠! 마르껠!"

그들은 바구니와 트렁크와 함께 길을 막고 인도 한가운데 서 있었다. 행인들이 비켜 지나가며 그들을 머리끝에서 발끝까지 훑어보았고, 무슨 일이 일어날지 기대하며 떠나가는 마부와 활짝 열린 현관을 오래도록 지켜보았다.

그러는 사이에 벌써 사라사 천 루바하[2] 위에 조끼를 입고 손에는 문지기 모자를 쥔 마르껠이 대문에서 젊은 주인들에게 달려오며 소리쳤다.

"자비로우신 하느님, 유로치까, 맞죠? 그래, 맞네! 오셨구나, 우리 젊은 매! 유리 안드레예비치, 우리의 빛, 당신을 위해 기도한 우리를 잊지 않고 집에 돌아왔어! 당신들은 필요한 게 뭐요, 어? 무슨 구경 났어?" 그가 호기심에 찬 사람들에게 으르렁댔다. "가보셔, 이 양반들아. 뭘 그리 눈을 휘둥그레 뜨고 보고 있어!"

"마르껠, 잘 있었어요? 어디 안아봐요. 모자를 써요, 괴짜 같으니. 뭐 좋은 소식 없어요? 부인은 어때요? 딸들은 잘 있고?"

"그것들이 무슨 일이 있을 게 뭐요, 잘들 자라고 있지. 하느님께 감사하죠. 새로운 소식이라. 당신이 거기서 용맹을 떨치는 동안에 우리도 보다시피 하품만 하고 있진 않았어요. 온통 지저분한 난장판을 만들었으니, 형제여, 악마들도 구역질이 날 판이라니까. 나 원

---

2 루바시까의 별칭.

참, 도통 뭐가 뭔지! 길거리는 지저분하고, 집이고 지붕이고 수리도 안 하고, 배 속은 사순절 금식 기간마냥 깨끗하고 말이야. 합병도 없고 배상금도 없고.[3]"

"마르껠, 유리 안드레예비치한테 당신 흉 좀 봐야겠어요. 유로치까, 이 사람은 늘 이 모양이야. 난 저 바보 같은 말투를 참을 수가 없어. 아마 그러면 당신이 좋아할 거라 생각해 애쓰는 거겠지만, 자기 속셈은 따로 있지. 그만해요, 그만, 마르껠, 변명 말아요. 마르껠, 당신은 엉큼한 사람이에요. 좀 현명해질 때도 됐잖아요. 정말이지, 곡물상 집에서 사는 것도 아니잖아."

마르껠은 짐을 현관으로 들여놓은 다음 현관문을 쾅 닫고서 조용한 목소리로 터놓고 말을 이었다.

"방금 들었듯이 안또니나 알렉산드로브나는 나한테 화가 났어요. 늘 저런 식이야. 마르껠, 당신은 속이 온통 시커메요, 꼭 굴뚝 속의 검댕 같아요, 한다고. 이제는 어린애들도 다, 이제는 발바리도, 퍼그도 세상일을 훤히 아는데, 하고요. 그건 물론 그렇죠. 그래도 유로치까, 믿거나 말거나지만, 아는 사람들은 그 책을 봤어요. 백사십년 동안 돌 밑에 놓여 있던 미래의 프리메이슨 말예요. 지금 내 생각으로는 말이야, 우릴 팔아치운 거예요, 유로치까, 알아요? 팔아치웠다고. 동전 한푼 안 받고 한줌 코담배만도 못하게 팔아치운 거라고. 그런데 봐요, 안또니나 알렉산드로브나는 내가 말을 못하게 한다니까. 봐요, 또 저렇게 손을 내저으니."

---

3 러시아혁명으로 성립한 소비에뜨 정부가 1918년 3월 1차대전 교전국인 독일·오스트리아·뛰르키예 등과 맺은 브레스뜨-리똡스끄조약에 빗댄 표현. 이로써 러시아는 참전을 종식했는데, 러시아 영토 합병과 전쟁 배상금 지불이 없기를 바랐으나 결국 양자에 동의해야 했다.

"어떻게 안 그럴 수가 있담. 그래, 됐어요, 짐을 마루에 놔요. 고마워요, 마르껠. 그만 가보세요. 필요하면 유리 안드레예비치가 다시 부를 거예요."

2

"드디어 물러갔네, 벗어났어. 당신은 저 사람 말 믿지, 믿을 거야. 아주 순전히 쇼라니까. 사람들 있을 때 보면 완전 바보야. 하지만 만일의 경우를 대비해 몰래 칼을 갈고 있지. 저 까잔의 고아[4]는 아직 누구를 찌를지 결정하지 못한 것뿐이에요."

"당신, 너무 심해! 내가 보기에는 그냥 취해서 어릿광대짓 하는 거라고. 그게 다야."

"말해봐, 언제 취하지 않은 때가 있나? 참말이지 진절머리가 나. 사셴까가 다시 잠들었을까 걱정이네. 기차에 그놈의 티푸스만 돌지 않았어도…… 몸에 이는 없어요?"

"없을 것 같은데. 전쟁 전처럼 편안하게 왔어요. 그래도 좀 씻긴 해야겠지? 어쨌든 대충이라도. 나중에 더 깨끗하게 씻고. 아니, 당신 어디로 가는 거요? 왜 응접실을 거쳐서 가지 않고? 이제 다른 데로 올라다녀?"

"아, 참! 당신은 아무것도 모르지. 아버지하고 내가 생각하고 또 생각하다가 아래층 일부를 농업 아카데미에 내주었어요. 그러지 않으면 우리 형편으로는 겨울에 난방을 못하거든. 위층만 해도 충

---
4 불쌍하게 보여 동정을 받으려고 애쓰는 사람.

분히 넓고. 그래서 우리가 제안한 거야. 그 사람들이 아직 들어오진 않았어. 학자들 연구실하고 식물과 종자 표본실로 쓸 거래. 쥐가 꾀지나 않으려는지. 어쨌든 곡물이잖아. 아직까진 방들을 말끔히 유지하고 있지만. 이제는 여기를 주거 공간이라고 불러. 이리 와요, 이쪽이야. 이렇게 눈치 없긴! 뒷계단으로 돌아가야 해, 알겠어요? 가르쳐줄 테니 따라와."

"방들을 내준 건 아주 잘했네. 내가 일하던 병원도 귀족 저택에 있었어. 끝없이 늘어선 방들하며 쪽마루도 군데군데 아직 성했고. 화분에 심긴 야자수들이 밤이면 유령처럼 침대 위로 손가락을 폈지. 전투 중에 다친 노련한 부상병들도 놀라 잠을 깨서 소리를 지르곤 했어. 물론 전쟁 공포증이라 완전히 정상은 아니었지만. 결국 나무들을 치워야 했어. 내가 하고 싶은 말은, 부자들의 삶에는 사실 뭔가 건강하지 못한 구석이 있다는 거요. 쓸데없는 것투성이지. 쓸데없는 가구와 방, 쓸데없이 섬세한 감정, 쓸데없이 완곡한 표현 말이야. 방을 줄인 건 아주 잘했어요. 아직도 많아. 더 줄여야 해."

"당신 꾸러미에서 불쑥 튀어나온 저건 뭐야? 새 부리네, 오리 머리야. 아유, 예뻐라! 들오리네! 어디서 났어요? 내 눈을 믿을 수가 없네! 요즘에는 값어치가 꽤 나가는데!"

"기차에서 선물받은 거야. 얘기가 길어요, 나중에 말해줄게. 어떻게 할까? 풀어서 부엌에 둘까?"

"그럼, 물론이지. 지금 뉴샤를 보내서 털을 뽑고 손질해야겠어요. 겨울이 닥치면 기근에, 추위에, 온갖 끔찍한 일이 있을 거라고들 해."

"맞아, 가는 곳마다 그 얘기더라고. 아까 기차 창밖을 보며 생각했어. 가정의 평화와 일보다 뭐가 더 귀할 수 있을까? 나머지 것들은 우리 능력 밖이지. 아무래도 많은 사람들한테 불행이 닥칠 것 같아. 어떤 사람들은 살기 위해 남쪽으로, 깝까스나 더 먼 곳으로 간다지. 내 원칙에 그런 일은 없어요. 성인 남자라면 이를 악물고 조국의 운명을 함께해야 해. 나한테는 명백한 일이야. 하지만 당신은 다른 문제지. 나는 정말 당신은 이 재앙을 겪지 않았으면 해. 핀란드나 어디든 더 안전한 곳으로 당신을 보냈으면 싶어요. 그건 그렇고, 층계마다 이렇게 반시간씩 서 있다간 절대 위층까지 못 올라가겠는데."

"잠깐만, 들어봐요. 새 소식이 있어. 굉장한 소식이야! 깜빡 잊고 있었네. 니꼴라이 니꼴라예비치가 오셨어요."

"니꼴라이 니꼴라예비치라니?"

"꼴랴 삼촌."

"또냐! 그럴 리가! 대체 어떻게?"

"그렇다니까요. 스위스에 계셨대. 빙 둘러서 런던과 핀란드를 거쳐오셨대."

"또냐! 농담하는 거 아니지? 삼촌을 봤어? 어디 계셔? 지금 당장 가 뵈면 안 되나?"

"이렇게 조바심은! 삼촌은 교외에 있는 어떤 사람의 다차에 가 계세요. 모레 돌아오기로 약속하셨어. 많이 변하셨어, 당신은 실망할 거야. 오시는 길에 뻬쩨르부르그에 발이 묶였는데, 거기서 볼셰비끼가 되셨어. 아빠는 삼촌과 목이 쉬도록 언쟁을 하서. 그런데 우리는 정말 왜 한걸음마다 멈춰 서는 걸까? 가요. 그러니까 당신도 들은 거지, 앞으로 모든 게 불확실하고 고난과 위험뿐 좋은 일은 없을 거라고?"

"나도 그렇게 생각해. 그래, 뭐 대순가. 싸워나가면 되지. 누구한테나 다 끝은 아니야. 다른 사람들 하는 대로 좀 지켜보자고."

"장작도, 물도, 빛도 없이 지내게 될 거라고들 해. 돈을 없앤대. 물자 보급도 끊기고. 우리 또 멈췄네. 가자. 들어봐요, 아르바뜨에 있는 가게에서 파는 평평한 철제 난로가 좋대. 신문지를 태워 음식을 할 수 있다네. 주소를 얻어놨어요. 다 팔리기 전에 사야 해."

"좋아, 삽시다. 또냐, 당신은 현명한 사람이야! 그런데 꼴랴 삼촌, 꼴랴 삼촌이라니! 당신 생각해봐! 정신을 차릴 수가 없네!"

"내 계획은 이래. 2층 한쪽 구석을 분리해서 아빠와 사셴까와 뉴샤와 함께 우리가 지낼 거처로 삼는 거예요. 2층 끝쪽 어딘가 곧장 이어지는 방 두세개에서 지내고 집의 나머지는 완전히 내놓는 거지. 바깥과 차단하는 것처럼 칸막이를 하고, 그런 철제 난로 하나를 가운데 방에 놓고 연통은 통풍구로 뽑아서 그 방 하나에서 빨래하고 밥 짓고 식사하고 손님도 맞고, 모든 걸 하는 거야. 연료를 최대한 활용하는 거지. 또 혹시 알아, 하느님이 무사히 겨울을 나게 해주실지?"

"혹시라니? 물론 우린 겨울을 무사히 날 거야. 틀림없어요. 당신, 기가 막힌 생각을 해냈어. 멋진걸. 이건 어때? 당신 계획이 채택된 걸 축하하는 거야. 오리를 요리해서 꼴랴 삼촌을 집들이에 초대합시다."

"멋져요. 고르돈한테 술을 좀 가져오라고 부탁할게. 실험실 같은 데서 구할 수 있을 거야. 자, 봐요, 내가 말한 방이야. 내가 골랐는데, 괜찮지? 트렁크는 바닥에 놓고 내려가서 바구니를 가져와요. 삼촌과 고르돈 외에 또 인노껜찌와 슈라 실레진게르도 초대할 수 있겠다. 싫은 건 아니죠? 욕실이 어딘지 아직 잊지 않았지? 가서 몸에 소독약 좀 뿌려요. 나는 사셴까한테 가서 뉴샤를 내려보내고 준비되면 당신을 부를게."

3

모스끄바에서 그가 접한 가장 중요한 소식은 이 아이였다. 유리 안드레예비치는 사셴까가 태어나자마자 징집되었다. 그가 아들에 대해 무엇을 알겠는가?

이미 동원 명령을 받고 출발을 앞둔 어느날 유리 안드레예비치는 아직 병원에 있던 또냐를 만나러 갔었다. 그가 도착한 때는 마침 아이들 수유 시간이어서 들여보내주지 않았다.

그는 대기실에 앉아 기다렸다. 그때 열명에서 열다섯명 정도 되는 갓난아기들의 울음의 합창이 산모들이 죽 누워 있는 분만실 복도에서 모퉁이를 돌아 멀리 신생아실 복도 가득 울려퍼졌다. 그러자 간호사들이 강보에 싼 신생아들을 감기 들지 않게 서둘러 커다란 쇼핑 꾸러미마냥 양 겨드랑이에 하나씩 끼고 어머니들이 젖을 먹이도록 데려다주기 시작했다.

"응애응애." 갓난아기들은 마치 당연히 할 일인 듯 거의 아무 감정 없이 같은 음조로 울어댔는데, 그 합창에서 단 하나의 목소리만이 두드러졌다. 그 목소리 또한 "응애응애" 하고 울었고 마찬가지로 고통의 기색도 없었으나, 마땅히 우는 것이 아니라 일부러 울며 음울한 적대감을 표출하는 것 같은 낮은 목소리였다.

유리 안드레예비치는 그때 이미 아들의 이름을 장인을 기려 알렉산드르로 짓기로 결정했었다. 뚜렷한 이유는 없지만 그는 그렇게 울부짖는 아이가 자신의 아이일 거라 상상했는데, 그것은 사람의 장래 성격과 운명을 이미 담은, 생김새를 가진 울음이었다. 유리 안드레예비치가 생각하기로 그 울음은 아이의 이름, 알렉산드르라는 이름을 간직한 음색이었다.

유리 안드레예비치는 틀리지 않았다. 나중에 알게 된 대로 그것은 실제로 사셴까의 울음소리였다. 바로 그것이 그가 아들에 관해 처음 알게 된 것이었다.

그다음에 아들에 대해 알게 된 것은 유리 안드레예비치가 전선에 있을 때 받은 편지에 동봉된 작은 사진들을 통해서였다. 사진에는 쾌활하고 잘생긴, 포동포동한 사내아이가 펼쳐놓은 담요 위에 어정쩡하게 다리를 벌리고 서 있었다. 머리가 크고 입술을 조그맣게 오므렸고, 두 팔을 위로 쳐든 것이 꼭 쪼그린 자세로 춤을 추는 것 같았다. 그때 아이는 한살이었고 걸음마를 배우는 중이었다. 이제는 두돌이 가까워 말을 시작했다.

유리 안드레예비치는 마룻바닥에서 트렁크를 들어올려 끈을 풀고 창가에 있는 카드놀이용 탁자 위에 펼쳐놓았다. 전에 이 방이 뭐였더라? 의사는 알아보지 못했다. 또냐가 가구를 들어냈거나 벽지를 새로 바른 모양이었다.

의사는 면도 도구를 꺼내려고 트렁크를 열었다. 창문 바로 맞은편에 솟아 있는 교회 종루 기둥들 사이에서 환한 보름달이 모습을 드러냈다. 달빛이 트렁크 안으로, 맨 위에 개켜넣은 속옷과 책들과 세면도구 위로 떨어지자 방은 어딘가 좀 다른 빛을 띠었고, 의사는 그 방을 알아보았다.

그곳은 고인이 된 안나 이바노브나가 창고로 쓰던 방이었다. 예전에 그녀는 그 방에 망가진 탁자와 의자, 필요 없는 헌 문구류를 쌓아두었는데 지금은 비어 있었다. 그녀 가문의 고문서가 여기에 있었고, 또한 여름 동안 겨울 물품들을 넣어 치워두는 궤짝들도 있었다. 고인의 생전에는 사방 구석에 천장까지 물건들이 쌓여 있었고 대개는 출입이 금지되었다. 하지만 큰 명절 때면 이 방도 자물쇠가 풀렸고 아이들이 떼로 모여 소란을 피우며 위층을 뛰어다니는 것이 허락되었다. 그러면 아이들은 이 방에서 도둑잡기 놀이를 하고, 탁자 밑에 숨고, 태운 코르크로 얼굴에 검댕을 칠하고, 가장 무도회 복장을 했다.

의사는 그 모든 것을 회상하며 한동안 서 있다가 아래층 현관에 남은 바구니를 가지러 내려갔다.

아래층 부엌에는 소심하고 부끄럼 많은 뉴샤가 난로 앞에 쪼그리고 앉아 신문지를 펼쳐놓고 오리털을 뜯고 있었다. 양손에 무거운 물건을 든 유리 안드레예비치를 보자 그녀는 양귀비꽃같이 얼굴을 붉히며 앞치마에 붙은 깃털을 털고는 유연한 동작으로 몸을 펴 인사를 하고 도와줄까 물었다. 의사는 감사를 표한 뒤 바구니는 혼자 옮기겠다고 말했다.

그가 안나 이바노브나의 옛 창고로 들어가자마자 두번째인가 세번째 방 깊숙한 곳에서 아내가 불렀다.

"들어와도 돼, 유라!"

그는 사셴까에게로 향했다.

지금의 아이방은 전에 그와 또냐의 공부방이었다. 아기 침대에 들어 있는 사내아이는 사진에서 봤던 대로의 미남은 전혀 아니었다. 그보다는 유리 안드레예비치의 어머니, 고인이 된 마리야 니꼴라예브나 지바고를 꼭 닮아서, 어머니 사후에 그가 간직한 어떤 사진보다 더욱, 놀랄 만큼 닮은 판박이였다.

"아빠야, 네 아빠, 아빠한테 손 흔들어보렴." 아버지가 좀더 편하게 아이를 안아 올릴 수 있게 침대 그물을 내리면서 안또니나 알렉산드로브나가 되풀이해 말했다.

사쉔까는 이 낯선 텁석부리 남자가 가까이 오는 것은 허락했지만 아마 놀라서 반감이 생긴 듯, 그 사람이 몸을 굽히자 갑자기 한 손으로 엄마의 블라우스를 잡고 일어서더니 다른 손을 사납게 휘둘러 그의 얼굴을 찰싹 때렸다. 자신의 대담한 행동에 몹시 놀란 나머지 사쉔까는 곧바로 엄마 품에 뛰어들어 옷에 얼굴을 묻고 달랠 길 없는 아이의 눈물과 함께 서럽게 울기 시작했다.

"이런, 이런," 안또니나 알렉산드로브나가 그를 꾸짖었다. "사쉔까, 그러면 안 되지. 아빠는 사샤가 나쁜 아이라고, 뱌까⁵라고 생각하실 거야. 네가 뽀뽀하는 걸 보여드리렴. 아빠한테 뽀뽀해. 울지 말고, 울면 안 되지. 왜 울어, 바보같이?"

"그냥 뒤요, 또냐." 의사가 부탁했다. "애를 괴롭히지 마, 당신도 실망하지 말고. 당신 머릿속으로 어떤 부질없는 생각이 기어드는지 알아요. 이건 우연이 아니야, 나쁜 징조야 싶겠지. 그저 하찮은 일일 뿐이야. 당연하잖아, 아이는 한번도 날 본 적이 없는데. 내일이면 눈에 익을 거고, 우린 뗄 수 없는 사이가 될 거예요."

하지만 그 자신도 물에 빠진 심정이 되어 불길한 징조를 느끼며 방에서 나왔다.

4

그후로 며칠이 지나는 동안 그는 자신이 얼마나 외로운지 알게 되었다. 그는 이 점을 두고 누구도 비난하지 않았다. 분명히 그것은

---

5 유아어로 '나쁜 사람'이라는 뜻.

자신이 원해서 얻은 것이었다.

이상하게도 친구들은 빛을 잃고 희미해졌다. 누구한테도 자기 세계, 자기 견해가 남아 있지 않았다. 그들은 그의 기억 속에서 훨씬 더 빛났다. 아무래도 전에는 그가 그들을 과대평가한 것 같았다.

세상의 질서가 부유한 사람들에게 가난한 사람들의 희생을 대가로 제멋대로 별난 짓거리를 허용하던 시절에는, 대다수 사람들이 비참한 삶을 이어가는 동안 소수의 사람들이 누리던 그 기행과 무위도식의 권리를 얼마나 쉽게 참모습으로, 독창성으로 오해했던가!

그러나 하층계급이 들고일어나고 상층계급의 특권이 폐지되자마자 모두가 얼마나 빨리 시들어버렸으며, 분명 누구에게도 없었던 그 독창적인 생각과 얼마나 미련 없이 작별했던가!

이제 유리 안드레예비치가 가깝게 느끼는 이들은 오직 거창한 미사여구나 과장된 감정을 모르는 사람들, 아내와 장인, 두세명의 동료 의사, 소박하고 평범한 노동자들뿐이었다.

오리고기와 술이 있는 저녁은 계획대로 제때 이루어졌다. 그가 돌아온 지 이삼일째 되는 날이었는데, 그사이 그는 초대받은 사람들 모두와 재회해 그날 저녁이 첫 만남은 아니었다.

이미 배고픈 시절이어서 기름진 오리고기는 보기 드문 호사였다. 하지만 곁들일 빵이 없다보니 이 화려한 요리가 무색해지다 못해 화를 돋울 정도였다.

고르돈이 마개를 꼭 막은 조그만 약병에 알코올을 담아 가져왔다. 알코올은 밀거래꾼들이 좋아하는 교환수단이었다. 안또니나 알렉산드로브나가 병을 손에서 놓지 않고 필요에 따라 내키는 대로 조금씩 물에 희석해 주었다. 너무 독하기도, 너무 약하기도 했다. 매번 알코올 양이 제각각인 탓에 고르게 취하지 않았고 많은 이가 일정한 도수의 독주를 마시는 것보다 더 힘들어했다. 이 또한 짜증을 돋우는 일이었다.

하지만 무엇보다 우울한 것은 그들의 파티가 시절의 상황에서 벗어나 있다는 점이었다. 바로 그 시각 골목 맞은편 집들에서도 그렇게 먹고 마신다고 생각할 수는 없는 노릇이었다. 창밖에는 어둠에 잠긴 굶주린 모스끄바가 침묵 속에 놓여 있었다. 상점들은 텅 비었고, 사람들은 사냥한 고기와 보드까 같은 것에 대해 생각하는 것조차 잊었다.

그러므로 주변 사람들의 삶과 닮은 삶만이, 그 속에 조금의 파문도 없이 빠져드는 삶만이 참된 삶으로 여겨졌다. 나누지 못하는 행복은 행복이 아니었다. 그러니 도시에서 유일할 것 같은 오리고기와 술도 전혀 술과 고기가 아닌 것 같았다. 그것이 무엇보다도 괴로운 일이었다.

손님들 또한 유쾌하지 않은 생각들을 불러일으켰다. 고르돈만 해도 곰곰이 생각한 끝에 침울하고 두서없는 말투로 의견을 밝히던 시절에는 좋았다. 그는 유리 안드레예비치의 가장 좋은 친구였다. 김나지움에서도 다들 그를 좋아했다.

하지만 이제 그는 그런 자신이 마음에 들지 않아 품성을 바꾸고자 했는데, 노력의 결과는 성공적이지 못했다. 그는 활기차고 유쾌한 사람인 척 줄곧 기지를 뽐내며 뭔가를 이야기했고, 자주 "진짜 재밌네"라든가 "정말 즐거워"라고 말하곤 했다. 그건 그의 사전에 있는 말이 아니었다. 고르돈은 결코 삶을 오락으로 이해하는 사람이 아니었기 때문이다.

두도로프를 기다리는 동안 그는 친구들 사이에 떠도는, 자기가 보기에도 우스꽝스러운 두도로프의 결혼에 관해 이야기했다. 유리 안드레예비치는 모르는 얘기였다.

알고 보니 두도로프는 결혼한 지 일년 만에 이혼했다는 것이다. 이 있을 법하지 않은 이야기의 요지는 이랬다.

두도로프는 실수로 징집되었다. 오해가 밝혀지기를 기다리며 복무하는 동안, 그는 길에서 멍청하게 있다가 장교에게 경례를 하지 않은 일로 가장 자주 처벌을 받았다. 자유의 몸이 되고 나서도 오래도록 그는 장교가 보이면 손이 위로 들렸고, 자꾸 눈앞이 어지럽고 도처에서 견장이 어른거렸다.

그 무렵 그는 모든 것이 엉망진창이어서 이런저런 실수와 잘못을 저질렀다. 바로 그때 볼가 강가의 어느 선착장에서 같은 기선을 기다리던 자매를 알게 된 모양이었다. 그리고 아마도 주위에 무수히 많은 군인들이 어른거리는데다 군인 시절 경례 때문에 겪은 일의 기억으로 인해 넋이 나갔는지 제대로 보지도 않고 사랑에 빠져 서둘러 동생에게 청혼을 했다는 소문이었다. "재밌지 않아?" 고르돈이 물었다. 하지만 그는 이야기를 접어야 했다. 문 뒤에서 이야기 주인공의 목소리가 들렸던 것이다. 두도로프가 방으로 들어왔다.

그에게는 정반대의 변화가 일어나 있었다. 더이상 예전의 바보같이 덤벙대는 경박한 사람이 아니라 진중한 학자로 변했다. 학생 때 정치범의 도피 준비에 가담했다는 이유로 김나지움에서 퇴학당하고 나서 그는 한동안 여러 예술 학교를 표류하다가 결국 고전의 기슭에 닿았다. 두도로프는 동기생들에 비해 뒤늦게, 전쟁 중에 대학을 마치고 지금은 러시아사학과 일반사학, 두 학과에서 자리를 잡았다. 첫번째 분야에서 그는 이반 그로즈니[6]의 토지정책에 관해

----

6 러시아 류리끄 왕조의 군주인 이반 4세(1530~84). 전제권력을 확립한 최초의 황제로 귀족을 탄압하는 공포정치를 폈다.

무언가를 썼고 두번째 분야와 관련해서는 생쥐스뜨[7]에 관한 연구서를 썼다.

이제 그는 마치 감기에 걸린 듯 나직한 목소리로 모든 것에 대해 온화하게 논했고, 강의를 하는 것처럼 눈을 내리깔지도, 치뜨지도 않고 꿈을 꾸듯 한 지점을 바라보았다.

파티가 끝나갈 즈음 불쑥 들어온 슈라 실레진게르가 자신의 시 빗거리로 그렇지 않아도 뜨거운 열기를 한껏 고조시켜 모두 앞다투어 소리치고 있을 때, 유리 안드레예비치와 학창 시절부터 서로 존대하던 인노껜찌가 거듭 물었다.

"당신은『전쟁과 평화』와『등골의 플루트』를 읽어봤나요?"

유리 안드레예비치는 진작에 이 주제에 관한 자기 생각을 말했지만, 부글부글 끓어오른 논쟁 때문에 알아듣지 못한 두도로프가 조금 후에 다시 한번 물었다.

"당신은『등골의 플루트』와『인간』[8]을 읽었나요?"

"대답하지 않았던가요, 인노껜찌. 듣지 못한 건 당신 잘못이죠. 뭐, 좋습니다. 다시 말하지요. 나는 늘 마야꼽스끼를 좋아했습니다. 이 작가한테는 도스또옙스끼를 이어받은 면이 있어요. 더 정확히 말하자면 이뽈리뜨[9]나 라스꼴니꼬프, 아니면『미성년』의 주인공 같은 도스또옙스끼의 젊은 반항아들 중 하나가 쓴 서정시 버전이랄까요. 모든 걸 집어삼키는, 얼마나 강렬한 재능입니까! 타협을 모른 채 직설적이고 단호하게 말해버리잖아요! 무엇보다도 얼

7 Louis Antoine Saint-Just(1767~94). 프랑스혁명 시기(1789~99) 로베스삐에르와 함께 자꼬뱅당의 지도자로 공포정치를 펼친 정치가.
8 러시아 혁명시인 블라지미르 마야꼽스끼의 서사시들. 시집 제목이기도 하다.
9 도스또옙스끼의 소설『백치』의 인물.

마나 대담한 필체로 사회의 면전에다, 나아가 더 먼 공간 어딘가에 그 모든 걸 집어던졌습니까!"

그러나 파티의 주빈은 물론 외삼촌이었다. 니꼴라이 니꼴라예비치가 다차에 가 있다는 안또나 알렉산드로브나의 말은 틀린 것이었다. 그는 조카가 도착하던 날 돌아와 시내에 있었다. 유리 안드레예비치는 이미 두세번 그를 만나서 연신 오, 아, 탄성을 지르며 마음껏 이야기를 나누고 실컷 웃었다.

그들의 첫 만남은 잿빛의 음울한 저녁에 이루어졌다. 가랑비가 부슬부슬 부옇게 흩날렸다. 유리 안드레예비치가 니꼴라이 니꼴라예비치가 묵고 있는 호텔방으로 찾아갔다. 이미 시 당국이 강력하게 요청한 사람만 호텔에 묵을 수 있었다. 하지만 니꼴라이 니꼴라예비치는 어디서나 잘 알려진 사람이었고, 옛 인맥이 남아 있었다.

호텔은 직원들이 버리고 떠난 정신병동 같은 인상을 자아냈다. 계단이며 복도며 텅 빈 채 혼돈이 난무했고 무슨 일이 일어날지 알 수 없었다.

정돈되지 않은 방의 커다란 창을 그 광기의 나날 속 인적 없고 왠지 섬뜩한, 드넓은 광장이 들여다보고 있었다. 호텔 창문으로 실제로 보이는 광경이 아니라 마치 악몽을 꾸는 것 같았다.

실로 잊을 수 없는 놀랍고 뜻깊은 만남이었다! 어린 시절 그의 우상이, 청년 시절 그의 사유의 지배자가 생생한 실물로 다시 그의 앞에 서 있었다.

백발이 니꼴라이 니꼴라예비치에게 아주 잘 어울렸다. 외국산 헐렁한 양복도 잘 맞았다. 여전히 그는 나이에 비해 아주 젊고 잘생겨 보였다.

물론 엄청난 사건들을 가까이에서 겪으며 그는 많은 것을 잃었다. 여러 사건이 그에게 짙은 그늘을 드리웠다. 하지만 유리 안드레예비치는 그런 잣대로 그를 평가하고픈 마음이 전혀 없었다.

그는 니꼴라이 니꼴라예비치가 농담조로 차분하고 냉정하게 정치적 주제를 말하는 것에 놀랐다. 그는 그 시절의 대다수 러시아인이 미치지 못할 정도의 평정심을 유지했다. 그가 외국에서 막 돌아왔다는 표시였다. 그런 특징이 눈에 띄었는데 구식이어서 거북했다.

아, 그러나 그들 재회의 처음 몇시간을 채운 것은, 서로의 목을 얼싸안고 울게 한 것은, 흥분으로 숨이 가빠 쉴 새 없이 열띤 첫 대화를 자주 끊은 것은 그것이, 실로 그것이 아니었다.

혈연으로 엮인 두 창조적 성격의 만남이었다. 비록 지난날이 되살아나 두번째 삶을 살기 시작했지만, 추억이 밀려들고 이별의 시간 동안 일어났던 일들이 표면으로 떠올랐지만, 화제가 가장 중요한 것, 창조적 기질의 사람들이 잘 아는 것들로 접어들자마자 그 유일한 관계를 제외한 모든 관계가 사라졌다. 삼촌과 조카 사이라는 것도, 나이 차이도 잊고 오직 본능과 본능, 에너지와 에너지, 원칙과 원칙의 친연성만이 남게 되었다.

지난 십년 동안 니꼴라이 니꼴라예비치는 저술 활동의 매력과 창조적 사명의 본질에 관한 자기 생각을 지금처럼 마음껏 진솔하게 말할 기회를 갖지 못했다. 한편으로 유리 안드레예비치 역시 그의 분석만큼 날카롭고 적확하고 고무적인 매력을 지닌 견해를 들어보지 못했다.

두 사람은 순간순간 탄성을 토했고, 서로의 예리한 통찰에 놀라 머리칼을 움켜쥐고 방 안을 뛰어다니거나 서로를 이해했다는 증거에 감명받아 창가로 물러나 말없이 손가락으로 유리창을 두드렸다.

그들의 첫 만남은 그러했다. 하지만 그뒤로 의사는 모임에서 니꼴라이 니꼴라예비치를 몇번 보았는데, 사람들과 있을 때 그는 몰라보게 다른 사람이었다.

모스끄바에서 그는 자신을 손님으로 이해했고, 그런 의식을 바꾸려 하지 않았다. 그가 집이라 여기는 곳이 뻬쩨르부르그인지 아니면 어떤 다른 장소인지는 분명치 않았다. 그는 정치평론가와 사교계 명사 역할에 흡족해했다. 아마도 국민공회를 앞두고 빠리 마담 롤랑의 집에서 열렸던 것 같은 정치 살롱이 모스끄바에서도 열리게 될 것이라고 상상했던 모양이었다.[10]

손님 접대를 좋아하는 그의 여자 친구들이 모스끄바의 조용한 골목 곳곳에 살고 있었고, 그는 거기 들러 그들과 그 남편들을 생각이 흐리멍덩하고 시대에 뒤떨어졌다고, 모든 것을 자기 입장에서만 판단하는 습성에 젖어 있다고 온화한 태도로 놀려주었다. 한때 외경과 오르페우스교[11] 문헌을 두고 그랬듯이 이제 그는 신문에서 얻은 박식함을 과시하고 다녔다.

사람들은 그가 스위스에 새 젊은 애인과 끝내지 못한 일과 마무리하지 못한 책을 남겨두고 왔다고 했다. 단지 조국의 격변의 소용돌이에 잠시 몸을 맡겼다가, 몸 성히 벗어나게 되면 다시 자신의 알프스로 홀연히 흔적도 없이 떠날 것이라는 소문이었다.

그는 볼셰비끼를 지지했고, 사상을 같이하는 두명의 좌파 사회

---

10 마담 롤랑은 프랑스혁명 시기 지도자 중 한 사람. 그녀의 집에서 문을 연 유명한 혁명 살롱을 통해 지롱드파가 형성되었다.

11 외경은 성경의 정본 선정에서 제외된 문서. 오르페우스교는 고대 그리스의 신화적 시인 오르페우스와 관련해 삶을 고통으로, 죽음 이후를 지복으로 여기는 종교이다.

혁명당원[12]을 자주 언급했다. 미로시까 뽀모르라는 필명으로 글을 쓰고 있던 저널리스트와 시사평론가 실비야 꼬쩨리였다.

알렉산드르 알렉산드로비치가 투덜대며 그를 책망했다.

"당신이 어디까지 추락한 건지 무서울 따름입니다, 니꼴라이 니꼴라예비치! 당신의 저 미로시까 무리, 더러운 시궁창이잖아요! 당신의 저 리지야 뽀꼬리는 또 어떻고요."

"꼬쩨리입니다." 니꼴라이 니꼴라예비치가 이름을 바로잡았다. "실비야이고요."

"뽀꼬리나 뽀뿌리나 마찬가지죠. 달라질 건 아무것도 없어요."

"아무튼 꼬쩨리입니다." 니꼴라이 니꼴라예비치가 집요하게 고집했다. 그와 알렉산드르 알렉산드로비치는 이런 말을 주고받았다.

"도대체 우리가 무얼 두고 논쟁하는 겁니까? 이 따위 진리를 증명하려는 것 자체가 창피할 따름입니다. 이건 초보적인 거예요. 수세기 동안 대다수 인민은 상상도 할 수 없는 삶을 살았습니다. 아무 역사책이나 들춰보세요. 봉건주의와 농노제든 아니면 자본주의와 공장제 산업이든, 뭐라고 불리는가와 상관없이 그런 질서가 비정상적이고 부당하다는 것은 오래전에 알려진 사실입니다. 그래서 인민을 빛으로 인도하고 모든 것을 제자리에 놓을 변혁이 오래전부터 준비되어왔고요.

아시다시피 옛것의 부분적인 개조는 여기에 소용이 없고 필요

---

12 19세기 인민주의의 전통을 이어받아 결성된 20세기 초 러시아의 사회주의 농민 정당. 1917년 2월혁명 이후 멘셰비끼와 연합해 한때 소비에뜨를 지배하고 임시정부 정권을 담당했다. 이후 볼셰비끼가 정국을 주도해가는 과정에서 두 파로 분열했고, 좌파는 볼셰비끼와 협력하여 10월혁명 이후 소비에뜨 정부에 참여했다.

한 것은 근본적인 변화입니다. 토대의 변혁은 건물의 붕괴를 초래하겠지요. 그래서 뭐요? 무섭다고 해서 일어나지 않는 것은 아니지요. 이건 시간문제입니다. 이걸 어떻게 논박하시겠습니까?"

"에이, 그런 얘기가 아니잖습니까? 과연 내가 그 얘기를 하고 있을까요? 내가 무슨 말을 하고 있습니까?" 알렉산드르 알렉산드로비치가 화를 냈고, 논쟁의 불씨가 확 타올랐다.

"당신의 뽀뿌리들과 미로시까들은 양심이 없어요. 말과 행동이 다릅니다. 게다가 또, 여기 어디 논리적인 구석이 있습니까? 완전히 모순덩어리잖습니까? 아니, 잠깐만요, 당장 보여드릴 게 있습니다."

그는 책상 서랍을 쾅쾅 열었다 닫았다 하며 모순적인 글이 실린 잡지를 찾기 시작했고, 그 야단법석에 맞춰 더 활발히 말을 토해냈다.

알렉산드르 알렉산드로비치는 말하는 도중에 뭔가가 그를 방해하는 것을 좋아했다. 그럴 때는 "에에" 하고 "에헴" 하며 뜸을 들이다가 어물쩍 얼버무릴 수 있었다. 그는 잃어버린 뭔가를 찾을 때, 이를테면 어둑한 현관에서 덧신 한짝을 찾을 때나 어깨에 수건을 두르고 욕실 문턱에 서 있을 때, 혹은 식탁에서 무거운 음식 접시를 건네거나 손님들의 잔에 포도주를 따를 때 말이 많아졌다.

유리 안드레예비치는 즐겁게 장인의 말에 귀를 기울였다. 그는 그 노래하듯 늘어지는, 자신에게 너무도 친숙한 옛 모스끄바의 말투를, 고양이의 가릉가릉 소리를 닮은, 그로메꼬의 부드럽게 목젖을 울리는 '르' 발음을 아주 좋아했다.

알렉산드르 알렉산드로비치의 다듬은 콧수염 아래 윗입술이 아랫입술 위로 아주 살짝 튀어나와 있었다. 마찬가지로 나비넥타이가 가슴팍 위로 솟아 있었다. 입술과 넥타이 사이에는 어떤 공통점이 있었고, 그 공통점이 알렉산드르 알렉산드로비치에게 뭔가 감동적인 모습, 순진한 아이 같은 모습을 더해주었다.

밤늦게, 손님들이 떠나기 거의 직전에 슈라 실레진게르가 나타났다. 어떤 모임에 갔다가 곧장 오는 길이었다. 재킷을 입고 노동모를 쓴 차림으로 단호한 걸음걸이로 방에 들어온 그녀는 차례차례 모두와 악수를 나누며 걸음을 옮기는 동시에 질책과 비난을 쏟아냈다.

"또냐, 잘 지냈어? 사네치까, 안녕하세요? 하여튼 비열한 짓인 건 인정해야 할 거야. 왔다는 소리가 곳곳에서 들리고 모스끄바 사람들이 다 그 얘긴데 나한테는 마지막으로 알리고 말이야. 빌어먹을, 나는 별 볼일 없는 사람인 모양이지. 아무튼 어디 있나요, 기다리고 기다리던 그 사람은? 좀 지나갑시다. 아주 에워싸고 담을 쳤네. 아, 안녕! 멋져, 멋져. 나도 읽었어. 한마디도 이해가 가진 않지만 천재적이야. 그건 금방 알겠더라. 안녕하세요, 니꼴라이 니꼴라예비치? 금방 올게, 유로치까. 너와 나눌 중요하고 특별한 얘기가 있어. 젊은이들, 안녕. 고고치까, 너도 여기 있었니? 거위들, 거위들, 꽥, 꽥, 꽥, 먹고 싶어요, 응, 응, 응?[13]"

마지막 탄성은 모든 떠오르는 세력에 대한 열렬한 숭배자인 고고치까를 향한 것이었다. 그는 그로메꼬의 아주 먼 친척뻘로, 멍청하고 웃기를 잘해서 아꿀까[14]라고 불렸고, 키만 크고 비쩍 마른 모습 때문에 촌충이라고도 불렸다.

"여기서 먹고 마시고들 계셨어? 내 곧 따라잡지요. 아이고, 이보

---

13 거위를 다룬 아이들용 놀이 동시.
14 아주 단순한 규칙을 가진 아이들의 카드놀이.

세요, 여러분, 당신들은 아무것도 몰라요, 정말 아무것도 모른다고요! 세상이 어떻게 돌아가고 있는데! 무슨 일이 벌어지고 있는데요! 책에 나오는 사람들 말고 진짜 노동자들하고, 진짜 병사들하고 같이 어디든 인민 집회 현장에 한번 가보세요. 거기서 마지막 승리의 순간까지[15] 싸우자고 전쟁에 대해 찍소리 한번 내보시라고요. 그러면 당신들한테 마지막 승리의 순간을 안겨줄 테니까! 내가 방금한 수병이 하는 말을 듣고 왔어요! 유로치까, 아마 넌 미쳐버릴 게다! 얼마나 대단한 열정인지! 얼마나 한마음으로 열심이던지!"

사람들이 슈라 실레진게르의 말을 연거푸 가로막았다. 모두가 제각각 고함을 질렀다. 그녀는 유리 안드레예비치에게 다가앉아 그의 손을 잡고 다른 사람들 고함 소리를 이기려 얼굴을 바싹 대고는 수화기에다 말하듯 목소리를 높이거나 낮추지 않고 소리쳤다.

"언제 나랑 같이 가자, 유로치까. 너한테 사람들을 보여주마. 너는 반드시, 정말로 안타이오스처럼 땅에 발을 디뎌야 해,[16] 알겠니? 왜 그렇게 눈을 휘둥그레 뜨는 거야? 내 말이 놀라워? 유로치까, 너는 내가 늙은 군마라는 걸, 늙은 베스뚜젭까[17]라는 걸 모르는구나. 난 구치소 구경도 했어. 바리케이드에서 싸웠지, 암! 무슨 생각을 하는 거야? 오, 우리는 인민을 모른다! 내가 지금 막 거기, 빼곡한 인민의 숲에 있다 왔어. 나는 인민을 위한 도서관을 만들고 있어."

15 2월혁명 후 독일과의 결전을 맹세하는 께렌스끼 정부의 구호. 급진적 노동자와 군대는 반전을 내세운 볼셰비끼를 지지했다.

16 안타이오스는 바다의 신 포세이돈과 땅의 여신 가이아 사이에서 난 그리스·로마 신화의 거인. 땅에 발이 닿을 때마다 더욱 강해지는 특성이 있다.

17 1878년 뻬쩨르부르그에 문을 연 여자 고등전문학교 학생을 가리키는 말. 설립자이자 초대 교장 꼰스딴찐 베스뚜제프-류민의 이름에서 유래했고 이상주의자라는 의미다.

그녀는 이미 한잔해서 취한 게 분명했다. 하지만 유리 안드레예비치도 머리가 빙빙 돌았다. 슈라 실레진게르가 어떻게 방 한쪽 구석에 있고 자기는 맞은편 탁자 끝에 있게 됐는지 영문을 알 수 없었다. 그는 선 채로, 모든 정황으로 보아 스스로에게도 뜻밖인 말을 하고 있었다. 소란이 잦아들기까지 다소 시간이 걸렸다.

"여러분, 제가…… 미샤! 고고치까! ……또냐, 저 사람들이 듣지 않는데 어쩌지? 여러분, 제가 두어마디만 하게 해주세요. 전례 없는 엄청난 사건들이 닥쳐오고 있습니다. 그것들이 우리에게 밀어 닥치기 전에, 저는 여러분께 바라고 싶습니다. 그것들이 다가올 때, 주여, 우리가 서로를 잃지 않게 하시고, 또 우리가 우리의 영혼을 잃지 않게 하소서. 고고치까, 만세는 나중에 외쳐요. 아직 제 말이 끝나지 않았어요. 구석에서들 얘기하지 말고 제 얘기를 잘 들어주세요.

전쟁이 일어난 지 삼년째인 지금, 인민들 사이에서는 조만간 전선과 후방의 경계가 지워지고 피의 홍수가 한 사람 한 사람에게 닥쳐와 숨어서 전쟁의 참화가 그치기를 기다리는 사람들까지 휩쓸어 버릴 것이라는 확신이 자리 잡았어요. 혁명이 바로 그 홍수입니다.

전쟁 중에 우리가 그랬듯이, 혁명이 진행되는 동안 여러분은 삶이 멈춘 것같이, 사적인 것은 송두리째 끝난 것같이 느낄 겁니다. 죽이고 죽는 것뿐 세상에는 더이상 아무 일도 일어나지 않는 것같이 보일 겁니다. 만일 우리가 이 시대에 대한 수기와 회고록이 나오는 날까지 살아남아 그 추억담을 읽게 된다면, 우리는 이 오년 내지 십년 동안 다른 사람들이 한세기를 통틀어 겪을 일보다 더 많은 일을 겪었다고 확신하게 될 겁니다.

인민이 스스로 일어나 밀물처럼 나아갈지, 또는 모든 것이 인민의 이름으로 행해질지 저는 모릅니다. 그런 거대한 사건에는 극적인 증거가 요구되지 않는 법이죠. 입증 없이도 저는 믿을 겁니다. 거대한 사건의 원인을 파헤치는 건 하찮은 짓입니다. 그런 사건들은 원인을 갖지 않아요. 부부 싸움에나 원인이 있어 서로 머리카락을 잡아당기고 접시를 깨뜨린 다음에야 누가 먼저 시작한 건지 생각해내려고 머리를 쥐어짜지요. 하지만 우주가 그렇듯이, 진정으로 위대한 모든 것은 시작이 없습니다. 그것은 발생하는 것이 아니라, 마치 늘 있었거나 아니면 하늘에서 굴러떨어진 것처럼 문득 나타납니다.

저 또한 러시아가 세상이 열린 이래 최초로 사회주의 나라가 될 운명이라 생각합니다. 그런 일이 일어나면 우리는 오래도록 망연자실할 것이고, 그러다 정신이 들어도 더이상 잃어버린 기억을 되돌리지 못할 겁니다. 우리는 과거의 일부를 잊을 것이고, 그 미증유의 일에 대한 설명을 구하지도 않을 겁니다. 새롭게 도래한 질서가 우리를 둘러쌀 것이고, 우리는 지평선 위의 숲이나 머리 위의 구름처럼 거기 익숙해지겠지요. 그것이 도처에서 우리를 에워싸 다른 것은 아무것도 남지 않겠지요."

그는 뭔가를 더 말했고, 그러는 사이에 술이 완전히 깼다. 하지만 아까처럼 주위에서 하는 말을 잘 알아듣지 못하고 엉뚱한 답을 하곤 했다. 모두가 자신에게 애정을 표하는 것을 보면서도 그는 자신을 제정신이 아니게 만든 슬픔을 쫓을 수 없었다. 그가 말했다.

"감사합니다, 감사합니다. 여러분의 마음을 느낄 수 있어요. 저는 그런 사랑을 받을 자격이 없는 사람입니다만, 나중에 더 뜨겁게 사랑해야 하는 건 아닐까 하는 두려움에 이렇게 허겁지겁 사랑하며 사랑을 아껴서는 안 되겠지요."

모두가 이 말을 의도적인 재담으로 받아들여 웃음을 터뜨리며 손뼉을 쳤다. 하지만 그는 임박한 불행의 느낌에, 자신이 선을 끝없이 갈망하고 행복해질 능력이 있음에도 불구하고 미래를 통제할 힘이 없다는 생각에 어찌할 바를 몰랐다.

손님들이 자리를 뜨기 시작했다. 모두가 피곤해 축 늘어진 얼굴이었다. 하품하느라 턱을 여닫는 것이 말을 닮아 보였다.

그들은 작별 인사를 나누며 커튼을 젖히고 창문을 활짝 열었다. 누르스름한 새벽이 모습을 드러냈다. 지저분한 녹황색 구름이 축축한 하늘에 자욱했다.

"우리가 떠드는 사이에 비바람이 친 게 분명해." 누군가 말했다.

"여기 오는 길에 비를 만나 간신히 달려왔어요." 슈라 실레진게르가 그 말을 확인해주었다.

나무에서 톡톡 떨어지는 빗방울 소리와 비에 흠뻑 젖은 참새들이 쉴 새 없이 쩍쩍거리는 소리가 아직 어두운 텅 빈 골목에서 번갈아 들려왔다.

쟁기로 온 하늘을 가로질러 이랑을 갈 듯이 천둥이 우르릉대자 모든 것이 잠잠해졌다. 그런 다음 뒤늦은 천둥소리가 네차례 커다랗게 울렸다. 가을에 삽으로 떠올린 보드라운 이랑에서 커다란 감자들이 굴러떨어지는 것 같았다.

천둥이 방 안에 자욱하던 담배 연기를 깨끗이 몰아냈다. 갑자기 존재의 구성 요소들이, 물과 공기가, 기쁨의 갈망이, 땅과 하늘이 전류처럼 짜릿하게 느껴지기 시작했다.

떠나는 손님들의 목소리로 골목이 가득 찼다. 그들은 방금 전 집 안에서 무언가를 두고 벌이던 언쟁을 거리에서도 똑같이 큰 소리로 이어갔다. 목소리들이 멀어지며 점차 잦아들더니 멎었다.

"너무 늦었네." 유리 안드레예비치가 말했다. "자러 갑시다. 세상에서 내가 사랑하는 건 당신과 아버님뿐이야."

5

8월이 지나고 9월도 끝나가고 있었다. 피할 길 없는 일들이 임박했다. 겨울이 가까웠고, 인간 세상에는 얼어붙은 겨울을 닮은 무언가가 예정된 채 대기를 감돌며 모두의 입술 위에 내려앉아 있었다.

추위에 대비해 식량과 땔감을 장만해야 했다. 하지만 유물론이 승리를 노래하는 시절에 물질은 관념으로 변모했다. 식량 문제와 연료 문제가 식량과 땔감을 대체했다.

도시에 사는 사람들은 다가오는 미지의 존재 앞에 선 아이들같이 속수무책이었다. 그 자체가 도시의 자식이고 도시 사람들의 창조물이었건만, 미지의 존재는 길을 가며 기존의 습관을 전부 뒤엎고 폐허만을 뒤에 남겼다.

도처에서 사람들이 스스로를 속이며 공허한 말들을 떠들어댔다. 평범한 일상이 아직은 절뚝거리고 버둥거리며 옛 습관에 따라 어딘가로 비칠비칠 가고 있었다. 하지만 의사는 있는 그대로의 삶을 보았다. 단죄된 삶은 그의 눈을 피할 수 없었다. 그와 그의 계층의 삶은 운을 다했다. 시련이, 어쩌면 심지어 파멸이 눈앞에 있었다. 그들에게 남은 오래지 않은 날들이 그의 눈앞에서 녹아내리고 있었다.

자질구레한 일상사가 아니었다면, 노동과 근심거리가 없었다면 그는 미쳐버렸을 것이다. 아내와 아이가, 돈을 벌어야 할 필요가 그의 구원이었다 —— 긴요한 것, 소박한 것, 일상, 근무, 환자들 왕진.

그는 미래라는 괴물같이 거대한 존재 앞에 선 소인족이었다. 두려웠다. 하지만 그와 동시에 그는 그 미래를 사랑했고, 남몰래 자랑스러워했다. 구름과 나무를, 거리를 따라 걷는 사람들을, 불행을 헤쳐나가려 애쓰는 러시아의 거대한 도시를 영감을 갈구하는 눈길로 마지막 작별 인사를 하듯 바라보았다. 그는 더 나은 세상을 위해 자신을 제물로 바칠 준비가 되어 있었다. 그런데 아무것도 할 수 없었다.[18]

스따로꼬뉴셴니 거리 모퉁이에 있는 러시아 의사협회 부속 약국 옆으로 아르바뜨를 건너며 포도 한가운데에서 가장 자주 그의 눈길이 스치는 것은 그 하늘과 행인들이었다.

그는 자신이 예전에 근무하던 병원에서 다시 일했다. 비록 그 이름의 단체는 해체되고 없었지만 병원은 옛 기억에 따라 성십자가 병원으로 불렸다. 병원에 적합한 새 이름을 아직 생각해내지 못했던 것이다.

병원 내부는 이미 파벌이 나뉘어 있었다. 의사가 그들의 우둔함에 분개한 온건파에게 그는 위험해 보였다. 정치적으로 멀리 나간 사람들에게 그는 덜 붉게 보였다. 그렇게 그는 이쪽에도 저쪽에도 속하지 못했다. 한쪽 해변을 떠났지만 다른 쪽 해변에는 다다르지 못했다.

병원장은 그에게 직접적인 병원 업무 외에 일반통계 업무도 맡겼다. 얼마나 많은 설문조사를 하고, 얼마나 많은 설문지를 검토해야 했으며, 얼마나 많은 일람표를 작성해야 했는지! 사망률, 발병

---

18 유리 지바고가 죽기 며칠 전에 마무리한 시 「햄릿」(2권 17부)의 구상 시기와 시에 구현된 주제 '도시'의 의미를 유추할 수 있는 대목이다.

률, 직원들의 재정 상태, 그들의 시민의식 수준과 선거 참여도, 연료와 식량과 의약품의 만성 부족 상태 등 모든 것이 중앙 통계국의 관심사였고 모든 것에 답변이 요구되었다.

의사는 의국 창가에 놓인 자신의 옛 책상에서 이 모든 일에 매달렸다. 갖가지 서식과 유형의 괘선지가 책상머리에 무더기로 쌓여 있었다. 거기서 그는 의료 업무용 정기 기록 외에 때때로 짬을 내 「인간 놀이」라는 글을 썼다. 그 시절의 암울한 일기나 산문과 시 외에도 사람들 절반이 자아를 잃고 무슨 역할을 하는지 모르고 있다는 인식에서 비롯한, 잡다한 글로 이루어진 일지였다.

벽을 하얗게 칠한, 햇빛 잘 드는 환한 의국은 성모승천 축일[19]이 지난 후 얼마 동안 두드러지는 금빛 가을의 크림색 햇살로 가득했다. 아침마다 첫서리가 내리고, 겨울 박새들과 까치들이 성기어진 숲의 다채로운 색의 물결과 찬란한 빛 속으로 날아들기 시작하는 때다. 그런 날들에 하늘은 더없이 드높아지고, 검푸른 빛이 얼어붙은 청명함으로 하늘과 땅 사이 대기의 투명한 기둥을 뚫고 북방에서 비추어온다. 세상 모든 것이 더 잘 보이고 더 잘 들린다. 얼어붙은 낭랑한 소리가 멀리서도 하나하나 또렷하게 들려온다. 앞으로 많은 세월에 걸친 삶의 모습을 송두리째 열어 보이듯 광활한 저 먼 곳이 깨끗해진다. 짧은 가을 낮의 끝에, 때 이른 땅거미의 문턱에서 그토록 잠깐 찾아오는 것이 아니라면 그 성긴 빛을 결코 견뎌낼 수 없으리라.

그런 빛이, 일찍 내려앉는 가을 해의 빛이, 잘 익은 사과같이 즙 많은 빛이, 유리 같고 물 같은 하얀 빛이 의국을 비추고 있었다.

19 러시아정교회의 성모승천 축일은 구력 8월 15일.

의사는 책상 앞에 앉아 펜에 잉크를 묻히며 생각에 잠겼다 글을 쓰다 했다. 이름 모를 조용한 새들이 의국의 커다란 창을 가까이 스쳐 날아가며 소리 없는 그림자를 방 안으로 던졌고, 의사의 움직이는 두 손과 서류 용지가 쌓인 책상과 의국 바닥과 벽에 드리웠던 그림자는 또한 소리 없이 사라졌다.

"단풍잎이 떨어지네." 방에 들어온 해부 의사가 말했다. 한때는 몸집 좋은 사내였는데 지금은 비쩍 말라 살가죽이 자루같이 축 늘어졌다. "폭우가 쏟아지고 바람이 뒤흔들어도 끄떡없더니만 하루 아침 서리에 저렇게 되다니!"

의사가 고개를 들었다. 창문 곁을 스치던 수수께끼 같은 새들은 실은 타는 듯한 포도주색의 단풍나무 잎사귀였다. 잎들은 공중에서 유연하게 몸을 가누며 날아 떠다니다가 나무에서 멀리 떨어진 병원 잔디밭에 볼록한 오렌지색 별이 되어 내려앉았다.

"창틈 막으셨나요?" 해부 의사가 물었다.

"아니요." 유리 안드레예비치가 말하고 글쓰기를 계속했다.

"아니, 왜요? 막아야 할 땐데요."

글쓰기에 열중한 유리 안드레예비치는 아무 대꾸도 하지 않았다.

"에이, 따라슈끄가 없으니까 참." 해부 의사가 말을 이었다. "금쪽같은 사람이었는데. 구두 수선하지, 시계 고치지, 뭐든 다 하고 세상 뭐든 다 구해왔을 텐데 말이에요. 창틈 막을 때예요. 우리가 해야 합니다."

"막을 재료가 없어요."

"직접 만드세요. 방법을 알려드릴게요." 해부 의사가 아마인유와 석회로 퍼티 만드는 법을 설명했다. "그럼 이만. 제가 당신을 방해했네요."

그는 다른 쪽 창으로 물러가 자기 약병들과 시료를 조사했다. 어두워졌다. 잠시 후에 그가 말했다.

"눈 버리시겠어요. 어두워요. 불도 안 들어오고. 집에 갑시다."

"일 좀더 해야 합니다. 한 이십분쯤."

"그 사람 부인이 이 병원 간호삽니다."

"누구 부인이요?"

"따라슈끄요."

"압니다."

"그런데 그 사람은 어디 있는지 아무도 모릅니다. 온 땅을 어슬 렁대고 있어요. 여름에 두번 찾아왔었습니다. 병원에 들렀지요. 지금은 시골 어딘가 있다네요. 새 삶을 시작하고 있답니다. 거리나 기 찻간에서 볼 수 있는 볼셰비끼 병사 중 한 사람이죠. 어떻게 된 일인지 아세요? 따라슈끄를 예로 들어볼까요? 들어보세요. 그는 뭐든 척척 해내는 사람이지요. 못하는 일이 없어요. 뭐든 손에 잡히기만 하면 잘해내요. 전쟁터에서도 똑같이 그랬답니다. 전쟁도 온갖 손재주처럼 익힌 거죠. 명사수가 됐습니다, 참호 속에서 몰래 연습해서. 눈과 손이 일품이라니까! 그가 탄 훈장은 다 용맹해서가 아니라 실수 없이 잘 맞힌 덕분입니다. 아무튼 모든 일에 열정적인 사람이죠. 전투도 좋아하게 됐습니다. 무기가 힘이란 걸 알고, 그걸 이용할 수 있단 걸 알았죠. 힘 있는 사람이 되고 싶었겠지요. 무장한 사람은 더이상 그냥 사람이 아닙니다. 옛날에는 그런 사람들이 사수에서 강도로 변했지요. 지금 그 사람한테서 총을 빼앗으려 해봐요. 그런데 때마침 갑자기 외침이 들린 겁니다, '총부리를 돌리자' 어쩌고 하는. 그도 총부리를 돌렸죠. 그거면 얘기 끝난 거예요. 맑시즘도 다 마찬가지고."

"바로 삶 자체에서 우러난 가장 진정한 부류지요. 어떻게 생각하세요?"

해부 의사는 자기 창턱 쪽으로 물러가 시험관을 조사했다. 그러다 물었다.

"난로 기술자는 어떻습니까?"

"추천해주셔서 고맙습니다. 아주 재미있는 사람이에요. 한시간가량 헤겔과 베네데토 끄로체[20]에 관해 얘기를 나눴어요."

"그랬겠죠! 하이델베르크 대학[21] 철학 박사니까요. 난로는요?"

"말씀 마세요."

"연기가 새요?"

"계속 그 모양이네요."

"그 사람이 연통을 잘못 뺐군요. 벽난로 안으로 넣고 붙여야 하는데 아마 환기창으로 뺀 모양이네요."

"아니요, 그 사람은 네덜란드식 난로 안에 설치했습니다. 그런데도 연기가 나네요."

"그렇다면 굴뚝을 못 찾아 환기관으로 뺀 겁니다. 아니면 통풍구로 뺐거나. 에이, 따라슈끄가 없으니! 좀 참으세요. 모스끄바를 하루에 세운 게 아니니까요. 난로를 때는 건 피아노 치는 것과는 달라요. 배워야지요. 장작은 구했나요?"

"어디서 구하겠습니까?"

"제가 교회 관리인을 보내드리지요. 땔감 도둑이에요. 울타리

---

20 Benedetto Croce(1866~1952). 헤겔의 영향을 받은 이딸리아의 철학자, 문예학자이자 사회평론가.

21 1386년 하이델베르크에 설립된 독일의 가장 오래된 대학. 독일 철학의 중심 중하나다.

를 뜯어다 땔감으로 만듭니다. 하지만 미리 일러두는데, 흥정을 잘 해야 합니다. 비싸게 굴거든요. 아니면 벌레 잡는 노파를 보내드리고요."

그들은 수위실로 내려가 외투를 입고 밖으로 나왔다.

"벌레 잡는 여자는 왜요?" 의사가 말했다. "우리 집에 빈대는 없는데요."

"웬 빈대 얘기를 하세요? 난 포마 얘긴데, 당신은 예료마 얘기를 하고 있네요.[22] 빈대가 아니라 땔감 말이에요. 그 노파한테는 모든 게 돈벌이 수단입니다. 집이고 오두막 골조고 땔감으로 팔려고 마구 사들이고 있어요. 대규모로 나무장사를 합니다. 발 헛디디지 않게 잘 보세요, 너무 어둡네. 전에 이 지역은 눈을 가리고도 지나 갈 수 있었는데. 돌멩이 하나까지 다 알았으니까요. 나는 여기 토박이입니다. 그런데 울타리를 허물기 시작한 뒤로는 눈을 뜨고도 낯선 도시에 있는 것처럼 아무것도 못 알아보겠네요. 그 대신에 어떤 구석진 곳들이 드러났는지 보세요! 덤불에 파묻힌 앙피르 양식[23]의 작은 집들하며 둥근 정원 탁자들, 반쯤 썩은 벤치들. 며칠 전에 세 골목이 교차하는 이런 황량한 데를 지나가는데, 백살은 돼 보이는 노파가 지팡이로 땅을 파헤치고 있는 겁니다. 내가 말했죠. '안녕하세요, 할머니. 벌레 파내시는 거예요? 낚시하시려고?' 물론 농담이었죠. 그런데 노파가 아주 정색을 하고 대답하는 겁니다. '아니야, 이보게, 야생 버섯이네.' 정말 도시가 숲속같이 됐습니다. 썩은 나뭇잎과 버섯 냄새가 풍겨요."

"어딘지 압니다. 세레브랴니와 몰차놉까 사이 맞지요? 거기는 지

---

22 말이 통하지 않는다는 뜻.
23 19세기 초 프랑스에서 유행한 건축 양식.

날 때마다 아주 예기치 않은 일들이 생기더군요.[24] 이십년 동안 보지 못했던 누굴 만나기도 하고, 뭘 찾기도 하고 말입니다. 후미진데서는 강도도 만난다던데요. 놀랄 일도 아니지요. 갈림목이잖아요. 길들이 다 아직 남아 있는 스몰렌스끼의 강도 소굴로 이어져요. 빼앗고 벗기고는 흔적도 없이 바람처럼 달아나버린답니다."

"가로등 빛이 저렇게 희미하니 말입니다. 시퍼렇게 멍든 눈을 괜히 가로등이라고 부르는 게 아니죠. 조심하세요, 부딪히겠어요."

6

앞서 말한 장소에서는 실제로 온갖 우연한 일이 의사를 따라다녔다. 10월 전투[25]가 있기 얼마 전의 어둡고 추운 늦가을 저녁, 그 모퉁이에서 그는 의식을 잃고 보도에 가로누운 사람과 맞닥뜨렸다. 그 사람은 두 팔을 뻗고 머리를 연석에 기댄 채 두 다리는 포도에 내려뜨리고 누워 있었다. 이따금 약하게 신음 소리를 냈다. 정신이 들게끔 의사가 큰 소리로 묻는 말에 대답으로 뭔가 앞뒤 안 맞는 말을 중얼거리고는 다시 한동안 의식을 잃었다. 머리를 다쳐 피가 흘렀지만 언뜻 살펴보니 두개골은 온전한 것 같았다. 누워 있는 사람은 무장 강도를 당한 것이 분명했다. "가방. 가방." 두세차례 그가 중얼거렸다.

의사는 아르바뜨의 가까운 약국에 가서 전화로 성십자가 병원

***

24 여기 있는 집의 현관 입구에서 유리 지바고가 10월혁명에 관한 첫 신문 기사를 읽게 되고, 또한 지바고 형제의 수수께끼 같은 첫 만남이 일어난다.
25 1917년 10월혁명.

에 배속된 늙은 마부를 불러 그 신원 미상의 사람을 병원으로 실어
갔다.

부상당한 사람은 유명 정치인이었다. 의사는 그 사람을 치료해
회복시켰고, 이후로 오랜 세월 의혹으로 가득 찬 불신의 시절에 그
를 여러 오해에서 벗어나게 해준 후원자를 얻었다.

7

일요일이었다. 의사는 한가했다. 비번이어서 병원에 가지 않아
도 되었다. 십쩨프에서는 안또니나 알렉산드로브나가 작정했던 대
로 방 세개에서 겨울을 날 준비를 이미 마쳤다.

눈구름이 낮게 깔린 바람 부는 추운 날이었다. 무거운 어둠이 짓
누르고 있었다.

아침부터 난로에 불을 피웠다. 연기가 나기 시작했다. 난로에 대
해 아무것도 모르는 안또니나 알렉산드로브나는 불이 붙지 않는
축축한 장작을 가지고 씨름하는 뉴샤에게 혼란스럽고 백해무익한
충고만 해댔다. 그 광경을 보고 어떻게 해야 할지 이해한 의사가
끼어들려 해봤지만, 아내는 살며시 그의 어깨를 잡고 방에서 내몰
며 말했다.

"당신 방으로 가요. 그렇지 않아도 골치 아프고 다 엉망진창인데
꼭 말참견하는 당신 버릇을 어쩜 좋아. 당신이 참견하면 불에다 기
름만 붓는 거라는 걸 왜 모르실까."

"오, 기름, 또네치까, 그거 기가 막히겠네! 난로가 순식간에 확
타오를 텐데 말이야. 기름도 불도 보이지 않으니 그게 문제네."

"농담할 시간 없어. 그런 소리 할 때가 따로 있다는 거 알잖아."

불을 피우지 못해 일요일 계획을 다 망쳤다. 모두가 어둡기 전에 할 일을 마치고 여유롭게 저녁을 맞을 희망에 부풀어 있었는데 이 제 다 틀렸다. 점심식사가 늦어졌고, 뜨거운 물로 머리를 감으리라 는 누군가의 희망도, 여러 다른 계획도 접어야 할 것 같았다.

이내 연기가 가득 차서 숨쉬기가 어려워졌다. 세찬 바람이 연기 를 도로 방 안으로 내몰았다. 방 안에 검은 연기 구름이 걸려 있었 다. 빽빽한 소나무 숲 한가운데 있는 동화 속 괴물 같았다.

유리 안드레예비치는 모두를 옆방으로 쫓아낸 다음 환기창을 열어젖히고, 난로에서 장작 절반을 끄집어낸 뒤 남은 장작 사이에 나무 부스러기와 자작나무 불쏘시개를 넣어 불길을 냈다.

신선한 공기가 환기창으로 몰려들었다. 흔들리던 커튼이 위로 솟구쳤다. 책상에서 종이 몇장이 흩날렸다. 바람이 멀리 있는 문 하 나를 쾅 닫더니 온 구석을 돌며 쥐를 쫓는 고양이처럼 남은 연기를 뒤쫓기 시작했다.

불붙은 장작들이 확 타올라 타닥거리기 시작했다. 난로가 불길 에 숨을 헐떡거렸다. 철제 난로 몸통이 빨갛게 달아올랐고 열에 들 뜬 폐병 환자의 뺨처럼 곳곳에 붉은 반점이 돋았다. 방 안의 연기 가 옅어지더니 완전히 가셨다.

방이 한결 밝아졌다. 얼마 전에 유리 안드레예비치가 해부 의사 가 일러준 대로 틈을 막은 창문이 울어댔다. 퍼티의 훈훈한 기름내 가 물결치며 퍼져갔다. 잘게 쪼갠 장작들이 난롯가에서 마르면서 냄새를 풍겼다. 전나무 껍질의 매캐한 탄내에 목이 칼칼했고, 마르 지 않은 신선한 사시나무 냄새는 향수같이 향긋했다.

그때 니꼴라이 니꼴라예비치가 환기창으로 밀려드는 공기처럼 다급하게 방 안으로 들이닥쳐 소식을 전했다.

"시가전이 벌어졌어. 임시정부를 지지하는 사관생도들과 볼셰비끼 편인 수비대 병사들 사이에서 군사행동이 진행 중이야. 거의 걸음을 옮길 때마다 충돌이고 봉기가 일어난 곳이 셀 수 없이 많아. 너희한테 오는 길에도 두세번 큰일 날 뻔했구나. 한번은 볼샤야 드미뜨롭까 모퉁이에서, 또 한번은 니끼쯔끼 문 근처에서 말이야. 이미 지름길은 없어. 돌아서 다녀야 한다. 어서, 유라! 옷 입고 나가자. 이건 봐야 해. 이건 역사야. 일생에 한번뿐인 일이야."

하지만 그 자신이 두시간가량 떠들다가 식사 자리에 앉았고, 그가 집에 갈 채비를 하고 의사를 끌고 나서려 했을 때는 고르돈이 들이닥쳤다. 이 사람도 같은 소식을 가지고 니꼴라이 니꼴라예비치처럼 쏜살같이 달려 들어왔다.

하지만 그동안 사태는 좀더 진전되어 있었다. 세부적으로 새로운 소식들이 있었다. 고르돈은 총격이 더 심해졌고 행인들이 우연히 유탄에 맞아 죽었다고 말했다. 그의 말에 따르면 시내 통행은 모두 차단되었다. 그는 기적적으로 그들이 사는 골목에 들어섰지만 돌아가는 길은 등 뒤에서 막혔다.

니꼴라이 니꼴라예비치는 말을 듣지 않고 밖에 코를 내밀어보았지만 이내 돌아와, 골목 출구가 막혔고 골목에는 총탄이 모퉁이 벽돌과 회반죽 조각을 때리며 횡횡 날아다니고 있다고 말했다. 거리에 사람 하나 없고 인도의 통행이 끊겼다.

그 며칠 동안 사셴까는 감기를 앓았다.

"애를 불 피운 난롯가에 두면 안 된다고 수없이 말했잖아요." 유리 안드레예비치가 화를 냈다. "추운 것보다 더운 게 훨씬 해롭다고."

사셴까는 목이 아프고 고열이 났다. 아이는 유달리 욕지기와 구토에 기이하고 신비스러운 공포를 느꼈는데, 그것이 매 순간 당장이라도 터질 것 같았던 것이다.

아이는 유리 안드레예비치가 후두경을 목구멍에 넣지 못하게 하려고 입을 꼭 다물고 소리치며 손으로 밀어내다가 숨이 막혀 헐떡거렸다. 아무리 달래고 위협해도 소용없었다. 문득 사셴까가 무심코 달고 크게 하품을 했고, 의사는 그 순간을 이용해 번개 같은 동작으로 아들의 입에 찻숟가락을 넣어 혀를 누르고 사셴까의 목구멍을 살펴볼 수 있었다. 후두는 산딸기 빛깔이었고 부어오른 편도에는 백태가 끼어 있었다. 유리 안드레예비치는 그런 상태가 걱정스러웠다.

잠시 후에 의사는 마찬가지로 교묘한 솜씨로 사셴까한테서 시료를 떼어낼 수 있었다. 알렉산드르 알렉산드로비치에게 현미경이 있어 유리 안드레예비치는 그것을 가져다 간이 검사를 했다. 다행히 디프테리아는 아니었다.

하지만 사흘째 되던 날 밤 사셴까는 가성 크루프[26] 증세를 일으켰다. 몸이 불덩이였고 숨을 헐떡였다. 유리 안드레예비치는 불쌍한 아이를 차마 볼 수가 없었다. 아이를 고통에서 벗어나게 할 힘이 없었다. 안또니나 알렉산드로브나는 아이가 죽어가는 것만 같았다. 그들은 아이를 팔에 안고 방 안을 서성였고, 아이의 상태는 나아졌다.

아이가 마실 우유와 탄산수나 소다수를 구해야 했다. 하지만 시가전이 한창이었다. 총소리에 대포 소리까지 한순간도 끊이질 않았

---

26 인후두염 등에 의해 후두 점막이 부어 기도가 좁아지는 현상.

다. 유리 안드레예비치가 생명의 위험을 무릅쓰고 전투지대를 뚫고 나간다 한들 화염 너머에서도 어떤 생명도 만나지 못할 것이었다. 상황이 완전히 판가름 날 때까지 온 도시에서 생명은 얼어붙었다.

하지만 상황은 이미 명확했다. 노동자들이 우위를 점했다는 소문이 도처에서 들려왔다. 서로 단절되고 지휘부와도 연락이 끊긴 몇몇 사관생도 무리가 개별적으로 아직 싸우고 있을 뿐이었다.

십쩨프 지구는 도로고밀로프에서 도심으로 진격해 들어오던 병사들의 작전 범위에 들어갔다. 독일군에 맞서 싸웠던 병사들과 십대 노동자들이 골목에 참호를 파고 들어앉아 있었다. 그들은 주위 집들에 사는 사람들과 벌써 얼굴을 익혀 대문에서 내다보거나 거리로 나온 주민들과 이웃처럼 농담을 주고받았다. 도시의 그 구역에서는 통행이 회복되었다.

그때야 사흘 밤낮 지바고의 집에서 꼼짝 못하고 있던 고르돈과 니꼴라이 니꼴라예비치가 포로 생활에서 벗어나 떠났다. 유리 안드레예비치는 사셴까가 앓았던 힘든 며칠 동안 그들이 있어 기뻤고, 안또니나 알렉산드로브나는 가뜩이나 정신없는데 혼란을 가중시켰던 그들을 용서했다. 하지만 그 두 사람은 환대에 대한 감사의 의무로 주인들과 끊임없이 대화를 나누어야 한다고 생각했다. 유리 안드레예비치는 사흘 밤낮 계속된 공허한 수다에 너무 지친 나머지 그들과 헤어지는 것이 행복했다.

8

그들이 무사히 집에 닿았다는 연락을 받았지만, 그렇다고 해도 그 점을 들어 전반적으로 상황이 안정되었다고 말하기는 일렀다. 곳곳에서 아직 군사행동이 계속되고 있었고 몇몇 구역은 통행금지였다. 의사는 여전히 병원에 나갈 수 없었다. 그사이 그는 병원이 그리워졌다. 의국 책상 서랍 속에 그의 「인간 놀이」와 학술 노트도 놓여 있었다.

아침이면 사람들은 각자 집 근처 멀지 않은 곳으로만 빵을 구하러 나갔다 왔고, 우유병을 들고 가는 사람을 만나면 멈춰 세우고 몰려들어 어디서 구했는지 묻곤 했다.

이따금 온 도시에 총격이 재개되어 사람들을 다시 흩어놓았다. 모두들 추측하기로 쌍방 간에 모종의 협상이 진행 중인데, 그 진행 상황의 성패에 따라 유산탄 사격이 강화되거나 약화되는 것이라고 했다.

구력 10월 말의 어느날 밤 10시경 유리 안드레예비치는 거리를 따라 걸음을 재촉하고 있었다. 특별한 볼일은 없이 가까이 사는 직장 동료 한 사람의 집을 찾아가는 길이었다. 보통 때는 붐비던 곳들인데 인적이 드물었다. 마주치는 사람이 거의 없었다.

유리 안드레예비치는 빠르게 걸었다. 성긴 첫눈이 바람에 흩날렸고 점점 더 거세지는 바람에 따라 유리 안드레예비치의 눈앞에서 눈보라로 변해갔다.

유리 안드레예비치는 이 골목 저 골목으로 방향을 바꾸며 걸었고, 갑자기 짙은 눈발이 앞을 가리고 눈보라가 날뛰기 시작했을 때는 골목을 몇번 돌았는지 이미 잊어버렸다. 탁 트인 벌판이라면 윙윙 휘몰아치며 대지를 뒤덮었을 눈보라는 도시에서 길을 잃은 듯 막다른 좁은 골목에서 몸부림쳤다.

정신세계와 물리적 세계에서, 가까운 곳과 먼 곳에서, 지상과 공중에서 뭔가 유사한 일이 벌어지고 있었다. 좌절된 저항의 마지막 총격 소리가 어디선가 작은 섬으로 고립되어 울렸다. 지평선 어딘가에서 꺼져가는 불길의 연약한 빛의 포말이 솟구치다 부서졌다. 유리 안드레예비치의 발아래 축축한 포도와 인도에서 눈보라가 피어오르며 소용돌이치다 회오리를 일으켰다.

막 찍어낸 인쇄물 뭉치를 옆구리에 잔뜩 끼고 뛰어다니던 신문팔이 소년이 "최신 소식이요!" 하고 외치며 어느 네거리에서 그를 앞질렀다.

"거스름돈은 됐다." 의사가 말했다. 소년은 뭉치에 달라붙은 축축한 종이를 간신히 떼어내 의사의 손에 들이밀고는 눈보라에서 나왔던 것과 똑같이 순식간에 그 속으로 자취를 감추었다.

의사는 두걸음 떨어진 불 밝힌 가로등으로 다가가 지체 없이 곧바로 주요 뉴스를 훑어보았다.

한쪽 면만 인쇄된 호외에는 뻬쩨르부르그에서 발표한 정부 성명이 실려 있었다. 인민위원회가 구성되었고, 러시아에 소비에뜨 정권이 수립되었으며, 프롤레타리아독재가 도입되었음을 알리고 있었다. 이어서 새 정권의 첫 법령들이 뒤따랐고, 전신과 전화로 전달된 다양한 소식도 실려 있었다.

눈보라가 의사의 눈을 때리고 바스락거리는 잿빛 싸락눈이 신문의 인쇄된 행들을 뒤덮었다. 하지만 신문 읽기를 방해하는 것은 눈보라가 아니었다. 그는 그 순간의 위대함과 영원함이 안긴 전율 속에서 정신을 차릴 수가 없었다.

그럼에도 그는 성명을 마저 읽기 위해 아무 곳이나 눈발을 피할 수 있고 밝은 장소를 찾아 사방을 둘러보았다. 정신을 차리고 보니 다시 자신의 그 홀린 듯한 네거리에, 세레브랴니와 몰차놉까가 만

312

나는 모퉁이, 유리 출입문에 넓은 현관에는 전등을 밝힌 높다란 오층 건물 입구에 서 있었다.

의사는 건물 안으로 들어가 현관 깊숙이 있는 전등불 밑에서 전신으로 보내온 소식들에 빠져들었다.

그의 머리 위에서 발소리가 들렸다. 누군가가 망설이는 듯이 자주 멈춰 서며 층계를 내려오고 있었다. 내려오던 사람은 실제로 갑자기 생각을 고쳐먹고 뒤돌아서 다시 달려 올라갔다. 어디선가 문이 열렸고 두 목소리가 물결치며 넘쳐흘렀다. 울림이 너무 커 형체를 잃은 나머지 어떤 목소리인지, 남자의 목소리인지 여자의 목소리인지 알 수 없었다. 그러고는 문이 쾅 닫혔다. 조금 전에 내려오던 사람이 이번에는 훨씬 더 결연하게 아래로 달려 내려왔다.

유리 안드레예비치는 신문에 눈을 박고 소식을 읽느라 여념이 없었다. 눈을 들어 낯선 사람을 살펴보려 하지 않았다. 하지만 아래까지 다 달려 내려온 그 사람이 달리기를 멈췄다. 유리 안드레예비치가 머리를 들어 내려온 사람을 바라보았다.

열여덟살가량의 십대 소년이 그의 앞에 서 있었다. 시베리아에서 입는 겉에 순록 털을 댄 뻣뻣한 외투를 입고 마찬가지로 순록 털로 만든 모자를 쓴, 키르기스인의 가느다란 눈에 얼굴이 가무잡잡한 소년이었다. 그의 얼굴에는 귀족적인 인상을 주는 뭔가가, 멀리서 온 듯하고 혈통이 복잡한 혼혈인에게서 나타나곤 하는 저 순간적인 광채와 속내를 드러내지 않는 섬세함이 깃들어 있었다.

소년은 유리 안드레예비치를 다른 누군가와 착각한 것이 분명했다. 누구인지는 아는데 다만 선뜻 말을 꺼내지 못하는 듯이 어쩔 줄 몰라 하며 수줍게 의사를 바라보았다. 유리 안드레예비치는 이 오해를 끝내기 위해 그를 아래위로 훑어보며 냉랭한 눈길로 다가

오려는 마음을 꺾어버렸다.

소년은 당황해서 한마디도 하지 못하고 바깥으로 향했다. 문간에서 한번 더 뒤를 돌아보고는 흔들리는 육중한 문을 확 열었다가 철커덩 소리 나게 닫고 거리로 나갔다.

십분쯤 후에 유리 안드레예비치도 그를 뒤따라 밖으로 나섰다. 그는 소년과 자신이 찾아가는 중이던 동료에 대해 잊어버리고 금방 읽은 소식에 대한 생각으로 가득 차서 집으로 향했다. 도중에 다른 상황이 그의 주의를 끌다 집어삼켰는데, 당시에는 한없이 중요한 의미를 지녔던 사소한 일상사였다.

집에 조금 못 미쳐 그는 어둠 속에서 포도 가장자리 인도 위에 길을 가로질러 쌓아놓은 거대한 판자와 통나무 더미에 부딪혔다. 그 골목에 어떤 기관이 있었는데, 변두리에 있는 어떤 통나무집을 해체해 그 기관에 관용 연료로 보낸 모양이었다. 통나무가 마당에 다 들어가지 않아 마당과 접한 길에 가득 쌓아놓았던 것이다. 총을 든 보초가 마당을 왔다 갔다 하다가 이따금 골목으로 나와 살피며 산더미 같은 나무를 지키고 있었다.

주저할 것도 없이 유리 안드레예비치는 보초가 마당 안으로 등을 돌리고 날아온 회오리바람에 몹시 짙은 눈구름이 대기 중에 소용돌이칠 한순간을 엿보았다. 그는 가로등 불빛이 닿지 않는 어두운 쪽에서 목재 더미로 다가가 맨 밑에 놓인 무거운 통나무를 이리저리 살금살금 흔들어 빼냈다. 더미에서 힘들게 끌어낸 통나무를 어깨에 메자 더이상 무거움도 느껴지지 않았다.(자기 짐은 무겁지 않은 법이다.) 그는 어둠이 깃든 벽을 따라 몰래 통나무를 십쩨프에 있는 자기 집으로 끌고 갔다.

마침 집에는 장작이 떨어져 있었다. 통나무를 톱질하고 작은 토막으로 쪼갠 더미를 쌓았다. 유리 안드레예비치가 난로를 피우려 쭈그리고 앉았다. 그는 몸서리를 치며 달가닥거리는 난로 문 앞에 말없이 앉아 있었다. 알렉산드르 알렉산드로비치가 몸을 녹이려고 안락의자를 난롯가로 끌고 와 앉았다. 유리 안드레예비치가 외투 옆 주머니에서 신문을 꺼내 장인에게 내밀며 말했다.

"보셨어요? 한번 보세요. 읽어보세요."

쭈그리고 앉은 채 난로 속 장작을 작은 부지깽이로 헤집으며 유리 안드레예비치는 큰 소리로 혼잣말을 했다.

"얼마나 멋진 수술인가! 칼을 잡자 악취 나는 해묵은 종기를 단번에 싹, 멋지게 도려내다니! 오랜 세기에 걸쳐 사람들이 굽실거리며 절하는 데 익숙했던 불의에 대번에 간단히 사형선고를 내린 거야.

그 두려움을 모르고 끝까지 밀어붙이는 모습에는 오래전부터 친숙한, 민족 기질에 가까운 뭔가가 있어. 뿌시낀의 타협을 모르는 선명함에서 나오는, 똘스또이의 사실에 대한 흔들림 없는 충실함에서 나오는 무언가가."

"뿌시낀이라니? 자네 뭐라고 했나? 기다려보게, 금방 마저 읽을 테니. 도대체 나는 읽고 듣는 게 한꺼번에 안 돼서 말이야." 알렉산드르 알렉산드로비치가 유리 안드레예비치가 중얼거리는 혼잣말을 자기한테 하는 말인 줄 착각하고 사위의 말을 가로막았다.

"무엇보다, 뭐가 천재적인가? 누군가에게 새 세상을 창조하라는, 새 시대를 열라는 과제가 주어진다면, 그는 우선 반드시 그에 합당한 장소가 깨끗이 청소되어야 한다고 말할 거야. 새 시대 건설에 착수하기 전에 먼저 낡은 시대가 끝나기를 기다리겠지. 그에게는 어림수가, 새로운 단락이, 비어 있는 페이지가 필요할 거야.

그런데 지금은 어떤가 봐. 이 미증유의 것이, 이 역사의 기적이,

이 계시가, 지속 중인 일상의 행보를 개의치 않고 바로 그 한복판으로 치고 들어갔어. 처음부터 시작된 게 아니라 미리 때를 고르지 않고 중간에, 눈앞에 닥친 주초 평일에, 전차들이 한창 도시를 운행하는 중에 시작된 거야. 다른 무엇보다 그게 천재적이지. 진정으로 위대한 것만이 그렇게 시기와 기회를 개의치 않는 법이야."

9

　겨울이 왔다. 예상 그대로의 겨울이었다. 그 겨울은 뒤이은 두번의 겨울만큼 끔찍하지는 않았지만 이미 같은 부류였다. 어둡고 배고프고 추웠고, 익숙한 것이 파괴되고 존재의 모든 기초가 재건되며 달아나는 삶을 붙들려는 초인적인 노력이 전부인 겨울이었다.

　그런 참혹한 겨울이 한해 한해 연이어 삼년 동안 계속되었다. 지금 생각하면 1917년에서 1918년으로 넘어가는 겨울에 일어난 것 같은 일들이 모두 실제로 그때 벌어진 것은 아니고 나중에 일어난 일일 수도 있지만, 잇따른 그 겨울들은 한데 뒤섞여 구별이 쉽지 않았다.

　낡은 삶과 새로운 질서는 아직 융화되지 못했다. 그들 사이에 일년 후 내전이 벌어졌을 때와 같은 광포한 적의는 없었지만, 관계도 결여되어 있었다. 그 둘은 따로 떨어져 서로 대립하는, 서로를 대체하지 못하는 양 진영이었다.

　도처에서, 건물 관리소에서, 각종 조직에서, 관공서에서, 공공기관에서 새 운영위원회 선거가 벌어졌다. 위원회 성원이 바뀌었다. 무제한의 권한을 가진 꼬미사르가 모든 자리에 임명되기 시작했다. 검은 가죽 재킷을 입고 위협 수단과 권총으로 무장한, 거의 면도도 하지 않고 잠은 더더욱 자지 않는 강철 의지의 사람들이었다.

그들은 소시민 부류, 평균적인 소액 국채 보유자인 비굴한 속물들을 잘 알고 있었고, 조금의 자비도 없이 메피스토펠레스의 조소를 머금고 붙잡힌 좀도둑 대하듯 그들과 이야기했다.

이런 사람들이 모든 것을 계획에 따라 통제했고, 사업도 단체도 잇달아 볼셰비끼화되었다.

성십자가 병원은 이제 제2 개혁병원으로 불렸다. 병원 내에 여러 변화가 일어났다. 일부 직원은 해고되었고, 많은 사람이 보수에 대한 불만 때문에 스스로 떠났다. 유행하는 의술 덕분에 보수가 좋았던 의사들로 사교계에서 사랑받는, 말이 청산유수인 사람들이었다. 그들은 개인적인 이익을 좇아 병원을 떠난 것을 시민적 항의의 표시로 포장하는 것을 잊지 않았고, 남은 사람들을 얕보며 배척하다시피 했다. 남아서 멸시당하는 사람들 중에 지바고도 있었다.

저녁이면 남편과 아내 사이에 이런 대화가 오갔다.

"수요일에 의사협회 지하실에 가서 언 감자 가져오는 거 잊지 말아요. 두 자루야. 내가 도와야 할 테니 몇시면 나올 수 있는지 알려줄게. 둘이서 썰매에 싣고 와야 할 거야."

"알았어요. 서두를 필요 없어요, 유로치까. 당신 어서 눕는 게 좋겠어. 늦었어요. 어차피 당신이 모든 일을 다 돌볼 수는 없어. 당신은 쉬어야 해."

"온통 전염병이 돌고 있어. 다들 기진맥진해 면역력이 약해졌지. 당신과 아버님을 쳐다보기가 두려워요. 무슨 조치를 취해야만 해. 그래, 하지만 도대체 뭘 어떻게? 우린 자신을 제대로 돌보지 않고 있어. 좀더 조심해야 해요. 들어봐, 당신 자는 거 아니지?"

"안 자요."

"내 걱정은 안 해, 난 튼튼하니까. 하지만 만약이라도 갑자기 내가 쓰러지면, 제발 어리석게 굴지 말고 집에 놔두지 마. 바로 병원으로 옮겨요."

"유로치카, 무슨 말을 하는 거야! 하느님이 도우실 거야. 왜 미리 불길한 소리를 해?"

"명심해요, 정직한 사람도 친구도 더이상 없어. 전문가는 더더욱 없고. 만약 무슨 일이 생기면 믿을 사람은 삐추시킨 한 사람밖에 없어요. 물론 무사하다면 말이야. 당신 안 자?"

"응."

"저 몹쓸 녀석들은 보수가 적다고 나가놓고 이제 와서 시민적 감정과 원칙에 따른 행동이었다고 하고 있어. 길에서 만나도 거의 손도 내밀지 않아요. '당신, 그 사람들 곁에서 일하는 거요?' 그러고는 눈썹을 치켜세워. '그렇소.' 내가 말하지. '화나게 할 생각은 없지만, 나는 우리의 곤궁이 자랑스럽소. 나는 이런 궁핍에 처하게 해서 우리를 명예롭게 하는 사람들을 존경하오.'"

10

수수죽과 청어 대가리 수프가 오랜 기간 대다수 사람들의 주식이 되었다. 기름에 튀긴 청어 몸통은 주요리로 나왔다. 빻지 않은 밀과 호밀로 죽을 끓여 먹기도 했다.

아는 교수 부인이 안또니나 알렉산드로브나에게 방 안의 네덜란드식 벽난로 바닥에다 익반죽으로 빵 굽는 법을 가르쳐주었다.

그렇게 하면 빵이 불어나니 일부를 내다 판 수익으로 옛 시절에 그랬던 것처럼 타일 난로 때는 비용을 충당할 요량이었다. 그렇게 되면 연기만 나고 잘 데워지지 않는데다 온기를 전혀 유지하지 못해 괴로운 임시 철제 난로를 쓰지 않을 수 있을 것이었다.

안또니나 알렉산드로브나가 빵을 잘 구웠음에도 장사는 전혀 되지 않았다. 실현될 수 없는 계획을 접고 치워두었던 작은 난로를 다시 써야만 했다. 지바고 가족은 곤궁에 시달렸다.

어느날 아침 유리 안드레예비치는 평소대로 일하러 나갔다. 집에는 장작으로 쓸 통나무가 두쪽 남아 있었다. 안또니나 알렉산드로브나는 모피 외투를 걸치고, 따뜻한 날씨임에도 허약해진 탓에 추위를 느껴 떨면서 '전리품을 찾아' 나섰다.

그녀는 반시간가량 가까운 골목들을 서성거렸다. 가끔씩 농부들이 교외 마을에서 채소와 감자를 싣고 거기 들르곤 했다. 그들을 붙잡아야 했다. 사람들은 짐을 싣고 온 농부들을 멈춰 세우곤 했다.

이내 그녀는 찾던 목표물을 덮쳤다. 농민 외투를 입은 건장한 젊은 사내가 안또니나 알렉산드로브나와 나란히 걸으며 장난감같이 가벼운 썰매를 조심스럽게 끌고 모퉁이를 돌아 그로메꼬의 집 마당으로 들어섰다.

참피나무 속껍질로 만든 썰매 안에는 작은 자작나무 장작더미가 거적에 덮여 있었다. 지난 세기의 사진에 나오는 구식 저택의 난간 기둥보다 두껍지 않은 가지들이었다. 안또니나 알렉산드로브나는 그 값어치를 알고 있었다. 이름만 자작나무지 질이 아주 좋지 않았고 생나무를 자른 것이라 땔감으로 적합하지 않았다. 하지만 선택의 여지가 없었다. 왈가왈부할 때가 아니었다.

젊은 농부는 그 형편없는 장작을 그녀의 집 위층 거처로 대여섯

아름 날라다주고, 그 대가로 안또니나 알렉산드로브나의 거울 달린 작은 장롱을 지고 내려가 썰매에 실었다. 자신의 젊은 아내에게 줄 선물이었다. 그는 지나는 말로 다음번에는 감자를 가져다주겠다고 약속하며 문가에 서 있는 피아노 가격을 물었다.

집에 돌아온 유리 안드레예비치는 아내가 산 물건에 대해 아무 말도 하지 않았다. 내준 장롱을 도끼로 잘게 쪼개는 게 더 이익이고 더 적절했겠지만, 차마 손이 움직이지 않는 노릇이었다.

"당신, 책상 위에 있는 메모 봤어요?" 아내가 물었다.

"병원장한테서 온 거요? 나한테 말하데. 알고 있어요. 환자한테 왕진해달라는 거야. 암, 가야지. 조금만 쉬었다 갈게. 그런데 꽤 멀어요. 개선문 근처 어디라는데. 주소를 적어놨어요."

"제안하는 왕진비가 이상하던데. 봤어요? 아무튼 읽어봐요. 다녀가는 대가로 독일산 코냑 한병이나 부인용 양말 한켤레를 주겠대. 그런 걸로 유혹하다니, 어떤 사람일까? 어쩐지 불쾌한 말투에다 요즘 우리가 어떻게 사는지 아예 모르는 것 같단 말이야. 벼락부자인가봐요."

"맞아, 조달업자한테 가는 거요."

특허권 보유자 및 위탁 중개인과 더불어 소규모 개인사업자들이 이렇게 불렸다. 사적 거래를 폐지한 국가권력은 경제가 악화되자 조금 양보해 그들과 다양한 재화 조달 계약을 맺었다.

몰락한 예전 회사 사장이나 대규모 자산가는 이미 거기에 포함되지 않았다. 그들은 타격을 입고 회복하지 못했다. 전쟁과 혁명이 밑바닥에서 길어올린 하루살이 사업자들, 외지에서 새로 들어온 뿌리 없는 사람들이 이 범주에 속했다.

의사는 우유를 넣어 뽀얘진, 사카린을 탄 뜨거운 물을 한잔 마시고 환자에게로 향했다.

열 지어 선 집들 사이 거리를 덮은 깊은 눈에 인도와 포도가 파묻혀 있었다. 곳에 따라 눈의 장막은 1층 창문까지 다다랐다. 빈약한 식료품을 등에 지거나 썰매에 싣고 가는, 기진맥진한 말 없는 그림자들이 그 광활한 공간 곳곳에서 움직이고 있었다. 탈것에 탄 사람은 거의 보이지 않았다.

여기저기 집들에 아직 예전 간판이 걸려 있었다. 적힌 내용과 아무 상관 없는 간판 아래 자리 잡은 소비자조합과 협동조합 상점들은 창에 창살이 쳐지고 문은 잠기거나 판자로 막힌 채 하나같이 텅 비어 있었다.

상점들이 잠겨 텅 비어 있는 까닭은 비단 물건이 없기 때문만은 아니었다. 상업을 포함한 모든 면에 걸친 삶의 개조가 여전히 아주 전반적인 차원에서만 진행되어, 판자로 막힌 이 가게들 같은 자잘한 세목들에는 아직 영향을 미치지 못한 탓이기도 했다.

11

의사를 요청한 집은 브레스쯔까야 거리 끝, 뜨베르스까야 문 근처에 있었다.

병영같이 볼품없고 케케묵은 벽돌 건물이었다. 안마당이 있고 건물 안쪽 외벽을 따라 난 계단을 통해 삼층으로 된 목조 회랑이 이어졌다.

전부터 예정된 거주자 총회가 지역 소비에뜨 여성 대표가 참석한 가운데 진행되고 있었는데, 무기 소지 허가증 검사와 불법무기

몰수를 위해 순찰 중이던 군사위원회가 갑자기 들이닥쳤다. 가택수색을 지휘하던 파견대장은 수색이 오래 걸리지 않을 것이고, 수색이 끝난 거주자들이 차츰 모이는 대로 중단된 회의를 속개할 수 있을 것이라 장담하며 대표에게 자리를 뜨지 말라고 당부했다.

의사가 그 건물 대문 앞에 도착했을 때는 순찰이 끝나가 마침 그를 기다리던 집 차례였다. 회랑으로 이어지는 한 층계참에서 소총을 둘러메고 망을 보던 병사가 막무가내로 유리 안드레예비치를 들여보내려 하지 않았다. 하지만 파견대장이 그들의 실랑이에 개입했다. 그는 의사를 막지 말라고 명령하고, 의사가 환자를 진찰하는 동안 가택수색을 보류하는 데 동의했다.

집주인 남자가 의사를 맞았다. 윤기 없는 가무잡잡한 얼굴에 우수가 깃든 검은 눈을 가진 공손한 젊은이였다. 그는 아내의 병과 곧 들이닥칠 수색, 자신이 의학과 그 대표자들에게 품어온 보통을 넘는 존경심 등 여러 상황에 흥분해 있었다.

의사의 수고와 시간을 덜어주기 위해 집주인은 가능한 한 짧게 얘기하려 애썼다. 하지만 바로 그 서두름이 그의 말을 장황하고 두서없게 만들었다.

사치품과 싸구려가 뒤섞인 아파트에는 뭔가 안정적인 것에 투자할 목적으로 되는대로 사들인 가구들이 비치되어 있었다. 불완전한 세트에 짝이 안 맞는 단품으로 구색을 갖춰놓았다.

남자는 아내의 병이 몹시 놀라 생긴 일종의 신경질환이라고 여기고 있었다. 그는 이 일과 관련 없는 여러 딴소리를 섞어가며 고장이 나 가지 않은 지 이미 오래된 골동품 시계를 아주 헐값에 샀다고 이야기했다. 음악 소리로 시간을 알리는 시계로, 오직 시계 제조술의 눈부신 예를 보여주는 진귀한 물건이어서 샀다는 것이었다.(환자의 남편은 의사를 옆방으로 데려가 시계를 보여주었다.) 고칠 수 있을지도 의문이었다. 그런데 여러 해 동안 태엽도 감아주지 않은 시계가 갑자기 저절로 가기 시작하더니 계속 작동하다 종을 쳐 복잡한 미뉴에트를 연주하고는 멈췄다. 아내는 그것이 그녀의 마지막 시각을 알린 것이라 확신하고 공포에 빠져 지금 저렇게 누워서 헛소리를 하며 먹지도 마시지도 않고 자기를 알아보지도 못하고 있다고 젊은이는 이야기했다.

"그래서 당신은 신경 쇼크라고 생각하는 겁니까?" 의혹에 찬 목소리로 유리 안드레예비치가 물었다. "나를 환자한테 안내해주세요."

그들은 도자기 샹들리에가 달려 있고 넓은 이인용 침대 양옆에 두개의 마호가니 협탁이 놓인 옆방으로 들어갔다. 크고 검은 눈을 가진 자그마한 여인이 담요를 턱보다 높이 끌어올린 채 침대 가에 누워 있었다. 그녀는 들어온 사람들을 보자 나가라는 듯 담요 속에서 한 팔을 빼 휘저었다. 겨드랑이 밑으로 헐거운 가운 소매가 흘러내렸다. 그녀는 남편을 알아보지 못했고, 마치 방 안에 아무도 없는 것처럼 조용한 목소리로 어떤 슬픈 노래의 첫 소절을 부르다가 처량해졌는지 눈물을 쏟았다. 그러고는 아이같이 훌쩍거리며 집에 가자고 애원하기 시작했다. 의사가 어느 쪽으로 다가가든 간에 그녀는 매번 등을 돌리고 진찰을 거부했다.

"진찰을 해야 할 텐데요." 유리 안드레예비치가 말했다. "하지만 상관없습니다. 증상이 너무도 분명하니까요. 이건 티푸스입니다. 게다가 상당히 심각한 상태고요. 딱하게도 무척 괴로워하고 있어요. 병원에 입원시키길 권합니다. 환자를 편하게 집에 두는 게 중요한게 아니고 병을 앓는 첫 몇주 동안은 반드시 의사가 지속적으로 보

살펴야 합니다. 환자를 옮길 운송수단을 구할 수 있겠습니까? 마차
든, 아니면 하다못해 짐 싣는 썰매라도요. 물론 옷을 단단히 입혀야
하고요. 입원 허가서를 써드리지요."

"구할 수 있어요. 해보겠습니다. 하지만 잠깐만요, 정말 티푸스
가 맞습니까? 끔찍하네요!"

"유감입니다."

"아내를 보냈다가 잃을까 두렵습니다. 당신이 가능한 한 자주 오
셔서 집에서 치료해주시는 건 도저히 안 될까요? 사례는 뭐든 원하
시는 대로 해드리겠습니다."

"말씀드렸잖아요. 지속적으로 지켜보는 게 중요하단 말입니다.
정말로 환자를 위해 조언하는 거니 잘 들으세요. 땅을 파서라도 마
차를 구해와요. 난 이송에 필요한 서류를 쓰겠소. 여기 주택위원회
사무실에서 처리하는 게 제일 좋겠네요. 허가서에 주택위원회 도
장을 찍어야 하고, 또다른 형식상의 절차들이 있어요."

12

심문과 수색을 마친 거주자들이 전에는 달걀 창고였다가 지금
은 주택위원회가 차지한, 난방이 되지 않은 방으로 따뜻한 솔과 모
피 외투를 걸치고 차례차례 돌아왔다.

방 한쪽 끝에 사무용 책상과 의자 몇개가 있었지만 그 많은 사람
들이 앉기에는 충분치 않았다. 그래서 의자들에 더해 빈 달걀 상자
들을 뒤집어 벤치 비슷하게 빙 둘러 배치해놓았다. 방의 반대쪽 끝
에는 그런 상자들이 천장까지 산더미처럼 쌓여 있고 구석에는 깨

진 달걀에서 흘러나온 노른자로 덩어리져 얼어붙은 대팻밥 무더기를 벽에 쓸어 붙여놓았다. 그 무더기 속에서 쥐들이 시끄럽게 부산을 떨며 때때로 돌바닥의 자유로운 공간으로 뛰쳐나왔다가 다시 대팻밥 속으로 숨곤 했다.

그럴 때마다 고함치기 잘하는 뚱뚱한 여자 하나가 비명을 지르며 상자들 중 하나 위로 뛰어올랐다. 그녀는 교태를 부리듯 손가락을 벌려 치맛자락 끝을 살짝 들고는 최신 유행의 목이 긴 숙녀용 부츠를 신은 두 발을 종종거리며 일부러 취한 것처럼 쉰 목소리를 내며 외쳤다.

"올까, 올까, 거기 네 옆에 쥐들이 뛰어다니잖아. 우, 썩 꺼져라, 이 더러운 것! 아이고, 아이고, 아이고, 저 썩을 것이 말귀를 알아듣네! 잔뜩 성난 것 좀 봐. 아이고, 어머, 상자 위로 기어올라! 치마 밑으로 기어들 것 같아. 아아, 무서워, 아아, 무서워! 신사분들, 고개 돌려주세요. 미안합니다, 잊었네요, 이제 신사분들이 아니라 시민 동지들이죠."

소란을 떠는 여자가 걸친 아스뜨라한 모피 외투의 단추가 열려 있었다. 그녀의 이중 턱과 풍만한 가슴, 비단 원피스가 딱 달라붙은 뱃살이 외투 속에서 부들거리는 푸딩처럼 세겹으로 출렁거렸다. 한때는 분명 삼류 상인들과 그 점원들 사이에서 암사자로 통했을 것이다. 지금은 부은 눈꺼풀 아래 작은 돼지 눈을 겨우 뜨고 있었다. 까마득한 시절에 어떤 연적이 그녀에게 염산을 끼얹으려 했는데, 빗나가며 두세방울이 왼쪽 뺨과 왼쪽 입꼬리 두군데에 가벼운 흔적만 새겨놓았다. 눈에 잘 띄지 않아 거의 유혹적으로 보일 정도였다.

"흐라뿌기나, 소리 좀 지르지 마. 도무지 일을 진행할 수가 없어." 모임에서 의장으로 뽑힌 지역 소비에뜨의 여성 대표가 책상 앞에 앉아서 말했다.

그 집에서 오래 산 사람들은 예전부터 그녀를 잘 알았고, 그녀 자신도 그들을 잘 알았다. 그녀는 회의를 시작하기에 앞서 그 집의 예전 관리인 파쩨마 아주머니와 목소리를 낮춰 비공식적인 대화를 나누었다. 파쩨마는 한때 남편과 아이들과 함께 더러운 지하실에서 살았는데, 지금은 딸과 둘이서 2층에 있는 두칸짜리 밝은 방으로 이사했다.

"그래, 좀 어때요, 파쩨마?" 의장이 물었다.

파쩨마는 그녀 혼자서는 이 크고 사람 많은 집을 감당할 수가 없고, 각 호마다 할당된 마당과 거리 청소 의무를 지키는 집이 없어 도움의 손길을 기대할 데가 없다고 불평을 늘어놓았다.

"걱정 말아요, 파쩨마. 우리가 그 사람들 콧대를 꺾어놓을 테니 진정해요. 위원회는 대체 뭐 하는 거예요? 이게 있을 수나 있는 일이에요? 범죄 분자가 숨어 있고, 품행이 의심스러운 사람들이 거주 등록도 하지 않고 살고 있다니. 우리가 그 사람들을 쫓아내고 다른 사람을 뽑을 거예요. 내가 아주머니를 관리인 자리에 앉힐 테니까 아주머니는 그저 싫다고 호들갑 떨지만 말아요."

관리인 노파가 의장에게 그러지 말라고 애원했지만 그 여자는 들으려 하지 않았다. 그녀는 방을 둘러보고 사람들이 충분히 모인 것을 알자 조용히 해달라고 한 다음 짧은 개회사로 회의를 열었다. 그녀는 이전 주택위원회의 태만을 규탄한 뒤, 새 위원회 선거를 위해 후보자들을 지명하자고 제안하고는 다른 문제로 넘어갔다. 그 얘기를 마치던 말끝에 그녀가 말했다.

"그러니까 이렇게 된 일이에요, 동지들. 솔직하게 말해봅시다. 당신들 건물은 널찍해서 합숙하기에 알맞아요. 가끔 회의에 참석하러 대표들이 오는데 마땅히 수용할 장소가 없어요. 그래서 지역 소비에뜨가 이 건물을 관리하며 손님들을 위한 집으로 쓰기로 했고, 건물 이름은 모두 잘 알다시피 유형 전까지 이 집에 살았던 찌베르진 동지의 이름을 따기로 했어요. 이의 없지요? 이젠 집을 비우는 절차에 대해 말하죠. 이 조치는 긴급한 건 아니에요. 당신들한테는 아직 일년의 시간이 있습니다. 노동자 주민은 우리가 거주 공간을 배당해 이주시킬 거예요. 노동자가 아닌 주민은 알아서 거처를 찾아야 한다고 미리 경고합니다. 열두달의 시간을 드릴 테니까요."

"우리 중 노동자 아닌 사람이 누가 있소? 우리 중에 노동자 아닌 사람은 없소! 모두가 노동자요." 여기저기서 외쳐대기 시작했다. 한 목소리는 절규였다. "이건 제국주의 쇼비니즘[27]이야! 모든 민족은 이제 평등하다. 당신 말이 뭘 암시하는지 난 알아!"

"한꺼번에 그러지들 말아요! 누구한테 대답해야 할지 도무지 모르겠네. 무슨 민족이요? 여기서 민족이 무슨 상관이에요, 발디르낀 동지? 흐라뿌기나를 봐요. 민족하고 아무 상관 없는 경우지만 그래도 쫓아낼 거라고요."

"쫓아내다니! 네가 날 쫓아내나 어디 두고 보자, 찌그러진 소파 같은 게! 감투를 열개씩이나 쓰고!" 흐라뿌기나는 언쟁이 절정에 달하자 의장에게 닥치는 대로 별명을 내질렀다.

"저 뱀 같은 게! 악마 같은 게! 너는 수치심도 없나!" 관리인 노파가 분개했다.

"상관 말아요, 파찌마, 나는 내가 알아서 지킬 테니. 그만해요, 흐

---

27 러시아 사회주의혁명을 이끈 블라지미르 레닌이 소련 초창기 탈민족적 국제주의를 추구하며 러시아 제국주의를 비판한 말.

라뿌기나. 오냐오냐하니까 머리 꼭대기까지 기어오르지! 입 닥치라고 내가 말하잖아. 안 그러면 밀주 제조하고 싸구려 술집 운영하는 거 적발될 때까지 기다릴 것도 없이 당장 널 당국에 넘겨버릴 테니까."

소란이 극에 달했다. 누구의 말도 들리지 않을 지경이었다. 그때 창고로 의사가 들어왔다. 그는 문가에서 첫번째로 마주친 사람에게 주택위원회 위원 중 아무나 한 사람을 가르쳐달라고 부탁했다. 그 사람이 손나팔을 만들어 입에 대고 야단법석 고함치는 소리들을 누르며 한 음절씩 외쳤다.

"갈-리-울-리-나! 이리 와봐요. 누가 찾아."

의사는 자기 귀를 믿지 못했다. 허리가 구부정한 야윈 여자가 다가왔다. 관리인 노파였다. 의사는 그 어머니의 아들과 닮은 모습에 깜짝 놀랐다. 하지만 그는 아직은 자신을 밝히지 않았다. 그가 말했다.

"여기 거주자 중 한 여자분이 티푸스에 걸렸습니다.(그는 그녀의 성을 말했다.) 전염되지 않도록 예방조치를 취해야 합니다. 그 외에 또 환자를 병원으로 옮겨야 할 테고요. 제가 환자에게 서류를 작성해주려는데, 서류에 주택위원회의 승인이 있어야 합니다. 어디서 어떻게 할까요?"

관리인 여자는 질문이 서류 작성이 아닌 환자 이송에 관한 것이라고 이해했다.

"제미나 동지를 데리러 지역 소비에뜨에서 쁘롤렛까가 올 거네." 갈리울리나가 말했다. "제미나 동지는 좋은 사람이야. 내가 마차를 내달라고 말하지. 걱정 말게, 의사 동지, 자네 환자를 이송해줄 거야."

"오, 제 말은 그게 아닌데요! 어느 구석에서 입원 허가서를 쓸 수 있나 물었을 뿐이에요. 하지만 마차도 올 거라면야…… 실례지만 당신은 갈리울린 중위, 오시쁘 기마제뜨지노비치의 어머니 아니신 가요? 저는 전선에서 그와 함께 복무했습니다."

관리인 여자가 온몸을 떨고는 창백해졌다. 의사의 손을 붙잡고 그녀가 말했다.

"밖으로 나가세. 마당에서 얘기해."

문턱을 넘자마자 그녀가 재빨리 말하기 시작했다.

"제발 좀 조용히 말하게, 누가 듣겠어. 내 신세 망치지 말고. 유숩 까는 길을 잘못 들었어. 어디 직접 판단해보게, 유숩까가 누군가? 유숩까는 수습공, 직공 출신이야. 이제 평범한 인민이 훨씬 더 살기 좋아졌다는 걸 유수쁘도 알아야 해. 이건 장님한테도 보이는데 무슨 말이 필요하겠어. 자네가 어떻게 생각하는지 모르지만, 그리고 자네는 아마 그럴 수 있겠지만, 유숩까한테는 죄지. 하느님이 용서 하시지 않을 거야. 유수쁘의 아버지는 병사로 싸우다 실종됐어. 살 해당했다는데, 어떻게 얼굴도 팔도 다리도 남지 않았다니."

그녀는 더이상 얘기를 계속할 힘이 없어 손을 휘휘 내젓고는 흥분이 가라앉기를 기다렸다. 그런 다음 말을 이었다.

"가세, 지금 쁘롤롓까를 마련해줄테니. 자네가 누군지 알아. 그 애가 여기 이틀 있었는데 얘기해줬지. 그애 말이, 당신이 라라 기 샤로바를 안다던데. 좋은 처녀였어. 여기 우리 집에 놀러 오곤 했던 게 기억나. 지금은 어떤 모습일지 누가 알겠냐만. 주인들이 주인 들한테 맞설 수야 있겠나? 하지만 유숩까한테 그건 죄야. 가서 쁘 롤롓까를 부탁하세. 제미나 동지가 내줄 거야. 제미나 동지가 누군 지 아나? 올랴 제미나는 라라 기샤로바 어머니의 양장점에서 재봉사로 일했지. 바로 그 사람이라네. 역시 여기, 이 집 마당 출신이고.
가세."

13

이미 완전히 어두워졌다. 사방이 밤이었다. 그들보다 댓발자국
앞서가는 제미나의 손전등에서 나오는 하얀빛의 작은 원만이 눈더
미에서 눈더미로 깡충깡충 뛰어다녔는데, 걸어가는 사람들에게 길
을 밝혀준다기보다 오히려 혼란스럽게 할 뿐이었다. 사방이 밤이
었고, 그녀를 아는 많은 사람이 살고 있고 소녀 적에 그녀가 찾아
오곤 했으며, 사람들 이야기로 미래 그녀의 남편 안찌뽀프가 소년
시절을 보냈다고 하는 그 집이 뒤에 남겨졌다.

제미나가 잘난 체하듯 놀리는 말투로 그에게 말을 걸었다.

"정말로 손전등 없이 계속 갈 수 있겠어요? 네? 내 걸 드릴 수도
있어요, 의사 동지. 그래요. 한때 난 농담이 아니라 정말로 라라한
테 홀딱 반했었어요. 우리가 소녀였을 때 말예요. 걔네 집은 양장점
을 했어요. 거기서 난 수습 재봉사로 살았죠. 올해 라라를 봤어요.
들렀더라고요. 모스끄바를 지나는 길에 들렀어요. 이 바보야, 어디
로 간다는 거냐고 걔한테 말했어요. 여기 남으라고, 같이 살자고,
네 일자리를 찾아보자고 했죠. 웬걸요! 원치 않더라고요. 하기야
걔 일이죠. 라라는 가슴이 아니라 머리로 빠시까와 결혼했어요. 그
때부터 머리가 돈 거예요. 그러곤 떠나버렸죠."

"그녀에 대해 어떻게 생각하세요?"

"조심하세요, 여긴 미끄러워요. 문 앞에 구정물 버리지 말라고

수도 없이 말했는데, 벽에다 대고 소리치는 편이 낫지. 내가 라라를 어떻게 생각하느냐고요? 생각이라니 무슨 소리를, 생각하고 말고 할 게 있나요? 그럴 겨를이 있어야죠. 난 바로 여기 살아요. 그애에게 감춘 게 하나 있어요. 걔 오빠 말예요, 군인이었던. 총살당한 것 같아요. 하지만 전에 내 주인이었던 그애 어머니는 아마 구할 수 있을 거예요. 내가 애쓰고 있거든요. 그럼, 난 이리로 갈게요. 안녕히 가세요."

그렇게 그들은 헤어졌다. 제미나의 손전등 불빛이 좁은 돌계단을 뚫고 더러운 층계의 얼룩투성이 벽들을 비추며 앞으로 달려갔고, 어둠이 의사를 둘러쌌다. 오른쪽으로는 사도바야-뜨리움팔나야 거리가, 왼쪽으로는 사도바야-까레뜨나야 거리가 있었다. 검은 눈 위로 암흑의 저 먼 곳을 향해 뻗은 그 길들은 이미 일반적인 의미에서의 거리가 아니었다. 우랄이나 시베리아의 들어갈 수 없이 빽빽한 숲속처럼 쭉 늘어선 석조 건물의 빽빽한 타이가 속에 있는 두군데 작은 빈터 같았다.

집에는 빛과 온기가 있었다.

"왜 이렇게 늦었어요?" 안또니나 알렉산드로브나가 묻고는 그에게 대답할 틈도 주지 않고 말을 계속했다.

"당신이 없는 동안 신기한 일이 일어났어. 설명할 수 없이 이상한 일이에요. 당신한테 말하는 걸 깜빡했는데, 어제 아빠가 자명종 시계를 망가뜨리고는 절망에 빠지셨거든. 집에 있는 마지막 시계였으니까. 아빠가 고친다고 아무리 만지작거려봐도 아무 소용이 없는 거야. 모퉁이에 있는 시계공은 빵 3푼뜨[28]를 내라는데, 터무니

<hr>

[28] 옛 러시아 무게 단위로 1푼뜨는 409.5그램.

없는 가격이잖아. 뭐 어쩌겠어요? 아빠는 완전히 낙담했지. 그런데
갑자기, 상상이나 했겠어, 한시간 전쯤 귀청을 찢는 것 같은 날카로
운 소리가 나는 거야. 자명종 소리였어! 갑자기 저절로 다시 가기
시작했다니까! 이해가 돼요?"

"내 티푸스 시계가 울린 거네." 유리 안드레예비치가 농담을 하
고는 가족들에게 음악 소리가 나는 시계를 가진 여자 환자 이야기
를 해주었다.

14

그러나 그가 티푸스에 걸린 것은 훨씬 뒤였다. 그사이 지바고 가
족의 궁핍은 극에 달했다. 그들은 굶주림에 허덕이며 죽어가고 있
었다. 유리 안드레예비치는 언젠가 강도를 만나 죽어가는 것을 구
해준 적이 있는 당원을 수소문해 찾았다. 그 사람은 의사를 위해
할 수 있는 최선을 다해주었다. 하지만 내전이 시작되었다. 그의 후
원자는 내내 돌아다녔다. 게다가 그 사람은 자신의 신념에 걸맞게
당시의 고난을 당연한 것으로 여겼고, 그 자신도 굶주리고 있다는
사실을 숨겼다.

유리 안드레예비치는 뜨베르스까야 문 근처에 사는 조달업자를
찾아가보았다. 하지만 지난 몇달 사이 그 사람은 자취를 감췄고 건
강을 회복한 그의 아내 역시 행방이 묘연했다. 그 집에 거주하는
사람들도 바뀌어 있었다. 제미나는 전선에 나가 있었고, 유리 안드
레예비치는 그 집 관리인 갈리울리나도 만나지 못했다.

어느날 그는 배급표에 따라 고시 가격에 장작을 받았다. 장작을

빈답스끼 역에서 실어와야 했다. 그는 그 뜻밖의 재물을 끌고 가는 마부와 말을 호송해 끝없이 이어지는 메샨스까야 거리를 따라 걷고 있었다. 문득 의사는 메샨스까야 거리가 어딘가 좀 메샨스까야 거리 같지 않다고 느꼈다. 몸이 비틀거렸고 다리가 그를 지탱하지 못했다. 그는 낭패에 빠졌다는 것을 깨달았다. 티푸스였다. 마부가 쓰러진 그를 마차에 실었다. 의사는 자신이 어떻게 장작더미에 얹혀 집까지 실려왔는지 기억하지 못했다.

15

그는 이주 동안 간간이 정신착란을 일으켰다. 꿈을 꾸었다. 또냐가 왼쪽은 사도바야-까레뜨나야, 오른쪽은 사도바야-뜨리움팔나야, 두 사도바야 거리를 그의 책상 위에 놓았다. 그리고 그의 탁상등을 가까이 옮겼다. 깊이 파고드는 뜨거운 오렌지색 불빛에 두 거리가 밝아졌다. 일을 할 수 있다. 이제 그는 글을 쓴다.

늘 쓰기를 원했고 오래전에 썼어야 하지만 도무지 쓰지 못했던 것을 그는 열렬히, 놀랍도록 성공적으로 쓰고 있다. 자, 이제 그것이 모습을 드러낸다. 다만 이따금씩 시베리아나 우랄 사람들이 입는 순록털 외투를 입고 앞자락을 연, 키르기스인의 가느다란 눈을 가진 한 소년이 그를 방해한다.

그 소년은 그의 죽음의 정령이거나, 아니면 간단히 말해 그의 죽음이 틀림없다. 하지만 그가 서사시 쓰는 것을 도와주는데 어떻게 소년이 그의 죽음일 수 있는가? 과연 죽음이 유용할 수 있는가? 정말 죽음이 도움이 될 수 있는가?

그는 그리스도의 부활에 관한 것도 매장에 관한 것도 아닌, 그 둘 사이에 흘러간 날들에 관한 서사시를 쓰고 있다. 그는 '혼란'이라는 제목의 서사시를 쓴다.

밀려드는 큰 파도가 단숨에 해변을 덮쳐 제 밑에 묻는 것과 똑같이, 사흘의 시간이 흐르는 동안 벌레 가득한 검은 땅의 폭풍우가 그 불멸의 사랑의 화신을 어떻게 포위하고 돌덩이, 흙덩이를 던지며 공격하는가를, 사흘 동안 검은 지상의 폭풍우가 어떻게 노호하며 몰려왔다 물러가는가를, 그는 늘 쓰고 싶었다.

운을 이룬 두 행이 그의 뇌리를 떠나지 않았다. "가닿으니 기쁘네"와 "깨어나야 하네"였다.[29]

지옥도, 붕괴도, 부패도, 죽음도 가닿아서 기뻐하고 있다. 그래, 하지만 그것들과 함께 봄도, 막달레나도, 삶도 가닿아서 기뻐한다. 그래, 깨어나야 한다. 깨어 일어나야 한다. 부활해야 한다.[30]

16

그는 회복되기 시작했다. 처음에 그는 백치처럼 상황을 분간하지 못하고 모든 것을 당연하게 받아들였다. 아무것도 기억하지 못했고 어떤 일에도 놀라지 않았다. 아내는 그에게 버터 바른 흰 빵을 먹였고 설탕 넣은 차를 마시게 했으며 커피도 주었다. 그는 그것들이 지금은 구할 수 없는 것이라는 사실을 잊어버리고 회복기에 마땅히 누릴 권리인 양, 시와 동화를 즐기듯 맛있는 음식을 즐

---

29 원문에서 '가닿다'와 '깨어나다'가 각운을 이룬다.
30 유리 지바고의 시 「수난주간에」(2권 17부)의 태동 배경이다.

겼다. 하지만 정신을 차리자마자 곧장 아내에게 물었다.

"이게 다 어디서 난 거요?"

"모두 당신의 그라냐가 가져다준 거예요."

"그라냐라니?"

"그라냐 지바고."

"그라냐 지바고?"

"그래요, 옴스끄에서 온 당신 동생 옙그라프 말이야. 당신의 이복동생. 당신이 의식 없이 누워 있을 때 늘 우리를 찾아와줬어."

"순록털 외투를 입고?"

"맞아요, 맞아. 당신, 의식이 없었는데도 알아챈 모양이네? 어느집 층계에서 당신하고 마주쳤다면서. 옙그라프가 얘기해줬어요. 당신을 알아보고 인사하려고 했는데 당신이 무섭게 굴었다던데! 당신을 숭배하고 있어요. 당신이 쓰는 글을 빠짐없이 다 읽는대. 땅속에서 파내는지 쌀이며 건포도며 설탕이며, 그런 것들을 다 구해다준다니까! 지금은 다시 자기 집에 돌아갔어. 우리보고 그리 오라더라고. 참 이상하고 수수께끼 같은 사람이야. 내 생각에는 권력층과 어떤 연줄이 있는 것 같아. 당신 동생 말이, 우리는 일이년쯤 대도시를 떠나 있어야 한다고, '땅을 일구고 살아야 한다'고 해. 내가 끄류게르 집안 동네로 가면 어떨지 그와 상의해봤어. 아주 좋은 생각이라더라. 텃밭을 일굴 수 있고, 숲도 가깝고. 이렇게 가만히 앉아 양처럼 죽을 수는 없잖아."

그해 4월, 지바고는 온 가족을 데리고 먼 우랄 지방으로, 유랴찐시에서 가까운 옛 영지 바리끼노로 떠났다.

제7부

·

여로

1

3월의 마지막 날들에 그해 들어 처음으로 따뜻한 며칠이 찾아왔지만 이는 봄의 거짓 전조였다. 매년 그뒤에는 매서운 추위가 엄습한다.

그로메꼬의 집은 길 떠날 채비로 분주했다. 이제는 거리의 참새보다 불어나 비좁아진 집에 사는 수많은 거주자들에게는 그 법석을 부활절을 앞두고 대청소를 하는 것이라고 둘러댔다.

유리 안드레예비치는 길을 나서는 데 반대했다. 실현될 수 없는 계획으로 여겼기 때문에 여행 채비를 방해하지는 않았지만, 결정적인 순간에 계획이 수포로 돌아가기를 바라고 있었다. 하지만 일은 조금씩 진척되어 마무리가 가까웠다. 진지하게 이야기해야 할 때가 왔다.

이 일 때문에 열린 가족회의에서 그는 한번 더 아내와 장인에게 자신의 의구심을 밝혔다.

“그러니까 두 사람은 내가 옳지 않다고 여기는 거고, 따라서 떠나자고요?” 그가 자신의 반대 의견을 끝맺었다. 아내가 말을 받았다.

“당신 말은 일이년 어떻게든 견디면 그사이에 새로운 토지제도가 자리 잡을 테고, 그러면 모스끄바 근교에 작은 땅을 얻어 텃밭을 일굴 수 있다는 거네. 하지만 그동안 어떻게 견딜지는 말이 없잖아. 그게 핵심이니까 그 얘기를 제일 듣고 싶어요.”

“완전히 잠꼬대네.” 알렉산드르 알렉산드로비치가 딸을 지지했다.

“좋아요, 제가 졌습니다.” 유리 안드레예비치가 동의했다. “저는 다만 아무것도 모른 채 가는 것이라 주저하는 겁니다. 우리는 눈을 감은 채 아무것도, 어딘지도 모를 곳으로 떠나는 거예요. 바리끼노에 살던 세 사람 중에 두 사람, 어머니와 할머니는 돌아가셨고 나머지 한 사람, 끄류게르 할아버지는 설사 살았더라도 인질로 잡혀 창살 안에 계시겠지요.

전쟁 마지막 해에 할아버지는 숲과 공장을 가지고 무슨 일인가 꾸미셨어요. 어떤 가공의 인물이나 은행에 허위로 팔았거나, 아니면 누군가에게 조건부로 양도했어요. 우리가 그 거래에 대해 뭘 알겠습니까? 지금 그 땅이 누구 땅일까요? 누구 소유냐는 말이 아닙니다. 소유권 따위는 상관없어요. 그 땅의 책임자가 누굴까요? 어떤 기관에 속해 있나요? 숲을 벌목 중인 건 아닌지? 공장은 돌아가는지? 무엇보다도, 거기에 어떤 정권이 들어섰는지, 우리가 거기까지 가는 동안 어떤 정권이 들어설지 압니까?

두 사람은 미꿀리찐이 구원의 닻인 듯 그 사람 이름을 즐겨 되풀이하지요. 하지만 그 늙은 관리인이 여전히 살아 있고 아직 바리끼노에 있다고 누가 그러던가요? 게다가 우리가 그 사람에 대해 아는 거라곤 할아버지가 그 사람 성을 잘 발음하지 못하셨다는 것뿐이잖아요? 그래서 우리가 그 성을 기억하고 있는 거고.

하지만 논쟁이 무슨 소용이겠습니까? 두 사람이 가기로 결정했으니 저도 갑니다. 지금은 어떻게 가는지 알아봐야겠네요. 미뤄봐야 소용없으니까요."

2

여행에 대해 알아보기 위해 유리 안드레예비치는 야로슬랍스끼 역으로 갔다.

여러 대합실을 거쳐 뻗어 있는 난간 달린 트랩이 떠나는 사람들의 물결을 막고 있었고, 대합실의 돌바닥에는 잿빛 외투를 입은 사람들이 누워 이리저리 뒤척이며 기침을 하고 침을 뱉었다. 둥근 천장 아래라 소리가 잘 울린다는 것은 아랑곳없이 사람들은 서로 이야기를 주고받을 때마다 오히려 큰 소리를 냈다.

그들은 대부분 발진티푸스에 걸린 환자들이었다. 병원이 만원이어서 환자들은 위험한 고비만 넘기면 그 이튿날 퇴원 조치되었다. 의사로서 유리 안드레예비치 자신도 그렇게 할 수밖에 없는 상황에 부딪혔지만, 그런 불행을 당한 사람들이 그렇게 많고 역사가 그들의 피난처가 되고 있다는 사실은 몰랐다.

"어떻게든 출장 증명서를 얻으세요." 하얀 앞치마를 두른 짐꾼이 그에게 말했다. "매일 와서 살펴야 합니다. 요즘은 기차가 드물어요. 재수가 따라야죠. 그리고 물론……(짐꾼이 엄지손가락을 옆의 두 손가락에다 대고 비볐다) 밀가루든 뭐든 기름칠을 하지 않으면 못 가요. 음, 그리고 바로 이게……(그가 자기 목젖 튕기는 시늉을 했다) 최고죠."

3

그 무렵 알렉산드르 알렉산드로비치는 최고인민경제회의에 자문 역으로 몇차례 초청받았고, 유리 안드레예비치는 중병을 앓는 정부 요인을 치료할 기회가 있었다. 두 사람은 당시로서는 최고 수준의 보수를 받았다. 그때 처음 설치된 비공개 배급소의 배급표였다.

배급소는 시모노프 수도원 옆의 어느 수비대 창고에 자리 잡고 있었다. 의사는 장인과 함께 교회와 병영의 이어진 마당을 가로질러 문턱도 없이 땅에서 곧장 낮아지는 깊은 지하실의 석조 아치 밑으로 들어갔다. 갈수록 넓어지는 지하실 끝에는 긴 계산대가 가로놓여 있었다. 계산대 옆에 창고지기가 서서 서두르지 않고 차분하게 식료품을 저울에 달아 내주었다. 이따금 자리를 비우고 창고 안으로 물품을 가지러 갔다 돌아왔고, 지급한 물품은 연필을 크게 휘둘러 목록에서 지웠다.

배급받는 사람은 많지 않았다.

"담을 자루는요." 창고지기가 배급표를 힐끔 보고 나서 교수와 의사에게 말했다. 둠까라고 부르는 부인용 쿠션 커버와 좀더 큰 베갯잇을 여러장 내놓자, 밀가루와 곡물과 마카로니와 설탕을 쏟아넣고 살로[1]와 비누와 성냥을 쑤셔넣고는 또 뭔가 종이에 싼 덩어리를 각자에게 하나씩 내주었다. 두 사람은 눈이 휘둥그레졌다. 종이에 싼 덩어리는 나중에 집에 와서 보니 깝까스 치즈였다.

사위와 장인은 아연하리만큼 관대함을 베푼 창고지기에게 감사할 줄 모르고 소란을 피워 성가시게 하지 않으려고, 여러개의 조그만 보따리를 커다란 자루 두개에 부랴부랴 쑤셔넣고 묶어 어깨에 멨다.

그들은 술에 취한 기분으로 지하실에서 바깥으로 올라왔다. 동물적인 기쁨 때문이 아니었다. 그들이 쓸모없이 세상에 살고 있는 것이 아니라, 하는 일 없이 빈둥거리는 것이 아니라, 집에 있는 젊은 주부 또냐가 칭찬하고 인정해줄 만한 일을 했다는 생각 때문이었다.

4

남자들이 출장 증명서와 남겨두고 가는 방들의 등록 확인서를 얻어내느라 관청을 찾아다니는 동안, 안또니나 알렉산드로브나는 짐에 꾸릴 물건들을 고르느라 바빴다.

그녀는 걱정에 차서 현재 그 집에서 그로메꼬 가족에게 할당된 세개의 방을 왔다 갔다 하며 사소한 물건 하나까지 꾸릴 물건 더미에 넣기 전에 손 위에 올리고 계속해서 저울질해보았다.

가져갈 짐 가운데 그들 자신이 쓸 것은 극히 적었다. 나머지는

---

1 돼지비계를 소금에 절인 요리.

도중에, 그리고 그곳에 도착한 뒤에 물물교환으로 쓸 것들이었다.

활짝 열린 환기창으로 불어 들어온 봄의 대기에서 막 한입 베어 문 프렌치 롤의 향기가 났다. 마당에서 수탉들이 울었고, 뛰노는 아이들의 목소리가 울렸다. 방을 환기시킬수록 궤짝에서 꺼낸 겨울 헌 옷가지에서 풍기는 나프탈렌 냄새가 짙어졌다.

무엇을 가져가고 무엇을 포기할지에 관해서는 먼저 떠난 사람들이 만든 완벽한 이론이 존재했다. 그것을 따라야 한다는 믿음이 남아 있는 지인들 사이에 퍼져 있었다.

반박의 여지 없는 간결한 지침으로 이루어진 그 권고들은 안또니나 알렉산드로브나의 뇌리에 너무도 선명히 새겨져 있어 참새들이 지저귀는 소리와 뛰노는 아이들이 떠드는 소리와 함께 마당에서 들려오는 것 같았고, 어떤 은밀한 목소리가 거리에서 살며시 속삭여주는 것 같았다.

"옷감, 옷감." 그 생각들이 말했다. "재단한 게 제일 좋지만 도중에 짐을 검사할 테니 위험하지. 가봉한 옷처럼 꿰맨 조각 천이 더 안전해. 아무튼 천, 옷감, 옷도 괜찮지. 아주 낡은 게 아니면 겉옷이 낫고, 잡동사니는 줄이고, 무거운 건 안 돼. 자주 짐 전체를 직접 날라야 할 테니 바구니와 트렁크는 잊을 것. 고르고 골라서 많지 않은 짐만 여자와 아이가 들 수 있게 가벼운 보따리로 꾸릴 것. 소금과 담배는 유용하지만 실제 사례에 따르면 상당히 위험하다. 돈은 께렌까[2]로. 가장 어려운 건 서류들이다." 기타 등등, 기타 등등.

---

2 1917년에 임시정부가 발행한 지폐의 별칭. 내각 수반 알렉산드르 께렌스끼의 이름에서 유래했으며 소비에뜨 러시아 시기에도 1919년까지 발행되었다.

5

떠나기 전날 밤 눈보라가 몰아쳤다. 회오리치는 눈송이들의 잿빛 먹구름이 바람에 날려 하늘로 솟구쳤다가 하얀 눈보라가 되어 땅으로 돌아오면서 어두운 거리 깊숙이 날아가 그곳을 하얀 장막으로 덮었다.

집 안의 짐은 다 정리되었다. 방들과 그 안에 남겨둔 가재도구 관리는 예고로브나의 친척, 모스끄바에 사는 중년 부부에게 맡겼다. 안또니나 알렉산드로브나는 지난겨울에 그들과 알게 되었는데, 그들을 통해 고물과 자투리천과 필요 없는 가구를 장작과 감자로 바꾸었다.

마르껠은 신뢰할 수 없었다. 그가 자신의 정치 클럽으로 고른 민경대에다 예전 집주인 그로메꼬 가족이 그의 고혈을 빨아먹었노라 하소연하지는 않았지만, 나중에는 그들이 지난 세월 내내 세상의 시초가 원숭이라는 사실을 의도적으로 감추고 그를 무지몽매함 속에 방치했다고 비난했던 것이다.

안또니나 알렉산드로브나는 마지막으로 그 예고로브나의 친척 부부, 전에 상점 점원이었던 남편과 그의 아내를 방마다 데리고 다니며 어느 자물쇠에 어느 열쇠가 맞고 무엇을 어디에 두었는지 보여주었고, 그들과 함께 장롱 문 자물쇠를 풀었다 채우고 서랍을 뺐다 닫으며 모든 것을 가르쳐주고 설명했다.

방 안 탁자와 의자는 벽에 붙여놓았고 가져갈 보따리들은 한쪽 구석에 끌어다놓았다. 창문 커튼은 죄다 뗐다. 벌거벗은 창을 통해 눈보라는 겨울의 안락함이 갖춰져 있을 때보다 한결 거침없이 텅 빈 방들을 기웃거리며 저마다 무언가를 떠올리게 했다. 유리 안드레예비치에게는 유년 시절과 어머니의 죽음이, 안또니나 알렉산드로브나와 알렉산드르 알렉산드로비치에게는 안나 이바노브나의 임종과 장례가 생각났다. 줄곧 그들은 이 밤이 이 집에서 보내는 마지막 밤이고 다시는 이 집을 보지 못할 것만 같았다. 그 점에서 그들은 틀렸지만, 서로를 슬프게 하지 않으려 털어놓지 않은 그릇된 생각의 영향으로 그들은 저마다 그 지붕 밑에서 흘러간 삶을 말없이 되돌아보며 두 눈에 솟는 눈물과 싸우고 있었다.

그럼에도 안또니나 알렉산드로브나는 타인들 앞에서 예의범절을 잃지 않았다. 그녀는 모든 관리를 맡긴 여자와 끊이지 않는 대화를 견디고 있었다. 안또니나 알렉산드로브나는 그 여자가 베푸는 봉사의 의미를 과장했다. 배은망덕하게 보이지 않기 위해 수시로 그녀는 잠시 자리를 비우겠다고 양해를 구하고 옆방으로 가서 숄이며 블라우스며 무명이나 비단 조각을 선물로 가지고 왔다. 천은 모두 검은 바탕에 하얀 체크무늬나 물방울무늬가 있었는데, 마치 그 작별의 밤에 커튼 없이 벌거벗은 창을 들여다보던, 하얀 반점이 수놓인 눈 내리는 어두운 거리 같았다.

6

새벽녘에 일찍 역으로 나섰다. 그 집의 거주자들이 아직 일어나지 않은 시각이었다. 친목 행사라면 막무가내로 도맡는 거주자 제보롯끼나가 집집마다 돌아다니며 문을 두드리고 소리쳐 자고 있는 입주민들을 깨웠다.

"동지들, 주목! 작별 인사요! 좀더 유쾌하게, 좀더 유쾌하게! 전부터 있던 가루메꼬프[3] 가족이 떠납니다."

사람들이 뒤쪽 현관과 층계참으로 우르르 쏟아져나와(앞문은 이제 일년 내내 판자로 막혀 있었다) 단체 사진이라도 찍을 듯이 반원형으로 계단을 덮었다.

추워서 덜덜 떠는 입주민들은 하품을 하며 어깨에 걸친 얇은 외투가 흘러내릴까봐 몸을 움츠렸고, 헐렁한 펠트 장화에 후다닥 쑤셔넣은 맨발이 시려 발을 굴렀다.

마르껠은 술이 없던 그 시절에 용케 뭔가 치명적으로 독한 술을 마시고 고주망태가 되어 계단 난간에 널브러져 있었다. 그에게 깔려 난간이 무너질 지경이었다. 역에 짐을 날라주겠다고 자청했다가 거부당하자 부아가 났던 것이다. 가까스로 그에게서 벗어났다.

바깥은 아직 어두웠다. 바람이 멎은 허공에서 눈은 전날 밤보다 더 세차게 쏟아졌다. 솜털 같은 굵은 눈송이가 게으름을 피우며 떨어지다 땅 가까이에서 꾸물댔다. 내려앉을까 말까 망설이는 모양이었다.

골목에서 아르바뜨로 나오자 조금 밝아졌다. 눈이 흘러내리는 하얀 장막을 길바닥까지 드리웠고, 술 달린 장막 끝자락이 행인들의 두 발에 감기고 얽혀 그들은 움직이는 것이 아니라 한자리에서 발을 구르고 있는 느낌이었다.

거리에 인적이라곤 없었다. 십쩨프를 떠난 여행자들은 아무도 마주치지 않았다. 묽은 반죽에 빠진 것같이 온통 눈을 뒤집어쓴 마부가 하얗게 눈에 덮인 여윈 말이 끄는 빈 마차를 몰고 이내 그들을 따라잡았고, 1꼬뻬이까 가치도 안 되지만 당시 돈으로는 엄청난

----

3 '그로메꼬'를 잘못 발음한 것이다.

액수를 삯으로 받고⁴ 유리 안드레예비치를 제외한 모두를 짐과 함께 쁘롤렛까에 태워주었다. 그는 자청해서 짐 없이 홀가분하게 걸어 역으로 갔다.

7

역에서 안또니나 알렉산드로브나는 아버지와 함께 벌써 나무 울타리 사이로 빼곡하게 끝도 없이 늘어선 줄에 자리를 잡고 있었다. 이제는 승차를 플랫폼이 아니라 플랫폼에서 선로 깊숙이, 족히 0.5베르스따는 떨어진 출발신호기 옆에서 했다. 플랫폼까지 들어오는 선로를 청소할 일손이 부족했고, 역 구내 절반이 얼음과 쓰레기로 덮여 기관차가 플랫폼까지 닿지 못하기 때문이었다.

뉴샤와 슈로치까는 어머니와 할아버지와 함께 군중 속에 끼어 있지 않았다. 그들은 역 바깥 출입구의 커다란 처마 밑에서 자유롭게 돌아다니다가 이따금씩 어른들과 함께 있어야 할 때가 되지 않았나 대합실에서 살펴볼 뿐이었다. 아이들한테서 석유 냄새가 진동했다. 티푸스를 예방하기 위해 발목과 팔목과 목에 석유를 잔뜩 발랐던 것이다.

안또니나 알렉산드로브나는 때맞춰 온 남편을 보고 손짓했으나 더 다가오지 않도록 멀리서 소리쳐 어느 창구에서 출장 증명서에 도장을 받는지 알려주었다. 그는 거기로 향했다.

"그 사람들이 어떤 직인을 찍어줬는지 보여줘." 돌아온 그에게

---

4 전시공산주의와 내전 시기의 엄청난 인플레이션에 대한 언급이다.

그녀가 청했다. 의사는 난간 너머로 손을 뻗어 접은 서류 뭉치를 건넸다.

"그건 대의원 승차증이네요." 안또니나 알렉산드로브나의 뒷사람이 어깨 너머로 증명서에 찍힌 직인을 살펴보고 말했다. 어떤 상황에서도 세상의 모든 규정을 아는, 형식과 규범을 칼같이 지키는 부류인 그녀의 앞사람이 좀더 자세히 설명해주었다.

"그 직인이 있으면 당신들은 일등칸, 그러니까 객차에 좌석을 요구할 권리가 있습니다. 열차에 그런 차량이 편성되어 있다면요."

이 일은 그 줄 전체의 화제가 되었다. 여기저기서 목소리들이 울렸다.

"어디 앞으로 가서 일등칸을 찾아보라지. 아주 널렸을 테니. 지금은 화물열차 완충기에만 올라타도 고마워할 판에, 원."

"공무 보러 가시는 분, 저 사람들 말 듣지 말아요. 내가 설명할 테니 들어보세요. 지금은 각종 열차 구별이 폐지돼 혼성 열차 하나만 있어요. 군용열차이기도 하고, 죄수용 열차이기도 하고, 가축도 싣고 사람도 실어요. 말랑말랑한 게 혀니까 말이야 뭐든 할 수 있지만 사람을 혼란스럽게 하면 안 되지. 알아듣도록 설명을 해야 할 것 아니오."

"설명 한번 잘하셨네. 똑똑한 사람 하나 나셨어. 대의원 승차증이 있다고 다 된 게 아니야. 저 사람들 꼬락서니부터 보고 나서 말씀하시지. 저렇게 번지르르한 얼굴을 하고 대의원 열차에 탈 수 있다고? 대의원 열차에는 우리 같은 사람들이 가득해. 수병 눈초리가 얼마나 매섭다고. 그리고 권총도 차고 있잖아. 금방 알아볼걸. 유산 계급이고, 게다가 예전 나리들이던 의산데. 수병이 권총을 겨누고 탕 쏘면 파리처럼 쓰러지는 거지."

새로운 상황이 아니었다면 의사와 그의 가족을 향한 동정이 어디로 향했을지 모를 일이었다.

군중들은 아까부터 두꺼운 판유리를 낀 역사의 널따란 창문 너머 먼 곳으로 시선을 던지고 있었다. 저 멀리 길게 뻗은 플랫폼의 지붕 때문에 선로 위로 눈이 떨어지는 광경이 몹시도 아득해 보였다. 그렇게 멀리 떨어진 곳에서 눈송이들은 거의 움직이지 않고 공중에 매달린 채, 물고기 먹이로 던진 빵 부스러기가 물에 젖어 가라앉듯이 천천히 대기 속으로 가라앉는 것처럼 보였다.

그 심연 속으로 한참 전부터 어떤 사람들이 무리를 짓거나 홀로 가고 있었다. 그 수가 많지 않을 때까지는 흔들리는 눈의 그물망 너머로 흐릿하게 보이는 이 형상들이 작업을 하려 침목 위로 왔다 갔다 하는 철도원들이라고 생각했다. 하지만 이제 그들은 무더기로 떼를 지어 모여들었다. 그들이 향하는 심연 속에서 기관차가 연기를 내뿜기 시작했다.

"문 열어, 이 사기꾼들아!" 줄 선 사람들이 고함치기 시작했다. 동요한 군중이 문으로 몰려들었다. 뒷사람들이 앞사람들을 밀쳤다.

"무슨 짓을 하는지 좀 봐! 여기는 울타리로 막아놓고, 저기는 줄도 안 서고 돌아서 가고 있잖아! 기차는 지붕까지 가득 찼는데 우리는 양처럼 여기 서 있으라고! 문 열어, 이 악마들아, 부숴버린다! 어이, 여러분, 밀어붙여요, 밀어붙여!"

"어리석은 사람들 같으니, 누굴 부러워하는 거야." 모르는 것 없고 규범을 칼같이 지키는 사람이 말했다. "뻬뜨로그라드에서 강제 노동에 동원된 사람들이에요.[5] 북부 전선의 볼로그다로 향할 거였

---

5 1918년 12월, 노동 능력이 있는 모든 러시아 소비에뜨 사회주의공화국연방 시민의 노동 의무에 관한 법령이 포고되었다. 뻬뜨로그라드는 1914년 1차대전 발발

는데 이제 동부 전선으로 내몰린 거죠. 가고 싶어 가는 게 아니에요. 호송되는 거요. 참호를 파러 가는 겁니다."

8

길을 떠난 지 벌써 사흘째였지만 모스끄바에서 멀리 가지 못했다. 차창 밖 풍경은 겨울이었다. 철로도, 들판도, 숲도, 마을의 지붕들도 모두 눈에 덮여 있었다.

다행히도 지바고 가족은 위칸 앞쪽 침상의 왼쪽 구석, 천장 바로 아래 길쭉하고 흐릿한 창 옆에 자리를 잡을 수 있었다. 흩어지지 않고 그들 가족끼리 모여 있을 수 있는 자리였다.

안또니나 알렉산드로브나는 화물열차를 타고 여행하는 것이 처음이었다. 모스끄바에서 기차에 오를 때는 유리 안드레예비치가 가장자리에 무거운 미닫이문이 달린 차량 바닥 위로 여자들을 들어 올려주었다. 이후로 가면서는 여자들도 익숙해져 혼자서 난방 화차로 기어올랐다.

처음 한동안 안또니나 알렉산드로브나에게는 차량이 바퀴 달린 가축우리 같아 보였다. 그녀 생각에 이런 비좁은 우리는 한번 부딪치거나 흔들기만 해도 허물어질 것 같았다. 하지만 벌써 사흘째 속력과 방향이 바뀔 때마다 앞뒤로 흔들리고 옆으로 쏠리면서도, 바닥 밑에서 차축이 수시로 태엽 감긴 장난감 북의 북채마냥 덜컹대

후 독일에 대한 반감으로 독일어식 명칭인 뻬쩨르부르그를 러시아어식으로 개칭한 이름. 1924년 레닌의 죽음과 함께 그의 이름을 따서 레닌그라드로 개칭될 때까지 통용되었다.

면서도 기차는 무사히 나아가고 있었다. 안또니나 알렉산드로브나의 걱정은 기우가 되었다.

스물세량으로 이루어진(지바고 가족은 14호 차량에 타고 있었다) 긴 수송 열차는 플랫폼이 짧은 역에 설 때는 일부만, 머리나 꼬리나 중간 부분만 역에 닿았다.

앞쪽 차량은 군용이었고 중간에는 일반 승객이, 뒤쪽 차량에는 징용당한 노역자들이 타고 있었다.

그 부류의 승객이 오백명에 달했는데, 모든 연령층의 아주 다양한 신분과 직업의 사람들이었다.

그 사람들이 차지한 여덟개 차량에서는 다채로운 광경이 펼쳐졌다. 뻬쩨르부르그의 주식중매인과 변호사 같은 잘 차려입은 부자들과 나란히 착취계급에 속한다고 간주된 고급 마차 마부, 바닥 청소부, 목욕탕 종업원, 타타르인 고물상, 폐쇄된 정신병원에서 도망친 환자, 영세상인과 수도승 등을 볼 수 있었다.

첫번째 부류의 사람들은 벌겋게 달아오른 무쇠 난로 주위로 짧게 잘라 세워둔 장작더미 위에 재킷을 벗고 앉아 앞다투어 무언가를 이야기하며 큰 소리로 껄껄거렸다. 이들은 연줄이 있는 사람들이었다. 의기소침해 있지 않았다. 영향력 있는 친척들이 집에서 그들을 위해 분주히 움직이고 있었다. 최악의 경우라 해도 가는 도중에 몸값을 치르고 자유의 몸이 될 수 있었다.

두번째 부류의 사람들은 장화를 신고 까프딴의 앞자락을 열고 있거나, 맨발에 허리끈을 풀어 루바하를 바지 위에 길게 늘어뜨리고 있었다. 턱수염을 기르기도, 턱수염이 없기도 했다. 이들은 문설주와 통로의 가로대를 붙잡고 갑갑한 난방 화차의 반쯤 열린 문 곁에 서서 철로변의 마을과 그 주민들을 침울하게 바라보았다. 누구와도 말을 나누지 않았다. 이들에게는 의지할 만한 연고가 없었다. 아무 기대할 것이 없었다.

이 사람들 모두가 배정받은 차량에 타고 있는 것은 아니었다. 일부는 열차 중간으로 옮겨가 자유민들과 한데 뒤섞였다. 그런 유의 사람들이 14호 난방 화차에도 있었다.

9

보통 기차가 역에 다가갈 때면 위쪽에 누워 있던 안또니나 알렉산드로브나는 낮은 천장 때문에 허리를 펼 수 없어 불편한 자세로 몸을 조금 일으키고 침상에서 고개를 늘어뜨려, 빠끔히 열린 문틈으로 그곳이 물물교환의 관점에서 흥미를 끄는지, 침상에서 내려가 밖으로 나갈 만한 가치가 있는지 여부를 가늠하곤 했다.

지금도 그랬다. 느려지는 기차의 속도가 그녀의 졸음을 깨웠다. 여러개의 전철기轉轍機를 지나며 잦아지는 덜커덩 소리와 함께 난방 화차가 진동하는 것이 이번 역이 꽤 크고 오래 정차하리라는 것을 알려주었다.

안또니나 알렉산드로브나는 허리를 구부리고 앉아 눈을 비비고 머리를 매만진 뒤, 물건을 담은 자루 깊숙이 손을 넣어 바닥까지 뒤져서 수탉과 젊은이와 멍에와 수레바퀴가 수놓인 수건을 꺼냈다.

그러는 사이 잠을 깬 의사가 먼저 침상에서 뛰어내려 아내가 바닥으로 내려오는 것을 도와주었다.

활짝 열린 차문 곁으로 건널목 초소와 신호등에 뒤이어 켜켜이 무거운 눈을 이고 있는 역의 나무들이 이미 흘러가고 있었다. 나무들이 기차를 향해 가지를 곧게 뻗고 환영의 표시로 쟁반에 담은 빵과 소금처럼 눈을 내밀어 권했다. 아직은 속도가 빠른 기차에서 발길이 닿지 않은 플랫폼의 눈 위로 수병들이 맨 먼저 뛰어내리더니 단걸음에 모두를 앞질러 역사 모퉁이 뒤로 달려갔다. 보통 거기에는 측벽을 방패 삼아 금지된 음식을 파는 여자들이 숨어 있었다.

수병들의 검은 제복과 나부끼는 제모의 리본과 밑이 넓은 나팔바지가 맹렬하게 돌진하는 느낌을 주어서, 사람들은 활강하는 스키 선수나 전속력으로 질주하는 스케이트 선수와 맞닥뜨린 것처럼 길을 비켜주었다.

역 모퉁이 뒤에서는 인근 마을의 농군 여자들이 서로의 뒤에 숨으며 점을 칠 때처럼 흥분해 줄지어 늘어선 채 오이와 뜨보로그,[6] 졸인 쇠고기, 추위 속에 향과 온기를 간직하도록 누비 덮개로 싼 호밀 바뜨루시까 등을 팔고 있었다. 머릿수건 끝을 양가죽 외투 깃 속에 밀어넣은 아낙들과 처녀들은 수병들의 농담에 양귀비꽃같이 얼굴을 붉히면서도 그와 동시에 그들을 불보다 더 두려워했다. 투기와 암거래를 단속하는 각종 부대가 주로 수병들로 이루어져 있었기 때문이다.

농군 여자들의 당혹감은 오래가지 않았다. 기차가 섰다. 다른 승객들이 오면서 사람들이 뒤섞였다. 장사가 열기를 띠었다.

안또니나 알렉산드로브나는 눈으로 세수를 하려 역 뒤뜰로 가는 듯 어깨에 수건을 걸친 모습으로 물건을 한바퀴 둘러보았다. 대열에서 벌써 여러번 그녀를 부르는 소리가 났다.

"이봐요, 이봐, 도시 아주머니, 수건 대신 뭘 원하서요?"

---

6 발효 우유를 응고시킨 부드러운 치즈.

하지만 안또니나 알렉산드로브나는 멈추지 않고 남편과 함께 앞으로 나아갔다.

줄 맨 끝에 진홍색 무늬의 검은색 머릿수건을 쓴 여자가 서 있었다. 그녀가 수놓인 수건에 눈독을 들였다. 그녀의 대담한 두 눈이 반짝이며 타올랐다. 좌우를 살펴 어디서도 다가오는 위험이 없다는 것을 확인한 그녀가 재빨리 안또니나 알렉산드로브나에게 바싹 다가서더니 자기 물건의 덮개를 젖히고 열을 내며 빠르게 속삭였다.

"어때요, 아마 이런 건 본 적이 없을 텐데? 구미가 당기죠? 뭐 오래 생각할 것도 없어요, 채가니까. 이 뽈로또끄에 그 수건을 줘요."

안또니나 알렉산드로브나는 마지막 말을 알아듣지 못했다. 무슨 머릿수건에 대해 말하는 것이라고만 생각했다.[7] 그녀가 되물었다.

"무슨 소리예요, 아주머니?"

농군 여자가 말한 뽈로또끄는 토끼고기 반토막이었다. 반을 갈라 머리부터 꼬리까지 통째로 구운 것을 손에 들고 있었다. 그녀가 다시 한번 말했다.

"수건 주면 뽈로또끄 주겠다고요. 뭘 그렇게 봐요? 개고기가 아니에요. 내 남편이 사냥꾼이라고요. 이건 토끼예요, 토끼."

교환이 이루어졌다. 양쪽 다 자기는 크게 이익을 보고 상대방은 크게 손해를 보았다고 생각했다. 안또니나 알렉산드로브나는 그토록 부정직하게 불쌍한 농군 여자를 속인 것이 수치스러웠다. 하지만 흥정에 만족한 그 여자 역시 서둘러 죄악에서 벗어나기 위해 장사를 마친 이웃 여자를 소리쳐 불렀다. 밟아 다져진 눈 아래 오솔

---

7 반토막을 뜻하는 '뽈로또끄'를 숄을 의미하는 '쁠라또끄'로 알아들었다는 뜻.

길이 멀리 뻗어 있었다. 두 여자는 함께 집으로 걸음을 옮기기 시작했다.

그때 군중 속에서 소동이 일어났다. 어디선가 노파가 고함을 질렀다.

"어딜 가는 거야, 젊은이? 돈은? 언제 나한테 돈을 줬어, 이 양심 없는 놈아? 저런 도둑놈의 심보! 아무리 소리쳐도 돌아보지도 않고 가네. 서, 서란 말이야. 이봐요, 동지! 경비병! 강도야! 뺏어갔어! 저놈이야, 저놈, 저놈 잡아!"

"어느 놈이요?"

"저기 수염 깎은 놈, 웃으면서 가고 있네."

"팔꿈치에 구멍 난 녀석?"

"그래, 맞아. 저놈 잡아, 이교도 놈!"

"옷소매 기운 저놈 말이죠?"

"그래요, 그렇다니까. 아이고 맙소사, 저자가 강탈을 했다고요!"

"무슨 일이야?"

"저자가 할머니한테 파이와 우유를 달래서 배때기를 채우곤 달아났대. 그래서 이렇게 울고불고 난리야."

"저런 놈은 그냥 두면 안 돼. 붙잡아야지."

"어디 가서 붙잡아보시지. 온몸에 탄띠를 둘렀잖아. 오히려 널 잡으려 들걸."

10

14호 난방 화차에는 징용당한 노역자 몇명이 타고 있었다. 감시병 보로뉴끄가 딸려 있었다. 여러 이유로 그들 중 세 사람이 눈에 띄었다. 이전에 뻬뜨로그라드 국영 주점 출납원으로 난방 화차에서 회계원이라 불리는 쁘로호르 하리또노비치 쁘리뚤리예프, 철물점 출신의 열여섯살 소년 바샤 브리낀, 옛 시대의 모든 유형지를 전전하고 이제 새 시대의 일련의 새 유형지를 개척한 머리 희끗한 혁명가이자 노동협동조합주의자[8] 꼬스또예드-아무르스끼가 그들이었다.

닥치는 대로 끌어모은 이 징용자들은 서로 모르는 사이였다가 여행 중에 점차 알게 되었다. 객차 안에서 얘기가 오가다가 회계원 쁘리뚤리예프와 견습 점원 바샤 브리낀이 동향인이라는 것이 밝혀졌다. 둘 다 뱟까[9] 출신이었고, 게다가 좀 있으면 기차가 그들의 고향 마을을 거쳐갈 것이었다.

말미시 시의 소시민인 쁘리뚤리예프는 땅딸막하고 머리를 짧게 깎은, 얼굴이 얽고 못생긴 사내였다. 사라판[10] 윗부분이 풍만한 여자의 가슴을 조이듯 겨드랑이 밑이 시커멓도록 땀에 젖은 회색 재킷이 몸에 꼭 끼었다. 그는 석상처럼 말이 없었다. 몇시간이고 생각에 잠겨 주근깨투성이 손에 난 사마귀를 손톱으로 피가 나도록 후비는 통에 곪기 시작했다.

그 전해의 어느 가을날, 그는 넵스끼 대로를 따라 걷다가 리쩨이니 대로 모퉁이에서 가두 검문에 걸렸다. 신분증명서를 제시해야 했고 제4종 배급표 소지자라는 것이 드러났다. 비노동자 성분에게

---

8 1906~17년의 1~4차 러시아 국가 두마에서 농민과 인민주의자 인쩰리겐쩨야 대의원들이 노동협동조합을 이상으로 해 독자적으로 결성했던 분파.
9 우랄산맥 서쪽 지방으로 지금의 끼로프.
10 몸에 꼭 맞고 소매가 없는 원피스로 러시아 여성의 전통 의상.

발급되는 그 표로는 절대 아무것도 배급받을 수 없었다. 이를 근거로 그는 구금되었고, 같은 이유로 거리에서 붙잡힌 많은 사람들과 함께 병영으로 호송되었다. 이렇게 해서 모인 부대는 앞서 편성되어 아르한겔스끄 전선에서 참호를 파게 된 부대의 예에 따라 처음에는 볼로그다로 이동할 예정이었다. 하지만 도중에 길을 돌려 모스끄바를 거쳐 동부 전선으로 향하게 되었다.

쁘리뚤리예프는 전쟁 전 뻬쩨르부르그에서 근무하기 전까지 일했던 루가에 아내가 있었다. 그가 당한 불행을 소문으로 전해들은 아내가 그를 찾아 노무대에서 빼내려고 볼로그다로 달려갔다. 그러나 부대의 행로가 그녀의 추적과 엇갈리고 말았다. 그녀의 노력은 수포로 끝났다. 모든 것이 엉클어졌다.

뻬쩨르부르그에서 쁘리뚤리예프는 뻴라게야 닐로브나 쨔구노바와 동거했다. 그가 넵스끼 네거리에서 붙들린 것은 마침 일을 보러 다른 쪽으로 가려고 모퉁이에서 그녀와 작별한 순간이었다. 그녀의 등이 저 멀리 리쩨이니 대로에 어른거리는 행인들 사이로 잠시 보이다가 이내 자취를 감추었다.

이 쨔구노바, 깊은 한숨을 쉬며 풍성한 땋은 머리채를 이쪽저쪽 어깨 너머로 넘겨 가슴 위로 늘어뜨리곤 하는, 예쁜 손에 풍만하고 위풍당당한 몸집의 소시민 여성은 자진해서 수송 열차에 올라 쁘리뚤리예프와 동행하는 중이었다.

쁘리뚤리예프 같은 목석에게 무슨 좋은 점을 찾아서 여자들이 들러붙는지 도무지 이해가 되지 않았다. 쨔구노바 외에도, 어떻게 탔는지 모르지만 쁘리뚤리예프가 아는 다른 여자가 기관차에 몇량 더 가까운 다른 난방 화차에 타고 있었다. 황갈색 머리카락의 깡마른 처녀 오그리즈꼬바였다. 쨔구노바는 그녀를 여러 모욕적인 별명과 함께 '콧구멍'이니 '주사기'니 하고 부르며 욕했다.

두 적수는 서로 칼을 갈았고, 서로의 눈에 띄지 않게 조심했다. 오그리즈꼬바는 이 차량에 결코 모습을 보이지 않았다. 그녀가 자신의 숭배 대상과 어디서 교묘히 만나는지는 수수께끼였다. 아마도 승객들이 모두 달려들어 장작과 석탄을 실을 때 먼발치에서 그의 얼굴을 보는 것으로 만족하는지도 몰랐다.

11

바샤의 이야기는 달랐다. 그의 아버지는 전쟁 중에 죽었다. 어머니는 일을 배우도록 그를 시골에서 뻬쩨르[11]에 있는 삼촌에게 보냈다.

아쁘락신 상가에서 철물점을 운영하던 삼촌은 그해 겨울에 몇가지 해명할 일이 있어 소비에뜨에 소환되었다. 그는 문을 착각해 소환장에 지시된 방 대신 이웃한 다른 방으로 들어갔다. 우연히도 그 방에는 노무대 선발위원회가 자리하고 있었다. 방은 사람들로 몹시 붐볐다. 그 부서에 소환된 사람들이 충분히 모이자 적군 병사들이 와서 포위하더니 세묘놉스끼 병영으로 데려가 하룻밤을 보내게 했고, 아침에는 볼로그다행 기차에 태우기 위해 역으로 호송했다.

그렇게 많은 주민이 구금되었다는 소식이 시중에 퍼졌다. 다음 날 수많은 가족이 친척과 작별 인사를 하려 역으로 몰려들었다. 바샤도 숙모와 함께 그들 속에 섞여 삼촌을 전송하러 갔다.

---

11 뻬쩨르부르그를 줄여 부르는 별칭.

역에서 삼촌은 울타리 너머의 아내에게 잠시만 내보내달라고 보초병에게 애걸하기 시작했다. 지금 14호 난방 화차에서 일행을 호송 중인 보로뉴끄가 바로 그 보초병이었다. 보로뉴끄는 삼촌이 돌아올 것이라는 확실한 보증 없이는 내보내주지 않겠다고 했다. 삼촌과 숙모는 조카를 보증으로 남겨두겠다고 제안했다. 그 제안에 동의한 보로뉴끄가 바샤를 울타리 안으로 끌어넣고 삼촌을 내보냈다. 삼촌과 숙모는 다시는 돌아오지 않았다.

속임수가 드러나자, 속일 것을 의심하지 않았던 바샤는 울음을 터뜨렸다. 그는 보로뉴끄의 발밑에 쓰러져 그의 손에 입을 맞추며 풀어달라고 애원했지만 소용없었다. 호송병이 성격이 잔혹해 가차없었던 것이 아니다. 어수선한 시절이라 규율이 엄격했다. 호송병은 자기가 호송하는 인원수에 대해 점호로 점검하며 목숨을 걸고 책임져야 했다. 그렇게 해서 바샤도 노무대에 속하게 되었다.

제정 시대에나 지금 정부하에서나 모든 간수의 존경을 받았고 늘 그들과 사이가 좋았던 협동조합주의자 꼬스또예드-아무르스끼가 거듭해서 호송대장에게 바샤의 딱한 형편에 관심을 갖도록 호소했다. 그 사람은 이것이 정말로 치욕적인 잘못이라고 인정했지만, 호송 중에 이런 복잡한 일을 다루는 것은 절차상 어렵고 도착하면 잘 해결될 것으로 기대한다고 말했다.

바샤는 그림 속 짜르의 친위병이나 하느님의 천사같이 반듯한 이목구비를 가진 예쁜 소년이었다. 보기 드물게 순수하고 비뚤어진 구석이 없었다. 그가 특히 좋아하는 소일거리는 어른들 발치에 앉아 두 손으로 무릎을 그러안고 고개를 젖혀 그들의 대화와 이야기를 듣는 것이었다. 그럴 때면 쏟아질 것 같은 눈물을 참거나 숨막힐 듯한 웃음과 싸우는 그의 얼굴 근육의 움직임만으로도 이야기 내용을 되새길 수 있었다. 거울에 어리듯 감수성 풍부한 아이의 얼굴에 이야기 주제가 비쳐 보였다.

12

지바고 가족의 초대를 받은 협동조합주의자 꼬스또예드가 위칸 침상에 앉아 대접받은 토끼고기의 어깨뼈를 쪽쪽 빨아댔다. 그는 틈새로 들어오는 바람에 감기가 걸릴까봐 걱정스러웠다. "바람이 들어오네요! 어디서 들어오는 거죠?" 그가 물으며 바람이 들지 않는 곳을 찾아 계속해서 자리를 바꾸었다. 드디어 바람이 느껴지지 않는 곳에 자리를 잡자 말했다. "이제 됐네요." 어깨뼈를 다 갉아먹고 손가락을 핥아 손수건으로 닦고 나서 주인들에게 감사를 표한 후에 그가 말했다.

"창문에서 들어오네요. 막아야 합니다. 그건 그렇고, 논쟁의 주제로 돌아갑시다. 당신 말은 옳지 않아요, 의사 선생. 구운 토끼고기는 훌륭한 물건이죠. 하지만 그렇다고 해서 시골 사람들이 편히 산다고 결론 내릴 수는 없어요. 죄송하지만 그건 아무래도 무모하고 너무 위험한 비약이오."

"아, 잠깐만요," 유리 안드레예비치가 반박했다. "그 역들을 좀 보세요. 나무를 베지 않았어요. 울타리도 멀쩡하고. 그리고 시장들은요! 그 여자들은요! 생각해보세요, 얼마나 만족스러운 생활인지! 어딘가엔 삶이 있어요. 누군가는 기뻐하고 있어요. 모두가 신음하고 있는 건 아니죠. 이것으로 모든 게 입증됩니다."

"만약 그렇다면 좋겠죠. 하지만 그건 그렇지가 않아요. 어디서 그런 결론을 끌어낸 겁니까? 철로에서 100베르스따만 떨어진 데로 가보세요. 도처에서 끊이지 않고 농민 폭동이 일어나고 있어요. 누구를 반대해서냐고 당신은 묻겠지요? 누가 권력을 잡았든 상관없이, 백군에도 반대하고 적군에도 반대하는 거죠. 아하, 농민은 모든 질서의 적이고 자기가 뭘 원하는지도 모른다고 당신은 말하겠지요. 실례지만 의기양양해하지 마세요. 농민은 자기가 뭘 원하는지 당신보다 더 잘 압니다. 하지만 나나 당신이 바라는 것과는 전혀 다른 것을 원하죠.

혁명이 농민을 잠에서 깨웠을 때, 농민은 그들의 오랜 꿈이 실현되고 있다고 생각했습니다. 독자적인 삶, 그 누구에 대해서든 종속도 의무도 없이 자기 손으로 노동해서 생존하는 무정부주의적 농장이라는 꿈이죠. 그런데 구체제가 타도되어 억압에서 벗어난 농민은 새로운 혁명적 초국가의 훨씬 더 가혹한 압제에 처했습니다. 지금 시골은 동요하며 어디에서도 평온을 찾지 못하고 있어요. 그런데 당신은 농민들이 편하게 살고 있다고 말하네요. 선생, 아무리 봐도 당신은 아무것도 모르고, 또 알고 싶지도 않은 것 같아요."

"그래요, 사실 알고 싶지 않습니다. 말씀하신 그대로예요. 그래서요? 왜 내가 모든 걸 알아야 하고 모든 것에 십자가를 져야 합니까? 시대는 나를 염두에 두지 않고 원하는 것을 내게 강요하는데요. 나는 사실을 무시하면 안 됩니까? 당신은 내 말이 현실과 부합하지 않는다고 말합니다. 하지만 지금 러시아에 현실이란 게 있나요? 내 생각에 현실은 너무 기겁해 몸을 숨겼습니다. 나는 농촌이 좋은 때를 만나 이익을 얻고 번성하고 있다고 믿고 싶습니다. 그마저도 착각이라면, 그때는 나는 어떡합니까? 무엇으로 살며 누구 말을 따라야 합니까? 나는 살아야 합니다. 나는 가족이 있는 사람이에요."

유리 안드레예비치가 손을 내젓고는 꼬스또예드와의 논쟁의 마무리를 알렉산드르 알렉산드로비치에게 맡기고 침상 가장자리로 다가가 고개를 늘어뜨리고 아래의 동정을 살폈다.

아래에서는 쁘리뚤리예프, 보로뉴끄, 쨔구노바, 바샤가 함께 일상적인 대화를 나누고 있었다. 고향이 가까워오자 쁘리뚤리예프는 어느 역까지 기차를 타고 가서 어디서 내릴지, 거기서부터는 걸어서 갈지 아니면 말을 타고 갈지, 고향 가는 방법을 떠올리고 있었다. 바샤는 자기가 아는 크고 작은 마을 이름이 나올 때마다 타오르는 눈으로 펄쩍 뛰어 일어나 환희에 차서 그 이름을 되풀이했다. 마을 이름 하나하나가 마법의 동화처럼 들렸던 때문이다.

"수호이 브로드에서 내려요?" 바샤가 목이 메어 다시 물었다. "그래야죠! 우리 정거장인데! 우리 역! 그다음엔 부이스꼬예 마을로 가겠죠?"

"그다음엔 부이스끼 시골길로 가지."

"제 말이 그거예요, 부이스끼 시골길. 부이스꼬예 마을이요. 어떻게 모를 수가 있겠어요! 우리는 거기서 꺾어요. 거기서 우리 마을은 오른쪽으로, 오른쪽으로 계속 가면 돼요. 베레쩬니끼 쪽이죠. 그러니까 하리또니치 아저씨네 마을은 강에서 왼쪽으로 쭉 가는 거네요? 뻴가강이라고 들어보셨어요? 그래요, 그거! 우리 마을 강이에요. 강둑을 쭉 따라가면 우리 마을이 나와요. 바로 그 강가, 뻴가강 조금 위가 우리 마을, 우리 베레쩬니끼예요! 바로 절벽 위요! 강둑이 아주 험해요! 우리는 그곳을 긴 궤짝이라고 불러요. 위에서면 아래를 내려다보기가 무서워요. 엄청 가파르거든요. 떨어질 것만 같아요. 정말이에요. 거기서 채석을 해요. 맷돌을 만들죠. 그 베레쩬니끼에 엄마가 있어요. 여동생 둘도요. 내 동생 알룐까와 아리시까. 우리 엄마는요, 빨라샤[12] 아주머니, 뻴라게야 닐로브나, 아주머니처럼 젊고 살갗이 하얘요. 보로뉴끄 아저씨! 보로뉴끄 아저씨! 간청할게요, 제발요…… 보로뉴끄 아저씨!"

"왜 이래? '보로뉴끄 아저씨! 보로뉴끄 아저씨!' 뻐꾸기같이 왜 자꾸 같은 소리야? 그럼 내가 아저씨지 아줌마냐? 어쩌자는 거야, 뭘 원해? 도망이라도 치게 해달라고? 그 소리야? 너를 도망치게 하는 날엔 나는 아멘이야. 총살이라고!"

뻴라게야 쨔구노바는 어딘지 먼 데를 멍하니 바라보며 말이 없었다. 그녀는 바샤의 머리를 쓰다듬으며 무언가를 생각하면서 그의 황갈색 머리카락을 매만졌다. 간혹 고개를 끄덕이고 눈짓과 미소로 아이에게 신호를 보냈는데, 어리석은 짓은 하지 말고 사람들이 다 있는 자리에서 보로뉴끄와 그런 일에 대해 이야기하지 말라는 의미였다. 꾹 참고 때를 기다리면 모든 것이 저절로 잘될 테니 걱정하지 말라는 뜻이었다.

13

중부 러시아 지대를 뒤로하고 동쪽으로 접어들자 예기치 않은 일들이 쏟아지기 시작했다. 불안한 지역, 무장 강도단이 주인 행세하는 지역, 최근에 반란이 진압된 지역을 가로질러 가는 중이었다.

들판 가운데 기차가 서고 암거래 단속반이 차량 안을 돌며 짐을 뒤지고 신분증명서를 확인하는 일이 잦아졌다.

---

12 뻴라게야의 애칭.

한번은 밤중에 어딘가에서 기차가 멈춘 적이 있었다. 차량 안을 들여다보지도, 누굴 깨우지도 않았다. 좋지 않은 일이 일어난 것 아닌가 궁금해진 유리 안드레예비치는 난방 화차에서 뛰어내렸다.

캄캄한 밤이었다. 철로 양옆으로 전나무가 숲을 이룬 구간에, 여느 곳과 다를 바 없는 들판의 이정표 곁에 기차는 뚜렷한 이유도 없이 서 있었다. 유리 안드레예비치보다 먼저 뛰어내린 이웃들이 난방 화차 앞에서 발을 구르고 있다가 그들이 알기로는 아무 일도 일어나지 않았다고 알려주었다. 그 지대가 위험하다는 구실로 기관사가 제멋대로 기차를 멈춘 것 같으며, 궤도차가 철로의 안전을 확인해줄 때까지 열차 운행을 거부하고 있다는 것이었다. 승객 대표들이 기관사를 달래러 갔고 필요할 경우 기름칠을 좀 할 작정이라고 말했다. 들리는 말로는 수병들이 끼어들었고 이들이 설득할 것이라고 했다.

유리 안드레예비치가 그런 설명을 듣고 있는 사이, 저 앞 기관차 근처 눈에 덮여 매끄러운 노반 표면이 날름거리는 모닥불 불빛을 받은 것처럼 환해졌다. 기관차 화통과 연소실 아래 통풍구에서 불빛이 일렁였다. 갑자기 그렇게 일렁이는 불의 혀 하나가 눈 덮인 들판 한조각과 기관차, 기관차 테두리 가장자리를 따라 달려가는 몇개의 검은 형상을 환하게 비췄다.

저 앞에 어른거리는 형상이 기관사인 것 같았다. 승강대 끝까지 달려간 그는 훌쩍 뛰어올라 완충기를 뛰어넘더니 시야에서 사라졌다. 그를 뒤쫓던 수병들이 똑같은 동작을 했다. 그들 또한 격자판 끝까지 달려가 뛰어올랐고, 공중에서 어른거리더니 땅속으로 꺼지듯 사라졌다.

그 광경에 마음이 끌린 유리 안드레예비치는 호기심 많은 다른 몇 사람과 함께 저 앞의 기관차로 다가갔다.

기차 앞의 탁 트인 선로 일부에서는 그들 앞에 이런 광경이 펼쳐 졌다. 노반 한옆, 티 없이 깨끗한 눈 속에 몸 절반이 파묻힌 기관사 가 솟아 있었다. 그와 똑같이 허리까지 눈 속에 빠진 수병들이 짐 승 몰이꾼처럼 반원형으로 그를 에워싸고 있었다.

기관사가 소리쳤다.

"고맙구먼, 바다제비들[13]! 오래 살다보니 별놈의 세상 다 보네! 권총을 들고 자기들 형제인 노동자를 뒤쫓다니! 내가 왜 열차가 더 이상 갈 수 없다고 말했는데? 승객 동지들, 이 지역이 어떤 덴지 증 인이 돼주시오. 누가 어슬렁거리다 너트를 풀지 말이오. 내가, 이 망할 놈의 새끼들아, 내가 날 위해 이러는 줄 알아? 날 걱정해서가 아니라 너희를 걱정해서야. 너희한테 무슨 일 생길까봐. 그런데도 이게 무슨 짓거리야? 그래, 쏠 테면 쏴, 지뢰 중대! 승객 동지들, 증 인이 돼주시오. 여기 날 봐요. 나는 숨지 않겠소."

철둑 위에 있던 사람들 무리에서 여러 목소리가 들렸다. 어떤 사 람들은 어안이 벙벙해서 외쳤다.

"무슨 소리야? 정신 차려요. 그래 우리가…… 누가 그런 짓을 하 게 둔대? 저 사람들은 그냥…… 겁을 주려고……"

큰 소리로 부추기는 사람들도 있었다.

"맞아, 가브릴까! 굴복하지 마, 기관사!"

맨 먼저 눈 속에서 몸을 빼낸 사람은 붉은 머리의 몸집이 거대한 수병이었는데, 머리가 유난히 커서 얼굴이 납작해 보일 정도였다. 그가 군중을 향해 차분하게 몸을 돌리고 보로뉴끄와 같은 우크라

---

13 막심 고리끼의 시 「노래와 바다제비」에서 혁명적 노동자계급의 상징.

이나 사투리의 조용한 저음으로 몇마디 했다. 한밤중의 예사롭지 않은 상황에 걸맞지 않게 너무 차분한 말투가 우스꽝스러웠다.

"죄송하지만, 이게 다 웬 난립니까? 바람에 감기 걸리겠습니다, 시민 여러분. 추운 데 있지 말고 객차로 가세요!"

군중이 흩어지기 시작해 차츰 난방 화차로 돌아가자, 붉은 머리의 수병은 아직 완전히 정신을 차리지 못한 기관사에게 다가가 말했다.

"기관사 동지, 히스테리는 그만 됐소. 구멍에서 나와요. 이제 가자고."

14

이튿날, 가볍게 몰아친 눈보라가 그대로 쌓인 레일 위를 탈선할까봐 줄곧 속도를 늦춰 조심해서 차분히 달려가던 기차가 생명의 흔적이라곤 없는 황량한 들판에 멈춰 섰다. 사람들은 화재로 파괴된 역의 잔재를 이내 알아보지 못했다. 검게 그을린 역의 정면에서 '니즈니 껠메스'라는 역 이름을 식별할 수 있었다.

화재의 흔적을 간직하고 있는 것은 역사만이 아니었다. 역 뒤편으로 눈에 덮인 텅 빈 마을이 보였는데, 슬픈 운명을 역과 함께 나눈 듯했다.

마을 맨 끝 집은 시커멓게 타버렸고, 그 옆집은 들보 몇개가 모서리에서 떨어져 안으로 곤두박혔다. 거리 곳곳에 부서진 썰매와 무너진 담장과 찢어진 철판과 깨진 가재도구 조각이 나뒹굴고 있었다. 재와 검댕으로 더러워진 눈이 불에 타 휑한 곳들을 통해 새

카맣게 보였다. 눈은 숯이 된 나무토막과 함께 얼어붙은 구정물로 덮여 있었다. 화재와 진화의 흔적이었다.

마을과 정거장에 인적이 완전히 끊긴 것은 아니었다. 여기저기에 더러 살아 있는 사람들이 보였다.

"마을이 죄다 타버린 겁니까?" 플랫폼에 뛰어내린 차장이 폐허 뒤에서 그를 맞으러 나온 역장에게 안타까워하며 물었다.

"안녕하세요? 무사히 잘 오셨습니다. 불탄 건 불탄 거고, 화재보다 더 나쁜 일이 있을 겁니다."

"무슨 말입니까?"

"모르는 게 나아요."

"설마 스뜨렐니꼬프요?"

"바로 그 사람입니다."

"당신들이 무슨 잘못을 했길래요?"

"우리가 아니고요. 우린 아무 관계 없어요. 이웃 마을 사람들 때문이죠. 우리도 싸잡아 당한 겁니다. 저 안쪽 깊숙이 있는 마을, 보이지요? 저 마을 사람들 잘못이에요. 우스찌-넴다 읍의 니즈니 껠메스 마을. 다 그들 탓입니다."

"그 사람들이 어쨌는데요?"

"일곱가지 대죄를 죄다 저질렀어요. 마을의 빈농위원회를 몰아낸 것, 그게 첫째요, 적군에 말을 조달하라는 포고령에 불복한 것, 거기는 전부가 타타르인인데 말을 좋아하잖아요, 그게 두번쨉니다. 그리고 동원령에 따르지 않은 것, 알다시피 그게 세번쨉니다."

"그렇군요, 그렇군요, 이제 알겠네요. 그런 죄로 포를 두들겨맞은 거군요?"

"바로 그렇습니다."

"장갑열차에서요?"

"물론입니다."

"참 안된 일이네요. 참으로 유감입니다. 그렇지만 우리가 이러쿵저러쿵할 일이 아니죠."

"게다가 지난 일이고요. 당신들이 기뻐할 만한 새 소식은 하나도 없군요. 하루 이틀은 우리 역에 정차해야겠습니다."

"농담 마세요. 그렇게 한가하지가 않다고요. 전선으로 보충대를 실어가는 중인데요. 꾸물대는 건 딱 질색입니다."

"농담일 리가요. 저 눈더미를 직접 보고도 그러시네. 이 구간 전체에 걸쳐 꼬박 일주일 동안 눈보라가 휘몰아쳤어요. 온통 눈에 덮였습니다. 그런데 눈을 치울 사람이 있어야지요. 마을 사람 절반이 뿔뿔이 도망쳐버렸습니다. 남은 사람들에게 시켰지만 감당이 안됩니다."

"아, 이런 제길! 망했네, 망했어! 그럼 이제 어쩐다?"

"어떻게든 눈을 치워보지요. 가게 될 겁니다."

"눈더미가 큰가요?"

"그렇게 크다고는 할 수 없어요. 곳에 따라 달라요. 엄청난 눈보라가 노반 쪽으로 비스듬히 몰아쳤습니다. 가장 힘든 구간은 중간이에요. 3킬로미터 정도의 우묵한 지댑니다. 거기는 정말 고생이죠. 단단히 쌓였거든요. 거기만 지나면 괜찮아요. 타이가라서, 숲이 막아줬어요. 우묵한 지대까지도 탁 트인 지역이라 그리 나쁘지 않아요. 바람이 눈을 날려보냈지요."

"아, 제기랄, 재앙이 따로 없네! 승객들을 다 동원해야겠어요. 도와야지요."

"나도 그렇게 생각했습니다."

"다만 수병과 적군 병사는 건드리지 마세요. 노무대가 수송 열차 한가득이에요. 일반 승객과 합치면 칠백명은 될 겁니다."

"충분하고도 남지요. 삽만 가져오면 바로 시작합시다. 삽이 모자라요. 옆 마을로 가지러 보냈습니다. 어떻게든 될 겁니다."

"아이고, 맙소사, 정말 큰일이네! 잘될까요?"

"그럼요. 힘을 모으면 도시도 뺏는다잖아요. 철도입니다. 동맥이에요. 부탁합니다."

15

선로를 치우는 데 사흘 밤낮이 걸렸다. 지바고 가족 모두, 뉴샤까지도 열성적으로 작업에 참여했다. 그들의 여행 중 가장 좋은 시간이었다.

그 고장에는 채 다 말해지지 않은, 감춰진 무언가가 있었다. 뿌시낀이 생각한 뿌가초프의 반란[14]과 악사꼬프[15]가 그린 아시아적 정취를 풍겼다.

폐허와 그곳에 남은 많지 않은 주민들의 경계심이 그 외진 곳의 비밀스러움을 완성해주었다. 주민들은 겁에 질려 기차에서 내린 승객들을 피했고, 밀고를 두려워해 자기들끼리도 입을 다물었다.

제설 작업에는 모든 부류의 사람들이 동시에 투입된 것이 아니

---

14 1773~75년 예멜리얀 뿌가초프가 남동 러시아에서 일으킨 농민 봉기. 뿌시낀은 역사서 『뿌가초프의 역사』와 소설 『대위의 딸』에서 뿌가초프의 난에 대해 썼다.
15 Sergei Aksakov(1791~1859). 사실적이고 유머러스한 필치로 당대의 생활상을 그린 러시아 소설가.

라 범주별로 동원되었다. 작업 구역을 나눠 경비대가 감시했다.

여러군데로 흩어져 배치된 작업반들이 전역에서 일제히 선로의 눈을 치웠다. 제설 구간 사이에는 손대지 않은 눈의 산들이 마지막까지 남아 이웃한 조들을 차단했다. 그 설산들은 필요한 구간의 제설이 모두 완료되고 제일 나중에야 치워졌다.

춥고 맑은 날이 계속되었다. 잠잘 때만 객실로 돌아가며 그 며칠을 바깥에서 보냈다. 교대로 짧은 시간씩만 일해서 피로한 줄 몰랐는데, 삽이 모자라고 작업자는 너무 많기 때문이었다. 피로하지 않은 노동은 만족감만을 가져다주었다.

지바고 가족이 눈을 파내러 나간 곳은 탁 트인 그림 같은 곳이었다. 그 지점의 지형은 처음에는 노반에서 동쪽으로 내려가다가 그 다음에는 지평선에 이르기까지 굽이치며 오르막이 이어졌다.

산 위에 사방에서 다 보이게 외로운 집 한채가 서 있었다. 여름에는 울창하게 우거졌을 정원이 집을 둘러싸고 있었는데, 지금은 하얀 서리가 무늬를 수놓은 앙상한 가지만 남아 집을 가려주지 못했다.

눈의 장막이 모든 것을 평평하고 둥글게 만들었다. 하지만 산 같은 눈의 장막도 감출 수 없는 울퉁불퉁한 비탈로 보아, 봄에는 아마 시냇물이 위에서부터 구불구불한 계곡을 따라 철둑 아래 구름다리의 파이프 속으로 흘러내릴 것이었다. 지금 시냇물은 아이가 솜털 이불 더미 속에 머리까지 묻고 몸을 감추듯 깊은 눈에 꼭꼭 묻혀 있었다.

저 집에는 누가 살고 있었을까? 아니면 읍이나 군 토지위원회에 접수되어 텅 빈 채 허물어져갔을까? 전에 저 집에 살던 사람들은 어디로 갔으며, 그들에게 무슨 일이 일어났을까? 외국으로 몸을 피

했나? 농부들의 손에 죽은 건 아닐까? 아니면 좋은 평판을 얻어 학식 있는 전문가로서 군에 자리를 잡았을까? 그들이 최근까지 여기에 남아 있었다면 스뜨렐니꼬프가 그들에게 자비를 베풀었을까, 아니면 부농들과 함께 처벌했을까?

집은 산 위에서 호기심을 자극하며 슬프게 입을 다물고 있었다. 하지만 그때는 그런 질문을 던지는 사람도 없었고, 아무도 그런 질문에 대답하지 않았다. 태양이 매끄러운 눈 표면에 새하얀 빛의 불길을 일으켜 순백의 눈에 눈이 멀 지경이었다. 삽은 얼마나 고른 조각들로 눈 표면을 잘라냈던가! 잘린 눈은 얼마나 메마른 다이아몬드 같은 섬광으로 찬란하게 흩뿌려졌던가! 이런 나날은 얼마나 먼 유년을 생각나게 했던가! 털실 장식이 달린 밝은색 후드를 쓰고, 고리 모양으로 말린 곱슬곱슬한 검은색 양털 외투에 단단히 달린 호크를 잠근 어린 유라는 마당에서 그처럼 눈부신 눈을 잘라 피라미드며 정육면체며 크림 케이크며 요새며 동굴 도시를 만들었었다! 아, 그때는 세상에 사는 것이 얼마나 달콤했던가! 주위의 모든 것이 얼마나 눈과 배를 즐겁게 했던가!

하지만 바깥에서 보낸 이 사흘의 삶도 포만감을 안겨주었다. 까닭이 없는 것도 아니었다. 저녁이면 작업하는 사람들에게 갓 구운 따끈따끈한 호밀빵이 지급되었다. 어디서 누구의 명령에 따라 가져오는지 몰랐다. 먹음직스럽게 반들거리는데다 옆이 갈라진 껍질은 바삭했고, 잘 구운 두툼한 아래 껍질에는 숯 부스러기가 박혀 있는 빵이었다.

눈 덮인 산에 오르다가 잠시 머문 대피소에 애착을 느끼듯이 사람들은 폐허가 된 역을 좋아하게 되었다. 역의 배치, 건물의 외양, 파괴된 몇군데의 독특한 모습이 기억에 아로새겨졌다.

저녁마다 해가 내려앉을 무렵 역으로 돌아왔다. 지난날에 충실하려는 듯 해는 계속해서 같은 장소로, 전신 기사의 당직실 앞 창가에 자라는 늙은 자작나무 뒤로 졌다.

그곳은 외벽이 안으로 무너져 방을 메우고 있었다. 하지만 온전한 창문 맞은편, 방의 뒤쪽 구석은 붕괴를 면했다. 커피색 벽지, 쇠사슬이 달린 구리 뚜껑 아래 둥근 배기구가 있는 타일 난로, 벽에 걸린 검은 액자 속의 비품 목록 등이 모두 그대로였다.

불행을 당하기 전과 조금도 다름없이 태양은 땅까지 내려와 난로의 타일을 스치고, 갈색 열기로 커피색 벽지에 불을 지르고, 자작나무 가지 그림자를 여자의 숄처럼 벽에 걸었다.

건물의 다른 부분에는 대합실로 통하는 문이 있었는데 못을 쳐두었고, 아마 2월혁명의 첫 며칠이나 그 직전에 붙였을 공고문이 붙어 있었다.

"환자 여러분은 의약품과 붕대로 인해 일시적으로 동요하지 말기 바람. 앞서 말한 사유에 따라 문을 폐쇄함을 공지함. 우스찌-넴다 지구 수석 준의사."

제설된 구간들 사이에 무더기로 남아 있던 마지막 눈을 치우자 전체 모습을 드러낸 가지런한 선로가 화살이 되어 저 멀리 날아갔다. 파내던진 눈의 하얀 산이 선로 양옆으로 검은 침엽수림의 두 벽에 쭉 맞닿아 뻗어 있었다.

시야가 미치는 데까지 선로 위 여기저기에 삽을 든 사람들 무리가 서 있었다. 그들은 처음으로 빠짐없이 모인 가운데 서로를 보았고, 그렇게 많은 인원에 놀랐다.

17

늦은 시각이고 한밤이 가까웠음에도 몇시간 후면 기차가 떠난다는 소식이 알려졌다. 기차가 출발하기 전에 유리 안드레예비치와 안또니나 알렉산드로브나는 눈이 치워진 선로의 아름다움을 마지막으로 즐기러 나갔다. 노반에는 이미 아무도 없었다. 의사와 아내는 잠시 서서 광활한 먼 곳을 바라보았고, 두세마디 말을 주고받고는 그들의 난방 화차로 되돌아왔다.

돌아오는 길에 그들은 두 여자가 욕을 하며 악에 받쳐 내뱉는 찢긴 고함 소리를 들었다. 대번에 오그리즈꼬바와 쨔구노바의 목소리임을 알 수 있었다. 두 여자는 의사와 아내와 같은 방향으로, 기차 머리에서 꼬리 쪽으로 걷고 있었지만 기차 반대편에, 역을 향한 쪽에 있었고 유리 안드레예비치와 안또니나 알렉산드로브나는 뒤편 숲을 따라 걷고 있었다. 두쌍 사이에 차량의 벽이 연이어 뻗어 서로를 가려주었다. 여자들은 의사와 안또니나 알렉산드로브나와 가까워지는 일이 거의 없이 조금 앞지르거나 아주 뒤처지거나 했다.

두 여자는 굉장히 흥분해 있었다. 순간순간 힘에 부친 듯했다. 고르지 못한 걸음걸이 탓에 고함 소리로 솟구쳤다가 속삭임으로 떨어지곤 하는 목소리로 보아 아마 걷다가 다리가 눈 속에 빠지거나 말을 듣지 않는 모양이었다. 쨔구노바가 오그리즈꼬바를 뒤쫓다가 따라잡으면 주먹을 날리는 것 같았다. 그녀는 연적에게 작심하고 욕을 퍼부었는데, 그런 공작새 같은 부인의 감미로운 입술로 날리는 욕은 가락이라곤 모르는 거친 남자의 욕지거리보다 백배는 더 추잡했다.

"에라 이 갈보야, 이 걸레 같은 것아!" 쨔구노바가 외쳤다. "내가 한발짝 떼는 데마다 네년이 치마로 온 바닥을 쓸고 다니며 눈을 희번덕거리는 통에 발 디딜 데가 없어! 요 암캐야, 멍청한 내 서방으로도 모자라 그 귀여운 어린애를 힐끔거리고 꼬리를 쳐댔지, 그 어린애를 망쳐먹으려고."

"그래서, 네년이 바셴까한테도 본처니?"

"네년한테 본처가 뭔지 봬주마, 요 역병같이 더러운 년아! 내 손에 잡히면 죽을 줄 알아! 나 죄짓게 하지 마라!"

"그만, 그만 휘둘러! 손 치워, 이 미친년아! 나한테 원하는 게 뭐야?"

"네년을 죽여버리고 말 테다, 사내한테 미친 이 잡년아, 옴 붙은 암고양이, 창피한 줄도 모르는 년!"

"그래, 그게 나다. 물론 나는 암캐에다 암고양이다. 모르는 사람이 없지. 그러는 너는 얼마나 대단한 귀부인이냐. 시궁창에서 태어나 개구멍에서 혼례를 올리고, 쥐새끼를 배어 고슴도치를 낳았지. 보초, 보초, 누구 없어요! 아이고, 요 악귀 같은 년이 사람을 때려죽이네. 아이고, 이 아가씨 좀 구해줘요, 이 고아 좀 도와달라고."

"빨리 가요. 역겨워서 못 듣겠어." 안또니나 알렉산드로브나가 남편을 재촉했다. "좋게 끝나지 않겠는걸."

18

풍경도 날씨도, 갑자기 모든 것이 변했다. 평원이 끝나고 산간으로, 언덕과 구릉지 사이로 길이 나기 시작했다. 그즈음 끊이지 않고 불어대던 북풍이 멎었다. 난로의 온기같이 훈훈한 기운이 남녘에서 뻗어왔다.

여기서 숲은 산비탈을 따라 층층이 자라고 있었다. 철로가 숲을 가로지를 때, 처음에 기차는 급경사를 올라가야 했다. 중간부터는 완만한 내리막이었다. 기차는 신음 소리를 내며 숲속으로 기어들어 가까스로 느릿느릿 달렸는데, 마치 사방을 둘러보며 모든 것에 시선을 멈추는 승객들 무리를 이끌고 걷는 늙은 산지기 같았다.

하지만 아직은 눈길을 끌 만한 것이 없었다. 숲 깊은 곳은 여전히 겨울의 잠과 안식에 잠겨 있었다. 이따금 몇몇 덤불과 나무들이 목줄을 풀거나 옷깃의 단추를 풀듯 점차 허물어지는 눈을 바스락대며 아래쪽 가지에서 털어낼 뿐이었다.

졸음이 유리 안드레예비치를 덮쳤다. 그 며칠 내내 그는 위쪽 자기 침상에 누워 잠에 빠졌다가 깨어났다가, 생각에 잠겼다가 귀를 기울였다가 했다. 하지만 아직 귀 기울일 만한 아무런 소리도 없었다.

19

유리 안드레예비치가 푹 자는 동안 봄은 눈을 녹이고 있었다. 떠나던 날 모스끄바에 내렸고 길을 가는 내내 쏟아졌던 그 많은 눈, 그들이 우스찌-넴다에서 사흘 밤낮을 파고 또 팠던, 수천 베르스따의 아득한 공간에 걸쳐 두꺼운 층을 이루고 쌓여 있던 그 눈을 모조리 녹이고 있었다.

처음에 눈은 속에서부터 소리 없이 몰래 녹기 시작했다. 그 엄청난 작업이 반쯤 이루어졌을 때는 더이상 감출 수 없게 되었다. 기적이 겉으로 드러났다. 움직인 눈의 장막 아래에서 물이 뛰쳐나와 고함치기 시작했다. 발길 닿지 않는 깊은 숲이 기지개를 켰다. 숲속의 모든 것이 깨어났다.

물은 어디나 마음껏 뛰놀며 다닐 수 있게 되었다. 벼랑에서 쏜살같이 떨어져 연못을 채우고 드넓게 넘쳐흘렀다. 이내 숲에는 아우성치는 물소리가 가득했고, 피어오르는 김과 안개가 자욱했다. 여울이 뱀처럼 숲을 기어다니다 흐름을 가로막는 눈을 만나면 속으로 파고들었고, 쉭쉭대며 평지를 따라 흐르다가 떨어져내리며 물보라를 흩뿌렸다. 대지는 이미 더이상 물기를 받아들이지 않았다. 거의 구름만큼 아찔한 높이의 오래된 전나무들이 뿌리로 물을 마셨고, 밑동 가에는 담갈색 거품이 소용돌이를 이루어 맥주를 마시는 사람의 입술에 묻은 맥주 거품처럼 말라붙었다.

봄에 취한 하늘은 머리가 어질어질해 구름으로 온몸을 덮었다. 펠트 같은 낮은 먹구름들이 끝자락을 늘어뜨린 채 숲 위를 흘러갔다. 흙냄새와 땀 냄새를 풍기는 따뜻한 소나기가 먹구름 속에서 세차게 쏟아져 구멍 난 검은 얼음 갑옷의 마지막 조각들을 대지에서 씻어냈다.

유리 안드레예비치는 잠에서 깨어 창틀을 떼어낸 사각형 창문으로 다가가 팔꿈치를 괴고 귀를 기울이기 시작했다.

20

광산 지대가 가까워지자 지역 주민의 수가 차츰 불어났다. 역 사이 구간이 짧아졌고 정차가 잦아졌다. 승객들이 드물지 않게 바뀌었다. 작은 중간 역에서도 타고 내리는 사람이 많아졌다. 훨씬 짧은 거리를 이동하는 사람들은 오래 뭉개고 앉아 있지도, 침상에 누워 자지도 않았다. 밤이면 난방 화차 가운데 문가 어딘가에 자리를 잡고 그들만 아는 이 고장 일들에 대해 자기들끼리 속닥이다가 다음 대피역이나 간이역에서 내리곤 했다.

요 사흘 동안 객차에 타고 내린 이 고장 사람들이 흘린 이야기를 통해 유리 안드레예비치가 내린 결론은 북쪽에는 백군이 우세하며 유랴찐을 점령했거나 점령하려 하고 있다는 것이었다. 더욱이 그가 잘못 들었거나 멜류제예보 병원 시절 그의 동료와 동명이인이 아니라면, 그쪽에서 백군을 지휘하는 사람은 유리 안드레예비치가 잘 아는 갈리울린이었다.

유리 안드레예비치는 풍문이 확인되기 전까지는 공연히 불안하게 하고 싶지 않아 가족에게 그런 얘기는 한마디도 하지 않았다.

21

밤에 접어든 무렵 유리 안드레예비치는 가슴 가득 밀려오는 막연한 행복감에 잠을 깼다. 그의 잠을 깨울 만큼 강렬한 감정이었다. 기차는 어느 밤의 정거장에 서 있었다. 유리 같은 백야의 어둠이 역을 에워싸고 있었고, 미묘하고 강력한 무언가가 그 밝은 어둠에 흠뻑 스며 있었다. 탁 트인 광활한 곳이라는 증거였다. 그것은 또한 그 대피역이 넓고 자유로운 시야를 가진 높은 곳에 자리 잡고 있음을 일러주었다.

발소리를 죽이고 걷는 그림자들이 나지막한 소리로 이야기를 나누며 플랫폼을 따라 난방 화차 곁을 지나갔다. 그 점 역시 유리 안드레예비치를 감동시켰다. 그는 조심스러운 걸음과 목소리에서 예전에, 전쟁 전에 그랬던 것 같은 한밤의 시간에 대한 존중과 기차 안에서 자고 있는 사람들에 대한 배려를 보았다.

의사의 오해였다. 어느 곳이나 그렇듯 플랫폼은 떠들썩했고 저벅대는 군화 소리가 요란했다. 하지만 근처에 폭포가 있었다. 폭포가 생기 있고 자유로운 숨결로 백야의 공간을 확장하고 있었다. 폭포가 꿈속에서 의사에게 행복감을 불어넣은 것이었다. 한시도 끊이지 않고 떨어지는 폭포수 소리가 대피역의 모든 소리 위에 군림하며 그 소리들에 기만적인 고요의 외양을 부여하고 있었다.

폭포의 존재를 알아차리지 못한 채, 하지만 알 길 없는 그곳 공기의 탄성에 취해 의사는 다시 깊은 잠에 빠졌다.

찻간 아래쪽에서 두 사람이 이야기를 나누고 있었다. 한 사람이 다른 사람에게 물었다.

"그래, 어떻게, 그 사람들 진정됐나? 완전히 꼬리 내렸어?"

"상인들 말이야?"

"그래, 양곡상들."

"가라앉았지. 지금은 비단 같아. 본보기로 몇놈 쳐 죽였더니 나머지도 잠잠해지데. 군세를 때렸네."

"읍에서 많이 거뒀나?"

"4만."

"거짓말!"

"왜 내가 거짓말을 해?"

"젠장, 4만이라니!"

"4만 뿌드라고."

"음, 그렇담 대단하네. 잘했어! 잘했어!"

"잘 빻은 밀가루 4만이야."

"뭐 놀랄 일도 아니지. 이 지역은 일급이니까. 곡물 거래 중심지
고. 여기서 이제 린바강을 따라 위로, 유랴찐으로 올라가면 연이은
마을마다 포구와 곡물 집하장이 있지. 셰르스또비또프 형제며 뻬
레깟치꼬프 부자며 도매상이 널렸다니까!"

"소리가 커. 사람들 깨겠어."

"알았어."

말하던 사람이 하품을 했다. 다른 사람이 제안했다.

"한숨 붙이는 게 어때? 슬슬 출발하는 것 같은데."

그때 귀청이 터질 듯 맹렬한 굉음이 우레 같은 폭포 소리를 지우
며 뒤쪽에서 굴러오더니, 구식 급행열차가 움직이지 않고 서 있던
수송 열차를 바로 옆 선로인 대피역의 두번째 궤도로 추월해 전속
력으로 질주해갔다. 기적 소리와 포효 소리가 멎고 불빛이 마지막
으로 깜박하자 기차는 저 앞으로 흔적도 없이 사라졌다.

아래쪽에서 대화가 되살아났다.

"자, 이제 그만 됐어. 빠져 있자고."

"이번에는 빨리 끝나지 않겠지."

"분명 스뜨렐니꼬프야. 특수 목적 장갑열차잖아."

"그럼 그 사람이네."

"반혁명주의자한테는 짐승이야."

"갈레예프를 잡으러 간 거야."

"그게 누군데?"

"아따만[16] 갈레예프. 체코 엄호부대와 함께 유랴찐 외곽에 주둔해 있대. 제기랄, 포구들을 점령하고 버틴다더군, 아따만 갈레예프가."

"갈릴레예프 공작인가일 수도 있어. 기억이 잘 안 나네."

"그런 공작은 없어. 알리 꾸르반이겠지. 네가 혼동한 거야."

"꾸르반일 수도 있겠네."

"그럼 다른 문제고."

22

아침 무렵 유리 안드레예비치는 또 한번 잠에서 깼다. 다시 뭔가 즐거운 꿈을 꾸었다. 더없는 행복과 해방의 느낌이 여전히 그를 가득 채웠다. 기차는 다시 멈춰 서 있었다. 새로운 간이역일 수도, 아까 그 역일 수도 있었다. 또다시 폭포 소리가 시끄럽게 들렸다. 아무래도 아까 그 폭포일 테지만, 다른 폭포일지도 몰랐다.

유리 안드레예비치는 이내 또 잠에 빠져들었다. 잠결에 사람들이 북새통을 이루어 뛰어다니는 느낌이 들었다. 꼬스또예드와 호송대장이 맞붙어 싸우며 서로에게 소리를 질러댔다. 바깥은 아까보다 한결 더 좋았다. 전에 없이 어떤 새로운 숨결이 스며 있었다. 마법 같은 무언가, 봄 같은 무언가, 거뭇하게 흰, 얇고 성긴 무언가의 기운이었다. 축축하게 녹아내리는 눈송이가 땅에 떨어져 땅을

---

16 까자끄의 우두머리.

하얗게 물들이는 것이 아니라 더 검게 만드는 5월의 눈보라의 급습 같은 그런 무언가, 투명하고 거뭇하게 흰, 향기로운 무언가였다. '귀룽나무다!' 유리 안드레예비치는 잠결에 짐작했다.

23

아침에 안또니나 알렉산드로브나가 말했다.

"그나저나 유라, 당신 참 놀라워. 완전 모순덩어리야. 파리 한마리만 날아가도 잠을 깨서 아침까지 눈을 못 붙이면서, 여기서는 시끄럽게 떠들어대고 말다툼하고 난리가 나서 깨워도 일어나질 않으니 말이야. 밤에 회계원 쁘리뚤리예프와 바샤 브리낀이 도망쳤어요. 그래, 생각해봐요! 쨔구노바도, 오그리즈꼬바도. 잠깐만, 그게 다가 아니야. 보로뉴끄도 도망쳤어. 그래요, 그래, 정말로 도망쳤다니까. 그래, 상상해보라고. 들어봐요, 그들이 어떻게 사라졌을까? 같이 도망쳤을까, 아니면 따로따로? 어떤 순서로 도망쳤을까? 완전 수수께끼야. 음, 보로뉴끄는 짐작이 가요. 다른 사람들이 도망친 게 드러나면 책임을 져야 하니까 도망치는 게 당연하지. 그렇지만 다른 사람들은? 전부 다 자유의지로 사라진 걸까, 아니면 누군가는 강제로 제거된 걸까? 이를테면 여자들이 수상하거든. 하지만 누가 누굴 죽였을까, 쨔구노바가 오그리즈꼬바를, 아니면 오그리즈꼬바가 쨔구노바를? 아무도 몰라. 호송대장이 기차 이 끝에서 저 끝까지 뛰어다니면서 소리치는 거야. '어떻게 감히 출발하라고 호각을 불 수 있소. 도망자들을 붙잡을 때까지 수송 열차를 멈춰둘 것을 법의 이름으로 요구하오.' 차장도 지지 않고 말하지. '당신 미쳤소. 나는 전선으로 보충대를 수송하는 최우선의 긴급 임무를 띠고 있소. 당신의 그 형편없는 부대 따위를 기다리라니! 말이 되는 소리를 해!' 그러고는 둘 다, 알겠지, 꼬스또예드를 책망하면서 그 사람한테 달려드는 거야. 협동조합주의자라는 사람이, 알 만한 사람이 어떻게 그 무지하고 지각 없는 호송병이 무모한 짓을 하는 걸 바로 거기 있으면서도 막지 못했느냐는 거지. '게다가 당신은 인민주의자잖아'라면서 말이야. 뭐, 물론 꼬스또예드도 가만히 있진 않았어. '거 재미있네! 그러니까 뭐야, 당신들 말에 따르면 죄수가 호송병을 감시해야 한다는 거야? 암탉이 수탉처럼 울어야 한다는 거로군.' 내가 당신을 찌르고 흔들어 깨우면서 소리쳤지. '유라, 일어나, 도망자가 생겼어!' 하지만 맙소사! 대포 소리에도 일어날 것 같지 않더라고. 미안, 이 얘기는 나중에 하자. 지금은…… 말을 할 수가 없어! 아빠, 유라, 좀 봐요, 너무 아름다워!"

고개를 뻗고 누운 그들의 머리맡 창문 앞으로 눈 녹은 물의 홍수에 잠긴 지대가 끝도 한도 없이 펼쳐졌다. 어딘가에서 강이 넘쳐 그 지류의 물이 철둑 가까이 다가와 있었다. 침상 높이에서 내다보이는 좁은 시야 속에서 유유히 달리는 기차는 정말로 물 위를 미끄러져가는 것 같았다.

잔잔한 수면은 아주 드문드문 철분을 머금어 검푸른 얇은 막으로 덮여 있었다. 나머지 수면에서는 요리사가 뜨거운 파이 껍질에 버터를 깃털에 적셔 바르듯 뜨거운 아침이 거울같이 반질거리는 빛의 얼룩을 쫓아다녔다.

이 끝이 없어 보이는 물의 범람 속에 풀밭과 구덩이와 덤불과 함께 하얀 구름 기둥들이 뿌리를 바닥에 박고 잠겨 있었다.

어딘가 이 홍수 한가운데에 한가닥 가느다란 땅이 보였고, 하늘과 땅 사이에 위아래 두겹으로 나무들이 걸려 있었다.

"오리들이군! 새끼 오리떼야!" 알렉산드르 알렉산드로비치가
그쪽을 바라보며 외쳤다.

"어디요?"

"섬 옆에. 그쪽이 아니야. 더 오른쪽, 더 오른쪽. 에이, 저런, 날아
가버렸어. 놀란 모양이야."

"아, 예, 보이네요. 저, 알렉산드르 알렉산드로비치, 드릴 말씀이
있는데요, 뭐, 다음에 하지요. 그런데 그 노무자들과 부인들이 도망
친 건 잘한 거예요. 온순히, 누구한테도 해코지하지 않고 도망쳤을
겁니다, 그저 물 흐르듯이."

24

북방의 백야가 끝나가고 있었다. 산, 숲, 낭떠러지, 모든 것이 보
였지만 마치 지어낸 것인 양, 어쩐지 자신을 믿지 못하겠다는 듯
서 있었다.

숲에는 이제 막 잎이 돋고 있었다. 그 속에서 귀룽나무 몇그루가
꽃을 피웠다. 숲은 산의 낭떠러지 아래, 그리 넓지 않은 반반한 곳
에서 자라고 있었다. 좀 떨어져서 다시 낭떠러지였다.

멀지 않은 곳에 폭포가 있었다. 폭포는 어디에서나 보이는 것은
아니고 숲 맞은편, 절벽 끝에서만 보였다. 바샤는 폭포 앞에서 공포
와 환희를 맛볼 양으로 거기 다녀오다가 지쳐버렸다.

주위에 폭포에 맞먹을 만한 것, 쌍벽을 이룰 만한 것은 아무것도
없었다. 폭포는 그 유일무이함 속에서 두려웠다. 그 유일무이함이

폭포를 생명과 의식을 부여받은 무언가로, 이 고장에 공물을 요구하고 근방을 황폐화한, 옛이야기에 나오는 용이나 이 고장의 이무기로 변모시켰다.

폭포는 반쯤 떨어지다가 절벽의 톱니같이 튀어나온 바위에 부딪혀 두갈래로 갈라졌다. 위쪽 물기둥은 거의 움직이지 않았지만 아래쪽 두 물기둥은 이쪽저쪽으로 거의 알아차리기 힘든 움직임이 한시도 그치지 않았다. 폭포는 줄곧 미끄러지다가 몸을 곧추세우고 또 미끄러지다가 몸을 곧추세우듯 아무리 흔들려도 계속 두 발로 버티고 서 있는 것 같았다.

바샤는 양가죽 외투를 깔고 숲 가장자리에 누웠다. 여명이 한결 또렷해졌을 때, 묵직한 날개를 가진 커다란 새 한마리가 산에서 날아 내려와 숲 주위를 유유히 맴돌더니 바샤가 누워 있는 곳 옆의 전나무 꼭대기에 앉았다. 그는 고개를 들어 파랑새의 짙푸른 목과 회청색 가슴을 바라보고 마음을 빼앗겨 소리 내어 속삭였다. "론자." 그 새의 우랄식 이름이었다. 그러고는 일어나 양가죽 외투를 땅에서 집어 걸치고 숲속의 빈터를 가로질러 길동무에게 다가갔다. 그가 말했다.

"아주머니, 가요. 이런, 꽁꽁 얼었네요. 이를 덜덜 떨잖아요. 뭘 그렇게 보세요, 깜짝 놀란 사람처럼? 사람 말이 안 들려요? 가야 한다고 말하고 있잖아요. 정신 차리세요, 마을까지는 버텨야죠. 마을에서는 자기네와 같은 처지니까 건드리지 않고 숨겨줄 거예요. 이틀이나 먹지 못했으니, 이런 식이면 우리는 굶어 죽어요. 틀림없이 보로뉴끄 아저씨가 야단법석을 떨면서 우릴 찾아나섰을 거예요. 우린 떠나야 해요, 빨라샤 아주머니. 쉽게 말해서 달아나야 한다고요. 아주머니 때문에 죽겠어요, 이틀을 꼬박 한마디도 말을 안 하니! 틀림없이 속이 답답해 말문이 막힌 거겠죠. 그래, 뭘 슬퍼하시는 거예요? 까짜 아주머니를, 까짜 오그리즈꼬바를 기차에서 떼민 건 아주머니가 고의로 그런 게 아니잖아요. 옆구리에 부딪혔을 뿐이에요. 내가 봤어요. 그다음에 까짜 아주머니는 풀숲에서 일어났는데 멀쩡했어요. 일어나 도망쳤다고요. 쁘로호르 아저씨, 쁘로호르 하리또니치도 마찬가지고요. 그 사람들이 우릴 따라붙으면 모두 다시 함께하게 될 거예요, 안 그래요? 중요한 건 슬퍼해선 안 된다는 거예요. 그러면 말도 다시 나올 거예요."

쨔구노바가 땅바닥에서 일어나 바샤에게 한 손을 건네고는 조용히 말했다.

"그래, 가자, 애야."

25

열차는 온 차체를 삐걱대며 높은 둑을 따라 산속으로 들어갔다. 둑 밑에는 키가 둑 높이에 미치지 못하는 어린 잡목들이 숲을 이루고 있었다. 아래쪽은 얼마 전에 물이 빠진 풀밭이었다. 모래와 뒤섞인 풀 위로 침목용 통나무들이 사방으로 어지럽게 널려 있었다. 뗏목으로 엮어 물살을 따라 옮기려고 어느 가까운 벌목장에 쌓아둔 것인데 눈 녹은 물의 홍수에 쓸려 여기로 떠내려온 모양이었다.

둑 아래 어린 숲은 겨울인 듯 아직 거의 벌거벗고 있었다. 숲 전체에 촛농처럼 똑똑 떨어진 새싹들 속에서만 잉여의 무언가가, 오물이나 부스럼 같은 어떤 무질서가 생겨났는데, 그 잉여의 것, 그 무질서와 오물이 바로 숲에서 맨 먼저 움을 틔운 나무들을 초록 불꽃으로 에워싼 생명이었다.

여기저기 갓 피어난 쌍떡잎들의 톱니와 화살에 찔린 자작나무들이 순교자처럼 몸을 곧추세우고 있었다. 그들이 풍기는 냄새는 눈으로도 알 수 있었다. 나무를 반짝이게 하는 바로 그것의 냄새였다. 그들은 끓여서 니스를 만드는 메탄올 냄새를 풍겼다.

선로는 이내 쓸려 내려온 통나무들이 원래 쌓여 있었을 곳과 같은 높이가 되었다. 숲속 모퉁이를 돌자 나무 부스러기와 톱밥이 사방에 널린 빈터가 나타났다. 한가운데에 3사젠[17] 정도 길이의 통나무 더미가 있었다. 벌목장 근처에서 기관사는 브레이크를 걸었다. 기차가 몸서리를 치더니 높고 급한 모퉁이에서 가볍게 몸을 구부린 채 그대로 멈췄다.

기관차에서 개가 짖는 것 같은 짧은 기적이 몇번 울렸고 누군가 뭐라고 외쳐댔다. 승객들은 신호가 없어도 알았다. 기관사가 연료를 보충하려 기차를 세운 것이었다.

난방 화차의 문이 양옆으로 열렸다. 소도시 인구는 될 만한 군중이 노반 위로 한꺼번에 쏟아져나왔다. 앞쪽 찻간의 동원병들은 열외였는데, 그들은 늘 긴급 작업에서 면제되었고 이번에도 참가하지 않았다.

숲속 빈터의 짧게 자른 장작더미로는 탄수차를 채우기에 부족했다. 그에 더해 상당량의 긴 통나무를 톱질해 부족분을 메워야 했다.

기관차에는 톱이 상비되어 있었다. 두 사람에게 한자루씩 희망자에게 톱이 분배되었다. 교수와 사위도 톱을 받았다.

군인들의 난방 화차에서는 활짝 열린 문으로 유쾌한 얼굴들을

---

17 러시아의 길이 단위로 1사젠은 2.13미터.

내밀고 있었다. 포화 속에 있어본 적 없는 십대들, 마찬가지로 화약 냄새라곤 맡아본 적 없이 겨우 군사훈련을 마치자마자 동원되어, 가족과 떨어진 심각한 얼굴의 노동자들이 탄 객차에 실수로 기어든 것 같은 해군 학교 상급생들이 생각에 잠기지 않기 위해 일부러 더 나이 많은 수병들과 함께 떠들어대며 장난질을 쳤다. 시련의 시간이 가까웠음을 모두 느끼고 있었다.

장난꾼들이 톱질하러 가는 남녀를 깔깔대고 놀리면서 배웅했다. "어이, 영감! 말 좀 해줘, 난 아직 젖먹이라고. 아직 젖을 못 뗐어. 육체노동을 할 힘이 없어.""어이, 마브라! 톱으로 치마 자르지 않게 조심해, 바람 들라.""어이, 아가씨! 숲에 가지 말고 나한테 시집이나 오는 게 어때."

26

숲에는 말뚝을 십자로 묶고 끝을 땅에 박아 만든 톱질용 작업대 몇 개가 삐죽 솟아 있었다. 그중 하나가 비어 있었다. 유리 안드레예비치와 알렉산드르 알렉산드로비치는 거기서 톱질을 하려고 자리를 잡았다.

봄철 중에서도 땅이 반년 전 눈 밑으로 사라졌던 모습 거의 그대로 눈 밑에서 드러나는 시기였다. 숲은 축축한 내음으로 가득했고 온통 지난해의 낙엽이 수북했다. 마치 생의 수많은 세월에 걸친 영수증과 편지, 통지서 따위를 잘게 찢어 흩뿌려놓고 쓸 시간이 없어 치우지 못한 방 같았다.

"천천히 하세요, 지쳐요." 의사가 좀 더디고 일정하게 톱의 움직

임을 조정하며 알렉산드르 알렉산드로비치에게 말하고는 잠시 쉬
자고 제의했다.

　모두 일치하기도, 제멋대로가 되기도 하면서 쓱싹대는 다른 톱
들의 목쉰 소리가 숲에 울려퍼졌다. 멀고 먼 어딘가에서 첫 꾀꼬리
가 목청을 가다듬었다. 그보다 한결 더 긴 간격을 두고 먼지 낀 플
루트를 부는 듯한 소리로 검은 개똥지빠귀가 울었다. 기관차 밸브
에서 나오는 증기마저 아기방의 알코올램프 위에서 끓는 우유처럼
보글보글 노래하며 하늘로 올라갔다.

　"자네 뭔가 할 얘기가 있다고 했지." 알렉산드르 알렉산드로비
치가 상기시켰다. "잊은 건가? 그러니까 우리가 범람한 곳을 지나
올 때 오리들이 날아가는 걸 보다 생각에 잠겨 '드릴 말씀이 좀 있
는데요' 하고 말했잖나."

　"아, 네. 그런데 어떻게 해야 간단히 말씀드릴지 모르겠네요. 보
시다시피 우린 점점 더 깊이 들어가고 있습니다…… 여기는 어디나
소요가 들끓고 있어요. 우린 곧 도착할 겁니다. 우리가 목적지에 도
착해 뭘 맞닥뜨리게 될지는 알 수 없어요. 만일의 경우를 위해 약속
을 해둬야 합니다. 신념에 대한 얘기가 아닙니다. 봄의 숲속에서 오
분 동안 나눈 대화로 그걸 밝히거나 정하는 건 어리석은 노릇이죠.
우리는 서로를 잘 압니다. 아버님과 저와 또냐, 이렇게 우리 셋은 다
른 많은 사람들과 함께 오늘날 하나의 세계를 구성하고 있습니다.
그 세계를 이해하는 정도가 서로 다를 뿐이죠. 저는 그 얘기를 하는
게 아닙니다. 그건 기본이죠. 제가 말씀드리려는 건 다른 겁니다. 몇
몇 상황에서 어떻게 처신해야 할지 미리 약속해둬야 합니다. 서로
가 서로에 대해 얼굴을 붉히거나 서로를 모욕하지 않도록 말이죠."

　"됐네. 무슨 말인지 알았어. 자네의 문제 제기 방식이 마음에 드

네. 자넨 꼭 필요한 말을 찾아냈어. 내가 자네에게 하고 싶은 말은 이거야. 자네가 첫 포고령이 실린 신문을 가져왔던 날 밤을 기억하겠지? 겨울이었고, 눈보라가 쳤지. 그 포고령이 일찍이 듣지 못한 무조건적 명령이었던 것도 기억하지? 그 곧은 일념에 압도당했지. 하지만 그런 것은 창시자들의 머릿속에만, 그것도 선포한 첫날만 최초의 순수함으로 살아 있지. 다음 날이면 이미 정치의 예수회주의[18]가 그것들을 뒤엎고 말지. 내가 뭐라 말할 수 있겠나? 이 철학은 내게 낯서네. 이 권력은 우리에게 적대적이야. 이 파괴에 동의하는지 나한테 물은 바 없네. 하지만 나를 신임했고, 비록 억지로 했다 해도 나는 내가 한 행동에 책임이 있네.

텃밭 일굴 시기에 맞추지 못하는 것 아니냐, 파종 시기를 놓치는 것 아니냐고 또냐는 묻지. 그애에게 뭐라고 대답해야 하나? 나는 이곳의 토양을 모르네. 기후 조건은 어떤가? 여름이 너무 짧아. 도대체 여기서 뭐라도 제대로 익을까?

하지만 그래, 우리가 텃밭이나 일구려고 이 머나먼 곳으로 가고 있는 건가? '젤리를 맛보기 위해서라면 7베르스따 가는 것도 마다하지 않는다' 같은 말장난도 할 수 없는 게, 왜냐하면 유감스럽게도 3천, 4천 베르스따나 되는 먼 거리이기 때문이지. 아니, 솔직히 말해서 우리가 이토록 먼 길을 겨우겨우 가고 있는 건 전혀 다른 목적에서야. 우리는 현대적으로 무위도식하기 위해, 할아버지의 예전 숲, 기계, 비품들을 탕진하는 데 어떻게든 한몫 끼어보려고 가는 거지. 할아버지의 재산을 회복하는 게 아니라 탕진하러, 푼돈으로 연명하려고 수천 루블의 재산을 공유화하러, 기필코 다른 모두

---

18 예수회의 적응주의 선교 전략에서 유래한 말. 목적 달성을 위해 수단을 가리지 않는 위선, 무원칙성을 뜻한다.

처럼 현대의 이해할 수 없이 혼란스러운 형태로 낭비하러 가는 거란 말이지. 나한테 천금을 퍼부어준대도, 심지어 선물로 준대도 나는 옛날 원칙에 따라 공장을 받을 마음이 전혀 없네. 그건 홀랑 벗고 뛰어다니기 시작한다거나 읽고 쓰기를 깡그리 잊는 것과 마찬가지로 야만스러운 일일 거야. 아니, 러시아에서 사적 소유의 역사는 끝났네. 우리 그로메꼬 집안은 개인적으로 이미 선대에 재산 축적의 열정과는 연을 끊었고."

27

후덥지근하고 공기가 탁해 잠을 이룰 수 없었다. 의사의 머리는 땀에 흠뻑 젖은 베개 위에서 땀 속을 헤엄치고 있었다.

그는 침상 가장자리로 조심스럽게 내려와 아무도 깨지 않게 조용히 객실 문을 밀어 열었다.

지하실에서 얼굴에 거미줄이 걸릴 때처럼 끈적한 습기가 그의 얼굴에 확 끼쳐왔다. '안개구나,' 그는 짐작했다. '안개야. 타는 듯이 무더운 날이 되겠네. 그래서 이렇게 숨쉬기가 어렵고 질식할 것처럼 가슴이 답답한 거야.'

노반에 내리기 전에 의사는 잠시 문간에 서서 주위에 귀를 기울였다.

기차는 아주 큰 역에 서 있었다. 분기역인 것 같았다. 정적과 안개 말고도 열차는 또한 마치 잊힌 듯 어떤 비존재와 방치 속에 잠겨 있었다. 열차가 역 맨 구석에 서 있으며, 열차와 떨어진 역사 사이 거리가 아주 멀고 선로의 그물이 끝없이 뻗어 있다는 표시였다.

두가지 소리가 멀리서 희미하게 울렸다.

열차가 지나온 뒤쪽에서는 철썩이는 소리가 규칙적으로 들렸다. 빨래를 헹구는 것 같기도, 아니면 젖은 깃발이 바람에 나부끼며 깃대에 부딪치는 것 같기도 했다.

앞쪽에서는 고르게 우르릉거리는 소리가 들려와 전선을 경험해 본 의사는 몸서리를 치며 귀를 쫑긋 세워야 했다.

'장거리포구나.' 낮고 절제된 음조로 고르고 차분히 울리는 굉음에 귀를 기울이고서 그는 결론지었다.

'그렇군. 전선이 코앞인 거야.' 그런 생각이 들자 의사는 고개를 흔들고 열차에서 땅으로 뛰어내렸다.

그는 앞으로 몇발자국 걸어갔다. 앞쪽 두 차량을 지나자 기차가 끊겼다. 열차는 기관차 없이 서 있었다. 기관차는 분리한 앞 차량들을 끌고 어딘가로 가버리고 없었다.

'그래서 그들이 어제 그렇게 호기를 부렸군.' 의사는 생각했다. '도착하자마자 바로 포화 속에 내던져질 거라는 걸 느꼈던 거지.'

그는 선로를 가로질러 역으로 가는 길을 찾을 요량으로 열차 끝을 돌아서 걸었다. 차량 모서리 뒤에서 땅속에서 솟은 것처럼 총을 든 보초병이 나타났다. 그가 크지 않은 목소리로 가로막았다.

"어딜 가? 통행증!"

"여긴 무슨 역이오?"

"아무 역도 아니야. 그러는 넌 누구냐?"

"모스끄바에서 온 의사요. 가족과 함께 이 수송 열차에 타고 있소. 여기 내 신분증명서요."

"신분증명서 따윈 됐고. 내가 바보냐, 캄캄한 데서 서류를 읽게. 눈이나 버리지. 안개 낀 거 보이지? 신분증 없이도 1베르스따 떨어져서도 네놈이 어떤 의사인지는 금방 알 수 있어. 바로 너 같은 의사 놈들이 우리한테 12인치 포를 퍼부어대고 있잖아. 진짜로 널 죽여버릴 수도 있지만 아직 일러. 성할 때 돌아가."

'나를 다른 누군가로 잘못 알고 있구나.' 의사는 생각했다. 보초병과 이러쿵저러쿵 입씨름하는 것은 무의미했다. 사실 늦기 전에 물러나는 편이 나았다. 의사는 반대 방향으로 몸을 돌렸다.

그의 등 뒤에서 포성이 멎었다. 동쪽 방향이었다. 연무가 흐르는 그곳에서 태양이 솟아올라 표류하는 어둠 조각 사이로 어렴풋이 비쳤는데, 마치 목욕탕에서 비누 거품이 만드는 증기구름 사이로 나신들이 어른거리는 것 같았다.

의사는 열차 차량들을 따라 걸었다. 차량을 다 지나치고도 계속해서 앞으로 걸어갔다. 걸음을 뗄 때마다 그의 두 발이 부드러운 모래 속으로 점점 더 깊이 빠져들었다.

고르게 철썩이는 소리가 가까워졌다. 지형은 가파른 내리막이었다. 몇걸음 뒤에 의사는 안개 때문에 터무니없이 커 보이는 어슴푸레한 윤곽들 앞에서 발을 멈췄다. 또 한걸음 걷자 강변으로 끌어올려진 작은 배들의 선미가 유리 안드레예비치를 향해 어둠 속에서 불쑥 떠올랐다. 그는 고깃배들의 뱃전과 부두의 널빤지에 지친 듯 게으른 잔물결을 느릿느릿 철썩이는 넓은 강기슭에 서 있었다.

"누가 여기서 어슬렁거리라고 했나?" 다른 보초병이 기슭에서 다가와 물었다.

"이건 무슨 강이오?" 조금 전 경험으로 이제 무슨 일이 있어도 아무것도 묻지 말자고 굳게 마음먹었음에도 의사는 의지에 반해 불쑥 묻고 말았다.

대답 대신 보초병은 호각을 입으로 가져갔으나 불 틈이 없었다.

그가 호각을 불어 부르려 했던 첫번째 보초병이 아까부터 몰래 유리 안드레예비치의 뒤를 밟다가 제가 먼저 동료에게 다가왔던 것이다. 두 사람이 말하기 시작했다.

"이건 생각하고 말 것도 없어. 새는 나는 걸 보면 알아. '여긴 무슨 역이오? 이건 무슨 강이오?' 우리 눈을 속이려는 수작이지. 자네 생각은 어때? 곧장 둑으로 데려갈까, 아니면 일단 열차로 데려갈까?"

"열차로 데려가세. 대장이 말하는 대로 하자고. 신분증명서." 두번째 보초병이 소리치고는 의사가 내민 서류 뭉치를 잡아챘다.

"이봐, 잘 지켜." 그가 누구에겐지도 모르게 말하고는 첫번째 보초병과 함께 선로 깊숙이 역 쪽으로 걸어갔다.

그때 모래 위에 누워 있던 사람이 끙 하고 앓는 소리를 내고는 상황을 설명해주려 몸을 움직였다. 보아하니 어부였다.

"운이 좋았어, 자넬 대장한테 데려간다니. 좋은 사람이니까 아마 자넬 살려줄 거야. 저 사람들을 탓하진 말게. 그게 저들 임무니까. 인민의 시대야. 그게 좋은 세상으로 이끌지도 모르지. 하지만 당분간은 입도 뻥긋하지 말게. 알다시피, 저들이 사람을 잘못 본 것 같아. 지금 어떤 사람 하나를 찾아내려 혈안이 되어 있거든. 뭐, 그게 자네라고 생각한 거지. 바로 그자다, 노동자 권력의 적을 붙잡았다고 생각한 거야. 실수지. 자네, 만약의 경우에는 우두머리를 만나게 해달라고 우기게. 저 사람들이 하라는 대로 해선 안 돼. 저들은 의식 분자야, 아이고 하느님, 야단난 거라고. 자넬 없애는 것쯤 저자들한테는 식은 죽 먹기야. 저들이 가자고 말해도 가지 말게. 난 우두머리를 만나야 한다고 말해야 해."

어부를 통해 유리 안드레예비치는 그가 앞두고 선 강이 유명한 수로인 린바강이며,[19] 강 근처에 있는 철도역이 유랴쩬 시 교외의 강에 면한 공장지대인 라즈빌리예라는 것을 알았다. 2, 3베르스따 가량 더 위쪽에 있는 유랴찐 자체는 탈환 작전이 계속된 끝에 이미 백군한테서 탈환한 것 같다는 것도 알게 되었다. 어부는 라즈빌리예에서도 소요가 있었는데 역시 진압된 것 같으며, 주위가 이토록 조용한 것은 역 주변 일대의 주민들을 소개시키고 삼엄한 저지선을 쳤기 때문이라는 이야기를 해주었다. 끝으로 그는 역 구내 선로에 서 있는 기차들에 여러 군사 기구가 설치되어 있고 그 가운데 그지방 군 꼬미사르인 스뜨렐니꼬프의 특별열차도 있으며, 의사의 서류를 그 차량으로 가져갔다는 것도 알게 되었다.

얼마 후에 거기에서 의사를 데려가려 새로운 보초병이 나타났다. 아까 두 사람과 달리 그는 소총 개머리판을 땅에 질질 끌거나, 그가 없으면 땅에 고꾸라질 잔뜩 취한 친구를 부축하고 가듯 총을 앞세우고 걸었다. 그는 의사를 꼬미사르의 객실로 데려갔다.

28

가죽을 깐 통로로 연결된 특별열차의 두 차량 중 한곳에서 웃음소리와 움직이는 소리가 들리다가, 보초병이 위병에게 암호를 대고 의사를 데리고 올라가 객실에 나타나자 순식간에 잠잠해졌다.

---

19 2권의 대다수 우랄 지명들처럼 허구적인 지명으로, 지역의 실제 강 이름들과 방언을 유추해보면 '활짝 열린 강'이라는 의미를 지닌다. '린바'는 '생명의 강'의 은유로 기능하며, 다른 세계나 상태로 존재를 이전하는 '강 건넘'이라는 동화적 모티프와 연관된다. 바로 이 강기슭에서 주인공의 시련이 시작되고, 이 순간부터 점점 더 자주 현실을 동화에 접맥하는 상징적, 신화적 모티프가 소설의 조직 속으로 짜여 들어간다.

보초병은 좁은 통로를 따라 가운데의 넓은 칸막이 객실로 의사를 데려갔다. 그곳은 정적이 감돌고 질서 정연했다. 깨끗하고 편안한 객실에서 말쑥하게 차려입은 단정한 사람들이 일하고 있었다. 짧은 시간에 이 지역 전체의 영광이자 공포가 된 비당원 군사전문가의 사령부를 의사는 전혀 다르게 상상하고 있었다.

하지만 그의 활동의 중심은 아마도 여기가 아니라 앞쪽 어딘가, 군사행동 지역에 가까운 야전 사령부인 듯, 여기에는 그의 개인 공간, 크지 않은 개인 집무실과 이동식 야전침대가 있을 뿐이었다.

바로 그런 이유로 여기는 부드러운 슬리퍼를 신은 종업원이 소리 없이 걸어다니는, 코르크 바닥에 양탄자가 깔린 증기탕 복도처럼 조용했다.

객차의 가운데 칸막이 객실은 예전 식당차에 양탄자를 깔고 사령관실로 개조한 것이었다. 객실 안에는 탁자가 몇개 놓여 있었다.

"잠깐 기다려." 입구에 가장 가까이 앉아 있던 젊은 군인이 말했다. 그런 뒤에는 탁자 앞에 앉아 있던 모든 사람이 의사에 대해 잊어버리는 것이 당연하다는 듯 관심을 끊었다. 바로 그 군인이 멍하니 보초병에게 고개를 끄덕이자 보초병은 통로의 금속 횡판을 소총 개머리판으로 통통 울리며 멀어졌다.

의사는 문지방에서 자신의 서류를 보았다. 서류는 제일 안쪽 탁자 가장자리, 구시대의 대령을 연상시키는 나이 든 군인 앞에 놓여 있었다. 그는 무슨 군사 통계 전문가인가 하는 사람이었다. 혼잣말로 무언가를 흥얼거리며 편람을 들여다보거나 작전지도를 살폈고, 무언가를 비교하고 맞대보고 잘라내고 붙였다. 그가 방의 창문을 하나하나 다 둘러보고는 말했다. "오늘은 덥겠어." 마치 창문을 모두 둘러보고 그런 결론을 얻었는데, 모든 창문이 똑같이 분명한 결론을 주는 것은 아니라는 투였다.

군 기술자가 끊어진 어떤 선을 복구하며 탁자들 사이 바닥을 기어다니고 있었다. 그가 젊은 군인의 탁자 밑으로 기어들자 젊은 군인이 방해하지 않으려고 일어섰다. 그 옆에서는 남성용 카키색 재킷을 입은 여자 타이피스트가 망가진 타자기와 씨름 중이었다. 타자기 캐리지가 껑충 뛰어 한쪽 끝으로 가더니 걸려버린 것이었다. 젊은 군인이 스툴 뒤에 서서 내려다보며 함께 고장의 원인을 찾고 있었다. 군 기술자가 타이피스트 쪽으로 기어와 밑에서 레버며 기어를 살펴보았다. 대령의 풍모를 지닌 장교가 자리에서 일어나 그들에게로 건너왔다. 모두가 타자기에 매달렸다.

이런 것들이 의사를 안심시켰다. 그에게 닥칠 운명을 그 자신보다 더 잘 알고 있을 사람들이 죽을 위험에 처한 사람을 눈앞에 두고 저렇게 느긋하게 사소한 일에 골몰할 것 같지는 않았다.

'하지만 저들을 어찌 알겠는가?' 그는 생각했다. '저들의 느긋함은 어디서 오는 것일까? 곁에서 포성이 울리고 사람들이 죽어가는데도 저들은 오늘 날씨가 더울 거라 예보한다, 전투가 치열하겠다는 뜻이 아니고 날씨가 뜨겁겠다는 의미로. 아니면 너무 많은 것을 봐서 감각이 마비된 건가?'

아무 할 것이 없어 그는 제자리에 선 채 전체 객실 맞은편 창문 너머를 바라보기 시작했다.

29

열차 앞 이쪽 편으로 나머지 선로가 뻗어 있고, 같은 이름의 교외 언덕 위에 라즈빌리예 역이 보였다.

선로에서 역까지 세개의 층계참이 있는, 칠이 되지 않은 나무 계단이 이어졌다.

이쪽에서 보면 선로는 거대한 기관차 묘지 같았다. 탄수차 없이 비커나 장화 목 형태의 화통을 단 낡은 기관차들이 화통을 서로에게 향한 채 망가진 차량 더미 사이에 서 있었다.

아래쪽의 기관차 무덤과 교외의 묘지, 선로 위의 찌부러진 쇳덩이와 변두리의 녹슨 지붕과 간판이 이른 아침의 열기에 덴 하얀 하늘 아래에서 버림받고 쇠락한 풍경 속으로 한데 어우러졌다.

모스끄바에서 유리 안드레예비치는 도시에 간판이 얼마나 많았던가를, 간판이 건물 정면을 얼마나 많이 가렸던가를 잊고 있었다. 이곳의 간판들이 그것을 상기시켰다. 간판의 절반은 기차에서도 읽을 수 있을 만큼 글자가 컸다. 간판들은 기울어진 단층 건물의 비틀린 창문 위까지 낮게 기어 내려와, 땅딸막한 작은 집들은 아버지의 모자를 푹 눌러쓴 농부 아이의 머리처럼 그 아래에서 사라지고 없었다.

그때쯤 안개가 완전히 걷혔다. 안개의 흔적은 하늘의 왼쪽, 저 멀리 동쪽에만 남아 있었다. 하지만 이제 그마저 무대막 자락처럼 흔들리고 움직이더니 흩어졌다.

라즈빌리예에서 3베르스따가량 떨어진 곳, 교외보다 좀더 높은 언덕 위에 이 지역 행정 중심지인지 현도縣都인지 큰 도시가 모습을 드러냈다. 태양이 도시의 색조에 노르스름한 빛을 더하고 먼 거리가 도시의 윤곽을 단순하게 만들었다. 도시는 값싼 루보끄[20]에 나오

---

20 러시아 민속 판화.

는 아토스산[21]이나 사막의 스케테[22]처럼 언덕에 층을 이루어 집 위에 집이, 거리 위에 거리가 붙어 있었다. 언덕 꼭대기에는 큰 성당이 있었다.

'유랴찐이다!' 의사가 흥분에 싸여 생각했다.[23] '돌아가신 안나 이바노브나가 추억하던 곳, 간호사 안찌뽀바가 내내 언급하던 곳! 그들에게서 이 도시 이름을 몇번이나 들었던가, 나는 어떤 상황에서 이 도시를 처음으로 보고 있는가!'

그 순간 타자기 위에 몸을 구부리고 있던 군인들의 관심이 창밖의 무언가에 쏠렸다. 그들이 그곳으로 고개를 돌렸다. 의사도 그들의 시선을 뒤쫓았다.

포로로 잡혔거나 체포된 몇 사람이 역으로 난 계단을 따라 연행되는 중이었다. 그중에는 머리를 다친 김나지움 학생도 있었는데, 벌써 어디선가 붕대를 감긴 했지만 붕대 밑으로 피가 새어나왔다. 그는 그을린 땀투성이 얼굴에다 연신 손바닥으로 피를 문질렀다.

두 적군 병사 사이에 끼어 줄의 맨 뒤에서 걷고 있던 김나지움 학생이 관심을 끈 것은 잘생긴 얼굴에서 풍기는 결연함이나 그토록 어린 반역자가 불러일으킨 연민 때문만은 아니었다. 그와 두 호송병은 어리석은 행동으로 주의를 끌었다. 그들은 줄곧 해서는 안

---

21 그리스 마케도니아에 있는 기독교 성산. 동방정교회 수도원의 발상지이다.
22 수도 공동체.
23 성스러움이라는 특성이 부각되어 묘사되는 도시 '유랴찐'의 명칭은 소설 속 일련의 이름과 지명처럼 중요한 의미를 지닌다. 린바강 기슭의 높은 언덕('유르')에 서 있는 도시 유랴찐은 사회의 지배적 행동 규범에서 볼 때 비정상적인 인간(백치)인 주인공이 고통의 운명에 처해지는 곳이다. 하지만 이와 동시에 정신적 지평에서 유랴찐은 '유리(성 게오르기우스)의 도시'이며, 동명의 의사 유리 지바고는 용을 무찌른 그의 승리에 대해 시 「옛이야기」(2권 17부)를 쓰게 된다. 성 게오르기우스를 수호성인으로 하는 모스끄바도 이런 의미에서 '유리의 도시'이다.

될 짓을 하고 있었던 것이다.

봉대를 감은 김나지움 학생의 머리에서 수시로 챙모자가 미끄러져내렸다. 그는 모자를 벗어 손에 쥐고 가는 대신 봉대를 감은 상처에 해로운데도 계속해서 다시 눌러쓰려 애썼고, 그때마다 두 적군 병사는 선뜻 도와주었다.

상식에 어긋나는 이런 어리석은 짓에는 뭔가 상징적인 것이 있었다. 그 의미심장함을 마지못해 인정하면서도 의사는 또한 층계참으로 달려나가 목구멍까지 치밀어오르는 말을 퍼부어 그 학생을 멈춰 세우고 싶었다. 그는 소년에게도, 객차 안 사람들에게도 구원은 형식에 대한 충실함이 아니라 형식으로부터의 해방에 있다고 소리치고 싶었다.

의사가 눈길을 돌렸다. 객실 한가운데 이제 막 꼿꼿하고 활기찬 걸음으로 들어온 스뜨렐니꼬프가 서 있었다.

의사로서 그토록 많이 맺어온 불특정한 인연 가운데에서 그는 어떻게 지금까지 이 사람처럼 이렇게 특정한 인물을 모를 수 있었을까?[24] 어떻게 삶은 그들을 부딪히게 하지 않았을까? 어떻게 그들의 길은 마주치지 않았던 것일까?

이유는 알 수 없지만 이 사람이 완벽한 의지의 화신임은 이내 분명해졌다. 그는 너무도 완벽히 자신이 바라던 대로의 사람이 되어 불가피하게도 그의 겉과 속 모든 것이 모범적으로 보였다. 균형 잡힌 아름다운 머리도, 맹렬한 걸음걸이도, 더러웠을 수 있음에도 깨끗이 닦은 것 같은 목이 긴 장화를 신은 긴 다리도, 구겨졌을 수 있음에도 잘 다린 것 같은 아마천 느낌의 회색 모직 군복 상의도.

----

24 삶의 원칙에서 스뜨렐니꼬프가 유리 지바고의 대척자('안찌뽀드')임을 뜻하는 구절. 그의 성이 '안찌뽀프'로 설정된 맥락을 알 수 있다.

지상의 존재가 처한 어떤 상황에서도 긴장이라곤 모른 채 말안장에 앉아 있는 듯 느끼는, 자연스러움이라는 천부적 재능이 그렇게 작용하고 있었던 것이다.

이 사람은 꼭 독창적이라고는 할 수 없는 어떤 재능을 지닌 것이 틀림없었다. 그의 동작 하나하나에서 보이는 재능은 모방의 재능일 수도 있었다. 그때는 모두가 누군가를 모방했다. 찬양받는 역사의 영웅들을 모방했다. 전선에서 혹은 도시에서 소요가 일어난 시기에 눈에 띄어 사람들의 상상력을 자극한 인물들을, 인민의 크나큰 신망을 모은 권위자들을, 무대의 전면에 나선 동지들을 모방했다. 그저 서로가 서로를 모방했다.

예의상 그는 낯선 사람이 있어 놀랐다거나 거북하다는 것을 드러내지 않았다. 도리어 의사 또한 그들 집단의 동료라는 듯한 태도로 모두를 대했다. 그가 말했다.

"축하하오. 우리는 그들을 몰아냈소. 이건 전쟁놀이지 일 같지가 않아요. 그들도 우리와 같은 러시아인이기 때문이오. 다만, 그들이 어리석은 생각을 품고도 버리려 들지 않아 우리가 힘으로 깨부숴야 할 따름이지. 그들의 사령관은 내 친구였소. 나보다 훨씬 더한 프롤레타리아 출신이지. 우리는 한 마당에서 자랐어요. 그는 살면서 나를 위해 많은 것을 해줬고 나는 신세를 졌습니다. 그런데도 나는 그를 강 건너로, 어쩌면 더 멀리까지 격퇴한 것이 기쁩니다. 구리얀, 전화선 복구를 서둘러주게. 전령과 전신만으로 버틸 순 없어요. 여러분은 얼마나 더운지 못 느꼈나요? 어쨌든 한시간 반은 잤네. 아, 그렇지……" 그는 문득 생각해내고 의사에게로 몸을 돌렸다. 자신이 잠에서 깬 이유가 생각났던 것이다. 어떤 시시한 일이 그를 깨웠는데, 여기 서 있는 이 억류된 사람 때문이었다.

'이 사람이라고?' 의사를 머리에서 발끝까지 날카로운 눈으로 훑어본 후 스뜨렐니꼬프는 생각했다. '하나도 닮은 데가 없잖아. 바보들!' 그는 껄껄 웃으며 유리 안드레예비치에게 말했다.

"실례했습니다, 동지. 당신을 다른 사람으로 착각했습니다. 내 보초병들이 잘못 알았군요. 돌아가도 좋습니다. 동지의 서류는 어디 있지? 아하, 여기 있군요. 죄송하지만, 잠깐만 보겠습니다. 지바고, 지바고, 의사 지바고, 왠지 모스끄바적인 데가 있는데…… 저, 아무튼 잠시 내 방에 들르실까요. 여기는 사무국이고 내 객실은 바로 옆입니다. 가시죠. 오래 계시게 하진 않겠습니다."

30

그런데 이 사람은 대체 어떤 사람이었을까? 비당원인 그가 이런 지위에 오르고 그것을 지켜나갈 수 있었다는 것은 놀라운 일이다. 그를 아는 사람은 아무도 없었는데, 모스끄바에서 태어났지만 대학을 마치고 교사 생활을 하러 지방으로 떠났고, 전쟁에서 오랫동안 포로로 잡혀 있었으며, 얼마 전까지 실종 상태여서 전사자로 간주되었기 때문이다.

아이 적에 스뜨렐니꼬프는 진보적인 철도원 찌베르진의 가정에서 자랐고, 찌베르진이 그를 추천하고 신원을 보증했다. 당시 임명권을 쥐고 있던 사람들은 그를 신뢰했다. 절제를 모르는 열정과 가장 극단적인 시각이 주도하던 시절에, 그 무엇 앞에서도 멈추지 않는 스뜨렐니꼬프의 혁명성은 그 진정성에서, 남의 목소리를 흉내낸 것이 아니라 그의 전생애에 걸쳐 준비된 필연적인 광신에서 두

드러졌다.

스뜨렐니꼬프는 그가 받은 신뢰가 정당함을 입증했다.

최근 몇달간 그의 전투 이력에는 우스찌-넴다와 니즈니-껠메스 작전, 식량 징발대에 무력 저항을 시도한 구바소보 농민 폭동 진압, 메드베자야 뽀이마 역에서 식량 수송 열차를 약탈한 제14 보병 연대 토벌 등이 포함되었다. 뚜르까뚜예 시에서 폭동을 일으켜 무기를 들고 백군 쪽으로 넘어간 라진파 병사들 토벌과 마지막까지 소비에뜨 권력에 충실했던 사령관을 치르낀 우스 강나루에서 죽인 군사 반란의 진압 또한 업무 일지에 들어 있었다.

그는 그 모든 장소에 머리 위에 눈 내리듯 떨어져 신속하고 준엄하고 과감하게 재판에 부치고, 판결을 내리고, 집행했다.

그의 열차가 순회하면서 그 지역에 번진 병사들의 대량 탈주가 통제되었다. 모병 기관 개편이 모든 것을 변화시켰다. 적군 징집이 순조롭게 진행되었다. 모병위원회가 열광적으로 돌아가기 시작했다.

마지막으로, 최근 백군이 북쪽에서 밀어붙이기 시작해 상황이 위급한 것으로 판단되자 스뜨렐니꼬프에게는 새로운 임무, 군사 전략과 작전상의 직접적인 임무가 부여되었다. 그의 개입은 즉각 효과를 냈다.

스뜨렐니꼬프는 그에게 라스뜨렐니꼬프[25]라는 별명이 붙었다는 것을 알고 있었다. 그는 그것을 대수롭지 않게 여겼다. 아무것도 두렵지 않았다.

그는 모스끄바 태생이었고, 1905년 혁명에 가담했다가 고초를

---

25 '총살시키는 자'라는 뜻.

겪은 노동자의 아들이었다. 그 시절에 그 자신은 혁명운동에서 벗어나 있었다. 나이가 어렸고, 그뒤 대학을 다니던 몇해 동안은 가난한 환경 출신의 젊은이들이 최고 학부에 들어가면 그렇듯 부유층 자식들보다 더 학교를 소중히 여기고 더 열심히 공부했기 때문이었다. 생활에 걱정이 없는 학생들의 소요에 휩쓸리지 않았다. 그는 엄청난 지식을 쌓고 대학 문을 나섰다. 전공인 역사문헌학 분야 지식에 더해 자력으로 수학을 공부했다.

법적으로 그는 군대에 가지 않아도 되었지만 자원해서 전쟁에 나갔다. 소위로 포로가 되었다가 러시아에서 혁명이 일어난 것을 알고 1917년 말 조국으로 도망쳤다.

두가지 모습, 두가지 정열이 그를 특출하게 만들었다.

그의 사고는 탁월하게 명석하고 논리적이었다. 또한 보기 드물 정도로 도덕적 순결성과 공정성을 갖추고 있었다. 그는 열렬하고 고결한 심성의 소유자였다.

그러나 새로운 길을 여는 학자로 활동하기에 그의 지성은 의외성의 재능, 예기치 않은 발견으로 공허한 예측이 지닌 불모의 정연함을 파괴하는 힘이 부족했다.

선을 행하기에는 원칙주의자인 그는 일반적인 경우란 모르고 개별적인 경우만 알며 작은 것을 행함으로써 위대한, 가슴의 무원칙성을 결여하고 있었다.

어렸을 때부터 스뜨렐니꼬프는 가장 높고 밝은 것을 지향해왔다. 그는 삶을 거대한 경기장으로 여겼고, 그 경기장에서 사람들은 정직하게 규칙을 준수하며 완벽을 성취하기 위해 경쟁한다고 생각했다.

실상은 그렇지 않다는 것이 드러났을 때, 그는 자신이 세계 질서를 단순화하는 잘못을 저질렀다는 생각을 하지 못했다. 오랫동안 속으로 모욕을 삭이던 그는 언젠가 삶과 삶을 일그러뜨리는 어두운 원칙들 사이에서 심판관이 되리라는, 삶을 수호하기 위해 나서고 삶을 위해 복수하리라는 생각을 품기 시작했다.

환멸이 그를 잔혹하게 만들었다. 혁명이 그를 무장시켰다.

31

"지바고, 지바고라." 스뜨렐니꼬프는 그의 객차로 건너온 뒤에도 계속 되풀이했다. "어딘가 상인 같은 냄새가 나는데. 아니면 귀족이거나. 그래요, 뭐, 모스끄바에서 온 의사시라고. 바리끼노에 가신다. 이상한 노릇이군요, 모스끄바에서 갑자기 그런 오지로 가다니."

"바로 그런 목적에서죠. 정적을 찾아서. 벽촌으로, 남모르는 곳으로."

"그래요, 참 시적이로군요. 바리끼노? 그 고장은 내가 알지요. 예전 끄류게르의 공장. 혹 그 친척입니까? 상속인이오?"

"그 비웃는 듯한 어조는 뭡니까? 여기서 '상속인'이 무슨 상관이죠? 비록 아내가 실제로……"

"아하, 그렇군요. 백군이 그리웠던 모양이죠? 거 안됐습니다. 늦었어요. 그 일대는 깨끗이 소탕됐어요."

"계속 놀리실 겁니까?"

"게다가 또 의사라. 군의관이시네. 그런데 지금은 전시입니다. 이건 완전히 내 관할이에요. 당신은 도망병이에요. 녹군들[26] 또한

26 내전에서 외국 간섭군, 볼셰비끼, 백군 모두에 맞서 싸웠던 농민과 까자끄 유격대.

숲속에 은둔해 있지요, 정적을 찾아서. 사유는 뭐죠?"

"두번 부상당해 군무 부적격자로 완전히 면제받았소."

"그럼 이제 '완벽한 소비에뜨 인간'이니 '동조자'니 하며 당신을 추천하고 당신의 '충성심'을 보증하는 인민교육위원회나 인민보건위원회의 추천장을 내놔보시지요. 이보시오 선생, 지금은 지상에서 최후의 심판이 벌어지고 있어요. 묵시록에 나오는 칼을 든 존재들과 날개 달린 짐승들을 위한 때이지, 전적으로 동조하고 충성하는 의사들을 위한 때가 아니란 말이오. 하지만 당신에게 가도 좋다고 말했으니 내 말을 바꾸지는 않겠으나, 이번 한번뿐입니다. 우리가 다시 만날 것 같은 예감이 드는군요. 그때는 이야기가 달라질 겁니다. 조심하시오."

유리 안드레예비치는 위협과 도발에 당황하지 않았다. 그가 말했다.

"나는 당신이 나에 대해 어떻게 생각하는지 다 압니다. 당신 입장에서 보면 당신이 전적으로 옳습니다. 하지만 당신이 나를 끌어들이고자 하는 논쟁은 내가 지금껏 살아오는 동안 가상의 고발자와 줄곧 머릿속으로 해왔던 것이고, 어떻든 결론에 도달할 때가 됐다고 생각해야겠지요. 몇마디 말로 설명할 수 없을 따름입니다. 내가 정말로 가도 괜찮다면 해명 없이 돌아가게 해주시지요. 만약 그게 아니라면 마음대로 하시고요. 내가 당신 앞에 변명할 것은 아무것도 없습니다."

지직거리는 소리가 그들의 대화를 끊었다. 전화선이 복구된 것이다.

"고맙네, 구리얀." 수화기를 들고 몇번 후후 분 다음 스뜨렐니꼬프가 말했다. "이보시게, 아무나 지바고 동지를 바래다줄 사람을 보내주시오, 또 무슨 일이 일어나지 않도록. 그리고 라즈빌리예를 연결해주시오, 라즈빌리예의 체까[27] 운송부를."

혼자 남게 되자 스뜨렐니꼬프는 역으로 전화를 걸었다.

"포로 가운데 소년이 있었소. 줄곧 모자를 귀까지 눌러쓰려던 아이 말이오, 머리에 붕대를 감았고. 그게 무슨 꼴이오? 그래요, 필요하면 의사의 도움을 받게 해요. 그래요, 잘 좀 돌봐줘요, 책임지고. 필요하면 음식도 주고. 맞아요. 그리고 이번에는 용건이오. 통화 중, 아직 말 안 끝났어요. 에이, 제기랄, 혼선이군. 구리얀! 구리얀! 끊겼어요."

'내 학생 중 하나일지도 몰라.' 그는 역과의 통화를 마무리하려다 잠시 멈추고 생각했다. '다 자라서 우리와 맞서 싸우고 있구나.' 스뜨렐니꼬프는 자신의 교사 시절과 전쟁과 포로 시절의 햇수를 머릿속으로 헤아려보고 소년의 나이와 셈을 맞춰보았다. 그런 뒤 객차 창문 너머 저 멀리 지평선 위에 보이는 전경 속에서 강 위쪽, 유랴찐에서 나오는 길목의 한 지역을 찾기 시작했다. 그들의 집이 있던 곳이었다. 그런데 아내와 딸이 아직까지 거기 있다면? 당장 그들에게 달려가련만! 지금, 당장이라도! 그래, 하지만 과연 생각할 수나 있는 일인가? 그건 완전히 다른 삶에 속한 일이다. 저 중단된 삶으로 돌아가기에 앞서 우선 이 새로운 삶을 끝내야 한다. 언젠가는, 언젠가는 그런 날이 올 것이다. 그래, 하지만 언제, 언제란 말인가?

(2권으로 이어집니다)

---

27 1917년 10월혁명 직후 설치된 비상위원회. 반혁명과 태업을 단속하던 기관으로 소련 국가보안위원회의 전신이다.

고전의 새로운 기준, 창비세계문학

오늘날 우리는 인간의 존엄과 개성이 매몰되어가는 시대를 살고 있다. 물질만능과 승자독식을 강요하는 자본주의가 전지구적으로 확산되면서 현대사회는 더 황폐해지고 삶의 질은 크게 훼손되었다. 경제성장만이 최고의 선으로 인정되고 상업주의에 물든 문화소비가 삶을 지배할수록 문학은 점점 더 변방으로 밀려나고 있다. 삶의 본질을 성찰하는 문학의 자리가 위축되는 세계에서는 가진 자와 못 가진 자 할 것 없이 모두가 불행할 수밖에 없다.

이 시대야말로 인간답게 산다는 것의 의미가 무엇인지 근본적인 화두를 다시 던지고 사유의 모험을 떠나야 할 때다. 우리는 그 여정에 반드시 필요한 벗과 스승이 다름 아닌 세계문학의 고전이라는 점을 강조한다. 고전에는 다양한 전통과 문화를 쌓아올린 공동체의 경험이 녹아들어 있고, 세계와 존재에 대한 탁월한 개인들의 치열한 탐색이 기록되어 있으며, 새로운 세상을 꿈꾸는 아름다운 도전과 눈물이 아로새겨 있기 때문이다. 이 무궁무진한 상상력의 보고이자 살아 있는 문화유산을 되새길 때만 개인의 일상에서 참다운 인간적 가치를 실현하고 근대적 삶의 의미와 한계를 성찰하는 지혜를 얻을 수 있을 것이다.

'창비세계문학'은 이러한 문제의식에서 출발한다. 세계문학의 참의미를 되새겨 '지금 여기'의 관점으로 우리의 정전을 재구성해야 할 필요성이 그 어느 때보다 절실하다. '정전'이란 본디 고정된 목록으로 존재하는 것이 아니라 그때그때 주어진 처소에서 새롭게 재구성됨으로써 생명을 이어가는 것이다. 우리는 먼저 전세계 문학들의 다양성과 차이를 존중하면서 국가와 민족, 언어의 경계를 넘어 보편적 가치에 기여할 수 있는 가능성에 주목하고자 한다. 근대를 깊이 성찰한 서양문학뿐 아니라 아시아와 라틴아메리카, 중동과 아프리카 등 비서구권 문학의 성취를 발굴하고 재평가하는 것 역시 세계문학의 지형도를 다시 그리려는 창비의 필수적인 작업이 될 것이다.

여러 전집들이 나와 있는 세계문학 시장에서 '창비세계문학'은 세계문학 독서의 새로운 기준이 되고자 한다. 참신하고 폭넓으면서도 엄정한 기획, 원작의 의도와 문체를 살려내는 적확하고 충실한 번역, 그리고 완성도 높은 책의 품질이 그 기초이다. 독서시장을 왜곡하는 값싼 유행과 상업주의에 맞서 문학정신을 굳건히 세우며, 안팎의 조언과 비판에 귀 기울이고 독자들과 꾸준히 소통하면서 진정 이 시대가 요구하는 세계문학이 무엇인지 되묻고 갱신해 나갈 것이다.

1966년 계간 『창작과비평』을 창간한 이래 한국문학을 풍성하게 하고 민족문학과 세계문학 담론을 주도해온 창비가 오직 좋은 책으로 독자와 함께해왔듯, '창비세계문학' 역시 그러한 항심을 지켜 나갈 것이다. '창비세계문학'이 다른 시공간에서 우리와 닮은 삶을 만나게 해주고, 가보지 못한 길을 걷게 하며, 그 길 끝에서 새로운 길을 열어주기를 소망한다. 또한 무한경쟁에 내몰린 젊은이와 청소년 들에게 삶의 소중함과 기쁨을 일깨워주기를 바란다. 목록을 쌓아갈수록 '창비세계문학'이 독자들의 사랑으로 무르익고 그 감동이 세대를 넘나들며 이어진다면 더없는 보람이겠다.

2012년 가을
창비세계문학 기획위원회
김현균 서은혜 석영중 이욱연 임홍배 정혜용 한기욱

창비세계문학 96

의사 지바고 1

초판 1쇄 발행/2024년 6월 12일

지은이/보리스 빠스쩨르나끄
옮긴이/최종술
펴낸이/염종선
책임편집/정편집실·오윤
조판/한향림
펴낸곳/(주)창비
등록/1986년 8월 5일 제85호
주소/10881 경기도 파주시 회동길 184
전화/031-955-3333
팩시밀리/영업 031-955-3399 편집 031-955-3400
홈페이지/www.changbi.com
전자우편/lit@changbi.com

한국어판 ⓒ (주)창비 2024
ISBN 978-89-364-6493-6 03890